一頁 folio

始 于 一 页 ， 抵 达 世 界

NAGAI KAFŪ

02
文豪手帖

永井荷风

异国放浪记

下

［日］
永井荷风
著

陈德文
译

北京联合出版公司
Beijing United Publishing Co.,Ltd.

此书献给自华盛顿府归来，
又即刻前往旧金山的我亲爱的
堂兄永井素川君

永井荷风

序

西历千九百七年夏，作为横滨正金银行雇员，离美国纽约，赴法兰西里昂，滞留此处十一个月余。本书所收短篇小说、纪行漫录之类，为不逸当时大概之印象，于银行账簿之阴、公园路旁树下、笑声弦歌之咖啡馆，以及归航船中所记录，归国后加以订正，仿前著取名"法兰西物语"。

西历千九百九年正月于东京

永井荷风

目录

推荐序

传奇小说家：永井荷风

在近代日本文坛上，永井荷风留下的传说，可说比哪个小说家都多。例如：他晚年经常出没于东京浅草六区的脱衣舞场，跟年轻舞女们来往颇为频繁且密切；他去哪里都带着装了全财产的旅行包，果然他孤独病死于东京东郊市川的小屋时候，放在尸体旁边的包包里，有二三三四万日圆的银行存折和现金三十一万日圆。

话是这么说，永井荷风又绝不仅是个疯疯癫癫的奇才。从一九一七年到一九五九年去世的前一日，他每天写的日记《断肠亭记》广泛被视为对当时日本社会最客观、深刻的观察记录。作者瞑目后，不光分成七册出版，而且至今经常作为二十世纪中期日本社会的真实写照，被多数作家、学者参考或者引用。

这次刊行中文译本的《美利坚物语》《法兰西物语》两册书，乃永井荷风从二十四岁到二十九岁，在美国和法国生活前后共五年的时间里，记录下的散文和小品，回国以后结集而成的。先出版的《美利坚物语》赢得了夏目漱石、森鸥外等当年文坛重镇的肯定，给他带来了在《朝日新闻》上连载长篇小说，并在庆应大学任职文学系主任等工作机会。

然而，本来准备跟着问世的《法兰西物语》却被日本政府禁止发行，直到第二次世界大战结束，新宪法保障了国民的言论出版自由之后，才以原样得以发表。究竟是该书的哪一部分有什么问题，一向没有来自官方的具体说明。不过，一般认为，大概是《云》中的小外交官小山贞吉，无论对国家还是对爱情都玩世不恭的态度，或者书里很多处对日本现代化的冷嘲热讽，惹起了爱国官僚之愤怒。

荷风旅美旅法的二十世纪初，在近代史上，乃日本正打赢俄国，国民的"大国意识"越来越膨胀的时候。比他约早十年旅英的夏目漱石，在为期两年的留学中，患上神经衰弱，只好提早回国，显然是对欧洲文化格格不入所致。回日本以后的漱石，放弃原来的英语教学工作而投入于写作，相信跟在伦敦时候的经验有直接的关系。跟荷风属于同世代的中国作家鲁迅，也从一九〇二年到〇九年留学日本的时间里，在课堂上看到日俄战争幻灯片中的同胞后，决定放弃医学而要从事文学创作的。可见，漱石和鲁迅，都身为近代以后第一批的留学生，在海外为"落后"的祖国深刻烦闷，结果决定通过写作去为祖国的现代化做出贡献。他们对自己国家社会的批判，是来自对祖国的强烈认同。

反之，永井荷风属于第二代的留学生，出国的目的不再是为了国家而是为了自己。具体而言，他衷心想要耽溺于波德莱尔等的文学作品中憧憬不已的法国文化环境里。在荷风看来，比起古老优雅的法国文化，连过于健康的美国新大陆文化都微不足道。所以，在美国待的四年里，他除了为生存做大使馆和银行的差事以外，主要是学法语，读法国文学的。

他关心自己的人生远远多于担心祖国的未来。正如《云》中的小外交官小山说："我也想被一种爱国热情所驱使而终夜无眠，但无论如何都无法做到。既然不行，那就断然辞职，脱离国籍，像流浪的吉普赛人或犹太人那样。但这种主张仅仅停留于空想阶段，事实上无法实现，只好每天浑浑噩噩地过日子。"可见，爱国的文化官僚们有足够的理由被荷风惹到。同时，以这种心态耽溺于巴黎后巷的结果，后来的评论家就说："荷风是写出了都市忧郁的第一个日本小说家。"

极度崇拜法国文化的荷风，对包括祖国日本在内的亚洲文化，好像只感厌恶和憎恨。看《美利坚物语》中对唐人街、《法兰西物语》中对新加坡的描述，恐怕读者会有这样的印象。可是，正如他在回日本的旅途上写下的《新加坡数小时》最后一句所说，作者真正厌恶的是二十世纪初的"很低级，不知哪里来的殖民地"状态。也就是说，为了赶上欧美列强，轻易放弃原有的传统文化，凡是要模仿西方国家的"殖民地心态"才是荷风最唾弃的。

所以，回日本以后，他除了讲授法国文学以外，开始耽溺于仍保留江户文化的花街柳巷。一九一五年出版的《晴日木屐》就是他穿着木屐拄着枴杖在东京市区内散散步，要寻找江户遗香的记录。一九三〇年代发表的小说《濹东绮谭》《梅雨前后》等，则均为以东京隅田川东边、世人认为低级的红灯区为背景，写妓女生活的作品。表面上看来，作者的品味很守旧；实际上，他是在被现代化遗忘的旧市区角落，发现跟巴黎后巷共同的生活味道。

日本的比较文学家川本皓嗣说：荷风憎恨自己所处于的现实，而无限憧憬未见之美，如此这般浪漫的旅人或者可称为"自我放逐者"，乃明治维新四十年后在日本才第一次出现的。的确，跟忧国忧民的漱石、鲁迅不同，荷风专门关心艺术，除了醉心于波德莱尔、莫泊桑等的文学作品以外，还积极享受、研究当年在巴黎流行的音乐、歌剧等，写下了几篇评论文。很难相信他跟在伦敦苦学骑自行车的漱石，年龄相差只有一轮。对荷风留下的欧洲音乐评论，当代行家的评价也颇高。

永井荷风是近代日本社会第一位唯美主义文学家，可以说给后来的谷崎润一郎等"耽美派"作家开了路。实际上也是荷风从法国回来任职于庆应大学的时候，把谷崎的小说登在该校发行的《三田文学》杂志上，帮他登上文坛的。而且跟荷风一样，谷崎也最初倾倒于西方美学，后来却写长篇评论《阴翳礼赞》、小说《细雪》发扬日本传统之美。

在二十一世纪的日本人看来，夏目漱石处于近代前夕。永井荷风，虽然比他小仅仅一轮而已，但是给人的印象则完全不同。他写的文章，今天看来都非常新鲜，可读性特别高，一点没有陈旧的感觉。

最后加点私话吧。我毕业的高中现在称为筑波大学附属高校，原名则叫东京高等师范学校附属中学。其厚厚一册毕业生名单里，就有第六届毕业生永井壮吉，即后来的永井荷风之原名。笔者是第八十八届，也就是比他晚八十二年的毕业生。我刚上高中的时候，荷风早就不在此岸了，可是他生前撰写而留下文稿的黄书《四叠半隔扇下贴》，由一份杂志刊载，而东京检察厅以贩卖猥亵文书之罪名告发了杂志社的社长和总编辑。无知的中学生根本不晓得，但是在日本司法历史上，《四叠半隔扇下贴》案件和英国作家劳伦斯作品《查泰莱夫人的情人》案件乃两宗最有名的猥亵文书审判案例。该案件出名的原因，有除了作者永井荷风的文名大以外，还有出版社方面叫来了好几位著名作家如丸谷才一、开高健、吉行淳之介、有吉佐和子、五木宽之等人当证人，果然大众传媒纷纷做出了报道。一九八〇年，日本最高法院最后把《四叠半隔扇下贴》审判为猥亵文书，命令社长和总编辑各付十五万、十万日圆的罚金了。如果荷风前辈还健在，会轻松打开随身带着的旅行包，替他们付了共二十五万日圆吗？恐怕不见得。因为有关他的传说中，有一则就说：荷风特别小气。而在文学界，大家都相信那是他在巴黎的时间里跟法国人学的。难道全世界最以吝啬闻名的国家，不就是荷风最崇拜、想念、留恋了一辈子的法国人吗？

新井一二三

（日本作家，明治大学教授）

船与车

轮船驶离纽约整整一周了。夜十时半，初抵法兰西勒阿弗尔港口。

晚餐后八时半光景，我和其他船客一起来到甲板上，眺望逐渐暗下来的远方水平线，有人说，那星辰般灯火闪耀之处就是勒阿弗尔港。

海面静谧，天空晴朗。虽然逐渐接近陆地，气候又是七月末尾，但同雨雾漂浮的大西洋洋面并无二致，异常寒冷。我在航海中穿着的薄外套，一直没有脱去。

一望无垠的海面上，这里那里，三桅大型渔船来来往往。无数的信天翁在渐渐消逝的黄昏明光之中，如木叶般交飞。同时，可以看到远方海面上轮船的黑烟，一股两股，拖着长长的尾巴随处飘荡。不管怎么说，总觉得已经接近陆地了，初看起来，就连海水也非常优柔而温驯。

远处的灯火，随着愉快心情而弥增，逐渐黑下来的夜色中，一座座灯塔出现了，甚至能明显区别出哪是灯塔哪是街灯。看样子勒阿弗尔街衢靠近山脚，散散落落的灯火一直布满高处。自那高峰之处，忽然发出探海灯刺眼的光芒。

不用说，此时我想起莫泊桑的著作《热情》（"La Passion"）、《我的叔叔于勒》（"Mon oncle Jules"），以及《皮埃尔与让》（"Pierre et Jean"）等小说中对于这座海港景色的描述。我专心环顾着周围，很想将大师的文章同实际景色比较一下。

然而，或许是夜里，很遗憾，我还未遇到一处颇为类似的景色，轮船很快就要靠岸了。海岸一带是坚固的石堤，岸上似乎是一条宽阔的大道，每隔一段距离就是一盏街灯，一列街灯整整齐齐，绵延而去。路灯照射下的海岸人家，寂静无声，自远方看去，宛若戏剧舞台上的大布景。（长期以来，我看惯了纽约那种没有房顶、方方正正的高层建筑，而法兰西人家是那般自然而优美，从小处着眼，简直就像一幅图画。)

轮船极力减弱速度,接连鸣响两三次汽笛,悠长的鸣声由市区传向山麓方向。海边人的喊叫,声声可闻。接着,舞蹈的音乐掠过水波而来……一派明媚,一切都看得清清楚楚。海滨大道上,夏夜纳凉的男女在散步,饮食店门口华灯初上,其中有一座格外突向水面的宽大房子,炫目的电灯光下,众多的人在翩翩起舞。"热闹之处就有轮盘赌。"站在我身边的一个男子自言自语。

石堤下停泊着几艘小型汽轮。稍远的水面上漂浮着一艘巨轮。由此推想,我所乘坐的轮船也会在那里的岸边下碇。谁知,轮船依旧沿着堤岸静静前进。海岸上游玩的儿童和少女,一边应和着甲板上挥动手帕呼叫的人们,一边同样叫喊着,拼命在岸上追着轮船奔跑。船速看起来很慢,但其实很快,不知何时,已经沿海岸抵达街头。人家次第减少,岸上连续并立着几幢石砌的仓库。两三艘和我乘坐的轮船相同的轮船,横着停泊在同一侧的码头旁。

　　随即，轮船进入了大西洋运输公司[1]的船坞。轮船刚停止前进，水手们就立即奋不顾身吆喝着放下舷梯。舷梯对面就是火车站，甲板上目光所及之处，标识着：

TRAIN SPECIAL POUR PARIS

7H 55, A.M.

　　开往巴黎的特别快车，早上七时五十五分发。甲板上大部分人都表示不满，但也毫无办法。不管是待在船上还是找旅馆，都必须过一夜等到天亮。

　　翌日早晨，天还未亮，只听得外头喊道："葡萄酒要吧？""啤酒要吧？"轮船周围，男男女女，划着小船叫卖东西。

　　我做完一切登陆准备后，饮罢咖啡，来到甲板上。气候仍像昨晚一般寒凉。我有一种奇妙的感觉，法兰西这块地方，原来如此寒冷。天空阴霾，深夜似

1　英文原名 Trans-Atlantic，日本有代理公司。

乎下了小雨，四周还很阴湿。我现在很想在明朗的晨光下再看一下街衢的模样，以及声声可闻的塞纳河入海口的景色，可是，高大的仓库和广阔的铁道遮挡了眼界，从甲板上只能看到远方那些散在整个青青高坡上的稀疏房舍。

火车站连着码头，乘车不需要多余的手续。手里拎着皮箱，通过宽阔的候车室时，涂着草绿色单纯而清爽的墙壁的颜色，同装金抹银为能事的美国趣味迥然各异，明显更吸引我。同时，使用悦目的浅色描绘瑞士和南欧各地风景的铁道公司的广告，也不时使我驻足观看。——我也终于踏上了欧洲大陆，这种感情越发深沉了。

汽笛鸣叫，火车开动。

读过左拉著作的人，不用说也知道，勒阿弗尔和巴黎之间的铁道，是描写杀人狂的著名小说《衣冠禽兽》（*La Bête Humaine*）的舞台。

左拉特意选择这条铁路沿线荒凉寂寞而又充满

杀气的各种阴森可怖的景色。因而，比起昨夜刚进入海港那时候，我加倍注意，将头探出窗外。然而，我又失望了——我不能不感到意外。

特快列车在鲁昂短暂停留，直到抵达巴黎，不足四个小时，未曾经过一处那般可怖的景色。不过，稍长的隧道倒是有五六个，但是对于我这双看惯北美大陆无限广漠荒瀚景色的眼睛来说，经过的诺曼底原野的景色，简直就像一幅图画，过于美丽而整齐，不像一处天生的自然风景。

广阔无垠的黄熟的金色麦田中，逼仄的小路弯弯曲曲；已经结束收获的地方，盛开着鲜红的虞美人，点点如血；小小山岗和丘陵高低起伏，各色各样的蔬菜一直耕种到山顶；双驾马车上枯草堆积如山，马车通过的路旁，整齐排列着白杨树的姿影；有的地方，野牛躺在水畔的夏树荫里，其位置其色彩宛如多年前看到的一幅油画，只能认为这些自然风景是仅仅为着这幅绘画而被创造出来的。"自然"本身美丽至极，已达古典范畴，甚至没有留出诱发个人随意幻想的余地。

　　随着列车渐渐接近巴黎，鼠灰色的雨云尽皆向西方涌动，露出蓝蓝的夏日的天空。在美利坚大地，不论怎样的晴天，都难以见到如此澄澈的蓝色。有着这样的天色和阳光，野外景色更加明净、清雅。我每每望见绿色的树荫下，一户户全然相同的人家，红色的瓦屋顶，涂成青灰色的墙壁，我就想，住在这个国家的人们是何等快乐的民众啊！

　　遥远的天边，白色的夏云涌动之处，突然出现了埃菲尔铁塔。车窗下一条蓝色的水龙，静静地流淌。河岸边夏天的树林，承载着厚重的树叶，默默在水面上低垂着枝条。有几个人在钓鱼。鸟鸣嘤嘤。河水遇到木叶繁茂的浮洲般的小岛，数度分而又合——靠贴在车厢里的地图，我想象着这就是塞纳河。

　　眼看就要抵达巴黎的圣拉扎尔大车站[1]了。此时，火车正经过郊外，只见树林里众多的别墅接连不断，这些都是富人的住居吧。清爽的房屋露台突出的窗

1　主要承载去往法国西部、诺曼底地区和英国的旅客。并且与驶往英国的渡轮码头相衔接。

户，还有那整然有序的花园建造，那种种独具匠心之
处，定是有着各自专门的名称。然而，透过火车的轰
鸣，我看到从那些窗户、那些花园之中，向这边回望
的女人的姿影，不由想起以前读过的法兰西戏剧和小
说中出现的众多女主人公。

　　列车抵达圣拉扎尔大车站。这里是巴黎全市最鱼
龙混杂之地，小偷扒手多得惊人。在船上有位法兰西乘
客提醒说，手表、钱包等贵重之物，万不可装入外套一
侧的口袋。因而，下车时我很警惕，尽管人流如潮，但
与纽约中央火车站等地全然不同。众人的脚步都很缓
慢，既看不到美国常见的那种峻厉的目光，也看不到一
个突然从后面冲到前面的鲁莽的乡下男人。眼下，从
月台走向街道的旅客之中，恐怕只有我——无人迎接，
也无人陪同，独自一人，闯入生来第一次见到的巴黎大
都市中，好似一个健步如飞、速度最快的行人。

　　车站出口，有两三个身穿制服的旅馆人员，一
边喊着"先生、先生[1]"，一边向我递来名片。我未加

1　原文为法语 monsieur，呼唤男性的敬称。

理睬，穿过站前广场，直奔对面电车、马车、公共马车等相互混杂的大街而去。凭我想象，那一带或许会有廉价的住处。

于是，在名为罗马路的大街拐角附近，我发现一家小型旅馆的入口。从这里回望，可以清清楚楚一眼看到刚刚走出的灰色的车站大楼。旅馆门口写着 "PRIX MODERÉS"（廉价）的大字，对于我这个囊中羞涩的旅人来说，自然有着无限的诱惑。

走进旅馆，老板娘从一旁房间里走出来，招呼道："您好，先生。"这个女人腰如酒桶，头发半白，同身子一样肥胖的面颊，血色很好，宛若熟透的苹果。她的下巴颏旁边有一颗又大又黑的美人痣，上头生着长毛。那副样子就像杂志报纸的画面上时常见到的巴黎主妇，将一切包揽于一身，做事干净利索。——"从哪儿来的?""想必累了吧?"一番客套之后，她喊来一个跛脚男仆，叫他拎着皮箱，登上螺旋阶梯，指引我进入三楼的一间屋子。

然而我在巴黎只停留两天，未能长期勾留于此。这回迫于生计，受雇于某家银行，必须及时赶赴里昂。虽然还有再来的机会，但眼下能够看到的地方，还是先睹为妙。我将此次行旅匆匆之事跟老板娘言明，于是她为我包了一日游马车，叫我到巴黎市内转上一圈儿。

啊，巴黎啊！我受到多么大的感动！自有名的协和广场起始，不用说一路上我不仅经过绿树成荫的香榭丽舍大街、凯旋门、布涝涅森林，还看到了里沃利路的繁华、意大利大街[1]的杂沓，以及塞纳河畔大道、不知名字的细长小巷，亲身目睹自己所到之处，这才深切感到过去读过的法国写实主义小说和帕尔纳斯派[2]的诗篇，是如何忠实而精细地描述了这座大都市的生活啊！

法兰西都市田园，正是因为有法兰西艺术才会有这样的法兰西观。我坐在马车上，不由想到遥远的故乡以及故乡的艺术。我国明治时期的写实主义，也这样精密地研究过东京吗？在向着不久之后到来的自

1　Boulevard d'Italie，巴黎意大利繁华街。

2　即高踏派。19世纪法国诗坛的一种创作倾向。以勒贡特·德·列尔和波德莱尔等诗人为代表。

然主义、象征主义领域转变进程中，明治写实主义是否已经圆熟了呢？……

　　结束两日的游览，当天黄昏，眼看就要前往里昂了。我在附近咖啡店用罢晚餐，马上回到旅馆，结清了所有账目。在胖夫人约定的马车到来之前，她招呼我在柜台的长椅上稍稍坐了一会儿。夫人谆谆叮嘱我一些要注意的事情，比如乘火车、站台等车、如何买票等。她提醒我说，法国假钞很多，要我处处留意。其后，马车来了，出发之际，她一时兴起，从暖炉上的花瓶里，抽出一枝白玫瑰送到我手里，慰我旅途辛劳。

　　这枝像大朵牡丹花似的白玫瑰，不由引起我异乎寻常的感动。偌大巴黎，偌大法兰西国，如今认识我的只有这位夫人。然而，今晚我就要离开这座都市，最后分别的时刻到了。不一会儿，我俩就将忘却一切。到某个时候，她会死去，我也不知会在哪国哪地倒毙而亡。世界不会知道我这个与历史进步毫无关系的人，也不会知道这位夫人的白玫瑰，它依然一如既往，无限消逝下去。

　　从里昂火车站[1]搭乘驶往马赛的快车，选个靠窗的席位坐下，眺望着夕阳的景色。列车渐渐离开巴黎城郊，穿过野外广袤的麦田前进着。艳红的晚霞映照着金黄色的麦田，其间的夏季森林，苍碧一色，耸立于各处。急忙赶回家的男人女人，以及家畜的剪影，伴着渐趋淡薄的暮色，反而更加明显地行进在邈远的地平线尽头……啊，那明丽而静谧的法兰西原野的夕暮，我联想起自然或田园画家朱尔·布雷东[2]的一首诗：

Voici l'ombre quitombe, etl'ardente fournaise

S'éteint tout doucement dans les flots de la nuit,

Au rideau sourd du bois attachant une braise

Comme un suprême adieu. Tout se voile et s'apaise,

Tout deviant idéal, forme, couleur et bruit,

1　Paris Gare de Lyon，巴黎的里昂火车站。

2　朱尔·布雷东（1827—1906），法国风景画家、诗人。作品有《田园与海》等诗集。

Et la lumière avare aux détails se refuse;

Le dessin s'ennoblit, et dans le brun puissant,

Majestueusement le grand accent s'accuse;

La teinte est plus suave en sa gamme diffuse,

Et la sourdine rend le son plus ravissant.

Miracle d'un instant, heure immaterielle,

Ou l'air est un parfum et le vent un soupir!

Au crépuscule ému la laideur même est belle,

Car le mystère est l'art: l'éclat ni l'éteincelle

Ne valent un rayon tout prêt à s'assoupir.

暗影如今已经来临,

潮水涌动的黑夜,

火红的晚霞渐渐消泯。

森林静寂的帷幕中闪动着姿影,

犹如最后的告别,万象皆归于朦胧与宁静。

物形、物色、物音,一切都理想化了,

照亮微细形状的光线渐次淡薄,

轮廓崇高而有力的影像中音调越发激越，

色彩眼看着变得复杂而美妙。

轻轻演奏的音乐格外迷人。

瞬间的奇迹，非现实的时间，

在这里，空气生香，风儿叹息。

神秘即是美术，临近的黄昏，

丑陋忽而转化为美丽。

一切闪亮的光辉，抵不上消泯之光神奇。

然而，这幽暗朦胧的黄昏，无限安然的微光中，万象模糊，反而使得轮廓更加鲜明的黄昏，天地溟蒙，只剩下色、影和音的这个黄昏，该是如何丑陋啊！……丑陋，看起来又立即变得美丽、梦幻、神秘和不可思议的瞬间啊。

一粒红宝石似的殷红的明星辉耀而出。路旁人家一行灯火，正好映在野外河水之中。我时时刻刻凝望着苍黑的夜色浓重地遍布在无边无际的麦田上……自从离开巴黎后，再也看不到一座像样的城市。有几处小村子般的车站，快车风驰电掣一闪而过，只有平和的麦田、繁茂的森林、水流悠悠的小河，接连不断。纵然如此，比起单调荒漠的北美大陆中部的平原，还是大异其趣。堪萨斯州牧野，密苏里州、伊利诺伊州的玉米地的景色，弥漫着一种难以名状的荒寂无人的阴森，虽说同样是平和的原野，但对于旅人来说，总会在内心平添一种悲哀——寄予了堪称强大的男性的悲哀；而与此相反，眼下所见的法兰西原野，充满女性的温柔，站立于夜间的沉默的森林，显示着并无寂寥之感的温婉的平和之态。宁静的田野与河流，似乎洋溢着温馨的抚慰。我以为，假若将美利坚的自然比喻为严父之爱，那么，法兰西的自然，就是慈母之心怀，更是恋人之柔情。

这一派艳丽而优美的景色，在半圆月升起时的光影里愈益增添一层魅力。啊，离开故乡已经四年了。自那之后，这四年旅路中，自己从未接触过如此美丽的景色，直至今日。打开车窗，野外一片枯草的气息令人沉醉。跨越大西洋的长途旅行的劳累，不知不觉，使我醒而又睡，睡而复醒；似醒似睡，似睡似醒。每次醒来眺望窗外，哪是清雅的月光，哪是深沉的夜空，哪是梦境，哪是现实的景色，连我自己也无法判别了。

约莫过了十二时，火车停靠唯一的车站，列车员吆呼着："这里是第戎芥末[1]、第戎芥末的产地呀。"同时报出城镇的名字来。窗外，三四个女子大声询问去瑞士看湖水该换乘哪趟火车。那声音传入我刚刚醒来的耳朵里，听起来很奇妙。啊，趁着月明夜阑之时，穿越法兰西前往瑞士观看湖水，究竟是何处女郎？莫非是从月宫下凡的仙女？……那一身白色的夏装，看上去神圣、婉丽。那群女子向对面走去，火车停站不足五分钟，又急急开行了。

我渐渐累了，即便坐在铺着天鹅绒的座席上也疼得不堪忍受。眼皮沉重，自然地闭合了。然而，我难以舍弃这可贵的月夜，睁开惺忪的睡眼一看，这一带的地形似乎大大改变了。一望无垠的没有起伏的平野上，繁茂的森林渐渐稀少，没有一户人家。一条宽阔的马路，与铁道线并行通向远方。道路两边，矗立

---

[1] 法语 moutarde de Dijon，法国芥末酱。

着法兰西特有的白杨树，一排高度相同的数百棵乃至数千棵绵延不绝……望着望着，四面忽然被飘浮来的银幕般的雾气遮蔽，只能从时断时续的雾的缝隙里，瞥见沙滩似的白色浮洲。地面似乎格外低平，使人想象那里是大河的河畔。我很想窥视一下流动的河水，但在月光的照耀下，青青的地表上唯见飘动着的乳白色的雾气，疲惫的眼睛只能徘徊于梦中。车厢壁上悬着地图，我从座席上站起来瞧一眼都很困难，心里只是急着想看，但最后又不知不觉睡着了……

突然，列车通过一座铁桥的轰鸣将我惊醒，睁眼一看，一排排白墙壁的人家矗立于两岸高高的石堤上，在电灯光或月光的映照下，四周非常明亮。

眼看就要进入里昂了，我慌忙捡起掉落的帽子，掸掸衣服上的尘埃，走下火车。车站的时钟指示着夜间三时半。夏夜的天空星消月落，已经泛出鱼肚白，很快就要天亮了。

乘上公共马车，驶过静静沉睡的街道，进入河岸唯一的一家旅馆的一室。就寝前，我很想稍稍观看一下明净的欧罗巴拂晓的天空。打开露台窗户，远近处传来小鸟的鸣啭声……都市黎明中小鸟的鸣唱，传到我这个初来乍到的纽约客的耳朵里，总觉得有些不可思议。

　　醒来，想起巴黎旅馆的老板娘送给我的白玫瑰。我把花插在车窗上，因下车慌忙，全然忘却了。那枝花依旧一路芳香，眼下早已抵达马赛了呢，还是途中惨遭上下车旅客的一番践踏呢？……

　　　　　　　于里昂　明治四十年（1907）七月

罗讷河畔

我眺望着流经里昂市区的罗讷河水，将疲惫的身子投倒在石堤下碧草覆盖的砂石滩上。

每天什么都没干，却也很累，身体和精神都很疲惫。来到法兰西已两个多星期，已不能推脱说是旅途上的疲劳了……

闭着眼，倾听脚边激流冲刷小石子的声音，眼前浮现出各种往事：离别的美国的风景，倾慕我的女人[1]的面影清晰可见。啊，已逝的梦境，可恼的回忆，多么美丽动人的悲哀啊！

这悲戚、这回忆，对于眼下的自己最可缅怀，比起恋人本身更叫我念念不忘。为了寻找已逝的往昔，陶醉于无尽悲悯的美梦之中，每天傍晚，我都来

1　伊迪丝，作者在美国华盛顿结识的妓女，旅法后一直保持联络。

到河滩，坐在草地上。

四周很静。这里已是里昂的郊外，抬眼望去，头顶上高耸着砌成两段的石垣，像城墙一样坚固。这是为防备变化多端的激流以及洪水泛滥而建筑的。再上面，是青青的林荫道，枫树的枝条垂挂下来。隔着翻卷的激流眺望对岸，从红十字区到圣克莱尔，灰色的房屋重重叠叠，一直上升到山麓。尽头似乎是一大片果园和牧场。青青的山岗又高又远地绵延开去，与蓝天相接。河下游双眼可及之处，那些为两岸碧绿的树木镶上一道边，一起高高并立的人家房屋的白墙和灰色的屋顶，绵延无尽，随处可以看到寺院的圆塔。河上有好几座桥，桥面上车水马龙。

一望无垠的风景，如今都笼罩在蔷薇色的美丽晚霞里，烟水空蒙，一派静谧，恍如梦境。没有一丝风，然而空气清泠爽净。眼见一切都变得惝恍迷离起来，房屋、树木，或远或近，反而显得更加鲜明。对岸远处的山岗上，小路历历可辨，河堤下面的小石子粒粒可数。然而，这种鲜明决非实存的东西，是靠双手摸不到的——换言之，仿佛凝视着映在明镜里的物影一般的心境。

美利坚因为纬度低，断不会飘荡着如此美丽的黄昏之光。盛夏时，由夕暮转入黑夜的时间非常短暂。但是眼下的法兰西，已是接近夏末的八月，太阳七时落山，直到九时之前的两个小时里，天地渺渺，呈现出一派漠然迷蒙的梦幻世界。

爱情、欢乐，对于苟活在残酷现实中的我们，是怎样的乐园啊！我到达里昂的第二日起，为了一天不漏地独自沉溺于回忆之中，一直如醉如痴地在这里发呆。

我为何自告奋勇要到法兰西来呢？我能在这个国度逗留几年呢？总该回一趟日本吧？有没有机会再去美国呢？她又为什么爱我呢？她是否会永远永远等着我回去呢？啊，不管想多少次，这段刻骨铭心的思恋啊！干脆作一次美国之行吧。

不，不，我又马上改变了主意。她和我，都是人。随着年龄的增长，恋爱也有清醒的时候，美梦也有消失的时候。现在的自己独身一人，在这遥远的异乡天空下，思念着异乡的女子，疲倦、憔悴、悲戚。

我的苦恼的心中埋藏着她的面影，永远是那么年轻、美丽。思恋着，思恋着，我真想再看看她，用手触摸她，伸开臂膀拥抱她。然而，云水迢遥，所思所想无法实现，剩下的只有悲伤和哀怨！这不正是我爱情之花永不凋谢的不朽的生命吗？

圆满的爱情总能留住真诚而鲜活的梦，而我却只想为着这不圆满的爱而憔悴、死去。这要比无味地苟活于圆满的现实与绝望之中美丽得多、幸福得多。我无论如何不能再去见她，我只想死于对那时爱情的满腔企盼和悲哀眷念之中……

闭一阵眼，再环顾四周。黄昏渐渐失去了蔷薇色的光泽，不知从何处增添了一抹淡蓝。对岸的小山和人家的屋顶，在背后的亮光映衬下，显现出奇妙而鲜明的轮廓来。与此同时，汹涌澎湃的河水骤然漾起令人目眩的璀璨光彩。在那附近钓鱼的人影像雕塑一样凝固不动。河堤上的林荫深处，点起了煤气灯。天光水色，呈现着星星点点苦涩悲戚的黄色。空气比之前更添一层静谧，只有永远如泣如诉的河水是那样悲伤、那样沉滞地流淌着。我仿佛从这声响中听到了各种各样的歌唱和絮语。并不是用耳朵听的。今夜，在天地就要进入安息的瞬间，这是只有跳动着的心才能分辨得出的无声之音。我在这时候确实听到了恋人们的窃窃私语。我凝望遥远天际，侧耳倾听。

"那么，过了今晚就不能再见了吗?"是年轻女子的声音。

"唔，只是暂时……一年或两年。"一个男人的声音回答道，他故意装得很平静。接着，女子的声音有些颤抖:

"一年或两年，那就不是什么'暂时'了，或许我们一生都不能再见了……"

听到了啜泣声，男人的语调也激越起来。

"总不至于会那样吧。即使分别十年、二十年，只要心不变……"

"那么，要是心变了呢?……"

男人穷于回答。突然，我感到心中像被冰冷的剑和锐利的针猛地戳了一下。抬头一看，石堤的栏杆上倚着一对青年男女，二十来岁。他们并没有发现躺在下面河滩上的我。

　　我按着刺疼的胸，"啊，变心啊。"——口中反复念叨着。我在心中起誓：自己到死都要在梦中记住那个离别的女人的面影。——只要心不变，印在心中的面影就不会消失。然而，又怎能断言，人的心靠什么永远不变呢？倘若自己的心似云似水，不知不觉变了，那么，曾一度心心相印的那个恋人的面影又会怎样呢？那面影总有一天也会消失吧？仿佛在周围发现了小偷一般，我用双手再次捂住了胸脯。

　　堤上的年轻女子，一边哭一边诉说："皮埃尔到巴黎后不久，就把思念他的人全忘掉了；杰克入伍到了非洲，跟一个阿拉伯女子好上了；那个念着路易斯的夏尔到意大利留学后，再也没回来……"

　　啊，我不久也许也会去意大利，也许还有机会看看西班牙。我想着我那不可预测的将来，我也有一颗软弱、不可靠的心。我把额头抵在冰凉的石垣上，哭了。四周早已是黑夜。

　　　　　　　　　　于里昂　明治四十年（1907）八月

秋巷

来到法兰西，我才知道，法兰西的风土气候是多么富有可感性啊！

与夏天的明丽华美相对照，秋天又是多么悲凉寂寥啊！而且，这种悲凉和寂寥与其说是从心底感知，毋宁说浸入了人的血肉，仿佛伸手就可以触及。法兰西的诗、音乐和德意志相比，有着根本的不同，道理就在于此。产生缪塞的法兰西没有出现歌德，产生柏辽兹[1]的法兰西没有出现瓦格纳。北欧森林的幽暗诉说着神秘，而南方优美的法兰西自然中所特有的悲哀里包蕴着一种难以形容的美。与其说人们由这种悲哀而想起什么或感悟到什么，毋宁说直接沉醉于这种悲哀之美中而神思恍惚。

1　柏辽兹（1803—1869），法国作曲家，法国浪漫主义音乐的主要代表人物。

　　在星月交辉的夏日夜晚散步，在露清草香的夏天早晨徜徉，不知何时，早晚的风儿渐渐沁入肌肤。而那午后几乎要把人烤焦的明亮干热的阳光，也在不知不觉中变得微弱，有时看起来甚至像昏黄的灯光。这让我更加想起拉马丁 [1] 的一首诗：

　　　　Oui, dans ces jours d'automne où la nature expire,

　　　　A ses regards voilés je trouve plus dattraits;

　　　　C'est l'adieu d'un ami, c'est le dernier sourire

　　　　Des lèvres que la mort va fermer pour jamais.

　　　　万象渐渐消失的秋日，

　　　　朦胧的光芒多么美丽！

　　　　这正像同朋友挥手告别；

　　　　又好似将死之人的唇边，

　　　　露出了临终的笑意。

1　拉马丁（1790—1869），法国诗人、政治家。诗风朴素而抒情。主要诗集有《沉思集》《新沉思集》《诗与宗教的和谐集》《一个女仆的故事》《圣普安的石匠》等。

　　盛夏时节，即便接近八九时，昏沉沉的天地还沉醉于难以言说的蔷薇色黄昏中。如今，我倾听每个寺院晚祷的钟声，秋天那无精打采、老朽乏力的夕阳已经西沉，只把一些余光留在天空，比起夏季，更增添了鲜明的紫色，一层似雾非雾的淡薄夕烟笼罩着四周。

　　这时候，伫立于市内各处建有喷水池、铜像和树林的广阔的十字路口，可以看到急急回家的匆促人影在昏黑的树林间闪动。天空一刻一刻变暗，尚未消泯的悲哀的黄昏之光里看不见星星，但是地上的灯火早已放射出夜晚特有的光亮，将树影投到黄澄澄的草地上。树叶一片、两片，无声地飘落，在这鲜丽的灯光里，形成了最为优雅的景观。

　　这时候，伫立于罗讷河几条长长的石桥边，可以看到河下、河上、两岸一望无际的房舍和波涛翻滚的广阔的水面，宛若一幅褪了色的水彩画。透过一望无际浓紫的夕霭，可以看到人家的灯火和堤上的街灯点点闪烁，发出朦胧的红光。桥上两侧的电灯光中，有些匆匆赶路的男女，他们的帽子忽闪忽闪地抖动，就像风儿扑打田野里农作物的叶子。结束一天工作和事务、急着回家的这些人的跫音，以及急驰而过的电车和马车的轰鸣，混合着奔腾的急流，奏出了一曲都市晚间生活苦涩的音乐。放眼望去，石堤下以洗濯为业的几艘篷船上点着灯，许多妇女卷着袖子正在河里浣纱涤布。秋天的河水想必很冷吧……

这时候，走在繁华的大街上，天还未暗，两旁的玻璃窗内就已灯火闪耀，人流如潮，显现着夜的热闹。街角路口的饮食店，从放盆景的门口到马路近旁，摆着成排的桌子，明亮的灯光下，身穿黑衣的侍者手捧杯盘，来往如飞。各处的咖啡馆里传出了小提琴曲和女人的歌声。纷乱的人影中，打扮得引人侧目、胁肩谄笑的女人往来不绝。这急切等待秋凉的长夜早些降临的法兰西都市的黄昏，有着别的国家所难得一见的风情。

这时候，到市郊的公园去，寂然无声的树林间点着煤气灯，人们仍在池畔或花间小径散步，然而却听不到夏日傍晚时爽朗的谈笑。水边生长着的芦叶，在秋风里瑟瑟抖动。黄昏的天光火影营造着既非黑夜又非白昼的幽暗世界。我眺望着悄然走动的女人们的白色衣裙和河面上栖息的天鹅羽毛，再看看远方夕霭弥漫的幽黑森林，心中感到难以名状的凄清。临水的柳树落叶纷纷。星星映在水中。潮湿的泥土泛出浓郁的香气……夜幕开始遮蔽大地。

白昼一天天变短，早已到了十月末尾……天空灰暗，细雨微茫。或早或晚都在下雨。有时云层飘动，露出蓝天，偶尔漏泄下薄薄的阳光。不过半小时或一小时，又下起雨来。原本碧绿澄澈的罗讷河水浊流宛转，眼看就要冲决高高的石堤涨溢出来。夜间，咆哮的水声摇撼着附近的街道。正是这个时节，罗讷河下游法兰西南部一带和加龙河流域经常洪水泛滥。

已经感觉不到天是什么时候黑下来的了，因为午前午后和傍晚一样灰暗。窗少的房舍从三四时就得点上灯。即使雨停了，家中屋内屋外都是一样湿漉漉的，寒气侵肤。不管如何小心谨慎，也会突然打起喷嚏，流出鼻水，浑身哆哆嗦嗦，似乎患上了流行性感冒。

　　没有家，没有朋友，一个人羁旅在外，最怕这样的坏天气。去散步吧，这种天气下，公园和郊外当然不能去，只好撑一把伞，在晴日里司空见惯的大街上漫步。

　　雨水濡湿了枫树，河岸大道上落叶狼藉。看着有石像和纪念碑的花园、花草枯萎的广场，深深感到一种说不出的荒寥，仿佛这座城市刚刚发生过一场骚乱。离开这条中心大街，再进入横街短巷，凄清的景象更叫人难以忍受。

　　雨水打湿了银灰色古老的墙壁，房屋蹲踞在灰色的天空下，一扇扇窗户像盲人的眼睛，没有一丝朝气，也窥不到一个人影。这条小巷里有一家似乎从来没有人光顾的杂货铺或旧钟表店。在这个没有灯光、漆黑一片的店里，一定有个患了风湿病、双手不能动弹的当班老婆子，孤零零地看守。虽说是小巷，总不时有些穿戴腌臜的女人，一手拎着装满洗衣物的小筐，急急穿行其中。在这些见不到阳光的家家户户的门前，成群的瘦犬随处游荡，互相咬架，时时传来猗猗的狗吠……然而这叫声随着败阵之犬的逃遁而消失，一切归于原来的寂静。此刻，一时停歇的寒雨又沛然而降。这些横街短巷因为没有被车马撞伤的危险，盲人音乐家一齐拥来这里，随处彷徨。他们拉着音色蹩脚的小提琴曲，给这暮色渐浓的街巷更添一层哀愁……

我总是随手从衣袋掏出一些零钱投给他们，然后急急忙忙向繁华大街跑去。我巴望黄昏早点儿过去，灯火辉煌的夜晚快快到来。我一边想一边踏上回家的路。到了夜晚，比起灰暗的黄昏，心情或许有几分改变；晚餐喝上一杯葡萄酒，心绪总会快活起来吧。

可是，被连日的秋雨彻底败坏了的情绪，即使夜幕降临，即使酩酊大醉，也还是无力快活起来。桌上的油灯芯子已经拧到最大，窄小的屋里依然暗淡无光。迷醉的心反而堕入对往事的回忆之中。

就是这样的夜晚——听到阳台上滴滴雨声，会使人无端地哭泣。魏尔伦的诗唱出了这个意思：

Il pleure dans mon cœur

Comme il pleut sur la ville ;

Quelle est cette langueur

Qui pénètre mon cœur ?

O doux bruit de la pluie,

Par terre et sur les toits !

Pour un cœur qui s'ennuie,

Oh! le chant de la pluie!

Il pleure sans raison

Dans ce cœur qui s'écœure!

Quoi! Nulle raison?

Ce deuil est sans raison.

C'est bien la pire peine

De ne savoir pourquoi,

Sans amour et sans haine,

Mon cœur a tant de peine.

雨洒落在街巷，

我的心中也泪如雨下。

这样的雨，

为何进入我悲哀的心中？

这震动大地敲击屋顶的

萧条的雨音雨调，

你不知道我的心为何忧愁，

只是无目的地润泽着它。

这是一种无名的悲哀，

达到极点的悲哀！

既非憎恶，也非爱恋，

我的心充满无量的哀愁……

  我曾经从玻璃窗内俯视着雨中的大街，嘴里不时用法语吟诵这样一些词语：秋——雨——夜——灯——旅——肌寒。我觉得，只有在这种时候才能深深体味到这些词语所蕴含的隽永诗意。

  刮了一夜大风。林荫大街、十字街头、河岸大道，城中的树木全都落叶了。这天早晨，街道上显得十分明朗。天气响晴，阳光普照。行人的呼吸化作白色的水雾。冬天来临了。

于是，郁悒的心境依旧郁悒，但已沉着冷静下来。因为我也和别人一样，有时笑着，有时坐在暖炉旁的油灯下，畅谈冬天的游兴。但我绝没有忘掉春天的欢乐和夏天的明丽。我并非喜欢冬天的寒冷。那么，已逝去的寒雨之夜的悲哀又是从何而来呢？我这么想——同恋人分别的人，会一时悲痛欲绝，但不久就会习惯于这种绝望，一边思念，一边让感情冷却，并逐渐淡忘。即便上了年岁以后，也还会是这样一番心境的……

于里昂 明治四十年（1907）十一月

耍蛇人

Je ne prétends pas peindre les choses en
elles-même, mais seulement leur effet sur moi.

—Stendhal

我们不想仿照事物的形象描写，
而是力求通过事物的形象，描摹出心中的感受。

——司汤达

一

雨一滴没下，炎阳辉耀，晴空万里，内心兀自感到这是法兰西盛夏的一天。此时我在受雇佣的银行了结一日的工作之后，还未到六时，燕子交飞的蓝天之上，依然高挂着太阳。我从一座古老而黯淡的建筑前通过。它的前身是十六世纪的圣彼耶女子修道院，现在改建成了美术馆。我走在索恩河岸大道上，在一座矗立着雄狮雕像的桥头，或乘坐开往乡村的电车，或利用沿河道溯流而上的小汽艇，都能去里昂远郊散步。

到过里昂的人想必还记得，从位于城中央的证券交易所门口，左右皆可登上楼梯，迎面就是一对裸体男女游泳的大理石雕像。那男子强劲的筋骨与严峻的面孔，象征着罗讷河湍急的水流；那女子面朝后，头发散乱，像是溺水的姿态，象征着索恩河。索恩河就像女性。河水宛似巴黎的塞纳河，流速平缓，岸边的景色优美可爱，两相比较，毫不逊色。

离开狮子石雕的大桥，回望河流下游一带，河岸上排列着石头建筑的古朴人家。越过里昂法院一排粗大的石柱，就能看到十三世纪初期奠基的圣·让主教堂，以及周围中世纪遗存的即将倾圮的小型屋顶。与一望无际、古色晦暗的全景相比较，富维耶圣母院前方的河面，水流平缓曲折，河岸大道上排列着新居的人家，显示着都市的膨胀。背后，较之河岸更高的小山的半山坡上，遍布着古老要塞的断壁残垣。浑身长满树瘤的树木，那副艰难生存的姿影，看起来多么寂寥。

"观景台、观景台，有人下车吗？"一看到桥畔，电车或轮船乘务员就接连不断地叫卖着车票或船票。

稀稀落落的人家，还能看到砖瓦厂和木材厂。前边的河上，停泊着几艘堆满砂子和木料的拖船。石堤下的水边，芦苇茂密，几个人坐成一排，垂纶水上。河水径直奔流，向着正面远远耸立的多尔山（黄金山），次第高起的一列小山一览无余。在晴明的蓝天下，山坡中腹因彻底开垦，栽培的各种菜蔬各自排成五彩条纹，美丽悦目。

突然，河流被坚固的堤堰阻挡了，奔腾的水流变成矮矮的瀑布跌落下来，仿若一条铺开的白练。瀑布前方也变成了一汪苍黑凄清的深水潭。自城堡般高大而坚固的石堤，向漂浮于堤堰远方青绿的小岛间，一道钓桥架起，一直通向河对岸。公共轮船上满嘴里昂口音的售票员，大声地吆喝通知旅客："巴布岛（胡须岛 [1]）到啦！"

---

1 位于里昂北部索恩河中的小岛，有十一世纪至十五世纪建筑的教堂和古堡。

　　左右河岸和桥头，排列着五六座两层楼的建筑，白壁上顶戴着红瓦屋脊，有旅馆、咖啡店和餐馆。路边摆放的餐桌旁，晚上总是停放着兜风者的自行车、汽车，这些餐桌刚好供休闲人员歇息腿脚。二楼伸出栏杆的露台上，可以看到用餐的男女。

　　"胡须岛"前方是公园，凉爽的树荫下有几个人玩投球游戏。他们身后古木的阴影中围绕着寂静的土墙，里边似乎无人居住。虽说过去是修道院，现今为著名的圣母院，但作为往昔的遗存，数百年古木森森，甚至不见一座房舍。建于水上的石垣，缠络着野生常春藤、覆盖着厚厚的青苔，外面听不到一点声响。

　　两岸越来越幽静，山下只能看到村庄里红色的屋顶和古寺的高塔。有时也能看到建有围墙的富豪别邸，以及专为各色风流人物服务的饮食店。沿河的道路生长着遭受风沙袭击的、被晒得泛白的白杨树，连绵无尽。道路又平又宽，自行车毫不客气地冒着尘烟，在上面飞跑。被青翠树林遮蔽的浮岛再度出现。孩子像青蛙一般游泳。水流像运河一般平静，在闪光的沙滩上搭起的栈桥旁的小船坞周围，停泊着几艘白色的货船。丰茂的芦苇丛中，可以窥见城市女子时髦的衣衫，她们的谈话声突然被接吻的响声遮断，紧接着，石垣下看不见的地方，传来了钓客粗重的鼾声。

　　这样的景色，我每天下班回来都会看到一次。那是夏天的夕阳沉没前回光返照的格外明丽的时刻，归途中伴着梦一般的黄昏，再隔不久，里昂附近的灯火也将静静闪烁，就这样最后走回我的住居。夜色来临之际，沾有露水的草木吐露着芬芳，我经常沉醉在这弥漫的香气中，甚至忘记回家的时刻。而坐在村中的小酒馆、大树荫里的餐桌旁用晚餐，也是常有的事。

二

　　宽阔而洁净的河岸大道，每隔两三家鳞次栉比
的咖啡店（休闲茶馆）和酒吧（居酒屋）其间，必定
有一条属于村里的细细石板路，通向山下平地，或沿
石阶也可以直接登上山麓。这里都是百户或二百户人
家的小山村，房子互相挨得很紧，有的地方依旧残留
着中世纪害怕邻村偷袭的颇为保守的旧时风貌。路面
的石板已经被踩踏得高低不平，古老石墙曲曲折折，
角落里竟然还贴着过去选举的纸板广告，例如社会主
义本党、共产派、共和政党等。因为经年累月重叠贴
在一起，新旧颜色混沌交合，别生一种特殊的风致。
房子一般均为二层，有的窗户上安装着栏杆；但石板
墙古老厚重，满是洞穴，感觉黑乎乎的，黯淡无光。
大凡这样的人家，闺女和妻子会把椅子搬到小路边，
一天到晚忙于编织和针指。不过，奇怪的是，一旦黄
昏将临，便不见一个人影。周围晚餐后的油烟气息尚
氤氲未散，孩子们早已喧闹着，将这条狭小的通道变
成了投球游戏的场所。

这个时刻，我或许正走在一条名叫"库增"的村庄小道上。这儿的房子结构属于待出租的别墅建筑，每户人家的门口都标有时髦名字的陶器门牌，石墙上还写着，欲购带花园住宅者，可于几点几点前来商谈，云云。别处山间涌来的清水，越过青苔流来，潺潺有声。于是，我不由想象着在故乡的某个地方，曾经见到过这样的景色；同时，突然觉得路边这条河水的某个地方，定有一位美丽的姑娘，伸出纤纤素腕，正在洗涤衣物。我沉醉于如此荒诞无稽的幻想之中，感到黄昏的光线更加优雅，不慌不忙地遍布四周而来。或因心情所致，总感觉村中的景象和平时不太一样。少女们各自系着新围裙，互相邀集一处，嬉戏笑语。在这儿很少听闻的马戏团的伴奏音乐，清晰地萦绕于耳畔。

回头进入一家小酒馆用了晚餐，吃的是这家菜馆的拿手好菜，即具有乡土特色的油炸河鱼。伺候我吃饭的是一位微胖的女子，幸亏她讲起话来口无遮拦，我问她：

"小姐，今晚上哪里有庙会或舞蹈演出吗？"

"威格¹来了，想必会有舞蹈会吧。"

"威格是什么？"

"真的不知道吗？"

女子笑了，带着乡下人的关切，她一边揩拭食客走后的餐桌，一边对我讲述着这样的事："整个冬季在南部地区巡游的那些无家可归的艺人，每年夏天一到，犹如候鸟一般，瞄准这里不下雨的季节而来。他们赶着瘦马拉的大篷车，从一个村庄到另一个村庄，从一座城镇到另一座城镇，辗转各地，巡回演出。他们三天在这里，五日在那里，唱戏，玩木偶，演出各种杂耍，十分有趣。我也想去看看呢。"

英语称为吉卜赛（Gypsy），法语称为波希米亚（Bohemian）的这些不知起源的流浪人群，经常见于故事书或日常杂谈中。

浪迹天涯，足无停趾。呜呼，这些词语的发音为何如此悲凉，同时又依依难舍地深深震动于心底？流浪，不正是人生真正的跫音吗？那些人没有父母，

---

1 Wogue，疑指吉卜赛人的流动演出队。

没有兄弟，临死的时候，独自一人，走到哪里倒在哪里。既无恩爱，又无义理之眼泪。将一切烦累，抛却尽净。男女相互残酷争斗，深怀妒忌，于大篷车内，杂然一处，过着污秽淫乱的生活。万一生病，就会被无情无义的他人弃置于野外路旁。男人一旦外遇别的女子，只消片刻，就会被嫉妒的利刃划开肚子，剜出心脏……

出了小酒馆，已经是深夜。我这才知道自己喝得酩酊大醉了。幸好有条道路直通河滩，我瘫坐在草地上。或许是喝了劣质葡萄酒的缘故吧，头脑昏昏，夜景不断闪过，我认为事实上我已经被嫉妒的利刃划开了肚腹，那个愚蠢无知、欲火中烧的情妇的面孔清晰地出现了。夜间河水闪光，树林郁黑，万物战栗，飘浮于天空的明亮星光，看起来多么遥远。我向前一头栽倒在地上，翻了个身。

河水方向可以看到万家灯火和车灯。四周黑魆魆的树林之间，幽会的男女身影不时从身边穿过，继续向林木深处走去。黄昏之后村子远方锣鼓咚咚锵锵，那喇叭大鼓的声音次第向这里走近，响声越来越高。我把脸埋于野草丛里，苦恼的头颅前额抵在阴冷的湿地上，于痛苦之中，两耳静听单调的音律的流动。能听到年轻姑娘的笑声。从后面的路上继续传来众人杂乱的脚步声。

突然，我被大地摇动的轰鸣惊醒，猛然跳起身子。原来是夜行列车正从村后山通过。然而，当时我因喝劣酒引起的大醉已消，心情倍感愉快。本以为阴森可怖的河滩之夜，也变成了难得再来的美好夏宵。

此时，我正从噩梦中醒来。夜空、山影、树影，人家的灯火，一切的一切，都十分清晰地、恰到好处地映入眼帘。锣鼓的喧嚣掠过寂静的田园之夜，悄悄传向远方，连回响的速度似乎都能分辨清楚。堤下隔着茂密的芦苇，划水的橹声很有节奏，正因为望不见帆影，才愈显得悠远动听。

拾起掉落的帽子，摸索着理一理衣领，自己从草地上爬起来，慢腾腾越过河滩，朝着锣鼓震响的方向走去。

三

流浪艺人渡过河对岸的钓桥，进入村庄，在空地的草坪上占据一块阵地。众多的马灯喷吐着黄色光焰的烟雾。一眼望见村中一群男女的背影，以及停在草地上的四五辆大篷车。

拨开人群进去一看，只有两座戏台，其余的帐篷都是贩卖煎饼、糖果和冰激凌的小食品店。后面稍远处是野外舞场，高高的木板台上，三个乐手正在拉小提琴。顶戴夏夜星空，马灯的油烟中，乡间男女热汗淋漓地抱在一起，欢天喜地地转着圈儿。

"锵——锵——"铜锣敲响了。大篷车上的汉子呼喊着招徕观众。帐篷外广阔的舞台上，从幕间两侧快步走出两个小姑娘，她俩将直立的身子微微前屈，向聚集在台前的观众致意。因为涂着厚重的白粉，很难看出年龄。似乎是姐妹，一样的桃圆脸，小巧的身材，乌黑的秀发左右分开，两鬓簪着红花。短裙裾，开胸衫，半身和两腕显露在黑色衣服的外面。红黄穗子的披肩自左边斜斜耷拉下来。不言自明，这是巴斯克地区或西班牙女郎风格的标准衣饰。一人两指之间夹着常规的响板。另一人手持巴斯克的小铃鼓，一边"特拉拉"地歌唱着，一边扭动腰肢跳舞。她单手高举小铃鼓时，用一只脚巧妙地击打着鼓面，"咚咚咚"地响着。每每击打时，都会露出黑上衣下边的枣红裙子，如鲜花开放。众人齐声喝彩。

跳了一阵子，其中一个小姑娘继续用脚踢打着小铃鼓，另一个姑娘犹如身子被折断一般，激烈地扭着腰肢，揉搓着。两人一起更有激情地连续表演了两三回，突然左右分开，直立不动。定睛一看，左边一人自腰带间徐徐掏出无旗杆的小旗子，用手指扯开两端，动作娴雅地对着观众展示。

POURQUOI PLEURES-TU.

MON PIERROT ？

（你为何哭泣？皮埃罗殿下！）

观众里有个女子高声读着写在红旗上的白色文字。乡下人听了很是好奇，长时间"啊——"地发出一片惊叹。不一会儿，右边的那个姑娘也以同样姿态亮相，她展开不同的小旗子：

Vaudeville en trois actes

de M ＊＊＊ de Paris.

（三幕滑稽剧 巴黎＊＊＊先生作）。接着，左边
的女子继续：

Ⅰ acte A la foire

Aventure de Pierrot

（序幕 市场 皮埃罗的冒险），两人共同举起：

Ⅱ acte Au balcon

Rêve de Colombine

Ⅲ acte Au lit

Plaisirs d'amour

（第二幕 窗外露台上 克洛宾夫人之梦；第三
幕 床上 恋的欢愉）报幕结束后，两位少女在男女
观众的鼓掌和欢呼中，一边向观众送去飞吻，一边退
到幕后。紧接着，刚才的看门人又敲响铜锣、大声吆
喝："快来吧，快来吧，门票只要十个生丁[1]。好戏就

----

1 法国辅币，一百生丁合一法郎。

要开场啦!"

　　观众陆续进入帐篷中。有些人停步不前,犹豫不决,不知接下来的这场戏到底好不好看。

　　与此同时,同滑稽剧相邻的另一个戏台的看门人,为了将那些犯犹豫的人硬拉到自己这边,提高嗓门大喊:"这里有南洋大蛇、非洲大鳄、印度大蝙蝠……只需十个生丁,诸位就能看到平素难得一见的珍禽异兽。"

　　此时,坐在看门人身边的一个女子,就那么直立于台上,旋转着身子,闪现出紫色外套火红的里子,"啪"的一下又猝然脱掉,向后一扔。朦胧的煤油灯光里,肥白的体躯宛若真裸,裹着浅色的贴身罗襦,套着金丝滚边的黑色天鹅绒短裤。那细长、缺了点妩媚可爱的面部,涂抹着厚厚的白粉;紧闭的嘴唇搽着火焰般的唇膏;大眼睛周围墨黑色的眼线使得整体的容貌越发冷峻。论年纪,看来已过了三十岁。此时,观众中有人嘀咕道:"好漂亮的女子!"

　　女子脚下放着木箱,她胡乱用手从箱子里抓起

四五条小蛇，盘绕在自己的粉颈、双腕、两大腿，以及整个身子之上。女子没有一丝笑容，默然不语，眼睛一眨也不眨，凝神而立。灯光下，蛇吐着丝线般的信子，闪闪灭灭。蛇们似乎很爱女子的玉体芳泽，盘绕聚合，索索爬动，来回匍匐于她的整个身体。此情此景下，让我很难想到女人的血要比蛇血更温暖啊。观众们半是怅然若失，半是默默走动，从右手边的入口进去两三个人，左手边也默然走出相同人数的观众来。

须臾间，女子从身上将小蛇一一摘掉，放进木箱，走近台下正招徕观众的看门人身旁，一句话不说，伸出鞋尖碰碰那人的肩头。汉子猛然一惊，想到她在舞台上仰面而立的形象，似有会意，连忙从口袋里掏出香烟，递给那女子。女子顺手拾起椅子上的斗篷，披在身上，坐在原来的座席上抽烟。她依旧面无表情，目光严冷，瞧也不瞧观众一眼。唇际涌出的氤氲烟气，无目的地喷向远方的夜空。

四

夏天过去了。阳光日益变黄、变弱。里昂的各处曲艺场和剧院结束夏季休假，大街小巷和渡桥桥头，贴满了再度开张的广告。竞马协会大旗飘摇。菊花展和沙龙展¹（秋季画展）等广告画面潇洒，引人注目。咖啡店门口听不到演奏的音乐了。灯火通明的窗户里传出了打台球的声响，长夜不绝。晴空万里，到了午后，骤然阴云密布，狂风呼啸，大雨沛然而降，彻曙不止。罗讷河浊流滚滚，河水猛涨，令人心惊胆战。安装了顶棚的河船，在冷冰冰的河水中紧闭着窗户。河岸上的法桐树落叶缤纷。穿制服的学生们徘徊于午后的公园等地。星期天，城里的街道尽管没有什么好看，但出外逛街的人很多，拥挤不堪。Derniers beaux jours；Profitez-en！（让人留恋的好天气徒然过去了。）用这样的话语替代了 Bonjour（早安）、Comment ça va？（最近好吗）等词，成为人们日常反复使

---

1 法语，Salon d'Automne，每年秋季在巴黎举行的艺术展览。

用的寒暄语。

　　难得的晴天里，一个小时也不该白白浪费。趁着秋末雨雾这可悲的季节到来之前，我要做好一年最后一次散步的准备。终日关在银行里，只能从窗户中瞥一眼秋日的蓝天，那般苦楚无法言说。窗下小路上，一位穿戴寒酸的女教师带领一大群好似孤儿院的孩子到郊外散步，让我好生羡慕。为什么呢？因为这时节白昼日渐变短，银行闭店盘点后，我不仅不能像夏天那样到远方的乡村游玩，而且连过去只上半天班的礼拜六，现在也变成上全天，终日忙于处理业务。我终于还是没能耐心等到礼拜天的到来，有一天，我照例去银行上班，半道上不知不觉竟走向公园方向，在花坛背后读了大半天的书，午后又到很久未去的美术馆逛了一圈。后来实在无处可去，就去红十字高地看看。与夏季不同，晴朗的秋日是小阳春天气，即使只向上攀登一尺二尺，也会使你想进一步将身子更接近蓝天。

　　红十字高地，往昔都是有来头的织造人家的古旧住宅。白天偶尔有电车通过，但乘客很少。住居密集的砖石结构的房舍，随处回荡着永不停歇的单调的织机声。或许是高地空气清爽怡人吧，总能感到一种幽深的寂静。沿着行人稀少的大道，径直登上崖顶，里昂全市以及罗讷河一片低地尽收眼底。罗讷河水流如带，消失在遥远的视野之外。广阔无垠的地平线上方，连绵的阿尔卑斯山脉一派晴明。我望着广袤无垠的伟大空间，忽地摘下帽子，无目的地，一边步行一边连续敬礼如仪。

我走到路面开阔、绿树茂密的大道上，方觉这里是电车的终点站，停靠着四五节空车。一旁的树下，司机和乘务员手里拿着帽子，坐在长椅上吸烟。

忽然映入眼帘的是，停靠的电车旁边的广告牌上写着，"今年令人怀念的红十字高地的演出"。

"演出"？我想起夏日傍晚在索恩河畔散步的美景。冬天的来临，让我感到多么痛苦和悲戚。一年到头关在同一间狭小的房子里，面对相同的银行账簿，重复着过日子。我很厌恶这个身份。虽说现在是在国外，但总是栖息于日本人之间，如同局限于东京这片天地一样。我在里昂也住够了，想看看稍有不同的新的天空。新的东西看起来必定美，给予疲倦的心灵以活力，赋予迟钝的神经以微妙的刺激。我反复思忖着那些漂泊天涯的江湖艺人的境遇，体味着其中深深的意趣。他们和燕子一样，趁着冬季未来之际，前往温暖明媚的南国。艳阳朗照，裹着污秽的毛毯或稻草，躺卧于马车中。一匹瘦马拖着车子，车轮"咯吱咯吱"碾压着瓦砾，慢腾腾地沿着永无尽头的道路前行。到了夜晚，停于陌生的乡村小路，顶着未知的天空和星辰，鸣锣敲鼓，于陌生的男女面前，裸露出涂满白粉的脸孔。习惯了称作"忍辱含羞"的言语之中，蕴含着多少难以形容的悲愁的美啊！

我走着走着，不久就遇到了占据着古刹前广场上的一个演出的队群。与夏天在索恩河岸看到的相比较，这个队群人员众多，形成一个完整的部落形式。然而，当地的居民都各自忙于织造的家业，白天，流浪艺人们的新部落都在安歇。装着窗户的古旧火车厢般的大篷车的顶棚，飘散着烹煮饭菜的细细烟柱。拴在车与车之间的绳子上晾晒着脏兮兮的内衣。下面，倦于梳洗、蓬头乱发的女子，在小铁桶里灌了水，洗涤盘碗。午睡中的男人一副被太阳晒黑的污秽的脸孔，贪婪地昏睡不醒。嘴边粘着食物的孩子，坐在落叶散乱的泥地上玩耍。十月昏黄的阳光，透过大半落光的梧桐树梢，明晃晃地照着人们疲倦的生活；只有正面街道上高耸着的古寺的半边墙壁上，斜斜描画出或浓或淡的光影。

我不想惊扰酣睡的人们，也害怕那些时时抬眼望着我的女人。我一边小心翼翼地走在车厢与车厢之间，尽量不使脚下落叶发出声响。不由想起上次看滑稽剧中那一对姊妹和耍蛇的女人，不知是否也在这个队群之中呢，还是早已南行而去了？

一辆车厢的入口处，坐着一个专心致志低头做针线的女子。她有着年龄约莫三四岁的两个孩子。可爱的小嘴唇和两颊沾满了面包片上的果酱[1]，孩子们眨巴着大眼睛，温驯地依偎在母亲身旁。

秋天的太阳斜照在大篷车的顶棚，坐在阴影里的女人的身姿，犹如坐在设备完全的画室内，因受到

---

1 原文法语：confiture，糖煮水果酱。

柔和而曲折的光线的照耀，静静地宛若浮雕一般清晰可睹。一件污秽的围脖衫，下裾尚未勒紧胸际，天气虽然还不算太冷，为了遮蔽双肩，她早已披上了颇为邋遢的毛线坎肩。看样子，酷似贫民区昏暗小店门口，生着一副憨厚面容，终日团着腰，操劳不息的老年主妇。到了黄昏，也不点灯，为寂寞而单调的生活疲于奔命。要是我没看到她那一头梳洗整齐的发型，哪里会想到是那个在夜色凄迷中为家业而献身的女人呢？眼下这个耍蛇人，不再是被吐着油烟的煤油灯的光亮照着，而是温暖的太阳为她照耀。

一个婴儿刚刚学步。他想站起来，又立即失去重心，摔了个屁股墩儿。他紧握着手里的面包片，大哭起来。女子惊讶地将孩子抱起，亲吻着孩子沾满果酱的黏糊糊的脸蛋，手掌抚摸着孩子散乱柔软的头发。我无意中从打开的车厢门口偷偷瞧了几眼。家中似乎没有丈夫模样的男人。

不知怎地，我感到无端的悲哀。怀抱婴儿的母亲的姿影，这就是个中原因吗？可以说是，又不是。硬说是"悲哀"，或许不太好。那就改成：近似悲哀的一种薄暗阴湿的感情吧。

　　滑稽剧车中的招牌尚存于记忆，但没有见到小姑娘的芳姿。本来，我也并非很想看到，于是就回家了。

晚餐

随着时代思想和趣味的变迁，过去爱读的《唐诗选》[1]和《三体诗》[2]等，一首也记不得了。唯有高青邱那首"十载长嗟故旧分，半归黄土半青云"[3]开头起承的这两句，或许因为旅行中的心境所致，至今依然常常浮现于心间。

看来这两句诗有着音乐般的温柔和哀伤，同西方相比，就像魏尔伦等人的抒情诗一样。

1　唐代二十七位诗人诗作选集。传说选者为明代李攀龙，但未见定说。江户初期传入日本，作为汉诗入门而流行至今。

2　三体唐诗的简称，凡六卷，由南宋周弼遴选唐代一百六十七位诗人诗作，分七言绝句、七言律诗和五言律诗编纂成册。

3　高启（1336—1374），元末明初诗人。苏州人。热爱田园生活，有《姑苏杂咏》诗集传世。此诗收入《高青邱集》卷十八，七言绝句《阊门舟中逢白范》，全诗为："十载长嗟故旧分，半归黄土半青云。扁舟此日枫桥畔，一褐秋风忽见君。"

　　四散的旧友相互从记忆中远去，此后又过了五六年。那年我来欧洲旅行，住在法兰西的里昂。没想到在那里遇到一位担任过日本某银行职员的老朋友。

　　场所就在银行总裁的宅邸。当晚，我应邀出席晚宴，在餐厅的桌子前就座。总裁将同桌的三位银行职员和住在里昂的两位横滨生丝商人，一一向我作了介绍。

　　"呀，是吗？你和竹岛君原来就是好朋友啊？"总裁出乎意料地回头望了望我的老友竹岛。

　　竹岛规规矩矩地回答了一句"是的"，说罢讨好地笑了笑。"你是漫游各地呀，很是了不起。在伦敦也待了好长时间……哈哈，巴黎也看过了？呀，想必过得挺愉快吧？"

　　过去我们都是互相争强斗胜的朋友，眼下，这位老友嘴里吐出的尽是油腔滑调的阿谀之词。听到这些话，我不能不感到"俗世""生活"所起到奇妙的威力。

　　已经过去五年多了，我再也想象不出他参加向岛游艇比赛的舵手的身姿。同语言一样，容貌和风采都发生了惊人的改变。时髦的斜纹西装、两个钮扣、金锁、领饰夹、戒指、袖扣等，一律金光闪闪。住在伦敦、纽约的日商和普通公司职员都一直认为，在国外期间，首先必须注意自己的风采，只要形象美，就能很好地保持住国民的品位。——我明白，同样的理念也强烈地支配着滞留里昂的日本人的头脑。

不久，总裁夫人出现在座席上。餐桌上摆满了她亲手制作的日本菜，此外还有日本酒。

大家照例开始推杯换盏。"我已经不行了，再叫我喝明天就上不起班啦。"要是有人这么说，马上就会遭到制止："这杯酒是我给你斟的，你怎么能不喝呢？"整个日本的餐馆、筵席、休闲屋和游廊，不知有多少人，相识与不相识之间，嘴里重过来道过去这些劝酒的话语。此种吵吵闹闹的强制与推辞的争执，不知不觉也在滞留欧洲的日本绅士之间流行起来。最后，大家都喝得面红耳赤，酒气熏人。总裁似乎故意表现出快活的样子，回头望着银行职员部下，说道：

"哎，怎么样？我们轮流表演节目吧……"

"竹岛君，就从你开始。"夫人应和道。

"夫人，这哪儿行啊！"竹岛像登上高台的圆游[1]，一边挥手一边推辞。那种有意作出的狼狈相，同他那法兰西式的小八字须和金丝眼镜，显得更加滑稽而不协调，他的眼睛里有一种令人不快的神情。

竹岛顺势问了坐在一旁的一位生丝商人："你有什么好节目，给大家露一手。"那位生丝商人听罢，回头捅捅另一位银行职员，说："横滨千岁一带地区，我倒是经常听到阁下的名字啊。"

话头转向艺妓的事。据说日本这方面涨价了，很难找到便宜的店家……接着，他谈论起休闲屋和酒馆的价钱之类，又将法兰西女子和日本艺妓比较了一番。大家七嘴八舌，西洋女子很难捉摸，也无情趣，又不能从容待之，只是一味索要现金——最后一致归结到这一点上。

吃完饭，在主人的陪伴下，大家转移到原来的

---

1 此指三世三游亭圆游（1849—1907），明治时代最有人气的落语家（单口相声艺人）。

客厅抽雪茄。法兰西女佣端来水果和干邑白兰地与酒杯，随后离去。

"好漂亮啊！"不知谁目送着她的背影说道。

"叫她服侍你吧。"夫人笑着说。

"在府上待了很长时间了吗？"生丝商人问。

"已经三年了。"

开始谈论女佣的工资，接着又谈起日本人在法兰西生活的花销是多少。夫人忽然格外热心起来，她说，作为日本银行的总裁，从银行总行领取相应的住宅津贴，从国家名义上说，不至于招来外国人的耻笑，这不是挺好的事吗？她还举出种种实际例子。有时候，她也会犯女人的通病，说着说着就离开主题，啰里啰唆重复好几遍。并没有人提问总裁，他自己主动谈起海外分行同总行的关系来了。一旦谈起，就没完没了。

不用说，随着谈话的进展，就连日本领事和外交官的出差津贴也上了话题。此外，德国和英国的银行职员差旅费也被涉及到了。不过，尚无一人能通晓外国事务，引经据典，通过实际例子作详细说明。他们只是从日本官吏和银行职员津贴的不同作为谈话的重心。银行职员们由竹岛带头，似乎对着总裁诉起苦来，住宿费多少，服装费多少，电灯费加上冬天煤炭费多少……大家都是同行，要想攒点钱来那是十分困难的。最后，他自言自语发起了牢骚。他说："也许不光是银行，如今不同于往昔了，半个季度的奖金也不是每年都有所增加。"

于是，总裁讲述起一二十年前自己银行职员的生活。他说，纵使过去，也不是一切都叫人满意。自己也和大家一样，尽管尝尽千辛万苦，还是坚持走过来了。

谈话到此也该结束了。但总裁接着又回忆起往昔提起过的人名，说哪个人在某某手下很早就发迹了，如今去了什么地方，在干什么工作。随后又谈起某某人的夫人是什么伯爵、什么富商的女儿，并由此考证出了其亲族血统关系以及个人经历。谈话中要是将某某侯爵误以为是某某伯爵，就会有人尖锐地指出，某某应该是侯爵，——不是"时候"的"候"，而是这个"侯"，他是战后才成为侯爵的。如同发生了重大事件，郑重其事地加以纠正。接着，还就某某贵族或富豪家里是两个女儿还是三个女儿，那位母亲是不是正室等，争论不休。突然又会谈论起最近日本报纸上选美的事，说日本的照相版为何不像法兰西的那样鲜明，然后就是一番过激的西洋崇拜论。有人批评说，选美原是参赛者自己主动向报社寄的照片，只不过是一种征婚广告罢了。这些议论表现出了日本人特有的爱挖苦讽刺的个性，以及硬是将各种秘密暴露出来的恶癖。

晚上七时就餐，一直吃到夜里十时。我的耳边听到的尽是这一类事情。

＊＊＊

我和大伙儿向总裁夫妇行礼告别，来到外面。

夏季八月的夜，一派苍茫。街道的风掠过，带着某种难以表达的寒意。刚刚的我被长时间地封锁在香烟的烟雾和众人的杂谈声中，现在仰望着群星闪烁的夜空，感到辽阔明净。路两旁除了亮着红色门灯的香烟店之外，大都关门闭户了。但有人居住的二楼或三楼敞开的窗户里却闪耀着清凉的灯火。放置盆景的露台上，可以看见一边观赏夜景一边说话的人影。街角的各家咖啡店每晚都是如此，乘凉的人们都在明晃晃的灯光下一边闲聊，一边眺望外面的道路。

法兰西夏夜，真想随处走走直到天明。我在总裁的晚宴上，因为不能随意重温旧情，如今哪怕在罗讷河边、公园池畔，只要能和阔别十年的竹岛君推心置腹地就往事边走边聊，那将是多么愉快的事啊！

这时，大伙儿正一起过马路，一直走到罗讷河桥畔的莫朗广场。横滨生丝商和一位银行职员因住在郊外，他们飞身跳上了已经驶离站台的电车。

竹岛大声喊道：

"不要那么急着回家啊，没有电车还有马车嘛。在里昂是不是包养了小老婆？没出息的家伙。"

我之前没有注意到，竹岛看来是喝醉了。他在总裁面前忍住了，但出了总裁家，醉意一下子就爆发出来了。竹岛目送着渐去渐远的电车的影子，咂了咂舌头，忽然发现身边站着他的同僚，于是转过头，说道：

"咱们散步去吧。没想到醉成这个样子啊，脸都红了吧？"

"记得你以前是滴酒不沾的啊。"

我无意中说出的这句话，不知为何似乎使竹岛不快。醉意中有些不满，说话也稍显粗鲁了。

"你呀，同过去大不一样啦。求学时代和走向社会的今天，不可同日而语了。"

他回头看看默默站在一旁的同僚，说道：

"高田君，你也要稍微学喝点酒。不用喝得太多，但像你这样滴酒不沾，今后在社交上要吃大亏的。你来法兰西已经半年了吧？一杯啤酒都不能喝，确实有点不像话啊！"

"哦，我一定努力练习。"那个叫高田的青年小心翼翼地笑着回答。

看起来这个叫高田的年轻人约莫二十二三岁，从某个地方的商业学校毕业后，就被银行雇用，不久又被派到了法兰西。在竹岛这样一个混迹社会的前辈面前，大概常常受到数落。我从一边插嘴问道：

"竹岛君，你来法国几年了？"

"我吗？"他说话果断，语气浓重，"到今年冬天，正好满五周年。"

性格文弱的青年高田应该是刚离开故乡不久，看他的神情有些落寞。听到竹岛已经来了五年这话，对他产生了很深的影响。

"也许我也非得等那样久才行。那么，我究竟要待上几年，才能听懂洋人说的话呢？"

"你整天闷在房里是不行的，听得懂他们的话才奇怪呢。只有多多接触洋人才是。"

这时，我们来到了罗讷河岸，从正面越过莫朗桥。在夏夜明亮的天空下，灯火明丽的对岸一带，到右手远处高耸的红十字高地上的房屋家舍，都笼罩在一层薄薄的银白水蒸气之中，梦幻般伫立着。我忽然忘记了两个人的事，只是神情恍惚地沉醉于夜气之中，走过了桥面。

"哎，高田君，男子汉大丈夫，不能想家啊。今晚我给你介绍个好地方。首先，你得尽快融入西洋人中，一味害怕西洋女子，那可不行。"

即使不愿意，看来也会硬被拉去，似乎这是交际场人们的通病。竹岛忽然走近我，说：

"好久不见了，今晚我们喝它个痛快。"

要去的地方，大体能猜到。可以看出，竹岛和我的生活经历、性格特征大相径庭。然而，我没有拒绝，只是按照他的意图，一起去到那个地方。

* * *

过了莫朗桥，来到里昂歌剧院前边，竹岛立即雇了马车。

马车沿着里昂市中心的共和路，径直通过商会总部旁，到达遭暗杀的大总统玛利·弗朗索瓦·萨迪·卡诺[1]纪念碑前，穿过人来人往的十字路口，转入右侧后停了下来，出现在眼前的不是黯淡横巷，更

1　玛利·弗朗索瓦·萨迪·卡诺（1837—1894），法国第三共和国第四任大总统（1887 年 12 月 2 日—1894 年 6 月 25 日），由于致力于歼灭极右独裁主义运动，拯救共和国危机，在里昂博览会演讲时，遭意大利无政府主义者卡塞利奥暗杀。

像是在英国所见到的酒场般的大门前边。

趁着竹岛向赶车人付钱时，我站在那儿看着门口，这家酒馆仿佛力求引起商人的注意，在画着英国和美国国旗的墙壁上，用英语标着"伦敦屋"的店名。出入的门上嵌镶着雕花玻璃，上面画着青绿的森林前，淌着一泓泉水。不知出于何种考虑，泉水前还有两只天鹅。内部灯火通明，此种画面随着小巷光线的逐渐黯淡，更显得色彩鲜明艳丽。

听到马车停下的声音，店内走出身穿黑色维斯顿[1]、似乎是领班的男人，为我们拉开那扇天鹅门扉。

进入酒馆，灯光顿时明亮起来。雪茄烟雾萦绕，酒香诱人，夹杂着女人的香气。电扇的响声，搅散了暑热的空气。酒馆内一角四五个意大利人，穿着拿波里式样的红色衣服和半截短裤，在演奏纤细而节奏较快的吉他曲。

男男女女围坐在美式吧台旁，或坐在高高的圆椅上，或悠然地聚拢在餐桌一边。

---

1 Veston，男用短上衣，或西装。

竹岛就座后立即问道："喝点什么呢？"他瞧着我们的脸孔，然后说，"来点儿香槟吧，要最上乘的……"他吩咐站在一旁的侍者。

"你是这里的老主顾吗？"

"不好这么断定，不过……"竹岛环视了一下坐在圆桌周围的女子，"在这里喝酒不会引起意外的麻烦，虽说不是最高级的馆子……"

侍者拿来一大瓶包在方巾中的香槟酒。开拴之前，将包装纸上的记号和商标给竹岛看，竹岛低声交代一下，点了点头。于是，侍者背对我们，身体稍稍倾斜，"嘭"的一声拔掉瓶塞，向玻璃杯内倒了七分满的酒水，然后将酒瓶置于填满冰块的小桶内，再盖上方巾，离去了。

"好，怎么样——Votre Santé[1]。"

竹岛首先举杯，同我和高田碰了碰杯。高田像吃药似的呷了一口，随后双眼像小孩子一般好奇地盯着四周吵吵闹闹的男女。吧台后整面墙壁上装饰着绸

---

1 "祝您健康"，干杯时用语。

带和假花，棚架上摆着各种酒瓶。四面的墙上贴满了美丽的莱昂香槟、怀特·罗伯特雪茄等烟酒广告。

我放下酒杯，正要从口袋里掏出香烟。这时，竹岛有所觉察："失敬，失敬，我说要抽烟，这儿有的是。"说罢，"啪唧"一声打开银制香烟盒，递给我。

不是法兰西香烟，而是极尽豪奢的埃及进口香烟。我抽出一支，竹岛随即擦着一根火柴，给我点上烟。动作十分机敏，我呆然望着这一切，不由再三说道：

"你真的变了啊！"

"这是当然的。我和你不同。我们这号人，日日有业务在身。不仅如此，在日本，还有各色各样的麻烦人。"

"麻烦人？是指……"

"老婆呗，又不能丢掉，月月还得寄钱去。"

"为何不把她带到法兰西来呢？"

"怎么能干那种傻事啊？"

"为什么？总裁不是带着夫人的吗？你要是把老

婆带来，建立个家庭，银行也会给与一定保护的。"

"哪里哪里，世界还没有走到这一步。尤其是家属补贴，只有总裁才有，一般职员是没有资格拿到的。"

"是吗？要是这样，还是不要强求为好。靠你一个人的薪水不够生活的，是吗？"

"是不够啊。不过，勉强也过得去。但这种事，在银行那里反而不好办。"

"为什么？"

"如果我一个人的月薪能够养活老婆，那么就等于告诉银行，直到今天，这五年期间我拿到了相当多的津贴。"

"这有什么不好？"

"这可不行。要是被他们知道了，是会吃亏的。首先会给奖金带来影响。要知道，东京总行做监察的那家伙，专门从细小的地方着眼。"

"要是有这种事，那也只好算了。不过，你老婆够可怜的。已经五年了，一个人独守空房。以后，你还打算再待几年？"

"我也不知道还要待几年。不过，日本女人对于留守这件事，并不觉得那么苦。我月月寄工资回去，她有时还去看戏，日子过得挺开心哩。"

突然，我身后有女人的声音，回头一看，三个浓妆艳抹的女子用日语打招呼：

"晚安！"

说着，同竹岛和我们一一握手后，直接坐在了一旁的席位上。

"看到你们在一起，是不是刚看完什么节目回来？"听罢，只有竹岛一人稍稍摇摇头。

"看到香槟酒杯，就算是不相识的女人也会自动跑过来，真是没办法。"

竹岛得意地对我说。

"竹岛先生，给我一支香烟。"

"香烟？"竹岛将银制香烟盒递过去。其中看起来最相熟的女子，身子挨近竹岛，问道；

"上次你带来的那位朋友怎么样了，他可是个好人哩。"

"谁呀？"另一个女人问道。

"佳娃的客人。"

"日本人总是那么帅气，真的很优秀啊。"原先那个女人毫不客气地一手拔掉竹岛衣领上的别针，"我也想要呢，做工真细。竹岛先生，告诉我在哪儿买的吧，是里昂吗？"

年轻的高田越发感到不自在，他不停地摆弄竹岛的银制香烟盒，"啪唧啪唧"地开了又关，关了又开。

竹岛看到了，说道："哎，你呀，不要给我搞坏了，弹簧松了就糟糕啦。"

高田很过意不去，说道："对不起，对不起，我没注意到。"

旁边的女人们听不懂日语，看到高田那副样子，觉得有些奇怪，便笑着问道：

"哎，怎么啦？"

"他说你呀，假如再年轻些，想找你做情妇呢。"竹岛开着玩笑。

"你说的就是这位？"

"胡说，胡说！"高田的脸红得像着了火。

虽说我的境遇早已和竹岛渐行渐远，但没能有机会同他闲聊往昔学生时代的生活，还是备感失望。年轻的高田目前的情况，总觉得有点儿可怜。可能的话，真想将竹岛一人留在女人之间，尽快离开这地方。

幸好，来来往往的男女中走来两个日本人。

"呀，这不是竹岛君吗？一点没变，仍然精神抖擞。"

据竹岛介绍，这两位都是神户的商人，在里昂开日本杂货店。

我又重新倒了两三杯酒之后，推说已经太晚了，和高田一起离开了伦敦屋。

中途，告别高田，一个人独自渡过夜间的罗讷河。

同巴黎塞纳河相比，罗讷河河面宽广，两岸人家看起来不太高。一派静穆的天空之下，寂寞的河水如带，上下游各座桥梁的景观于明丽夏夜之中，一切都一目了然。路上行人已经绝迹。挽系在石堤下边的洗衣小船、游河的篷顶船以及冲击着桥墩的激流的声响，一直沉浸于心底。河下游远处的里昂大学黑色的圆屋顶高高耸立，可以清晰看到，驶往南方的夜间列车正在通过那里的铁桥。两颗流星划过天空。

　　这个世界，能够同自己谈得来的朋友一个也没有了。我很寂寞地走回家。

灯光节夜话

Le désir, sur la douce nuit,

Glisse comme une barque lente,

Soir romantique——Comtesse de Noaille

纷乱的情欲，

像徐徐划动的小船，

漂流于这宁静的夜晚。

《朦胧夜》——伯爵夫人诺瓦耶

我与他既不是亲密无间的朋友，也不是社交场合交换一下名片的相识，我们虽然各人所立志的学术以及赖以生存的职业不同，但我们两个有时碰在一起并不觉得陌生，甚至可以充分谈点儿内心的私密。

可以说，我俩在新时代都是极端的利己主义者，同时又是颇具讽刺意味的文弱的厌世者。什么朋友之责、知己之谊，只是说说而已，其实都是不可能实行的虚伪话语。我们互相都很明白，倘若自己或对方有一人即将因病饿死于异乡，另一人也不会分点儿食物或脱掉身上的衣服相助。

我们之间没有虚情假意的恭维，也不必装模作样伪饰自我。有时即便大街上偶然相遇，也照样不脱帽，不打招呼。但有时又像久别重逢的恋人，两手紧紧相握，从内心发出一声问候：

"自那以后，日子过得如何？"

两人都很懒，即使换了住地，也不肯知会一声，是否仍在里昂，或去了巴黎，或已经回归日本，一向不加过问。但偶尔在剧院廊下或咖啡屋桌边重逢，便会谈上两三个小时，甚至半日时光，总有说不完的话题。一旦分别，就又忘却一切，断绝了来往。

那年十二月七日，耸立于里昂市东南部索恩河岸富维耶山顶的圣母院，举行一年一度的祭典。这个祭奠，传说源自十六世纪整个欧洲发生的一场大瘟疫。唯有里昂市在圣母玛利亚的庇护下，幸免于难。自那之后，每年里昂全市家家户户，张灯结彩，庆祝祭典。

不可思议的是，当天接近黄昏时分，久雨不停的天空猝然变成万里晴空，又加上冬季少有的无风的和暖日子。从共和路上鳞次栉比的商店、银行、劝业场，到左右两旁不知名的短街小巷，家家户户的门窗和阳台上，提灯、电灯和煤气灯一齐大放光明，映照在索恩河和罗讷河两大河流上，其繁华景象无可形容。

在雨霁濡湿的道路上，我夹在人流之中，拥挤着向前移动。走到建有路易十四[1]骑马而立雕像的贝勒库尔广场，看到山顶圣母院内用灯光打出的巨型文字：DIEU PROTEGE LA FRANCE（神佑法兰西），与山下的圣·让主教堂 MERCIE SAINTE VIERGE（圣母慈悲），耀目争辉。即使在阴霾的冬夜天空，雨

1　路易十四（1638—1715），法国国王，亦称大王、太阳王。1643 年即位，亲政 72 年，确立绝对君主制，自称"我即国家"。建有他骑马而立雕像的贝勒库尔广场（Place Bellecour），是里昂市最令人瞩目的地方。

雾后的飞云也被照得一派明亮。在广场一角的池畔、冬枯的树林前边，有一家格外明亮的"金粉楼"餐馆。我在餐馆前边，突然遇到同样被人群推拥着前进的"他"。

"呀，怎么啦？又在有趣的地方同你相遇。"

最初发话的是他。

"你还在里昂？"

我稍稍有点吃惊。一个月前刚巧在诸圣瞻礼节那天碰到过他。当时他对我说，南部的地中海沿岸被法兰西人称为"蓝色的海边"，景色优美，气候宜人，他很想到那里旅行。

"旅行怎么样，又取消了？"

"同取消差不多。路上遇见倒霉事，好不容易订立的计划全给打乱了。等明年假期有了钱再说。在那之前，只得蛰居于里昂的雾霾之中了。"

"到底怎么了呀？钱被偷了吗？"

"差不多，等于如此。"

"你呀，也太 —— 大大咧咧啦，心情过于放松了吧。"

"不要再攻击我了。心情放松不等于就应该挨偷。"

那副微笑，那副腔调，我等年轻人的理解力极为敏锐。

"哈哈哈。"

"哈哈哈。"

两人同时大笑起来。

两人即刻进入金粉楼餐馆，在餐桌前就座。真不愧为"金粉楼"这块招牌，天花板、墙壁、房柱上都涂以金粉，呈现象牙黄。每天晚上门庭若市，今宵更是热闹非凡。头戴妖艳华丽的帽子的女人们，比平日装扮得更加妩媚动人，引诱得那些节日之夜的小伙子神魂颠倒。

餐馆内酷热难当，灯光令人目眩，吵得人有些心烦意乱。浓烈的香水味熏得人恶心欲吐。在这个喧嚣的法兰西之夜，他对我吐露真情。

＊ ＊ ＊

再没有比所谓机会或奇遇这类事更加可怕的了。

终于，我也被害惨了。自从踏入法兰西这块土地那天起，我就非常小心翼翼。我恐怕比你更是个法兰西痴迷者，街道和田园景色自不必说，就是迎头遇上一位活灵活现的法兰西女人，在不知是谁、未曾谈上一句话之前，自己也会想入非非，没准儿还会干出一些荒唐的傻事来。为此，我对自己总有些提心吊胆。

法兰西女郎并非像外国人想象的那般漂亮；然而，她们身上总有一种难以形容的魔力，无论在餐馆、在公园或在别的什么地方，无意中同她们聊上几句话，或散散步，握握手，互相厮磨着，身子依偎着你，不知不觉间，你便上钩了。第二天，头脑昏昏地回家之后，才惊觉干了傻事。虽然觉悟了，但并不起悔悟和忿恨之念，下一次居然又干出同一般的傻事来。我甚至想检验一下自己到底能干出多少傻事……

当初一来到法兰西，不论干什么事，都无法管住自己。三天之内，把一个月的生活费挥霍光了，依然玩兴未尽。出于无奈，连母亲送别时给我的珍珠戒指，也叫我送给了一个女人，这才使她同我共享一夕之欢。

因此，我下定决心，只要我待在法兰西，今后再也不沾女人。一旦碰到什么机会，弄不好会沉溺其中，不能自拔，说不定再也不能回归日本了。我决心远离人世，立志做一名诗人，醉心于法兰西的美丽山水之中。

这期间，我曾打算到地中海旅行。为此作了许多准备，首先由马赛，途经圣拉斐尔、卡昂、尼斯、芒通、蒙特卡洛走一趟……等攒足了钱，再去意大利。谁知，我在火车上遇到一位老人，他是马赛中学的老师，他告诉我，要是去普里瓦旅行，来回一定要到阿维尼翁的古城[1]和位于阿尔勒的罗马人遗迹[2]看看。关于阿维尼翁，我在都德日记中知道这个地名，很想立即去走走。正好这时听到乘务员大喊："阿维尼翁！""阿维尼翁！"我立时兴起，即刻下了火车。

出了车站，暮色已经笼罩着广场上的树木，我借着灯光，望着正对面高高屹立的建有狙击小口和女墙的城堡。这都是经常在中世纪小说和绘画中看到过

---

1 法国南部罗讷河下游都市。市内城墙，乃为十四世纪由法兰西籍罗马教皇英诺森六世（Innocent VI, 1282—1362）所建。以"阿维尼翁幽囚"而知名。

2 阿尔勒，罗讷河左岸都市，距离阿维尼翁以南约四十千米。这里有建于约一世纪的圆形剧场等古罗马时代的遗迹。

的古城。城墙的背面也许是兵营，凄清的军号声如泣如诉，响了一阵后又消失了。

车站前接送旅客的旅馆的马车，沿着截断城墙的大道，径直带到不很远的旅馆。一路上，我看到两旁种植的梧桐街道树和写着烫金文字的商店，仿佛到了巴黎近郊的林荫大道[1]。但城墙古旧的颜色和单调的小号声带给我的最初印象，深深镌刻在我的心中。随着飞驰的车轮声，我觉得仿佛又被人从"近世"送往相隔遥远的未知的时代。不知为何，我总觉得我是在薄伽丘小说所涉及到的罗曼蒂克的城镇中徘徊。这种感觉久久未曾消泯。

既寂寥，又留恋。虽说是平生首次踏上的土地，却感觉仿佛有着前世的约定。我把手提箱先搁在旅馆的一室，因为尚未吃晚饭，决定再到街上走一趟。这时，上述的感觉越来越浓郁。——对此，我说不出任何原因……

我沿着大道径直前进，经过了后来才知道的当

---

1 原文为法语：avenue。

地市政厅，来到一座广场。我站在古老、高大的石柱前，仰望着顶端有哥特式钟楼的建筑，在广场一隅唯一的咖啡馆里吃了晚饭。这时，还不到十二时，地方小镇十分宁静，屋子里干坐着四五个女人，身边没有男人相伴。隔壁房间里打台球的声响，回荡在灯火煌煌的天花板上，发出可怕的共鸣。柜台内，年轻的女主人呆然独坐，阅读印着彩色封面的小说。路面上除了时有几个女人走来走去之外，没有什么行人通过。商店尽关门闭户。不知何故，我无暇顾及平素作为一个游子对于陌生异乡痴迷而引起的恐怖与不安，一味陶醉于独自穿越原野时几乎忘却的幽愁之美。

节令已是十一月。北方的里昂雾气迷蒙，巴黎正逢阴雨，而这个普罗旺斯的古都，却是小夜风吹，温暖如春。尚未变颜色的梧桐绿叶依旧茂密如常。光明的夜空和闪烁的星辰，作为南部法兰西的常态，一直保持着别国无法想象的瑰丽。

我很想趁着这难得的夜晚，瞻仰一下以十四世纪古迹而闻名的罗马教皇的宫殿。虽然辨不清方位，还是沿着大道走进沉睡的古城之街。

出了广场，现代风格的大道忽然到了终点，眼前只有古旧的意大利式街道。曲折的小巷，只能通过一辆马车。两边拥挤的人家，那厚重的石壁从左右两边将逼仄的路面遮掩成隧道一般。各处的凸窗上摆满了盆栽。我望着盛开的鲜花，但家家户户全都紧闭门窗，红色屋瓦上面，只有广袤的夜空和闪耀的星辰。我的脚步声从磨光凹凸的石板路面传向曲折的小巷，在墙壁与墙壁之间回荡。

突然，从那回响消失的遥远地方，沿着曲折的小路流淌出纤细的吉他的乐音。虽说是同一种乐器，这乐音和在北部听到的呈现出不同的音色。这是地道的南方旋律，是从南部妖艳、温馨而又慵懒之情里流泻出来的响声。我的脑子里清晰地浮现出一位面颊红似玫瑰、头发浓黑的肥硕的女人，薄透的内衣下是悸动的心跳，是丰腴柔滑如火一般灼热的酥胸和乳房。

那音乐从横街传向横街，自小巷流过小巷，响着响着，猝然断绝了。我像从梦中醒来，茫然停步不前。这当儿，我发现唯有路尽头二楼的凸窗，点燃着朦胧的灯光。

深夜，居住在古城街上所有人家的凸窗，无论有栏杆还是没有栏杆，有门扉还是没有门扉，尽皆幽暗而静寂地紧闭着。啊，唯有那扇窗户，闪耀着薄红的灯火，透过绣花窗帷不可抑制地向外诉说着风情。Il n'est pas d'object plus profond... qu'une fenêtre éclairée d'une chandelle——那扇被烛光照亮的窗户，格外令人炫目、丰蕴而不可思议。在太阳底下所见景物的风情，远比隔着玻璃所看到的一切浅淡。或幽暗，或明丽，唯有这扇深似洞穴的窗户中，藏着一股生命力，其沉潜的幽梦令人烦恼不安。——这不是多少年前，波德莱尔早已说过的吗？

我一心想窥探那扇窗户，巴望钻入窗帷之中，不论多么危险。没有比好奇心更加可怕的东西了。

可喜的是，窗户敞开了。凸窗的栏杆旁，不是出现了一位身穿未及胸际的玫瑰红睡衣的女人吗？我真想扮成在窗下弹奏小夜曲的唐璜。痴迷中，我没有前思后想，用手指两度传去了飞吻。这时，女人的身影如抹消一般，隐蔽于窗帷后面了。

我既羞愧又后悔。那个女人夜阑无眠，一定是等待着恋人的到来。我如果稍加思虑，行为谨慎，说不定在这个南方岑寂的秋夜，就能够目击一次只有在意大利歌剧舞台上才能观赏到的极为美丽的幽会场景。年轻的男子将会像罗密欧一样攀登那露台上不太高的栏杆。绣花的窗帷上将会映现二人相拥的身影。湿暖的空气里将会传出接吻的声响。然而，当我因悔愧而深深自责、心情沮丧打算离去的时候，窗下的门户却发出微微的声音，开启了两三寸缝儿，从门内蓦然传出一声纤细的女人的招呼——Entrez, monsieur[1]！

在那些不懂得幻想意味的人眼里，这类事没什么奇怪，更没什么不可思议的。里昂、巴黎、伦敦，不管哪里，都会有深夜期盼陌生男人前来赴约的女子。而这个女人只不过是较之恋人更能带来一夜甘甜，而不愿承担妻子的重任罢了。

但这一瞬间，这座古城，这个深夜，在我的眼

---

[1] 意思是："先生，您进来吧！"

里，比天地间其他的任何一处都要美得有些不可思议。正如远征埃及的凯撒大帝，看到躺卧于耸立在沙漠中央的狮身人面像之前，披着星光、酣然入梦的克娄巴特拉一样。我诚惶诚恐潜入门内，定睛一看，古旧的石造房子渗出阴湿的墙壁的气味。黑暗中，可以闻到女人温暖的气息和肌肤的香味。又是一句 En-trez, monsieur！

香软的手指有力地把我拉进房内。黑暗中看不清女人的面孔，只觉得她浑身裹着极薄的面纱一般的带帽内衣。我一级一级登上楼梯，手指触到女体，这才发现她什么也没穿，不由感到奇怪。

到了楼上，女人推开房门，刚把我引入室内，就好像到达了疲倦的极点，一下倒在里间卧室的寝床上。一只纤纤素腕耷拉在床边。

摆着桌椅的客厅稍显宽敞，只有一盏电灯，就是放在枕畔的小茶几上戴着红色花笠的台灯。灯光被室内的帷帐包裹着，我只能从这边晦暗的长椅上，远远地透过朦胧遮挡遥望卧室的情景。

女人将我独自留在这张长椅上，似乎已睡下不动了。我百无聊赖地朝帷帐内望着。

一张船舱形状的巨大木床，床上的白色床单撤掉了，枕头也被扔得老远老远。为何这般杂乱无章？我百思不解。床侧放着一张椅子，衬裙、内衣、胸罩、袜子等物，都是光天化日之下我们不常看到的东西。五颜六色，奇形怪状，脏兮兮，胡乱地堆积在椅子上，或蜷曲，或横斜，或倒挂地休息着。一双带锁扣的高跟鞋，其中一只翻了个身，宛若被踩烂的鱼，可怖地伏卧在床底下。一条系着蝴蝶结的袜带，被一手扔在床上，像飘落的玫瑰花。灯影摇红，似幻如梦。

不知为何，比起收拾得井然有序，我反而从杂乱之中寻出无限兴趣。毕竟秩序和整齐，不能诱发任何联想。

不知你怎么看，对于我来说，所谓纯洁无瑕的处女，不管多么美貌，也很难引起兴致，而对于人妻、爱妾、情妇之类，或具有更加放荡之经历者，十人有十人，一旦看到，绝不会没有任何妄想、熟视无睹地交肩而过。报纸上也好，口耳相传也好，那些带着淫乱不洁的恶名的女子，一听到她们的名字，不仅不会忘记，其面影反而会像罂粟花那般浓艳而带剧毒，时时浮现于自己的幻想之中。

比起无名的新作家的处女作来说，还是有名的老作家的旧作最为耐读。揭下战功勋章的士兵，比起佩戴勋章的军官显得更加威武。经历是最尊贵的事实。事实是预测未来的唯一指南。风摆荷叶走在路侧、剧院廊下的卖淫女本身，绝没有诱人的力量。是经历证明的想象以及凭借强力将我们拉向那一方面的人物，其形体上产生的某种无法抗拒的磁力。我一时找不到合适的语言——好吧，那就请想象一下日本庭园夕暮时分，从廊缘下慢腾腾爬出的癞蛤蟆的样子吧。癞蛤蟆应该踩死，虽然没有任何书籍教导我们这么干，但看见那副样子，不由得就想踩它。野猫慢悠悠走过中庭，如果见到人类一定会仓皇逃走，但我们总想一个劲儿地追逐它。这些行动的目的源自何处？还不是事物本身的形象所唤起的一种神秘。

基于以上，你就会理解，我为何喜欢那些头发蓬乱、身上衣服疙疙皱皱的女人了。

我迷迷糊糊离开长椅。女人从一旁看到我逐渐走近她，依旧不发一言。她更加慵懒地斜扭着身子，仿佛灵魂已经空洞，无力地张着嘴唇，露出洁白的牙齿和花瓣般的舌尖。半闭半睁的眼睑下面，闪现着温润的眼神，一味凝视着我的面孔。

我明白，在法兰西这样的女人最可怕。因为，她们能一眼看穿你的身份和男人的心思。

迷恋、喜爱，或者寂寥，借此对具有同样心情的人哭诉一番，此种事对我等来说，已经完全失去诱惑力。我们总是对这种女人持有一种厌恶的感情，并且不断促使这种感情走向极端，结果反而使自己变成她们的俘虏了。

翌日早晨，我甚为满意。再也没有比意外的冒险获得的成功更使人开心的事了。我扬扬自得地回到旅馆，下午参观了有名的罗马教皇的宫殿。我去市政厅前广场的咖啡馆吃晚饭，打算乘坐当晚的火车前往马赛。这条狭小的街道，看起来一般人都想去的地方只有一两处。不一会儿，扫一眼进入这家餐馆的人，结果出乎意外地看到了昨夜那个女子。而且，她还领着一名骨骼发达、像运动健将一般面孔红润的青年男子。

女人和男人双方在屋角的餐桌前就座。她这时似乎发现了我的身影，仿佛有点不好意思，悄悄朝这边看了看，便低下头来。她抬起两手，拔掉帽子上的长别针，脱掉头上的帽子，接着又脱掉毛线上衣，只留一枚透着酥胸的蕾丝短袖罗襦。她整了整布满疙皱的衣领，背向着男人说道：

"帮我把后面的扣子扣上。早上起得太急。"

男人一一扣上钮扣，轻声笑着问："你连紧身胸衣都没穿呀？"

于是，女人也笑了，她随即将嬉笑的樱唇给了男人轻轻的一吻。

我心里忖度着乘火车的时间，依旧将目光投向那男女二人。女人将男人为她倒满杯子的餐前葡萄酒一饮而尽。她的面颊倏忽变得绯红起来。女人化妆颇为艳丽，但头发有些不整，还是我早晨在床上见到过的那头乱发，连簪发的钗子都差点儿滑落。到了侍者上第三道正菜[1]时，女人已经醉得不能进食。男人用粗壮的臂腕从背后抱住她，使她仰起脸来。女人时时对窃窃私语的男人放声大笑。她的腰肢被那男人的双手紧紧压住，痛苦地喘息着。她不住挣扎着要坐起身来。

我也不知不觉喝醉了，用奇怪的眼神凝视着那男人魁伟的体格。为什么呢，因为他那副矫健的身子，在我眼里是多么使人羡慕和妒忌啊！

突然，男人默默站起来走开了，看样子去了厕所。女人迅速将印刷的菜单撕下一截，用铅笔写了字，在手心里团成团，用手指熟练地弹到我的桌边。拾起一看，上面写着：

Je serai livre dans une heure. Viens chez moi.Mille baisers sur tout ton corps. Paulette.

（大约一小时后，我就自由了。请来我家吧。像您的身子投去千百次飞吻——波莱特）

---

1 原文为法语：entrée，法国菜系中，鱼类菜后肉类菜前上的一般肉食。

女人朝着对面映照自己身影的壁镜伸了伸朱唇。

男人回来了。女人离座后又折回来，戴好帽子，也不朝我看一眼，一边紧紧依偎着男人，一边嬉笑着出去了。

我心中想象着那男人粗壮有力的臂膀，竟然尾随他们而出。我并没有去往本应该要去的火车站，而是计算着时间，有气无力地朝着女人的住处走去。

昨夜的灯光依旧燃亮着昨夜的薄红，昨夕的香巢四壁映照着昨夕的女子倩影。我有一种今日一整天的时间又忽而回返到昨日的奇妙幻觉。我挨近女子，她的面孔埋进枕头里，似乎连抬眼的力气也没有。她紧闭双眼，唯有一丝微笑浮现在唇际。我的心跳如潮水涌动，一浪高似一浪。

"那个男人回去啦？"

"嗯。不过，明天下午他还来。"

"他是干什么的？"

"兵营里的长官。"

"一副好体格啊！"

"所以嘛，"她停顿了一下，"你呀，对不起，让我稍微休息一会儿嘛!"

我仍像昨晚一样,坐在另一间的长椅上,眺望着女人疲惫躺卧的样子。

天亮了。那男人劲健的臂膀始终在我眼前闪动,我实在不想就这样离开。一旦自己不在这里,午后那男人就会过来。女人说过的话依然在耳边震响,未能消逝。我当天待了一整天,直到翌日早晨为止。精神的嫉妒,能将对手杀死,而肉体的嫉妒,只会将自己的身子连同妄想毁灭尽净。

第三天早晨,我斩断前往南方的妄想,无声的雨滴连续不断地打湿了凸窗上盆栽里的花朵。那天早上,气候和暖如五月初,悄无声息的古城后街,呈现出一派难以形容的安谧。并非属于虽然寂静而止不住催发寂寥之感的那一类。所有的一切,都是那种慵懒无拘、浑浑噩噩的静寂。无论是女人的身子,还是我自己的身子,不用说还有屋内的东西,自帷帐到衣服,从一切到所有,仿佛浸渍在油里,湿漉漉的,带着浓重的气味,压抑着胸内的呼吸。互相赐予在花街柳巷中嬉戏的春雨早晨的幻想。丝毫没有求得改变的奋发之心。那天早晨的心情，只是巴望着在目前沉滞的状态上，腐败的身心愈加腐败下去。因而我又拖延了一日。

第四天早晨，我虽然感到身体已不属于自己，但依旧恋恋不舍地乘上了火车。

罗讷河以摇撼岸边柳树根基的可怖流速，滚滚流过可以远望阿尔卑斯山的广袤而干燥的普罗旺斯。不知道到底是几世纪前的古老而寂寞的断壁残垣，依然屹立于激流之中。而对岸近处的丘陵上，显露着黯淡的褐色，就连古城塔和楼台也保持着往日的样子，高高而立。火车车速超过眼下罗讷河的滚滚激流。从车窗回首遥望后方，令人眷恋怀想、巍然而立的阿维尼翁城墙，以及罗马教皇宫遗址的塔顶放射着金光的圣像，一齐离开视野。毗连的葡萄园，上了色的叶子次第枯萎。桃、梨、橙子、橄榄以及杏子的果树园，收获后留下一片荒凉。

一度未见的罗讷河茂密的芦苇，再次出现了。火车到站，车站人员高喊："塔拉斯孔，塔拉斯孔!"——

三位非洲殖民地的军人，在站台上大声说话。

他们戴着土耳其帽子，套着红口袋似的军裤。两个女乘客，戴着普罗旺斯特有的发饰，狼狈地向三等车厢奔跑。犹如去年在奥德翁剧院[1]观看的都德戏剧的《阿莱城姑娘》，剧中人也是这样的发饰。"报纸""水果""葡萄酒"等叫卖声，在我听来都带着新鲜的地方口音。天空蔚蓝，阳光灿烂，我不由觉得我已经到了"完全的南法"。来到愉快而热闹的"南法"，这种心情越发强烈起来。都德以这条街为舞台，描写了那个十分滑稽的"猎狮子的人"[2]，也是很自然的事。

离开塔拉斯孔，景色愈发广阔、明净。同时，树木少了，逐渐露出了干裂而泛白的土地和山崖。橙黄色的平顶和人家低矮的白墙，在广袤的蓝天之下，看起来格外心旷神怡。

终于抵达马赛了。马车沿着站前和缓的斜坡，驶往排列着梧桐林荫树的大道。这条路正巧赶上下午

1　巴黎的一座剧院，兴建于1779年到1782年，法国的六座国立剧院之一。它座落在塞纳河左岸的巴黎第六区，毗邻卢森堡公园。

2　这里指都德长篇小说《达拉斯贡城的达达兰》中的主人公达达兰。作者借助这个典型的南法人到阿尔及利亚捕猎狮子的经历，创作了各种失败的奇谈，并接连写下了《阿尔卑斯山上的达达兰》《达拉斯贡港》三部曲。

行人纷至沓来的时候，熙熙攘攘仿佛到了巴黎。我走进一家旅馆，顺着这条大道望下去，正前方可以清楚地看到自蓝蓝的地中海直到海港的海岸风景。

走进旅馆我才吃惊地发现，装着三百多法郎的钱包，现在只剩下五十法郎了。但细想想，毫不足怪。从最初的五日五夜，除了一日三餐高额的伙食和高额的名酒之外，每天都必须花好多钱。那种场合下，不得不花。要是舍不得花钱，那就只有离开那女人的房子。我一旦离开，那个臂膀粗壮、骨骼矫健的年轻军官就会取代自己，以两个人的体力蹂躏那个女人。

我立即气馁起来，心里十分不安。十一月的太阳，如夏天一样光明灿烂，普照在蔚蓝海面上的阳光，却使我感到难以形容的寂寥。窗下的大道，从桄榔林立的海岸道路上，传来了各种语言和各种呼喊声。即便只有在南方海港才能看到的行人们醒目的衣饰，以及五颜六色飘动的旗幡，也无力给我以慰藉了。

我连远近闻名的马赛第一美食——马赛鱼汤（bouillabaisse）也没有勇气品尝，随即连夜乘上末班列车（令人敬畏的阿维尼翁古城只好存留于梦中），很快回了里昂。

可怕的是南国的女子！后来想想，关于那个年轻的军官，简直就是个鲜红的谎言，亦即女人利用我的弱点而玩弄的一个巧妙的骗术。

雾的夜

Pauvre année au vent qui pleure

Jette ton dernier soupir!

—Achille Millien

哀伤的岁月，在哭泣的风中，

吐出一声临终的叹息。

——阿希尔·米利安

遮蔽罗讷河畔低地的冬雾，也包裹着平素如酣睡般沉寂的里昂市街。今天不愧是跨年之夜，临近夕暮，各种市声犹如夜半风暴和晚潮的怒吼，在微暗之中敲打着我那五楼的紧闭的房间窗户。

我离开暖炉旁边的椅子，从窗户俯瞰下去，雾气缭绕的街面，与节日之夜似无差别，灯火闪烁，人影幢幢。

啊，今年今夜，一旦离去，再不复返。想到这里，我悲从中来，俄而焦急不安。

再度回到椅子上，我思忖着今宵该如何度过，想着如何迎接必然到来的新的一年。此时，有人敲门，下宿的侍女招呼道：

"饭好啦，先生。"

我随手将吸剩的香烟扔到暖炉里，下楼到餐厅去。

倘若是富人的家庭晚宴，出于今宵跨年的吉利，也会将餐桌装扮得花团锦簇，谈笑之中，不时听到香槟酒开栓的声响。然而，在这只有游子和光棍聚集的小旅馆内，丝毫没有什么别的变化……不，反而比平时感到更加冷清。平素围绕餐桌争论不休的大学生们，因圣诞节休假，都回到父母身边去了，剩下的连我自己只有六人。我们把说话郑重、精于算计的女房东安排在主座，在她身边落座的，是专门前来从事法语研究的驼背德国人。再下边是一位六十开外的老者，听说过去是歌剧团男中音，眼下仅靠银行存款生活。他既没有亲戚也没有朋友，是个毫无牵挂的独身者。其他三个年轻人皆为商店或公司的雇员。每天都是同样的面孔，同样的对话，照例客套几句，草草吃罢晚饭了事。

我离开餐桌，并没有马上回宿舍，而是无目的地随便到街上走走。

比傍晚更加浓重的雾气，不知何时变成了雨，灿烂灯火映照下的石板路面上，打着雨伞的行人急匆匆地迈动着脚步。

所向何处？如此又湿又冷的坏天气，很不适合散步。今晚古典音乐演奏会的节目也没有意思。听说里昂歌剧院今夜上演托马斯的《迷娘》[1]，我已经多次观看，早就听厌了。另有一家剧院上演斯克里布[2]的

---

1 《迷娘》（Mignon）歌剧，托马斯（1811—1896）作曲。虽然取材自歌德的《威廉·麦斯特尔的学生时代》，原作中的主题，也就是威廉的人生哲学，在这部歌剧中几乎不曾提到。全剧变成真挚热情的姑娘迷娘，跟轻浮但颇具魅力的费琳娜，和威廉纠缠在一块儿的恋爱故事。1866 年出演，因音曲甜美而著称。

2 斯克里布（1791—1861），法国剧作家，作品涉及历史剧、喜剧、歌剧等。以技巧性和通俗性见长。

古老的大众戏剧 [1]——我一边思索着这类事，一边行进在带着雾气和雨点的雨伞之间。不久走到了罗讷河岸大道的拉斐特桥头。

我呀，大概对眺望辽阔的罗讷河有着特殊的偏爱。不论白天黑夜，只要来到罗讷河畔，我必然将身子倚靠在梧桐树荫里的石堤旁，眺望着汤汤流水——然而，较之白天，夜晚的风景更加优美。即便同样是夜间，晴明的月夜和繁星满天的夏夕，也比不过眼下这般阴湿晦暗的夜晚和铅灰色雾气溟蒙的冬日夕暮。

晴朗的夜空，两岸的人家、桥影、石堤等，因过于鲜明而缺乏风致。与此相反，今夜，在冬季小雨中遥望河面一带，满眼迷茫，分不清哪是堤防，哪是人家。就连那些辉耀于桥梁栏杆和岸边树木之间的路灯，也被浓雾深锁；周围的水蒸气，正好架起一轮月晕般紫色的彩虹。所谓"夜色的调和"，便是特指这

1　原文为 vaudeville，十七世纪末，流行于巴黎等大都市的大众化戏剧形式。包括歌舞、曲艺和哑剧等。

种朦胧的夜景吧。由此种调和的底色涌起的物音，正是来自那混合着过桥电车的轰鸣以及撞击石砌桥墩的激流的怒吼。

今夜，我在内心倾听着流水的声音，渡桥前行。走了一半，这才看清楚自桥对岸通向繁华大街众多灿烂的灯火。平日黄昏就关门闭户的商店，因为跨年之夜，为了招徕客人，也把门户装饰得五彩缤纷、光明闪耀。路边的石板上，小贩们为躲避小雨，张起大雨伞和帐篷，出售年货。

画片、绸带、扎花、别针、领饰，干脆每一堆都只售价百文，今晚售完为止。他们撕扯着嗓子招呼顾客，其中有白发老人，也有年轻姑娘。为何那些老人不躺在温热的火炉前的沙发上睡觉，却要偏偏迎着寒冷的河风，站立在水雾和小雨之中呢？为何那些年轻姑娘不戴上新帽子，挽着情郎一起去看戏呢？

为生存而挣扎，为免除饥饿而拼命。没有比这目睹人的不可避免的命运而更觉悲惨的了。对于我来说，比起那些自杀和病死的人，当看到单纯为"活着"而疲于奔命的人的时候，我更感到痛苦与伤感啊！

　　我越来越切实地感觉到，一切艺术、政治、哲学等冠冕堂皇的名称，归根结底，只不过都是为了面包而创造的。

　　有件事不知发生在何时，但很难使我忘记。那天晚上也像今夜一样寒冷潮湿。我头脑沉重，虽然打开新出版的文学杂志，但没心思阅读，只是翻看着书页，注目于封面和封底彩页上刊登的专业书籍和杂志的广告。不知为何，我当时思忖着，为什么法兰西每年要出版那么多书籍杂志？世间果真要求必须具有那么多知识吗？就拿报纸来说，有保守派和与其对立的进步派，再加上双方都不参与的独立派三种报纸已经足够了，不是吗？至于其他，除了各自发表的"高尚的目的"之外，总是隐瞒着什么，不是吗？人要是不吃面包就能够活命，那么各种学说和出版物也会大大减少吧……我立即对自己身边堆积的书籍厌烦起来。我只想走出室内沉闷的空气，到街上散步，呼吸一些新鲜空气。

　　下宿的大门的正对面是圣玻里加堂。穿过教堂前边的广场，就是那条名叫萨克斯的大道。又是夜里，手指冻僵，耳朵发疼，如此寒冷的冬夜，行人稀少，两侧的路灯将冬枯的街道树凄清地映照在雾水濡湿的路面，描画出黑黑的影子。我无目的地随意闲逛，信步走过了一两条街巷，林荫大道左右分开，接近居住众多职工的贫穷街衢时，有幸经过唯一一家小剧院门口，为躲避寒冷，买了一张票，走进场内。

由于外面空气阴湿，一进入场内，观众的呼吸混合着地毯上尘埃的气味，一时扑鼻而来。空气被幕间休息时观众抽的香烟的烟雾熏得浑浊。场内电灯明亮，令人炫目，反而使得一切东西犹如处于薄暗之中，看起来格外不真实。同时，就连天花板、房柱和镶着镜子的四壁，到处都是闪耀着无趣的明朗之光的装饰，在我眼里反而觉得寂寥黯淡。场内的环境、观众的面貌和风采，自然也不用提了。这使人立即联想到，不论去哪个国家，在城市的荒郊野外那些常见的极为卑俗的杂耍之类的演出。

我走进场内，正面舞台垂挂下来的绸缎布幕上写满了各类商店的广告。人声鼎沸之中，卖花老婆子以及叫卖粗果子和节目表的孩子们奔跑打闹的声音随处可闻。工头模样的男子和绅士打扮的意气风发的职员离开门口的坐席，来到观众席周围的散步区域。在那儿，有一些从事风俗的女人们在招徕看戏的客人，而这些男人自己也无聊地徘徊，也有的会到走廊一角的小酒馆喝酒。

台下演员休息室，一时停止的锣鼓声再起，观众们急急忙忙回到坐席。不一会儿，乐队奏起鼓和铜号的音乐。跳荡般的大提琴声在一派喧嚣中，继续绵延着极为单调的音曲。幕布拉开了，舞台一侧跑出一位头发乌黑的大个子女人，她身穿短裙、衣服鲜艳，两肩之下裸露出半个乳房。

她已经上了年纪，幸好从肩头至两腕肌肉丰满，眼睛细小而鼓胀的面孔上，浓妆艳抹。从下巴到咽喉一带，皮肤松弛而失光泽。脖颈周围显露着粗大的动脉，随着身体的走动，经亮光一照，远远望去，鼻翼两侧深深的皱纹清晰可睹。

尽管如此，女人的嘴角旁依然浮现出乖巧的青春笑容，向附近观众席上的人们送去娇媚的秋波。她两手叉腰，一边灵活地扭动着肩膀和腰肢，一边在舞台上，向右走两三步，再向左走四五步。行动中随着一节音曲的转折，微微向前俯伏着半身，左手轻轻按压心区，右手向前挥动，像要抓住空中的什么东西——她极力做出那种典型的演唱歌谣的动作，唱起了近来的流行曲：On a toujours le chagrin——人不管何时总是痛苦不绝。

后方观众席发出震动全场的掌声，然而在我那听惯了一流歌剧的耳朵里，那种尖而细的高音听起来十分吃力，有些地方甚至不合音谱。将无力的音调故意上挑，想尽力提高嗓门，结果不仅是鼻翼，连口角都绷起了可怕的痉挛。好不容易用白粉掩饰的年龄被一眼看穿。看来，与其说她那矫揉造作、故意取媚观众的表演失去协调而令人不快，毋宁说看了使人顿生哀怜之情。

那歌声听起来犹如呼叫饥饿的呐喊，因为我曾在纽约的陋巷中往来奔走，看惯了这种流落郊外的江湖艺人的生活。那女人年轻时说不定是巴黎音乐学校

的学生，或许也梦想过将来作为歌剧皇后，将社会的
赞誉集于一身的那种时代。然而……俗世之望，实
乃过眼云烟。如今，既无双亲，又无家庭，也没有恋
人。她远离城市，流落荒郊，每晚以疲惫的歌喉极力
挤出干枯的声音，但光凭这一点，也无法满足这类女
子唯一的幸福的欲求——买件时尚衣服穿穿，所以
不得已只好忍辱负重，不能不放弃将那些包厢里的观
众作为自己演出对象的奢望。

　　无意识地想起这些，就会觉得场内的一切没有
一件不是悲惨的。那些每天为蹩脚的流行曲、魔术师
配乐的乐团演奏家，他们也曾拥有一个憧憬莫扎特或
梦想成为贝多芬那样的时代。为观众寄存外套的门口
更衣室的老婆子和卖花女的过去，谁又能知道是怎样
的呢？

　　女歌手退场后，一个类似日本单口相声演员的
男人，将脸孔涂得红通通的，身穿肥大的绿底花格子
礼服，歪戴着鼠灰色的小礼帽，醉醺醺东倒西歪地登
上舞台。看到这副情景，观众们还未来得及调侃一
声，就一起笑了起来。

　　不知怎地，我感到不堪忍受，便急匆匆离场而去。来到外面，迎接我的是一个可怕的雾夜。正要迈步，却看不清脚下，呼吸也仿佛受到烟雾的熏扰，不由咳嗽起来。虽然久已习惯于冬季的夜雾，但驻足良久，环视四周，街灯像密封在黑幕里，完全失去亮光，天地似乎回到创生当初，一派浑沌，人家、树木陷入一片黑暗之中，依稀难辨。远方市区，为了防止事故，电车频频互相鸣笛，听起来凄凉难耐。

　　我感到黑暗所诱发的不知缘由的不安与恐怖，一心想到有灯光的地方去。我快步走向咖啡店所在的那条街衢。于是，映入我眼帘的是那些昼夜不息、穿梭于桌椅间应酬客人的侍者可悲的生活。

　　我一向喜欢安逸和懒惰，看到这些忙忙碌碌的人，其可哀之状不堪忍受，时常思虑生存之忧苦。如此恐怖的雾之夜，已经无路可走，倒不如干脆乘上过路电车，早一刻回家为好……可是，自己的眼前又浮现出电车司机忍受严寒、满是尘土的面孔。

　　不想去咖啡店，但乘电车也很艰难。我只得在晦暗的夜雾中，一个劲儿朝前走去，虽然不知道走向何处。

　　法兰西的街道不同于美国，不规则的小路和不知通向哪里的穿堂巷很多。我忽然在黑暗夜雾中唯一的一条小路上迷失了方向。这条路宽度刚好能容下一辆货车通过，矗立于两侧的低矮的石砌房屋，铺着脏污的黑红色瓦屋顶，一半已经倾斜了。很少有落地大窗户，郁闷的泥土墙壁简直就像牢狱。石子路凹凸不平，穿着厚底鞋也硌得脚心很疼。路面处处有凹陷，积满来路不明的污水，映着不知哪里来的光亮，水面上留下了可怖的反射。人家黑暗的门口，恰似刚死去的老人没牙的嘴巴，空空张开着。为了便于每日黎明时分前来收集垃圾的马车搜集垃圾，家门口放置着铁制大垃圾桶，发散着恶臭。几只野猫聚集一处，不停地搜寻着鱼骨和食饵。

　　这夜晚、水雾、野猫和恶臭，以及无名横巷内的此种光景调和出的黯淡，颇使我着迷，不知不觉放慢了走过巴黎陌巷的脚步，产生一种像波德莱尔不住为诗思所苦恼时的心情。

　　在这凹凸的石板路上，无论如何，都不能没

有流浪者的死骸[1]。从那黑暗的窗口，本该露出一个她的丈夫烂醉的面容，是他杀死了妻子，夺走了金钱……[2]

忽然听到响声。野猫的影子四散而去。我吃了一惊，睁大眼一看，黑暗的雾气里传来"嘎达嘎达"的木鞋声，随之出现了两个女人的身影。说起木造的鞋 sabot，乡下农妇不用说了，城里人干起粗活来，还有那些非常穷的人，都穿这种鞋。不用说，也不戴帽子什么的。这么冷的天，连披肩也没有，只有一件脏兮兮的上衣和一条破裙子。

我以为是乞丐。高声交谈的女人其中一个看到我，用十分温存的语调跟我打招呼：

"mon coco."[3]

同时喷来一股强烈的酒气。大概是住在阁楼洗

1　波德莱尔《腐尸》(《恶之花》)："我的灵魂不会忘记，微凉的夏日，一个晴朗的早晨所见到的东西。在那小路的一隅，混合着沙砾的死尸。"转译自永井荷风《珊瑚集》。下同。

2　《杀人犯的葡萄酒》："我的老婆已经死了，我可以为所欲为了。即便我身无分文地归来，那个哇哇号哭的老婆不在了，我也可以尽情大喝一通了。"

3　法语俗语：可爱的人儿。

衣物的女工或穷人的妻子。因醉酒而认错了人吧。我正要走过去，她再次大声喊道：

"mon petit.¹ 我们一起散步吧。"说着，她挨到我的身边来。

"算啦算啦，姐姐。他太帅了。"另一个女人犯着踌躇劝道。但是先前那个身材稍高的女子只差没有抓住我的手了。

"到我家坐坐吧，就在前面不远。"

我立即答应了。这个国家，无论是使女或女工，只要是穷人，随时都会做暗娼。但今天这个女人，不管服饰还是长相，都太叫人失望了。我瞧着她的样子，女人立即焦躁起来。

"哎，您要是看不上我，就把这妞儿买了吧。还没有……"她压低嗓门，"那丫头，还没破身呢。"

她想拿这句话勾起我的好奇心，不等我回答，女人用审视的目光瞅着我的脸，说道：

"您以为我说谎是吧？那么您猜她几岁？她还不

---

1 法语俗语：小可爱。

到十四岁呢。"

她回头仿佛寻找证据。后面五六步远的地方，因雾气看不分明，似乎有一个俯首站立的女伴儿。她带着斥骂的口气喊道：

"佳奈特，快过来！你干什么哪？"

雾中看到一个纯蓝的女人的身姿向我这里移动。

走近一看，可不，她没有说谎，的确是个十四五的小姑娘。

"怎么样，很可爱吧？让她陪您玩玩吧！"

"是你的朋友吗？"

由于她强烈的要求，我随口问道。

"不，她是我妹妹。"

女人平静地回答。

我再度凝望着两人的面孔。姐姐的语调更着急了。

"怎么样？少爷。您就把她领走吧。佳奈特，你还磨蹭什么呀！……嗬嗬嗬嗬，少爷，没法子啊，这孩子求了我几次，她说她也很想赚钱。经她一说，我就带她出来啦。谁知她倒扭扭捏捏起来了。"

不知不觉间，姐姐紧紧拉住我外套的袖子，我不知如何才能逃脱现场。幸好这时，听到凹凸的石子路上想起了脚步声。

突然之间，我被泛起的耻辱和恐怖之念打动，不顾一切甩开衣袖，一股脑逃脱，不让她们看到我的身影。当我停下来喘口气的时候，透过雾气，听到一种回荡于狭窄陋巷两侧房屋之间的遥远而清晰可闻的声响，那是男人的脚步声，夹杂着女人的谈话声。不久，就传来结伴而行的皮鞋和木鞋的声音。那位被我甩掉的女人，到底还是捕到了一份美餐。那是姐姐，还是妹妹？

每当我走在冬夜雾气笼罩的街道上，就必定想起那个夜晚走过黑暗的横巷时的事来。

今宵是跨年之夜，街上灯火通明，行人很多。但商店、劝业场里那些为着低工资而上班的售货员，以及各个角落生意兴隆的咖啡馆里忙碌的侍者……看到眼前来来往往的电车，我被这暗夜的悲愁所包裹，形单影只，即使回家也没有一个交谈的对象，更不想再回到那剧场去。我一心想寻找有趣的地方，但最后还是再次走过了罗讷河上的大桥。

在永恒的咆哮的水声中，我遥望远方市政厅的大钟，倾听着埋葬一千九百零七年的钟声。

一处处打钟的响声悠悠长鸣，我漫步前行，越过长桥，最后那第十二次的一声钟鸣尚未敲响。

面影

L'ombre de ma jeunesse en ces lieux erre encore.

Passe——Pierre de Bouchard

这一带，我的青春的影响在徘徊。

《往昔》——布歇尔

这几年来，我是多么向往巴黎学府街拉丁区[1]的生活啊！

观看易卜生戏剧《群鬼》时，其中，欧士华对牧师大谈巴黎美术家快乐而放纵的生活，那一字一句，无不极大地震撼着我的心胸。普契尼歌剧《波希

---

1 以索邦大学为中心的拉丁区，位于巴黎的五区和六区，自圣日耳曼德佩区至卢森堡公园。中世纪设在这里的学校和大学所授课程只使用拉丁语，故名。

米亚人》，横巷小酒馆里文士们发酒疯般的歌唱，诗人鲁道夫[1]翌日雪晨即将告别恋人的哀怨之声，促使我也想品味一下那样的欢乐、那样的悲愁。莫泊桑的小说、里什潘的诗、布鲁热的短篇，尤其是左拉的青春之作《克洛特的忏悔》，都是记载学府街内里情况的最真实的入门书。

我到达巴黎东南部的里昂火车站时，正值狂欢节[2]过后不久。大街的绿树根下，小路的各个角落，还散落着没有扫净的五颜六色的纸花。我在怀恋已久的学府街宿舍里放下行李，连忙搭上马车，直奔塞纳河左岸。

许多人从绘画作品中了解到，横穿具有凛冽难犯的尊严而又不失优雅的巴黎圣母院所在的西堤岛，渡过塞纳河，沿圣米歇尔大道一路上行，不远处就是诗人、画家和文士汇集的别有洞天的拉丁区。

以这条大道为中心，右手边是卢森堡公园，左

1　鲁道夫·克鲁采（1766—1831），法国小提琴家、指挥家以及作曲家。

2　Mi-Carême，四旬斋的第三个星期四（狂欢日）。

边可以看到先贤祠的圆拱屋顶。道路这边的圣路易学校，以医科大学为背景，对面是门前耸立哲人奥古斯特·孔德石像的文科大学，后面隐蔽着法科大学。自路易大帝高中前边下行，被称为学府街的街道上，有法兰西学院和工科大学，其他还有以矿山专业和药剂学科为首的各种专科学校。在这里，不论走到哪里，都能看到冠以"自由、平等、博爱"的高高耸立的鼠灰色建筑群。

这里集合着欧洲各国，甚至远及土耳其和埃及等国数以万计的莘莘学子。每年有数千人毕业前往各地，同时又有数千名青年走进这里。代际相互交替、时光不停流转、思想无形运动，这条街道上唯一永恒不变的便是青春的梦境——纵使烦闷、绝望，依旧自动蓄积着的力量和温暖的青春之梦。

与古物荟萃的卢浮宫全然不同，屹立于公园一隅的卢森堡美术馆，不正是讲述着我们年轻人苦恼与欢乐的新艺术的宫殿吗？离那里不太远，走过元老院门前，便是奥德翁剧院，众所周知，这是一座不拘一格、专门上演新兴戏剧的场所。有些书店，赶早就在这幢建筑左右的回廊上，满满地摆放着新出版的书籍，从早到晚，吸引着一群群的青年学子。

午后不久，天已黄昏。从各处学校和讲堂涌出的充满活力的学生们，来到大街上散步，平日行人如织的大道变得更加热闹了。排排而立的宿舍楼或家庭旅馆，演练中的小提琴的弦音、钢琴声以及歌声，从相互毗连的后窗漏泄出来，阵阵不绝于耳。楼下各种小商店里，梳着刘海的姑娘和夫人在高声谈笑。天完全黑了，文科大学索邦大学的大钟，清澄的音响传向远方。大街小巷的咖啡馆和餐厅的灯火音乐，给夜的巴黎带来活力。晚妆艳丽的女人的倩影，攀附着追逐欢乐的小伙子的臂膀，惹得满城处处为之注目……这些都是经常出现于小说和诗歌中的拉丁区的浪女。其中有画家的模特儿，有诗人的情妇。市内首屈一指的饮食店里，剧场的回廊上，宝石星帽上的花冠灼灼耀眼。她们无意于长裙拖曳，衬托出婷婷玉姿，只是随意戴着帽子，精心配上短衫窄裙，以此映衬小巧玲珑的腰肢。她们正是通过这些特征，愈加突显出其他街区的女子难以模仿的倨傲与娇痴来。

我进入这个学府区的当天夜里，一个人独自饮着晚餐的葡萄酒，心性陶然地在附近一带散步。归途中，走进一家乐声喧阗的咖啡馆。

四面都镶嵌着彩绘玻璃，天花板上绘着天使的图案，宽阔的房间中央站立着六位身穿白衣衫的女乐手。她们分别演奏一架钢琴、两把小提琴、大提琴、低音提琴，以及一架颇显威严的风琴似的乐器。

排列的桌子间只留下一点走路的空间。一群青年男女汇聚着，有的茫然地陶醉于音乐，有的埋头玩纸牌，或读报纸杂志，有的看样子在写信，还有的在高谈阔论。

室内烟雾迷蒙，灯光变黄了。空气沉滞而温暖。每演奏一段音乐，人们的说话声就和杯盘声混成一片，似海潮奔涌，一阵高涨后，又在整个房里往复回荡。侍者和进进出出的人流，在桌椅间穿梭往来，令人眼花缭乱。不断开闭的门户外边，走进意气风发的街头女郎，人人戴着当年流行的花笠般的帽子，颇为随意地斜扣在脑后。一个人出去了，就会有另一个人进来。她们有的突然坐到稔熟的男人桌边，有的会缠住一位女客聊个没完。也有一个人坐在远离人群的桌子旁，面对墙角的镜子，不停琢磨着帽子的戴法。还有的像书场艺人走台步一般，扭着腰肢在桌椅的空当间走来走去，最后只得站到洗手间通道上，同值勤的老婆子东拉西扯地闲聊一番。一身寒酸的卖花女子在人群里挤来挤去，令人厌烦地叫卖着鲜花。身穿金扣子制服的男人手提小木桶，向人兜售糖炒栗子、甜虾和腌橄榄等佐酒的小菜。

客人喊道："服务生，算账！扎啤、咖啡、奶汁咖啡，一共多少钱？"

侍者一边穿梭，一边回应："知道啦，来啦，先生。"

我在人堆里找了个空位子坐下，一一观察着附近人们的装扮。看模样，大概都是学生。有的青年双肩宽厚，容貌威严，长着一脸可怖的络腮胡子，毛发森然，俨然一副初展头角的政治家风度。也有的剃光了髭须，头发油亮地垂在额前，露出一副柔和、优雅的神色，宛若《弗兰切斯卡》[1]这部戏剧中保罗的眸子。有的穿着破旧的天鹅绒上衣，裹着玄色大头巾，须发蓬蓬，一看就是自恃怀才不遇的艺术家。还有的集白手套、高帽子和燕尾服于一身，但却频频显露出忧心忡忡、愁容满面的样子。总之，这帮人从容貌上看，可以说千姿万态，各有风采。大鼻子的是德国人，扁额头的是俄国人，黑眼睛的是西班牙人，红腮帮的是意大利人。

我不由想起本乡神田[2]学生时代的往昔。来自日本全国各地面容不同的青年，济济一堂。随之，又联想到牛肉店楼上荞麦馆的内厅，最后甚至回忆起花街柳巷的风景。

休息了大概一个小时的女乐手，再度坐下来，拿起乐器。突然，从不绝的话语呼叫声中，飘出一段音乐，那是耳熟能详的意大利歌剧《茶花女》序曲

1　弗兰切斯卡（1255—1285），意大利北部城主谷伊德·米诺莱·坡兰塔的女儿，出于政治谋略，嫁给邻国狂暴城主马拉提斯塔为妻，后因同小叔子保罗恋爱而被杀。但丁《神曲》等文学与戏剧作品，多取材于此。

2　本乡，东京文京区地名，东京大学所在地。神田，东京千代田区地名，神田神保町文化街，乃大学、书店和出版社集中地。

中的一节——众多男女青年，举杯欢饮，彻夜玩乐。小提琴模拟着女人尖厉的嗓音，大提琴演奏出男人低沉的话语，钢琴跳跃般地弹着放荡的音乐，频频重复着细细的音调。不久，随着阿尔芒的独唱，以及与之回应的美女玛格丽特纷乱的心情……随着小提琴和大提琴天衣无缝的演奏，我也不自觉地反复哼唱起那首——"Un di felice"——《在那欢乐的一天》里烂熟于心的歌词。室内空气是不透明的，凝重而和暖，使人沉醉。想象那些不知何时坐在身旁的青年男女，仿佛皆为目前演奏的歌剧中的人物，想象着这个世界仅有的欢乐和值得艳羡的事。或许因为这些，我也堕入旧梦，脑袋里逐渐泛起已逝的往昔。

身旁的空座位，突然坐下一个女人，我从迷幻的音乐中醒过来，朝那里瞥了一眼。那女人也像平常不管谁坐下来一样，环顾了一下周围。这时，我和她互相对视，女人娇媚地微笑着，毫不客气地开口问道：

"你是日本人吗？"

这是个身材小巧的女人。紫黑的圆帽上嵌着玫瑰红的天鹅绒丝带，两条长长的穗子耷拉在一侧的面颊上。身上穿着带有黑色条纹的橄榄绿英国式外套，短小而宽大的袖口里，两只纤纤素腕包裹在鼠灰色绸缎的长手套中。猜不透她的年龄，不过在巴黎，像她这般精于化妆、使人不知芳龄几何的女人似乎并不多见。帽子下面，如云朵翻卷的秀发遮盖着两耳。她乌黑的头发，不仅反衬出那副鹅蛋脸格外细白，而且凑近仔细一看，那皮肤的滑润令人吃惊，眼角和唇际连一道显眼的细小皱纹也找不到。不过，稍嫌瘦削凄清的双颊以及幽邃的眼神，时时流露出长久的漂泊生活所带给她的众多辛劳与困怠。

都说巴黎女子永不老。在我眼里，事实确乎如此。所谓没有年龄的女子，或许就是指的这些人。明明知道已不再年轻，但领口俏丽、香肩优雅、指甲打磨得光洁如玉，使人感到这副打扮足以惹得男人万事皆忘，趋之若鹜。

我喊住经过这里的侍者，为女人点了一份她喜欢的饮料。女人朝我这边挪动了一下椅子，问道：

"你久居巴黎吗？"

"不，我两三天前才来这里。看来你对日本人很熟悉。"

"是的，有段时间……"她笑了，俯身呷一小口咖啡，"那都是过去的事了。"

"现在，这附近还住着很多日本人吗？"

"是的，经常在街角的先贤祠那里看到……"

"小姐，你最相熟的是谁啊？"

我虽然来到巴黎，却还没在日本人中间露过一次面。然而，这里的留学生很多，说不定会有我认识的人，所以我才随口一问。

"我现在谁也不认识。我只是时常在先贤祠和维多利亚酒吧和他们聊天，但名字全都不知道。"

"是不让你走漏消息吧？"

"不，是真的不认识。两三年前，住在这里的人大体都知道，现在……一个也不认识了。"

"是吗，那好，过去的老熟人也行，叫什么名字来着？"

女人好半天笑而不答。此时，卖花婆婆转悠到我跟前，停住脚步，一边对着女人诡秘一笑，一边

说道:

"玫瑰一束，一个法郎，铃兰花五十生丁。"

"好贵呀，阿姨。白玫瑰减半价卖了吧。"

卖花人开始谈起市场批发价是多少，没完没了地诉说着日子的艰辛。我照她说的，给了她一枚一法郎的银元。

女人从卖花人手中接过花束，立即挨近唇边，耸起双肩深深吸了一口。

"啊，好香。你也闻闻看。"这时，她把花举过桌面，送到我鼻尖，然后用别针小心翼翼地别在领口，又从中抽出最大的一朵，插进我上衣的扣眼里。

"日本人都不喜欢红玫瑰。"

"那也不一定。"

"没错，都是这样。说红色太俗气，不是吗？那个……曾在这里待过的画家束原[1]先生……知道吗？他老是说我帽子的颜色太俗气。"

1　黑田清辉（1866—1924），油画家。鹿儿岛人。早年留学巴黎，师从科兰。任教于东京美术学校，首先将法国印象派手法引入日本，创立白马会。代表作有《裸体女人》等。

说起画家，我回想了一下，女人提到的"束原"，是享誉日本油画界的老一辈知名画家，肯定没错。这人在巴黎留学，那是将近十年前的事儿了。我惊叹这女人青春的姿容，越发对她的年龄怀疑起来。

"束原这个人，你认识他吗？"她又重复问了一句。

"认识。他回国后的一二年，还曾经给我写过信。他在哪里？现在怎么样了？……"

看起来，女人已经沉浸于往事的追忆中。

"那是个很优秀的人物。在绘画方面，他是我们的先驱。"

"那么说，他已有夫人了吗？"

"可不，或许也有孩子了。"

女人稍稍沉默了，低头嗅着襟前白玫瑰的香气。

"说起来，已经是多年前的事了。在巴黎，一旦从事这份家业，倒把那段日子全忘了。"

"这么说，小姐跟他相好过？"

要是日本女人，可能会不经意

地随便敷衍过去。然而，眼前是个毫不掩饰感情的女人，她只是对我妩媚一笑，微微点点头。

"总之，他是我第一个日本人知己……"她说着，突然向我伸出优雅的手指，"这指环就是他送我的，据说是日本很早很早的钱币，是真的吗？"

我一看，是二朱金[1]打造的指环。此时，在我眼前突然浮现出学生时代，画展上所见到的《裸体美人》的面容。当时，画家的名字，同法兰西新兴艺术以及日本社会始终不绝的风化问题搅在一起，闹得沸沸扬扬，无人不晓。我当时就认为这是非常了不起的艺术，曾经写过一篇长长的评论，投给一家青年文学杂志。如今，那位"裸体美人"无疑就坐在我面前。

"小姐，你做过画家的模特儿，对吗？"

"做过。你怎么知道的？"

"我在东京看到过束原画家的作品。"

女人回忆起往昔，似乎无法压抑如今心头的悲喜。她那梦幻般幽邃的眼睛，打量着我这个与画家同

---

1 日本江户时代流通的一种金币。

一人种的面容，不由泛起缅怀之思。

"当初，我同他见面，是在圣日尔曼某某先生的画室里。那阵子，我每天都要去做模特儿。当时，母亲还活着，但不久我就成了一个人，无依无靠。随之，我就进入这个行当，后来渐渐同他热络起来，同居了两年多。我们两个喜欢划船，经常乘船在塞纳河夜游。"

听女人的口气，仿佛是在讲述昨天的事情。然而，束原画家的名字早已蒙上古典学院派的锈斑，不能带给现代的年轻人任何感动。没有一处地方像日本这样风潮易变。我们来到外国的这段日子里，说不定今日的时尚忽然变成明日的古董。

周围笑声喧聒，不绝于耳。一时淹没的音乐再度响起，传来高扬的小提琴的旋律。

"我怎么也忘不掉他。虽然他不是我唯一的相好，但一两年来，两个人同床共枕，宛若夫妇，是他第一个使我过上这样的生活。"

"分手后想必很寂寞吧？"

"我哭了半年多。"

"那真是。"

"不管多么伤心，一旦别离，再也不会回来了。总不能守着苦日子不放，所以又做起以前的生意来了。既然是一样的客人，还是找日本人做朋友最理想。我走了众多的咖啡馆，总是留意有没有日本人。"

"后来又跟谁好上了呢？……"

"津山……津山伯爵，是贵族。你知道他吗？"

"不知道。"

"一副不长胡子的圆脸。他是法律系学生，暑假时，我们一起去德国和莫斯科旅行。"

"那么，后来……"

"还有索邦文科大学的中川……"

"哦，你说中川博士。他去年死了。是一位历史学教师。"

我的脑子里不由浮现出一副强装威严、极力显露出高雅品味的博士面颜。人在西洋成知己，灯火音乐间，谈论女帽的形状，舞步的谐和；一旦回归日本，人人变得一本正经，个个冷若冰霜，不是吗？

每想起这些，我反而羡慕那些巴黎女子的生涯，她们不顾岁月流逝，始终保持靓妆少女美丽的姿容，日日夜夜，生活在音乐和笑声之中。

"小姐，请问芳名……"

"玛丽亚。"

"家居何处？"

"奥德翁剧院斜对面三楼。"

我到底没有问清她的年龄。

乐队演奏着朱尔·埃米尔·马斯内[1]的《黛依丝》选段。这段音曲诉说了埃及交际花美女黛伊丝向维纳斯神祈祷，祝愿自己永葆青春美丽。这位玛丽亚小姐似乎对这段稔熟的音乐不感兴趣，她只是用那戴着定情指环的手指合着节拍，漫不经心地轻轻叩击着桌子。

---

1 朱尔·埃米尔·马斯内（1842—1912），法国作曲家。作品有名歌剧《曼侬》《黛依丝》等，多取材于古典文学名著，选题侧重于爱情的悲欢离合。
2 又名《泰伊思》。作于1894年，三幕七场歌剧。根据法国作家法朗士同名小说改编。剧情为一个宗教故事，发生在公元四世纪末期的埃及，描写美丽舞女黛依丝的爱与信仰，反映作者对天主教会的不满。

重逢

D'où vous vient, disiez-vous, cette tristesse éstrange,

Montant comme la mer sur le roc noir et nu?

—Baudelaire

黑色裸露的岩石之上，如涨潮一般，

心头如此可疑的忧愁，问君又来自何处？

——波德莱尔

于海外他乡同至亲好友不期而遇，还有比这更叫人高兴的事吗？

况且，如今的地点又在巴黎——

夕暮，当我走进最繁华的商业街意大利大道上唯一一家背阴的咖啡馆，坐在椅子上，眼花缭乱地凝视着马车、汽车和公共马车你来我往、一派喧闹的景象时，突然和他相遇。

这位雅号称作"蕉雨"的油画家，五年前我们在圣路易斯举办的世界博览会上相识，一见如故，其后又重逢于纽约。有一年多时光，我们每天一起吃晚饭，彼此亲密无间。

当时我们共居美国，都非常厌恶美国。论其缘由，两人原来都想去欧洲，但在那里通过苦学之路或自立更生的方法寻求合适的工作很难，还是先到美国为好，总比留在日本的机会更多一些。于是，未经仔细考虑就离开故乡来到这里。

蕉雨进入位于百老汇的一家美术品专卖店做售货员，而我则受雇于华尔街大道上一家日本银行，类似一名勤杂工，不过好不容易总算交上了房租。所以，两人一见面，仅从照片就深深叹赏欧洲街衢的美丽及其生活幽深的诗趣。同是海外，美国仿佛就是一个未开化的国家。我们对在美国虚度年华而悔恨，将整个美国社会尤其是艺术科学方面痛骂一番，借助诅咒以稍稍慰藉心中不平。

美国除社会之外，其余常识性问题，我们也一概不满。这里尽管没有俄国那样的基什尼奥夫事件[1]，也没有德、法两国见到的戏剧性的社会主义运动，更没有使人追思过去的雨果的《艾那尼》[2]，以及令人想起昨日的德彪西的《佩利亚斯与梅丽桑德》[3]等作品的激烈的艺术之争。对于能将不合文法（Unwritten law）的东西和社会舆论（Public opinion）巧妙融合而治之的美国，其过于健全的程度令人无法容忍。实在没办法，我们住在美国期间，经常去酒吧，有好多次倚靠着柜台痛饮威士忌，为美国出生的唯一狂诗人爱伦·坡敬献一杯酒。

眼下的巴黎已进入黄昏，被四月初薄色的夕雾所包裹，路旁一排排高层建筑，与依旧簇拥着冬枯枝的街树保持适当的距离，犹如舞台上的布景，隐约可

1　俄国帝政时代末期，1903 年残杀犹太人事件。是年 4 月 16 日，在俄国的基什尼奥夫，大批犹太人在复活节早晨的大屠杀中丧生。

2　维克多·雨果所作五幕悲剧。全剧通过热情洋溢的诗句和自由华丽的舞台布置，成为浪漫主义的先导。1830 年初演时，遭到古典主义反对，并同年轻的浪漫主义艺术家展开激烈论争，最后浪漫主义取胜。

3　德彪西根据比利时梅特林克同名戏剧作曲的歌剧，描写神秘的魔女梅丽桑德同王子佩利亚斯悲恋的故事。

见。楼房的屋顶、檐下和墙壁上的霓虹灯广告文字，同商店玻璃门、两侧的街灯一起大放光明。然而，黄昏的天空依旧薄暮幽冥，直达远方。在空中明光的映照下，犹如梦境，直视无碍。不过，从眼前驶过的行人和杂沓的车辆，都一概变成漠然的鼠灰色，只是影子与影子的重叠而动。

正逢整个巴黎商店与公司雇员一起下班回家的时刻，拥挤不堪的公共马车往来不断，凝神注视了一会儿，尽管还坐在咖啡店的椅子上，脑袋已经感到眩晕，就连自己的身体好像也跟随周围景物旋转了起来。此时，各处咖啡馆早已奏起热闹的舞曲，但也听不清楚，掩盖在车声、行人的足音和谈话之下，时断时续。顺着稍稍刺骨的阴冷夕风，近处饭馆烹调的香味飘来，交混着杂沓男女的脂粉与汗臭，随处流动。神经并没有被周围如此的环境刺激而亢奋起来，与之相反，内心要么愈加沉潜于黄昏幽暗的光线中，要么出现了不可名状的混乱感觉——催生出等同于交混着醉酒后几分苦恼的强烈快感。

从久久凝神眺望的街面上转过眼来，两人互相对望了一下。

"该吃晚饭了，找个地方慢慢再聊吧。有没有一家能让我们想起纽约时代放浪生活的便宜酒馆呢？"

经我一问，他意味深长地微笑着说：

"不远的小街上就有一家便宜的意大利饭馆。"

意大利菜——这一词语在我俩之间唤起了特别的记忆。

在纽约，我们都不喜欢住在冷酷无情的美国人开的家庭旅馆，并且对那些一味催人快吃快走的饭馆也不满意。他住在墨西哥人开的私人旅馆，我在法国人家里租住一间房子。我们不好不坏地生活着，每晚他从商店、我由银行下班，特意赶回苍蝇飞舞的意大利移民街会合，随后闯入一家便宜的饭馆，没钱时，就吃一碗通心粉，神采飞扬地猛喝没名字的廉价葡萄酒；腰里有钱时，会倾其所有，来上一瓶用麦秆包装的意大利基安帝葡萄酒[1]。从那不勒斯前来打工的面孔

1　基安帝（CHIANTI）葡萄酒，意大利托斯卡纳州（首府佛罗伦萨）生产的世界最高级葡萄酒。其产区几乎包括托斯卡纳全境。

红红、两手污秽的使女吉尔达还在干么？那个心眼儿很好、有点儿性急、动辄就跟人挥舞刀子的酒吧侍者杰尔格，他怎么样了？……吃完饭，我就想去以研究为对象的剧团或音乐会。他生怕迟到，急忙乘地铁赶往免费的美术学校上课。一个在第十四街道口车站，另一个在第四十二街道口车站下车。那位乘务员每次都细心叮嘱下车的人：Watch your step——当心脚下。至今，他的声音依然在耳畔回荡。我们一边聊着种种往事，一边吃完了晚饭。走出横街，夜已过九时，正是巴黎各个剧场一起开演的时刻。

一望无际的大道景观全然改变了。夕暮黄昏疯狂的人流彻底放松了脚步。头戴礼帽、风度翩翩的绅士和美女手挽手，在彩灯装点的宝石店的玻璃门窗前站了一会儿，又悠悠迈动了脚步。不论走到哪里，看到的都是焰火般的明丽电灯。马车和汽车一如既往在车道上往来不断。因包裹在深蓝而清净的夜色里，车轮的响声十分稳健，似乎保持着音乐感的调和。马车从后面不断地紧接而来，停在十字路各个角落的公共马车，一下子就会下来一群二十人或三十人的男女，都是去剧场观剧的夜装打扮。这些成群的男女一旦涌上街头，停在路边的另外一群人就会吵嚷着去蒙马特，车上的客人尚未全部下完，那群人就争先恐后地不分顶棚还是车厢，挤得满满一车。各处的咖啡屋灯火辉煌，一个空席都没有，照耀着男男女女的身影，持续不断的奏乐的响声，振奋着行人的脚步，从一个地方传到另一个地方。

饱餐后的微醺使我陶醉于清凉的夜气和四方热闹的美景之中，心里浮起说不出的激动之情。我穿行于来来往往夜游的男女之中，左躲右撞，挤来挤去，反而更觉有趣，更像醉汉一般蹒跚而行。蕉雨走在最前面，他一点儿也不显得兴奋，虽然酒比我喝得还多，只是默然不语，低着头走路，似乎不堪行人拥挤杂沓的脚步。

"你累了吧？"

"不。"

"到那边咖啡店歇歇吧。"

"好的。"

我们来到歌剧院前广阔的十字路口，碰巧今晚没有演出，石阶上不见值班的士兵，窗户里也没有灯光。极其壮丽的大楼，在周围灯火以及明净的夜空下，显得更像一座庄严肃穆、神圣而不可侵犯的殿堂。

两人走进街角一家抬眼可见的咖啡馆，店内灯火璀璨，男女帽子涌动，彩衣翩翩。音乐声不绝于耳。

"到底是巴黎啊！"

我打心底由衷地发出一声赞叹。这一瞬间，侍者刚好为蕉雨倒上咖啡，他正要喝，所以什么也没有回答。

"喂，我们在纽约时，高架铁道和货运马车的噪声，闹得我们头疼难耐，几乎发狂。来到巴黎，走到哪里，都是女人的欢笑和小提琴优雅的音色。拿纽约那会儿令人绝望的时代同今日的境遇相比较，我感慨无限。在美国，即使遇上朗费罗[1]的百年祭典，报纸上满满登登都是人人熟知的诗人的头像；即使革命文豪高尔基访美，美国人用低级的道义偏见来排斥他；

---

1 亨利·华兹华斯·朗费罗（1807—1882），美国诗人、哈佛大学教授。主要作品有诗集《夜吟》《奴隶之歌》《候鸟集》等。代表作长篇叙事诗《海华沙之歌》，是美国文学中第一部描写印第安民族的史诗之作。

尽管为欧洲音乐史开辟新纪元的歌剧《莎乐美》[1]的演奏，也遭遇到狭隘的宗教观念的禁止。这里又怎么样呢？隔着大西洋的法兰西，一个年轻的剧作家一旦被选为学院派新会员，全市全国的报纸都会大登特登关于他的信息。在纽约街头，不用说只是偶尔看到一尊古旧的大总统铜像，就连高架铁路桥下也只能看到一堆堆尘土。来到巴黎市内，到处都有诗人、画家、学者的石像，俯视着路上的行人。实际上，我每逢在巴黎街上漫步，就不由得对法兰西国民深怀敬意，感谢的泪水滚滚而出。"

　　似乎有意等我说话告一段落，蕉雨瞧着我的表情，突然问道：

　　"那么说，你现在觉得非常幸福，是吗？"

　　"应该说超出幸福之上，光说幸福还不够。从古典主义到浪漫主义，从浪漫主义到象征主义，直到今

1　独幕歌剧，海德维希·拉赫曼根据王尔德同名剧本改编，理查德·施特劳斯谱曲。歌剧主要讲述了犹太国王希律王和其兄弟腓力的妻子所生的女儿莎乐美帮助其母杀死施洗约翰。其中融入了唯美主义叙事手法，表达"爱"与"美"、"爱"与"罪"的唯美观念。

天，我呼吸着多少法兰西艺术家为艺术而苦恼的同一种空气，居住在同一块土地上……一想到这儿，比起一般所说的幸福，我有一种更加深沉而热烈的感情！"

蕉雨神色黯然，语调里含着忧愁：

"真叫人羡慕，你呀，可不要使这种热情冷却。"

我有些惊奇。

"怎么，你没有感受到这种热情吗？"

"怎么没感到，当然感到了。不过，完全冷却掉了。如今，我心灰意冷。"

"为什么呢？"

"谁晓得，要是有人告诉我就好了，我自己弄不明白啊。"

"真是不可思议。"

"咳，"他有气无力地应了一声，随即低下头。不一会儿，蕉雨似乎整理了一下思绪，静静抬起头。

"我刚来巴黎的二三月那段时间，还是满怀极大热情的呀。城市的风景、天空的颜色、行人的姿态，这些似乎皆可入画。每天每天，我去到塞纳河岸、市内的广场公园，有时翻越城墙，跑到乡间森林，犹如梦一般浮游各地，作了大量的写生画。当我有一天正想着手绘一幅画，将自己关在画室里的时候——突然感到一阵寂寞……"

"寂寞？"

"是的，说到寂寞，或许不好，不过这寂寞不是旅行的寂寞，也不是想家，而是打心里感到一种令人灰心丧气的悲愁，不论干什么都觉得厌烦。"

"……"

"我自己也感到奇怪，虽说一心想创作，但怎么也不行。"

"莫非生病了，患了神经衰弱之类？"

"要是生病反倒好，可以指望通过药物治疗。"

蕉雨满脸都是难言的苦涩，我不由感到再就这个话题继续谈下去，对他有些过于残酷，同时，咖啡馆的空气污浊，人满为患，于是我改换口气，说道：

"咱们出去走走吧，边走边聊。"

经我这么一说，蕉雨默然站起身来，离开了座位。

春夜寒凉，刚天黑时，林荫路上的行人脚步杂沓，但紧接着走下卡普辛大道，来到马德莱娜教堂附近，随之灯火阑珊，行人骤减。左手边突然出现皇家大道，尽头可以望见灯光散乱似繁星的协和广场。马车的行列主要向着那里流动，受此诱惑，我们也转头朝着同一方向前行……

"喂，蕉雨君!"

"哎?"

"你呀，实际上……要是没病，那就是受到某种严重的困扰，对吗?"

"嗯，可不是嘛。"

"比起待在纽约的日子，你似乎非常气馁。"

"是这样。"

"你要多加保重，你的前途，也就是新兴的日本艺术的前途。"

"你言过其实，令我很是不安。"

"其实……我在接到你的信之前就读过从日本寄来的报纸，你受到东京某所学校的特别照顾，一切按照你在纽约时所希望的那样。若是今后再过两三年回到日本，你的大名就是新兴艺术界的明星。多少青年画，都会一边喊着 Mon cher Maître (我亲爱的老师)，

一边同你握手，并以此为荣。你难道不觉得自己是个
'成功的人'吗？"

蕉雨没有回答，走出四五步，依旧提不起精神
来。他说：

"有些地方你还缺乏经验。若能成功，倒也很
好。不过我认为，人最大的不幸就来自意识到这种成
功的一瞬间。"

"不要诡辩了。此种毫无价值的逆说[1]，似是而非
的论点，只会使自己陷入不幸。"

"我既不是诡辩，也不是空发议论。我切实感受
到了这一点。咳，正像你所说，我现在比起普通人
来，算是成功者了。我在纽约商店里当售货员时，一
周拿起一次画笔的时间也没有。一来到法兰西，凡是
画家梦寐以求的所有东西，我一时间都实现了。一旦
一切都心满意足，你猜怎么着，实在不可思议，反而
像被一棍子击倒，元气大伤。一方面觉得现在的境遇
很幸福，结果简直奇怪得很，越想越觉得那种曾经厌

1　原文为英语：paradox，逆说，反语。

弃过的纽约逆境时代反而死灰复燃，令人恋恋不舍起来……"

蕉雨一边走一边点起一支香烟，继续说道：

"问题出在哪里，我也搞不清楚。假若硬要找一个理由，也就是自己获得了满足，达到了顶点。好也罢坏也罢，未来已经摆在眼前。打个比方说，就像游山逛水，不分夕暮和拂晓，一路奔波，旅途中或悲或喜，既有无限梦想，又有无限色彩。一旦抵达目的地旅馆，剩下的只是入浴泡澡、点灯睡觉。航海途中，从遇难船只的桅杆上，眺望大海明月，等待死亡。这样的悲惨场景也有可能出现。一旦安全登上彼岸，由陈年旧梦中一朝醒来，此时的心情——你不以为依然很悲惨吗？"

我正要躲开交肩而过的路人，一时没有回答。蕉雨似乎连这一瞬间都难于忍耐。

"我以为既有来源于绝望的悲哀，也有来自成功的某种特殊的悲哀。"

他独自作出断定。

不算太长的皇家大道几乎走到尽头，我俩眼前出现了著名的协和广场广阔的夜景。自矗立于广场周围代表法国各城市的女神石像起，至右手相连接的香榭丽舍大街的树木，以及左手的杜乐丽王宫[1]等，在广场上众多散乱的白炽电灯照耀下，不但能看到这些地方，而且借助远方桥上的灯火，甚至能看到塞纳河对岸国会大厦的屋顶。

"你住在哪里？"蕉雨问。

"星形广场附近。你呢？"

"我住到格尔内尔郊外去了。"

"那就糟了，快点儿乘马车吧！"

"你打算长期住在巴黎吗？"

"先待上一年，抽空想去一趟意大利。你呢？……"

"我吗？……"蕉雨稍稍停顿一下，"我哪儿也不想看。"

"为什么？……"

"不为什么，我去意大利，只不过徒增成功的悲

---

1 凯瑟琳·德·美第奇王后建于1564年的官殿。法国大革命后，拿破仑一世、路易十八世等，住居于此。

哀。任何事物，存在梦幻之中，最富生机，最具馨香。一旦实现，尽皆失去。我只有不亲眼目睹意大利的蓝天、大海，才能永远在心底保持一份向往，一份思念。"

不很寒凉的夜风，爽适宜人。载着我们两个人的马车，奔驰在寂悄无声的香榭丽舍大街上。

话题说完了。突然，远处出现一团烟雾般的巨大黑影，遮盖了远方星光辉耀的天空。

"拿破仑大帝光荣的遗骸。"蕉雨意味深长地说。

马车停了。

马车送我到旅馆前下，继续载着烦闷的画家，沿着塞纳河岸飞奔。

我独自伫立，仰望着凯旋门。

夜空下，凯旋门谜一般巍然屹立——永远静寂，永远不动。

孤旅

Nous, prêtre orgueilleux de la Lyre

Dont la gloire est de déployer

L'ivresse des choses funèbres.

L'examen de minuit—Baudelaire

沉醉在昏暗的诗意中

为这恍惚而歌唱

赞誉我们傲慢的诗之神

《夜半静思》——波德莱尔

某某伯爵偕同夫人，从华美的旅馆高楼上，贪婪地眺望着眼下香榭丽舍大街的风景。

四月初苍白的日光里，一排排橡树的嫩芽，犹如数不尽的连绵的珍珠，闪闪发光。天气尚未稳定的时节，刚过午后三时，散布的马车、汽车来往奔跑，宽广的大街也显得狭小多了。其间，电影广告队因难以通过马路，只得绕道而行。矗立在十字广场中央的喷水池里，尚残留着积聚的清水，花店也早已在四周栽满了花草的幼苗。混杂的人流中，被小贩绑在竹竿上的气球飘然而动。

伯爵趁着不久前内阁的更迭，辞去某某大臣之职，同夫人一起到欧洲休闲漫游。

穿着漂亮制服的旅馆侍者叩开房门，将盛在银盘里的信简恭恭敬敬地放下，出去了。

"季子，"伯爵回首望着夫人，"宫坂是谁呀？"

"不就是他吗？学美术的留学生，主动提出要为我们当美术馆导游的那位……"

"那么，肯定是关系到我们去意大利旅行的事。"

伯爵剪开封口，慢慢地读给夫人听。

＊　＊　＊

伯爵及伯爵夫人阁下：

晚生得以陪伴伯爵夫妇二人实乃荣幸之至，祝先生及夫人身体健康。

前些时候，奉日本国大使馆之命，以不肖之身，陪同伯爵夫妇参观卢浮宫博物馆和卢森堡博物馆，获此意外之缘，此后又承百般庇护，除感谢之外，无可回报。美术文艺的进步，需要政府或贵族富豪的庇护，仅就这一点，在我等亲眼看到的法兰西艺术中也是很明白的事。我们日本美术界，能有伯爵及伯爵夫人这样的捐资人，不啻于晚生一人之身，相信亦是东洋艺术界全体同人之幸福。

来信得悉，此次意大利之行，责成晚生陪伴先生夫人，兼作向导与讲解，得此荣耀，无疑是一生最大的光荣。倘若可能，晚生宁愿将此荣誉让给美术专业其他学生。

晚生烦闷之余写下这封信。对于先生夫人赐给的特大光荣，我在接受上犯起了踌躇。我想毫无顾忌、毫无虚伪地陈述个中缘由，并相信这是对先生及夫人最真率的礼仪。

事情原委并非其他。实来自晚生深深挚爱的寂寞之故也。尤其是出自喜爱羁旅之寂寞。俗话说,旅行靠朋友,但对晚生来说,没有比旅伴之类更不堪忍受的了。

呜呼,世上还有比寂寥更为美好的东西吗?寂寥是无与伦比的诗神。我以为,所有的诗,所有的梦,都像是从寂寥的泉水中涌出的。晚生被一种信念所驱使,只有在不堪寂寥的瞬间,自己才可能成为大艺术家。

日常的散步,除恋人之外,不管什么场合,有别人交谈都是毫无益处的。尤其是一旦有谈笑风生的旅伴跟随,那么我等绝不可能触及山水自然的生命。先生啊、夫人啊,你们听过那位终生为孤独而哭泣的法兰西浪漫主义音乐家柏辽兹,根据拜伦长诗创作的曲子《哈尔罗德在意大利》吗?

倘若听过那首曲子,先生就很容易理解晚生的心情了。那首曲子很长,分成两段,最初一段是游览者观赏意大利阿尔卑斯山间夕暮时咏唱的祈祷歌;下一段则描写夜里山风静静吹拂之际,群星灿烂,主人公躲开山民,神不知鬼不觉地潜入恋人窗下,弹奏着诱人的曲调。一切关于山里的空气、色彩、声音，皆于近百人的乐师演奏之中。而其中，只有一架低音提琴（一种音色稍低而悲凉的类似提琴的乐器），奏出了不仅是恰尔德·哈罗尔德，同时也是其他旅人的满心忧愁，还有那些眺望清灵的意大利山间浮世而彷徨不肯离去的游客的寂寥之情。在如水怒吼、如风消逝的管弦乐演奏中，晚生终生难忘那断断续续的悲凉的音色。晚生只想在这种低音乐器的音乐中，继续进行孤独而寂寞的异乡之旅。

先生啊、夫人啊，晚生是个寂寞的人、寂寞的艺术家。正像人有着各种类型，艺术家也难免属于某种类型。有的艺术家与大多数人同一步调，具有一个时代的健全的思想，成为公平的代表者。与此同时，任何时代，也难免会有一位航行于社会的阴暗面、一味沉醉于有限的褊狭思想中的人。既有那些毫无选择地能够创作王侯贵族的肖像画的心胸宽大的画工；也有心中如果没有爱恋，就无法在画布上绘制美丽少女的画匠。

不用说，晚生只希望做第二类艺术家。晚生不知为何就是不能为日光、美人、宝石和天鹅绒、鲜花所打动，更不觉得巴黎除街衢、雨雾之夕暮之外还有其他更美好之处。比起繁华的林荫路，我更能于塞纳河左岸的横巷内寻出无限情趣；较之嫩叶滴翠的公园森林，于灰色的冬空下眺望塞纳河石堤沿岸一排排病态的枯木之姿，更能勾起我心中欢喜。

伯爵先生，晚生之所以害怕跟随先生一道旅行，将不得不与先生宿泊于庄严的宾馆，在宽大的餐厅里用餐。对于我来说，没有比看到那些穿着闪闪发光的金扣子的侍者、伙计，伫立于楼梯之畔，对出入客人毕恭毕敬的样子更加无趣的了。还有，在四方环立着身穿燕尾服服务人员的睽睽目光之中，红烛反射于石柱之处，坐在银器耀眼的餐桌前就餐，最令人不堪忍受。

与此相反，晚生始终忘情于住在巴黎曲折的小巷中廉价旅馆的情景。门外只写着某某旅馆的名字，入口的文字大都脱落，无法辨认。帐房里坐着毛发脏乱的老婆子，要么就是一位不打领结、只穿一件内衣的看门男子。沿着戏中舞台上萨福[1]所看到的螺旋式扶梯

---

1 "Sapho"，法国作家都德小说《萨福》（1884）。

上登，走进一间十分低矮逼仄的房间，房内有被手触摸得龟甲般闪亮的木质寝床、模糊的镜子以及褪色的窗帷，等等。较之舞台上的大道具、沙龙的布置更具意趣。

给我留下深刻印象的是那些收费低廉的旅馆，薄暗的秋日午后，分不清是白昼还是黄昏，不知不觉天就黑了。房内的空气使得墙上也带着些许湿气，仿佛停滞于漫长的白昼。唯有夕暮的余光透过窗户，照得窗帷一片灰白。借着这光线，寝床一角、镜台边缘，像打磨过的金属，光耀夺目。然而那些背影里已经盘踞着夜的影子的所有家具，其轮廓一概模糊，一眼望去，恍如病卧的动物。心灵倦怠，已经无力反复回忆昨日往事。窗下贫瘠的小路听到的女人的吆喝，孩子的喧闹，遥遥大道的远方没有驶过的车轮的轰鸣……此等物音之中，忽然传来的响声，那是徘徊于横巷的乞丐断断续续的手风琴的乐音。

横巷中廉价旅馆听到此种悲凉的音色，犹如在马拉美的散文诗《叹息》里所描写的那样，一边将一只手抚摸着沉默的伴侣家猫的脊背取暖，一边阅读自己喜爱的所谓"罗马末代的哀愁诗"。那种"怨艾、忧郁"的音色，于追忆的黄昏中，只能使人心情狂乱，最后为不让饮泣之音传向外面，我只得向窗外投钱。

晚生已经在巴黎的廉价旅馆住了两年多。除了不得已之外，绝不拜访别人。每天吃饭时，厌恶餐厅里那种众多熟人汇聚、鞠躬作揖的场面，总是爱去陌生的工匠敲着桌子、高谈阔论的城郊便宜饭馆就餐。丑陋侍女的脏污围裙，工匠们褪色的工作服，满是油渍的墙壁、桌椅，被煤气火照亮的卑俗的画等……黯然的室内同无比寂寥的心情调和一致。

诚然，寂寞之情、孤独之恨，最为尊贵。晚生即使前往剧场，若非独自一人斜倚在天棚下阶梯观览席的栏杆上，无论明星们多么精彩的演出，也引不起丝毫的感动；当我前往观看大型歌舞剧，尤其是音乐会的时候，也不会开启心扉。不仅音乐、诗、小说、雕刻、绘画、建筑之美，其作品的真正意义，也只能在心灵凄楚、独自悄然面对之时才能发现。犹如诗歌评论家所言，纵使亲兄弟间喜闻乐见的东西，若非真诚的好诗也不具备博得一笑的价值。先把道德置于一

旁，我相信，艺术的真谛只有独自一人品味之后才能
发见。

伯爵先生及夫人，晚生本该为陪伴和兼作翻译而
前往意大利感到光荣，但现在却犯起犹豫，就是基于
此种理由。请原谅晚生这个不知礼仪的艺术家的无理
要求吧。

伯爵读罢，看向夫人：

"我懂了。这是新日本人啊，日本也必须有这种
想法奇特的人。"

"为什么？"

"看看德国就知道了。正因为一方面有压迫的军
国主义者，另一方面才会有极端的破坏主义者。进步
和文明，同样都是极其复杂的事。像宫坂君这样奇怪
的人，就是日本社会因进步而变得复杂的证据，不是
吗？我以为这是可喜的。"

云

一

外交官小山贞吉结束日本国大使馆事务之后，出了大门便到香榭丽舍大街闲逛。他走到十字街口站住了，那里正是当天他老想着的地方。广阔的林荫大道，向西边右手方向上行，经过凯旋门，就是寄宿的星形广场一带。向东边左手方向下行，就是香榭丽舍大街尽头协和广场所在地，从那里开始，可以通达全巴黎各处的繁华之地。

马上回家吗？晚餐之前这段时间做什么好呢？那就散散步吧。那么到哪儿去呢？晚饭到哪里吃呢？起初，他总是在这十字路口思索着这些问题，倒也不觉麻烦，反而觉得很有意思。唯有待在巴黎的独身者，这般漂泊的生活，颇为难得。然而，过一阵子也就厌了。寒冬腊月，身子冻作一团，规规矩矩坐在旅馆食堂里吃饭。连这个也厌了，就再开始重复之前的生活。除了重复，别无他法，真是叫人气馁。但这样总比每天吃同样的饭、见同样的房客、观同样的绘画、面对同一堵墙壁要好些。不过，每天又要考虑，惦记着到什么地方，吃什么东西，此种烦心之事如今已经不堪忍受，完全消磨了生活的兴趣。

算起来，外交官考试合格后来到海外已经八年了。最初在华盛顿住了三个年头，伦敦住了两年，调来巴黎后，又过了三年。年满三十二岁是免除征兵的年龄，当初如愿以偿，也已经是三年前的事了。如今，纵然回归日本也无不可。但在海外时间一久，又有点儿害怕会落后于日本的时势。若是等事业失败之后，回归故土、隐居不出，届时，父母、兄弟、朋友等关系，会变得愈加紧张，倒不如长期待在海外为好，这样会更加轻松。一旦回去，尽管厌烦，也不得不考虑将来的事。当考虑前途时，就会产生烦恼，不得不对过去认真思虑一番。只是思虑倒也没什么，但会出现解决不了的疑难。有疑难，就会产生忧愁。为了避免忧愁，最好的办法就是毫无意义地得过且过下去。为了挨时光，每天走出大使馆后，吃饭到睡觉这段时间该怎么对付呢？总得拿出个主意来。这一条，无论如何都无法免除。

十一月阴霾的天空，一如湿且重的呢子。风为深雾所裹挟，不住地颤动着。连绵伫立的街道树，宛若黑云。黯淡的林木之间，虽然刚过四时，早已亮起了银白的如褪色一般的电灯。世界第一的散步道，如今也是一望无边的寂寥之色。可是，这里毕竟是巴黎，三四辆或五六辆自动马车，秩序井然、接连不断地行驶过去。道路阴湿，车轮反应沉闷，听不出声响。因此，车子不论多么快速，看上去都很缓慢。马车上还没有开启车灯。那匹伸着脖子向前奔跑的马骨瘦如柴，看了十分可怜。一个女子两手提着裙裾，一阵小跑，灵巧地穿过空隙，穿过马路，跑向对面。三匹马拉着的巨大公共马车停在十字路口，为了及时乘上这辆马车，三四个人影从后头追了过来。那铺着石子的路面被雾打湿了，滑溜溜的，映着电灯忧郁的光芒。

贞吉的心突然泛起冬日黄昏的悲凉。尤其是那些阴湿寂静的枯木的颜色，令人感到难堪的悲哀和不快。纵使悲哀和不快，但与其逃避，不如干脆闯入不快的色彩中去。到布涝涅森林里去看看吧，但时节不对，或许没有一个人影。要不再到那家生意不好的饭馆看看，闹它个天翻地覆又能怎样。连他自己都感到惊奇，这个想法的突然出现，使他觉得痛快之至。贞吉走了不远，就到了香榭丽舍大街地铁站。

人们穿的针织毛衣，发出刺鼻的阴湿气味，令他恶心。人群匆忙地移动，月台墙壁上贴满色彩艳丽的广告画。虽说光线不很亮，但这夜晚明丽的灯光颇引人注意。上行列车停靠在对面的月台旁。还没来得及查看发车的时间，快速驶来的下行列车就十分准确地停驻于挂着一等、二等车厢招牌的地方。列车员吆喝着："香榭丽舍大街！香榭丽舍大街！"他飞身跳上车，车上人多，暖和。电灯光发红，混沌、浑浊。不管贞吉怎么说大使馆的事务不忙，余暇很多，但终日枯坐在同一张椅子上，身子反而更加疲劳。眼下，他的心情忽然舒畅起来。"星形广场，星形广场！"列车开往下一站时，贞吉稍稍有点困了。但又忽然听到"马约门，马约门广场"的喊声，他该下车了。贞吉下了车。

这里是巴黎市区的尽头，站着看守者的铁栅栏对面，是一条不知多长的漫长的市街。左手边就是目的地——冬日的布劳涅森林肃穆地向四方扩展着。周围空旷阴森，道路污秽泥泞。一群男女平静地在这样的道路上走着，显得有些寒酸。铁栅栏外头，停靠着驶向凡尔赛的城郊列车，透过鼠灰色的雾气，可以窥见柴油发动机烟囱断断续续吐出脏污的黑烟。郊区的凋敝，完全挫伤了贞吉的勇气。他伫立于地下铁出口的石板路上，已经不愿再跨进泥泞一步。他哪儿都不想去。他招呼十字路口的马车，可能因为马路太宽，行人又多，对方没有听见。贞吉只得再次回到地铁站，买票时突然忘记要去的站名。"蒙马特!"他脱口而出。检票口的站务员望着他的脸，看出他是外国人，告诉他没有蒙马特车站，要么在克利希或前一个车站下车，但首先要到星形广场换车。站务员快速而仔细地叮嘱他，说罢就为随后涌来的乘客忙起来。谁知，贞吉却无端地生起气来。如果按照站务员告诉的路线向前走，简直就成了某种屈辱，这让他有些受不了。虽说如此，除了蒙马特，还有什么地方好去呢？他越发感到不快，终于还是回到星形广场换了车。郊区环行列车，有头面的人物是不会乘的，尽是些身份卑微的下层官员和店员。论起女人也都是女工和商贩，这些人不会给他带来那么多不快。只要找个话题，就能跟她们搭上话，带上一起进馆子，归途上陪他聊天。尽管贞吉没有什么别的想法，但当身边年轻女子不慌不忙离开座位时，他便紧紧尾随其后，走出车厢。车站墙壁上标着"布朗什站"，女子的身影突然融入杂沓的人群。贞吉立即将她忘却，又盯上了别的女人，随着人流一起走出站外。

路灯已经点亮，如果白天的时候看现在这条夜晚挤满马车的闹市大街，只不过是一条污秽的城郊道路。有名的美女乱舞剧场[1]的风车小屋，宛如一座破

---

1 红磨坊（Moulin Rouge），巴黎著名音乐厅。位于蒙马特高地脚下，即圣心教堂附近。红灯区，屋顶上的红风车是其标识。红磨坊1889年开业，是巴黎历史最久、最著名的舞场，也是法国康康舞（French Cancan）的发源地。

落的货场。"地狱极乐"马戏团入口的雕刻,不堪入目。雾气变成了小雨。纵然这样的天气,附近的旧货甩卖市场前,依然挤满一大群没有撑伞的女人。贞吉决定找饮食店解决吃饭问题,他走进了一家咖啡馆。

他对全巴黎都相当熟悉,这附近时髦的饮食店都期待着看完节目归来的观众。今天,一是时间尚早,二是不仅时间早,价格也死贵,并非男人独自用餐的合适场所。但这里没有价格适中的饭馆,尽是一些不入流的廉价饭铺。只要两个半法郎就能要一份套餐,外加一杯葡萄酒,倒也经济实惠。

贞吉知道,法国人为了唤起食欲,用餐时都要喝点儿餐前酒。他喝了一杯开胃酒,喊来侍者算账,拿出五十法郎给侍者找零。隔壁账房传来似乎是老板娘的声音,等了老长时间却不见有人出来。这时,一个女子从咖啡馆后门越过中庭,不知那里是否连接后面的院子。她频频顾及头上的帽子,不知如何戴才好。那女子瞅瞅久久等待找回零钱的贞吉,嫣然一笑,道了声"您好",就一闪而过了。

贞吉沉默不语。女子哼着小调,走到大门口:

"呀，还在下雨！"她似乎在考虑着什么，站住了，望着街道。

好容易等来剩钱的贞吉，在侍者"欢迎再来，先生"的招呼声中走出了店门。当时，他也没别的事，就撑开伞，为伫立不动的女子遮雨。

这里的女人都爱说话，哪怕一般的问候，也是没完没了。而且嗓门很响，震耳欲聋。若用文字表达，则一定标上三个惊叹号"！！！"

接着，她立即说起要到横街的一家饮食店吃饭。一直沉默不语的贞吉，问道：

"那家的饭菜好吃吗？"

女子不知道如何一口说出那家味道很不错，只得"汤怎么样肉怎么样"地一一详述一遍……话还没有说完，两人早已到了那家饮食店门前。

入口的玻璃门上整齐地标出了价格，这是一家便宜的餐馆。只见电灯光里人影幢幢，横街两侧拥挤的房屋像帽子一般遮蔽着天空。不仅如此，暮色苍茫的夜晚又被浓雾深锁，显得愈加昏暗。面敷脂粉的女子害怕弄脏了裙裾和鞋袜，蹑手蹑脚，轻轻地走在湿漉漉的石子路上。时常可以看到那些女佣般的女人，她们既不打伞，也不戴帽子，一头濡湿的毛发，一身脏污的衣服，抱着长长棍棒似的烤面包一路小跑通过。接着，又好像躲起来一般悄悄消失了姿影，仿佛在告诉人们，在路的尽头有一条意料之外的小巷子。那些地方，一般都会有风度翩翩的绅士用雨伞遮面，等待着相约的人儿。

贞吉虽然没有相约的女人，但总是怀着会被女人邀约的心情，似乎从一开始就决定在这里吃晚饭，他舍弃了平时的优柔寡断，抢先打开餐馆大门，毫无顾忌地坐到一张空着的餐桌旁。

除了三两个看不出职业的中年男子之外，顾客大都是光彩照人的女人。跟着贞吉一起进来的那个女子，同那两三个男子握手寒暄一番。她一坐到贞吉身边，就拿起菜单查看。

"你呀，吃点什么呢？"

"随便。"

"那我作主帮你点了，行吗？"

"当然可以。"

"你真好。"女人说着，侧身轻轻吻了一下贞吉的面颊。

一分钱一分货，饭菜难以下咽，但竟然吃得格外高兴。幸好小雨停了，在女子的央求下，他们去了杂耍剧场，接着，不由分说，很自然地到了女子的住地。

二楼一间不太宽阔的房间，帷幕低垂，遮蔽着一张寝床。贞吉瞟了一眼，心里想，这样的地方住上一整夜，最贵也不过一张大票。不知为何，他感到有些困，打不起精神。女子两次对他说："脱掉衣服，放松一下吧。"但他只当耳旁风，自顾躺在沙发上了。女子将归途中买来的点心和酒心巧克力[1]摊在镜台上，拿一颗放进自己嘴里，又拿一颗送进贞吉嘴里。她一边撒娇地笑着，一边将快要熄灭的暖炉重新燃旺。她脱去衣物，仔细整理一番，但是贞吉依旧默默地仰面躺着。

"真是拿您没办法呀，真是。"女子说着，先把贞吉伸过来的脚脱掉鞋子，再将他抱起来，又为他

---

1 法语：bonbon，用威士忌、白兰地混合巧克力做成的糖果。

脱去上衣，套上女式睡衣。之后，她发现男人衬衫上的一颗纽扣松了，于是坐在沙发另一端，为他仔细地缝好。

贞吉眼望着仅套一双袜子、连内衣也未穿的全裸女子，她那细白的半个身子，此时凑巧被突然燃亮的炉火映得红通通的。女子安静的，一句话也没说，只是为他缝着纽扣。贞吉突然觉得她可爱极了。近来他对于此类女子特别容易产生一种特别的冲动之情。一周之内，他必定有一两次花钱嫖女人，但并非自己主动，有时是为来巴黎游览的日本友人尽义务，有时是被女人强拖硬拉着上床的。不过，他对巴黎浓艳的情场如饥似渴，尚无餍足之日。

"再没有要掉的了。"女子缝上扣子，转头微微一笑。

贞吉细细打量着一直没有在意的女人的面部，小小的鹅蛋脸，年约二十二三岁。燃烧着的炉火，将毫无遮蔽的两人的皮肤映照得又暖又红。女子的两腕放在胸前，仿佛一跃跳入灼热的温泉，手指在自己的两胁边轻轻揉搓。

"热吗？你还好吗？"她的一只手正要抚摸贞吉的身子。

女子缝好的衬衫从沙发滑落到了地板上。他俩都听到了"哗啦"的响声。不过这是好长一段时间之后的事了。

二

非常闷热。贞吉睁开眼睛，女子早已枕着男人的胳膊，额头紧贴男人的胸脯呼呼大睡。此种亲昵的睡态忽地使他想起七八年前的事来。那是他首次被任命为外交官助理，前往华盛顿府赴任的时候。阿玛必须如此枕着他的手腕才能安眠。Let me sleep in your arm ! [1] 她在信中也必然写上这句话。阿玛，正是阿玛使他初尝西洋女子热烈的恋情。西洋女人的情爱都出自主动，来之迅猛。日本女人之恋，虽然

1　英语：让我睡在您的怀中。

在精神上没有什么显著不同，但言语动作的爆发十分死板。因而，异性之间肉体的欢乐更加衰微。日本之恋完全是听其自然，不考虑凭借技巧和幻想重燃消泯之欲火，不想方设法使觉醒的性欲更加趋于高涨而浓烈。两千年以来，仅仅满足于用大米酿酒，却从未发现其他类的酒精制品，由此便可想象日本人是如何单纯的自然之人种。不仅是哥伦布发现了美洲新大陆，贞吉也发现这里有更加令人惊奇的新世界。

他的新发现的先导者就是阿玛。她是住在华盛顿邮局后头 C 大街的一名娼妓。就像最初来到外国的每个人所做的那样，乐于可以毫无顾虑地使用生疏而可笑的英语自由练习对话，所以拼命奔向那里。难得的是初次经历，事实上并不迷恋，但也学着戏剧或小说中描写的那样放荡不羁。当他用尽各种手法，产生厌倦的时候，已经投入感情的阿玛却对即将拔腿离去的贞吉紧追不舍。贞吉有些困惑，他觉得再这样下去很可怖。

然而，他又感到，一旦全然舍弃又很惋惜。他不忍心这么做。月夜逍遥中的波托马克河畔，灯火苍茫的公园内静谧的树荫，清晨被窝里听到的邻室的钢琴声……那一幕一景，令人心醉。那温香暖玉抱满怀的女子打心里溢出的娇音，有着超乎言语之外的诗与音乐般的力量。贞吉只好听其自然，一切任她所为。女人也很大方，甘愿拿出自己赚来的钱给贞吉租住高级宾馆，给他买宝石类装饰品，每顿饭菜极尽豪奢。贞吉时常会有些不忍，他曾经表示："你无需待我那么好。"女人听到这话，仿佛受到了极大的侮辱，整夜哇哇啼哭，贞吉呆然若失，对她的作为只得睁一眼闭一眼，再也不说三道四了。

但是，有时于拂晓难眠之晨，想起自己浪迹海外，孤旅一人，尤其是世界各地不断发生种族争斗与反叛的悲惨事件，感叹无尽之际，听到阿玛深情的声音，不由感动得泪流潸潸。于是，有一天，他深怀欢欣与激动的心情，迅速给日本的老朋友写信。贞吉一挥而就，对那位朋友透露了自己幸福的生活。但当他写完再次过目的时候，当初的热情为之一变，渐渐冷淡起来，随后面对自己写下的文字，他也感到一阵惊奇。

"所谓恋爱的成功，不正是如此吗？曾为我等青春之热血所羡慕、渴望、烦闷与空想之现实，不正是如此吗？我们眩惑于自己所制造的空想的阴影下，岂不更加强化了吗？倘若叫她为我而死，她也许也会欣然死去。虽说这是信笔所致，但对自身威力的确信也别有一种情趣。我不能不感到，幻想和成功的实现，较之失败的悔恨更加悲哀和令人失望……"

贞吉不仅对自己写下的文字感到震惊，同时又感到敬佩。细想想，似乎不光是恋爱，过去所经历的事事尽皆如此。他作为外交官助理来华盛顿第二年，日俄战争爆发，虽然贞吉也想自告奋勇去献身，但事实上他始终未能奋勇而起。国家存亡之秋，不肖之身，带任滞留海外……

他的这些境遇纵然具有中国式的慷慨悲愤的色调，但事实上，他只不过是一介政府的雇员，同当前所谓国家安危距离遥远，没有什么直接的关系。每天将上司所作的文稿以及外务省公报仔仔细细誊写在十三行的红格子纸上，有时帮忙译译电报的密码。他从上司和前辈们口中所听到的各种议论，只是什么甲午战争媾和时期的奖励金以及旅费津贴什么的。趁着别人忙于办公期间，受命搬出旧的官府文件和职员花名册，讨论那些十年以前既非亲族亦非友人的封爵叙勋的事情。贞吉不像其他人那样，对战时的增税深恶痛绝，他只巴望早点儿和平，以免苦于彻夜值班收发电报。

战争的结果如何，并不是什么值得思考的问题。万一输了，从现在与各国的国际关系来看，也不必像以前那样，担心一旦战败就面临国家灭亡。只是赔钱而已。国民的负担相应变重了。虽说负担变重，但也绝不至于贫困到饿死的地步。我父亲养活一大家子人也没有那么累，再加上自己每个月的工资，应该也够生活的。自己尽管只是个最低级别的外交官助理，即便是政府也不会征用我。这么一想，突然觉得无聊起来。

讲和大使一行人等进入美国。公使馆员们没有被派往谈判地朴次茅斯，因而感到忿忿不平。在贞吉看来，这只能意味着他们与最近的叙勋无缘，出于一种虚荣心而发出的哀鸣。贞吉也是留在华盛顿的一名馆员。但他没有那些可笑的不平与不愉快。他没有任何感觉，只是日复一日地感到，当外交官并不愉快。可以说这是一项比起不愉快更加使人觉得内疚的差事。贞吉既然是日本政府的外交官，也想被一种爱国热情所驱使而终夜无眠，但无论如何都无法做到。既然不行，那就断然辞职，脱离国籍，像流浪的吉普赛人或犹太人那样。但这种主张仅仅停留于空想阶段，事实上无法实现，他只好每天浑浑噩噩地过日子。

其间，贞吉升任了三秘。当他面对庄严的任命书的一刹那，不由联想到自己的身份，随即感到十分滑稽可笑。不久，他又接到命令，将他调往驻伦敦大使馆。

直到那天，他始终和阿玛保持着亲密的关系。"不带我一块儿去伦敦，我就死给您看！"阿玛哭着说。贞吉思忖着，假若真心感到内疚而巴望辞官引退，放away这个时候，就不可能再有其他机会了。然而，一旦辞官，在海外将变得衣食无着，不论情不情愿，都必须按照阿玛的希望，做个无赖的游民，靠她的皮肉生意养活自己。或许，这正是阿玛想说但又一时难以说出口的夙愿。名誉和爱情的冲突，这一古老的问题摆在他面前。但是，贞吉所苦恼的不是这个问题的答案。事实上他已经做出回答，爱情胜利了。

不过，他虽说主意已决，但依旧没有勇气付诸实行。究竟如何才能获得实施的勇气呢？忧闷之中又过了些日子，眼看到了最后一个晚上，贞吉只好听之任之，车到山前必有路。不过，在他心里，很想做一名当时他所阅读过的戏剧或小说中误入歧途的悲惨人物——为了爱情，为了女人，甘愿抛弃名节，悲惨度日。他怀着这样的念头来到阿玛的住处。

即使在极为寻常的一天，阿玛只要一听到贞吉上楼的脚步声，就会躲在门后，等他推门进来。当贞吉一脚跨进室内，她就一下子猛扑过去，紧紧抱住他，一边大喊大叫，一边狂吻贞吉的口、眼、耳、鼻以及两颊等各处。她喊的词直译出来，就是"啊，我亲爱的人儿！我的心肝！我的小鸡！我的宝贝！我的小桃子！我的甜果子！"等。而今天是决定分手还是同居这一最后命运的日子，他很难猜想，一旦说出自己的决定，阿玛到底会怎样一番折腾呢。他简直就像

潜入一座恶灵笼罩的密室，蹑手蹑脚，悄悄推开门走
了进去。

　　本以为躺在床上哭泣的阿玛，此时顶着一头刚
睡醒的乱发，坐在长沙发上，透过拉开一半的窗帷，
眺望着外面。她一看到贞吉的身影，就一声不响地站
起来，拉起他的手，说道："告诉我，您一切都好。"
她没有像妻子一样，每天早晨轻吻丈夫表示问候，只
是同他并肩静静地坐在长沙发上。贞吉原以为自己一
出现，阿玛出于西洋女人常有的热烈的感情冲动，一
时昏厥过去也说不定。不料，她全然不像以往种种狂
烈的表现，这使他一时犯起了疑惑，该不是痛苦至
极，一时想不开，精神发生了错乱？他装出不看女人
而又暗暗窥视着她的表情。不过，阿玛没有疯，她握
着男人的手，放在自己的膝头上，静静地说："亲爱
的，都是我不好，请原谅我吧。什么死呀活呀的，全
是我的任性所为。我太年轻了，别管我，您就前往英
国去吧。自从认识了您，我度过了整整两年欢乐的
时光。从今以后，我一切听从神的安排，再也不任性
了。别管我，您去赴任吧。只请您千万别把我忘记，

我以后再也不随便花钱了，我要多攒钱，一定到伦敦
找您。请您等着那一天吧，千万不要和别的女人好上
了，啊？暑假里，我们一块儿去瑞士泡温泉，好吗？
请您发誓，一辈子都不要忘记我。只要您真心对我
好，我也就彻底心满意足了。"说着，她用一只手拍
拍胸口，大声说给他听。

贞吉不由得流下泪来。他跪拜在女人脚边。什
么舍弃官职做一名海外流浪汉之类的，实在是荒谬的
幻影，应该认真考虑一下未来的事情了。自己权且憧
憬于隔海相望不相逢的恋爱吧，应该说这才是忠实
于遥远的爱恋。既是难以形容的痛苦，又是极为美丽
的悲哀。这种感觉深深刻印在他的心底。啊，那个时
候，从静静的华盛顿后街传来远方教堂的赞美歌，贞
吉和阿玛两人一道儿，他们怀着何种激动的心情静静
地倾听着啊！

三

突然，他觉察那只是梦中的响声，传入耳鼓的

并非遥远往昔的赞美歌。他已经越过大西洋，来到了
欧洲的中心。那是巴黎流浪汉彻夜狂舞的舞场的音
乐。贞吉为了不惊醒沉睡的女人，他悄悄离开睡床，
坐在暖炉前的长沙发上。炉火还在燃烧，房间内有点
儿闷热。

　　他打开窗户，宛若拔掉耳塞，舞乐一阵高扬，
再加上马车的轮音和女人的欢笑、醉汉的狂歌，混合
着冰冷的空气涌入室内。不一会儿，他关上窗户，声
音突然恍如隔世，变得遥远了。

　　贞吉怎么也睡不着，也不能干坐着不动。他一
心想到外面走走。要不要叫醒女子呢？她肯定会阻止
他外出。贞吉既不愿硬把她甩开不管，又觉得要说服
她很困难又麻烦。看看表，正是巴黎深夜三时，贞吉
拿桌上的纸条留言："明晨有要事，必须回去。一点
小钱，这枚路易金币请你收下。两三天内在横巷饮食
店见面，时间和昨夜时刻相同。"他信笔疾书，写完，
将二十法郎压在纸条上，急匆匆离开女子的房间。

　　雾霭笼罩着黑暗的横巷，几对男女在严寒中互
相挨紧身子，急急地走着。过往的马车里，醉汉大声

地唱歌。漆黑的路口，闪耀的煤气灯下，娼妓们五个一群，六个一堆，站立在黎明即将来临的街头，寒冷冻僵了身子，半哭诉似的拉扯过往男人们的衣袖。贞吉一路沿着和缓的斜坡下行，身子自然向前行进。他健步如飞，既没有呼叫马车，也不觉得寒冷。雾霭缭乱，灯火凄迷，轻烟似的建筑物的阴影若梦若幻。往昔深远的追怀，随着前进的步履，继续描画着其后的生涯。

贞吉和阿玛分手，确实使他感到寂寞，曾一度想返回美国，或者干脆把阿玛叫过来。谁知信写了一半，又突然跟房东家的小姐好上了。小姐喜欢音乐，在她劝说下，贞吉每晚跟她学习弹钢琴。这位纯洁的处女，看起来既高雅又美丽。将一个有着卑贱经历的女人特地从远方叫来，那不是强使自己一辈子活在阴影之中吗？不知不觉，他的决心麻木了。他为自己找到了理由，较之现实中显而易见的潜在的隐忧，倒不如内心终生不渝，只顾享受阿玛一人纯粹的爱情好了。他渐渐习惯于寂寞，有时反而对这样的寂寞挚爱起来。他对音乐和读书有了浓厚的兴趣，开始认真考虑如何才能获得健全的人生这个问题。阿玛的事不再成为贞吉刻骨铭心的追思，变成一种邈远、愉快和梦幻般的纪念。

他转任巴黎。脱离被煤烟熏染的黑漆漆的伦敦，突然来到明朗欢乐的巴黎，就像走出阴湿的森林，看到阳光普照的花园一样，心情的变化异常强烈。见惯了混浊的泰晤士河水的眼睛，又来领略深绿色的塞纳河的流水。曾经仰望过黝黑而庄严的威斯敏斯特大教堂[1]的他，而今又为巴黎圣母院轻快的建筑物感到惊奇和困惑。夕暮音乐，深夜灯火，来往的女人，这些都不由得使贞吉从情感上觉得，巴黎和自己天生的本能完全一致。贞吉宛若鱼游于水，已经不再受到其他诱惑，自然成为戴高帽、穿燕尾服的人群中的一员，通宵在林荫路上徘徊游荡。他回忆起在英国那段静思默想的生活，现在看来，与其说不自然，不如说是无法解释的不可思议的事。为何会做出那般不合乎自己

---

1 始建于公元 960 年的英国中世纪哥特式建筑，正式称呼为圣伯多禄联合教堂。

性格的事呢？不曾嫖过一个女人。贞吉为了弥补过去两年失去的青春，即便不想夜游，也硬逼着自己外出寻欢作乐。

稀里糊涂之中，时间过去了。然而怎么说呢，贞吉再也没有当初在美国时青春的感慨与颤抖的冲动了。即使遇到一位姣好的女子，"啊，好漂亮！"也只是一时之慨，内心怎么也鼓不起一点儿勇气。贞吉多么想重温一次同阿玛那种令他热血沸腾的恋爱啊！他每天都活在这种幻想里。不用说，不仅是街头夜莺，他在巴黎外交界或交际场，只要同珠光宝气、炙手可热的贵妇名媛同席共餐，必定加以热切的谛视，寄予无限的幻想。不过，较之实际，其虚幻胜过美梦一场。虽说是日本外交官的通病，他们只是心里不服气，一旦出现于心情舒适的夜宴场合，不论如何碍眼，违反常识，都要千方百计躲到南美、巴尔干半岛那些上不了台盘的家伙后头，不使别人认出自己来。碰到关键的外交问题，更是如此。随着年龄的增长，他越是变得明白起来，越是感到这种职业不适合自己，当时在美国就有的失望一味增强。自己为何要做外交官呢？书生幻想，自欺欺人，他为此而悔恨不已。虽然自己是通过别人推荐干上这一行的，但绝然没有将来成为公使或大使的勇气。即使那些没有任何烦恼的负有国家之重任的前辈以及上级的态度，也能使人感受到难以忍耐的不快，而自己只是不敢一味麻木下去。贞吉非常担心将来自己的一生，全都浪费在来往公文的抄抄写写上。

四

从歌剧院后面出来，沿着林荫路一路走下去，肚子饿了，他想到通宵营业的奥林匹亚酒场买个三明治吃吃。然而，那里经常会有日本人出现，今晚上肯定会碰到一两个。他不愿引起麻烦，于是干脆忍着饥饿，雇了一辆街头马车，载他回住宅。

实际上，贞吉自己也闹不明白为何这样讨厌日本人。那些来到西洋自以为功成名就、得意忘形的实业家，丝毫不起作用的政府视察员，对一切都看不惯的陆军留学生……这些人自觉不会暴露自己的私密，一边毫无顾忌地出入夜间舞场、逛窑子，一边凭借肤浅的观察，斥骂欧洲社会的腐败，最后由狭隘的道德观归结到至今仍为人们津津乐道的日本武士道等方面。此外，一些由文部省派遣的博士中，也有的人用功读书，令人敬佩。不过贞吉对于这些人，单单在勤勉这一点上就自叹弗如，抱着既羡慕又畏惧的心情，所以还是主动避免同他们见面为宜。

或许是因为饿了肚子，尽管昨夜睡得晚，翌日一大早就醒了。一坐上大使馆的椅子，就困得直打哈欠。晚上下班，顺便就近在一家便宜的小饭馆填饱肚子，回家就睡了。因为有了充分的睡眠，第二天总不至于再及早就寝吧。想起前天夜里看到纸条的女子，随即向布朗什那条横街的饮食店走去。

"正盼着您来呢。"

女子不顾当着好多人的面，一下子抱住贞吉，来了个响亮的吻。女子预先点好了菜，省得他再查菜单，问她"吃油炸的，还是吃鱼"什么的。要是点烧鱼，又会为新鲜不新鲜而担心。虽说味道不怎么好，但边交谈边饮葡萄酒，倒也醉醺醺的。这时的心情胜过一切。

贞吉满心欢喜，他兴冲冲地打算带女子去舞厅。女子说："总得回家换了衣服才行。"贞吉不愿意长时间等她梳洗换装，只得提议到附近的游乐场随便玩玩。想来想去，两人走进了一家有民谣诗人即兴弹唱的娱乐酒吧。

从那里出来，贞吉再也不想游逛了。要是去女子那里，只能是早早睡觉，别无他事。随随便便过一个晚上，那太没意思了。他提议再找个地方吃点什么，可女子对他说："把钱白白浪费在巴黎，实在有些傻气。您也不是这两天才看到巴黎的人。"听了她的话，贞吉无言以对。于是，他们像新婚夫妇，饭后在外面散散步，十二时之前就回家了。

在法兰西，是有这类女子，她们都喜欢趁着一时酒兴，可怕地缠着你临时过上一段家庭式的生活。贞吉的交际对象就是其中之一。她关灯，脱衣，上床，两人的身体温暖地贴合在一起，随之燥热起来。翻身的时候，犹如打开烤肉的炉膛，一股油渍渍的空气冲开被窝，直接扑向鼻尖。街上的杂音逐渐变得幽远，邻室的谈话声奇怪地被断绝了。没有灯光的楼梯时时有疲倦人的脚步声登上来——那正是男人昏昏欲睡之前，女子瞅着时机向男人说一些琐碎小事的时候。贞吉的女人（那天晚上他才知道她叫罗莎奈特）同样不失时机地抓住男人，想同他过上夫妇般的生活。她要做个忠实的妻子干家务活，烧些可口饭菜给他吃。她喃喃细语，对他说："夫妻二人的天地是极其愉快而惹人艳羡的小家庭生活。"然后谈起费用问题，女人起初就把他当作一个很好的外国人，她想获得贞吉毫不犹豫的回答。她说，"加上两个人的洗衣钱，每周三百法郎，我一切就能办好。"她用十分有力的声音说。

但是，贞吉只是一味傻笑，行或不行，从来都不作明确表态。不过，不拘何事，只要有人找他商量事情，贞吉总是采取自然的态度。他既不像有些人断然拒绝，也不主动接受下来，而是利用对方和时机的不同，获取出乎意料的成功。独自焦急的罗莎奈特终于气馁起来，最后，她乘机说道：

"两百法郎也可以将就。"她显得有气无力，"您就出两百法郎好了，啊，可以吗？"

"好的，知道了。"

贞吉用早已决定的口吻说，然后闭上了眼睛。然而，他并没有真正入睡，还在考虑关于决定下来的二百法郎的事。他的月薪和津贴加在一起共计八百法郎，即使两百法郎被骗，也并非太大损失，只是有点心疼这两百法郎就这么稀里糊涂地舍掉了。

翌日早晨，分别后两天，罗莎奈特拍来电报，说她花了一整天跑腿找房子，自巴蒂尼奥勒林荫路向北走，在某街道某短巷寻到一座三层楼房，发现那房子非常好。

贞吉去看了看，那条短巷相当安静而漂亮，但也不像女子所说的那般是什么了不起的发现，只是一座普通的出租房子，当然也不是说有什么不满意。

看到这女子一心为他奔波的样子，当然不会怪罪她。暖炉前边的小桌上罩上白色的桌布，打扮成临时餐桌，二人相向坐着吃饭。这和在闹市中的饭馆内陪着浓妆艳抹的女子共饮香槟相比，又是另一种情趣。灯光昏暗，那里堆着今早刚搬进来的东西，散乱一地，打开盖子的衣箱，女人穿的蕾丝的衣服滑落到地板上了。暖炉上的花瓶还没有插一朵鲜花。罗莎奈特把头发收拢在一起，打扮得很漂亮，脸上搽着脂粉，穿着古旧而开线的日本风格的衣服。贞吉看她一身劳作的装扮，打心里怀着深深的感动。

吃完饭，贞吉主动邀她外出散步，买了插在花瓶里的花束，以及悬挂在墙壁上的裸体画。归途上贞吉不由思忖着，这世界若是没有女人，将永远都是黑暗。

最初的一个月，不仅万事都觉得新鲜愉快，罗莎奈特也像说过的那样，拿钱干活儿，诸事料理得井井有条。到了第二个月，罗莎奈特说，每晚付给来家做晚餐的老婆子的工钱没有了。到了第三个月，又说七十法郎的房租也无法支付了。

对此，贞吉依然犹豫不决，拿不定主意。而罗莎奈特的态度却变了。

"您别只是含糊其辞，到底行不行啊？要是行就请快掏钱。"她的态度倒强硬起来了。

贞吉有点儿不悦，但跟对方发火也不明智。比起独自气恼，不如生办法激怒她，以便彻底泄私愤……他想。

"这两三天内，我来想办法。"又故意加了一句，"两三天内给你好了，我尽力而为吧。"

果然，女人急了。

"您呀，真叫人没办法。要行就干脆说行，不就七十法郎吗，没问题吧？"

"我不是说过了没问题吗？"

"够了，够了，"女人声音打战，"好了，我不求您啦。"

"不求我就能办到的事，开始就不必对我说。"

贞吉胜利了，他身子转向一边抽起烟来。突然听到一种奇怪的声音，转脸一瞧，罗莎奈特坐在沙发一头，一只胳膊搭在扶手上，埋头哭起来了。

贞吉又泛起同情，靠近她身旁："怎么啦，干吗生那么大的气？好啦好啦，明天一定交到你手里。"

女人获得安慰，反而愈演愈烈，她情绪激动，啼哭不止。这下子贞吉真的火了："随你的便吧！"他说着就朝室外走去。女子吃了一惊，立即道歉，絮絮叨叨说个没完。是真是假天知道。以往的喜乐，说个滔滔不绝。这对于正在生气的贞吉来说，简直不堪忍受。他内心烦乱，随之后悔起来，早知如此，当初拿出钱交给她不就得了？眼下闹腾得不可收拾。贞吉独自焦急不安，他站在又哭又气的罗莎奈特身边，越发厌恶起来。别说七十法郎，就算一百法郎、二百法郎，只要能解决问题就把钱给她。贞吉一心想到外面走走，指望着到什么地方能遇上完全不同类型的新式女子。贞吉一度感到莫名的厌倦，再也无法容忍下去。喜新厌旧本是贞吉的性格。贞吉忍了又忍，当晚好歹住在女子房里，但心情极坏，他只等翌日早晨赶快来临。贞吉看着枕边女人的睡相，散乱的头发、剃得极高的发际，使他恶心地浑身起鸡皮疙瘩。镶着金牙的齿缝污秽不洁，自己竟然对此种女人的嘴唇反复接吻。油渍渍的小鼻头给人不快。眼角荡起皱纹，粉底斑驳的两颊没有血色。她身体上或许带着某种病毒吧。他甚至感到，就连和她的汗水、呼吸搅在一起也是危险的。

第二天晚上，他拿出七十法郎将她打发了。这是最后一次了，贞吉下决心再也不包养情妇、小妾之类的女人了。这件事情，无意之中让贞吉对结婚怀着深深的不快和抵触之情。所谓结婚，无非就是使生命饱享最初三个月的感兴，却得赔上一生的欢乐。每日每夜，一辈子面对同一个女人，同一个逐渐变冷的肉体，同一副动作，同一类爱情，同一种冲突，同一道波澜，无法跃进到一个崭新的范围里。但凡能够忍受模范丈夫般单调生活的，都是具有惊人毅力的人。贞吉为自己能够在一般人都结婚的时候来到国外，不受周围人的劝诱和干涉而逃出危险倍感庆幸。不过，这么一来，自己不得不一辈子打光棍，思来想去，自有一种难言的深深落寞之感。但是，他立即产生了反抗的力量，这个世界有的是女人和美酒。还是要尽量愉快地生活下去……想着想着，他疲倦地睡着了。

五

狂欢节临近了。天气有时下雨，有时刮风。又不时从云隙里窥见无比美丽的蓝天。大街上的商店里，摆设着漂亮的女装。可以看到各处都有令人流连忘返的化妆舞会。依旧寒冷的暮霭，推迟了灯火的辉煌。众多身穿奇装异服的男女，乘着马车疾驰而过。复活节也过去了。四月已经过半。香榭丽舍大街等地以及全巴黎的街道树，一起催芽了。碧空如洗的蓝天，处处闪耀着宝石般的光辉。来往于塞纳河的小汽艇上，可以看到女人们张开着鲜丽的阳伞。从欧美各国来到巴黎的一群外国人，大都在自林荫大道到歌剧院前附近一带徘徊。巴黎大皇宫前，为庆祝著名的美术展览会的开幕，飘扬着几面彩旗。各处十字路口以及街道的各个角落，贴满了众多令人目不暇接的选举运动的宣传广告。先贤祠前有学生大声吵闹。街道树的嫩芽天天都在长大，变成了比花朵还要美丽的娇柔的绿叶。午后的公园、大街和十字路口，虽说不是礼拜天，仍然挤满了散步的人流。咖啡屋和饮食店，只要有人聚在一起，大家谈论的都是赛马的事。

贞吉已经在这里度过三个春天了，只有巴黎的春天使他永不餍足。他每年每岁似乎都能感触到新的变化。人生最美是春天，这个季节能寻出新的快乐。

散步的人群中，那些浓妆艳抹的女子走来走去，秋波流转，引人上钩。贞吉一旦看上一个未知的女性，必然独自陷入那种暗自多情、引人联想的风流韵事之中。一旦得手遂了心愿，便没有兴趣再和同一位女人交往下去了。由甲到乙，由乙到丙，到了无人可选的时候，就逮到一个是一个，开始和路上交肩而过的女人调情了。这时候，街道树的绿叶已经充分伸展，伴随着驶过这里的马车轰鸣，一串串七叶树的白花开始掉落在过往行人的肩头上。盛夏般酷烈的夕阳，辉映在马德莱娜教堂后面一排排人家的侧面墙壁上。夕暮中，林荫树似乎也在夕阳的火焰里燃烧。有一次，贞吉为了寻找曾经吃过晚饭的一家餐馆，一路走去，发现在这一带徘徊流连的窑姐儿，一大半都和他有过皮肉生意。对此，他自己也大吃一惊。

　　一时泛起的惭愧之念，使得贞吉不由得想藏起身子。但是从马德莱娜到卡普辛大街，都是一排排大商店，看不到一条叉道或小巷。幸好，傍晚时分行人纷至沓来，夹在其中硬着头皮只管走下去。不过娼妓们早已认出了他，有的朝他使眼色，打招呼；也有的互相议论着什么；还有一位挤奶工模样、又脏又胖的女子，张开大嘴笑了起来。趁着狂笑，随之露出吃人般涂着口红的厚嘴唇，令人看了实在有些说不出的恐惧。贞吉打心底里深感蒙受了难以拂去的侮辱。

啊，可恶，实在可恶。自己竟然没有注意到已经堕入受辱的深渊。他急切盼望回到洁白、健全而认真的生活之中。

管它什么善恶，他在那里的餐馆匆匆吃了饭，虽说没有要紧的事，仍然急着想回家，一个人静静地待在没人的地方思考问题。其实也说不清要想些什么，只是沉沦于想象之中罢了。他急着想回家，哪怕乘马车也行。他走到协和广场，等待换乘沿香榭丽舍大街上行的马车，但一直不来。好容易来了两驾，但都满员了。

贞吉气急败坏地迈着大步前行。五月过半，白昼已经变长。远方的凯旋门背衬着如火般燃烧的晚霞的天空，黑黝黝地凄然耸峙，下部连接着笔直、宽阔而呈和缓坡度的香榭丽舍大街。路面上，无数的马车和汽车之列，看得人眼花缭乱。虽说是寻常司空见惯的光景，但唯独在巴黎，才能看到如此繁华豪奢的景象。他一边急匆匆赶路，一边更加入迷地随处眺望。车声隆隆震撼着大地，马蹄的脆响含蕴着怎样的坚强和沉着啊！乘车的男女……人种、职业、境遇以及年龄，千差万别，如今不是都倾听着同样盲动的命运之声吗？带着颜色的傍晚的水汽和人马的尘埃，一下子给周围披上一层纱。大道左右绿叶扶疏的林荫树，静静而立，同奔驰的车辆相互映衬。数也数不清的数千棵树木，树梢一起高高相连，由近至远，一株一株组成繁茂的队列，渐渐由绿变紫，由紫变蓝。极远处，对着黄昏的天空，乌云一般浓黑地拖曳着。

信步而行。一旦进入街道树的清荫，明显能感受到黄昏时凛冽的空气和嫩叶的馨香。高高耸立的橡树的绿叶，隐天蔽日。夏季黄昏明亮的光线，飘移于更加浓郁的、纵横交错的粗大树干之间。盘根错节的茂密而低矮的灌木，或远或近，呈现着朦胧的微妙的浓淡。通向其间的闪亮幽雅的灰色石子小路，引诱人们踏入梦幻之境。不知前方有些什么，一路走去，愈

见迂曲。每个弯曲之处的角落里，都设置花坛，五彩缤纷的郁金香，红色的大丽花，颇具风姿的蔷薇花，趁着四围的薄暗，宛若闺房内灯火迷离照红装。阴影中的长椅上，传来纹丝不动的男女没完没了的喁喁情话。贞吉今天仿佛第一次发现这座公园，并有幸在一张椅子上坐了下来。不绝的车轮的轰鸣，越过郁香扑鼻的花坛，隔着街道树丛，越走越远，那声音听起来更加富有深味。树林的后面，可以看到永远静寂的加布里埃尔小巷，爱丽舍宫内白色土墙被辉煌的瓦斯灯映照得一派蔚蓝。瓦斯灯极有规律地排列在后街的左右，隐藏在青绿的叶荫之中。这一带有风雅的饮食店，专供那些夏天里一边乘凉一边欣赏节目的剧院。无数屋檐下的灯火，自罗纱般薄软的茂密青叶底层照射出来，不管从哪儿看去，浓绿的树丛都变得玲珑透剔，满眼辉煌，堪称巧夺天工。"啊，这里毕竟是巴黎啊！"贞吉想。岩石、杂草、激流、青苔、土块、砂砾、沼泽，从不安而动摇的暗色世界完全隔离出来，放浪于鲜花、绢丝、刺绣、香水和灯火之巷，既不忧国，亦不虑民，舍弃父母，无家无妻，极尽一朝之欢乐，不计后日之哀伤，这是多么风流倜傥的人生末路啊！自己真想趁着老迈、悲痛、悔恨等来袭之前，早一天沉湎于自我满足和情欲的恍惚之中，终其一生。夭折、猝死，除此之外，再也找不到使将来更加幸福的手段了。

加布里埃尔横巷走过一驾驶向剧院的马车，车里坐着两位美女，随身穿着演出的服装，没戴帽子，头发之间缀满宝石，在灯火中明光闪烁。三个身穿燕尾服的男子，结伴在树荫里散步，或本来是知己，或主动和艺人调情，说了几句难于听清的话。其中一位女子，扬起纤纤素腕，将手中拿着的一束铃兰投了过来。马车载着美女银铃般清凉的笑声疾驰而过，一个男人弯腰拾起花束，半开玩笑地吻了吻。他的身影被瓦斯灯在闪光的地面上描画得既黑且长。先行离去的两个男人早已隐蔽于浓密的绿叶丛中——不管怎么说，这是一幅画，巴黎游乐的漫画里也有这样的情景。

贞吉早已将以往的悔恨和惭愧之念忘却得无影无踪了。只要兜里有钱，自己也想尽快走入今夜的剧场，站在后台入口等待哪位美娇娘，带她一同进入旅馆的小间包房[1]。不同女演员、女艺人交际往来，就不能算是真实地游历巴黎。不过，他的收入并不充分，外交官虽说是一个体面的头衔，但生活比俄罗斯等地的留学生还要寒酸。一旦来到巴黎，心中无限快慰起来，身子不由得一味沉迷酒色。但无论如何，他并不想回归日本，他想调往南美一带边境，换个地方，"村里没有鸟，甘心做蝙蝠"，倒也不错。

这时，树荫里突然响起饮食店的音乐声。因为在英国曾跟房东家小姐学过钢琴，贞吉立即听出那是歌剧《卡门》中的名曲。首先是西班牙斗牛场的音乐，干脆利落，骁勇华丽。接着是锐利震颤的小提琴演奏，犹如由高处跌落下来的怒潮，令人想起南国激烈的恋爱。不仅如此，贯穿整个音乐的东方式梦幻的抑郁色调，不愧是被誉为不朽的杰作，带着倾听者的灵魂去往神秘的远国之乡。

贞吉打从心里感受着天空、水色以及一望无垠的蔚蓝大海。他看见酷烈的阳光下，寸草不生的一派

1　原文为法语：cabinet particulier，小型包间。

焦黄的荒原。他看见有着牢狱般厚壁的人家的窗户
里，正在打盹的裸体的蛮女。

他想前往这些国家——懒惰、安逸、虚无的天
堂，再也不回来了。如可能，今夜就做好出发的准
备。贞吉从久坐的椅子上站立起来。

六

回到住所，他看到一封邮件，似乎是下午送来
的，是以前的情人罗莎奈特的信。自那之后，谢天谢
地，长久以来倒也平安无事，心想她也死心了吧，没
想到又来找麻烦了。为着什么事？信中说她大病了半
个多月，既不能出去工作，也没有可以依靠的人，不
要说买药，就连吃饭的钱也没有。巴黎有养育院，政
府也设有公立医院呀。贞吉独自生起气来。不管她！
人无远虑，本属自身之罪，一时做了情妇，当时也给
了相当的报酬。到了今天，已经没有义务关心其生死
问题。贞吉对自己冷酷的决断感到痛快，遂将信笺揉
作一团，扔进壁炉，钻入被窝。熄灯之后，窗外明

亮，可以窥见夏夜的天空与星星。他想睡觉，但因经常在外通宵游荡惯了，心情改变，难以成眠。猛然回想起可怜的罗莎奈特，要是她果真死了，自己不是追悔莫及吗？想到这里，他有些害怕。真傻！贞吉极力想重新回到先前的冷酷心境中去。人，这种东西，为何不能像想象地那般断然转向冷酷无情，或断然转入慈悲情怀呢？没有比人更加优柔寡断、卑躬屈膝、藕断丝连的了。最麻烦的是人与人之间的关系。即使只有一位情妇，也竟然使人不得安生。

贞吉既想给病中的女子寄点钱去，又觉得不如利用这些钱亲近女演员为好。他在犹豫不决中睡着了。第二天到大使馆上班，看到桌子上放着三四封信，其中有一封封皮上涂满了红字，估计是经过再三转递才到达的。贞吉首先拆开这封一看，原来是久久失去联系的阿玛的信。

曾经深深爱着自己的华盛顿女子阿玛，因运河工程跟随众人前往巴拿马新开发区打工赚钱。却没想，不到三个月便感染了当地传染病，临死之前，将最终的祝福送给往昔的恋人。由难以辨认的文字中可以想象执笔时的痛苦，全文不足十行。贞吉一时茫然无措，脑子里一片空白，什么事也想不起来了。阿玛——三年以来，简直快把她完全忘却了。她为何去巴拿马？在贞吉眼里，这类早已失去美色的女子，步步零落，渐渐走上末路，其情景历历在目。阿玛一定是在美国活不下去了，只得跟着技工和苦力流落到那种地方去。她太可怜了！

电话的声音将他拉回现实，身边的同僚也注意到他的不对劲了。于是，他小心翼翼打开其余的信件。其中一封是美国商店出差的老朋友的信息，他说纽约生活花费昂贵，出差的补贴又很少，交际也麻烦，最后又羡慕起官员的待遇来了。另一封是一个毕业后十年如一日、在某所私立大学教书的男子，谈论巴尔干问题、德英海军缩编问题，以及德法干涉摩洛哥等事。他想听听处于世界外交中心地的贞吉的意见。在日本埋头读书的家伙尽皆如此，令人头疼。与其说头疼，勿宁说令人生厌而又可怖。我等只对报纸和娱乐新闻瞥上一眼，从来不读什么评论。贞吉打心眼里痛快淋漓地对自己的无知与懒惰大大嘲讽了一番。

午后有人打电话来，是平时稔熟的西洋人，邀请贞吉今晚到蒙马特剧院看戏。据说那个女演员某某小姐是他的红颜知己，是刚从美国演出回来的新手，有义务前去捧捧场。还有一位剧团明星很喜欢日本，务必请贞吉前去见面。信中写的都是震撼心扉的事情。

当晚，贞吉重新整理了头发，新修了指甲，剪短了口髭，换上整洁的燕尾服，对着大穿衣镜，吸着香味浓烈的土耳其烟卷。蓝色的烟霭，久久地飘曳于关闭的房间里，既不上升到天花板，也不从窗户流出去，纹丝不动，清晰地映在镜子里。电灯光照耀着并排摆在壁橱上的香水、剪刀、剃刀、熨斗、古龙水、护肤膏、剃须粉等各种小瓶子、小盒子以及小道具。贞吉就像小姑娘一般，用这些小东西将自己打扮得耀眼动人，满心高兴，为之感谢不尽。只有通过粉饰和妆扮，才可将我们同土人、野兽、草木、泥土区别开来。他联想起所有人工和技巧的力量，陶醉于十八世纪王政时代贵族宫女生活的幻想之中。

走出房间，看来值班人员忘记点瓦斯灯了，楼梯间黑暗，空气潮湿。一时间，又回忆起阿玛临终前的情景。阿玛现在可能已经死了。在热带的泥土里，那副美丽的肉身已经腐烂，生满蛆虫。美丽的身子——其实，又温暖，又丰腴，又光滑。整整两年，她同自己肌肤相亲，贞吉所触摸到的那副肉身，已经在千万里之外的彼方腐烂了。贞吉不由一阵恐怖，身子颤抖，下到楼底，推开出口的门扉，犹如捅破乐土之云，夏夜灯火爽净的巴黎小巷于眼前灿然展开。贞吉发疯似的叫住一驾街头马车，催促着尽早奔跑起来。

随着赶车人一阵鞭声，马车蓦地沿着香榭丽舍大街下行而去。前后相连的马车中，在两侧灯火的照耀下，美女的面孔看得十分清楚。化妆的香气随风扑面而来。贞吉忽然沉醉了。今夜的欢快使他浮想联翩。眼前出现化妆室内女演员脱净内衣的身姿。马车正巧从马里尼剧院 [1] 前经过。闪亮的灯光下，挤满了

1　位于香榭丽舍大街公园内的圆型剧场，建于 1848 年，当时以演出魔术戏剧为主，后来改建为歌剧剧院，后再经扩建为戏剧剧场。

游人。来到协和广场，高高的方尖塔如白色的影子兀立不动。并排的巨大石像，看上去似幽灵一般。塞纳河方向吹来冷风，贞吉再度想起阿玛的事。然而，既不是最初的悲愁，也不是紧接而来的恐怖。广场对面出现繁华的大道，马车眼看着就要接近那个方向，已经能听见音乐了。过去恋人的死，就连花上一个晚上为她哀悼、痛哭都不肯，他深感自己很可悲。

七

五月下旬的一个下午，许多人躺卧在巴黎要塞周围的大堤上。土堤这一侧，灰色污秽的屋顶，组成海洋般的巴黎街衢。土堤的另一侧，是一望无际的旷野和天空。倘若一位久居于新桥咖啡馆附近和福布尔陌巷的人，因某一机缘来到这里，眼前一片阳光、一片蓝天，肯定会一下子心绪茫然，对于幽深、严冷的新鲜空气沁入肺腑，感到恐惧、惊奇，甚至骇怪。

面向大街一侧的土堤中段，稀稀落落地点缀着一些悬铃木树。堤上躺卧着的人们的上空，美丽的绿叶天幕般展开。然而，不久即将迎来枯水的护城河旁陡然倾斜下来的坡面上，自顶部起被随处疯长的青草所遮蔽。那浓密的绿色，在没有一点阴翳的酷烈的阳光照耀下，自豪地闪现着炫目的光泽。越过护城河对面的空地上，四五个女人在搓麻绳，虽然又远又小，但却看得十分清楚。连续不断的人家背后有菜园。繁花乱草之间，可以看到洗涤的衣物随风飘动。郊外的乡村城镇自此连续下去，四五幢巴黎风格的高大建筑物，工厂高耸起的两三座烟囱，将这种无遮拦的贫穷的背面，全都抖落了出来。但目光所及之处，新绿的树林和田园广阔无垠，时时通过的火车的黑烟，犹如女人帽子上鸵鸟的羽毛装饰，钻过茂密的丛林，喷薄上涌，摇曳空中。极远的彼方，阳光灿烂，一派迷蒙，浅灰色的地平线上，泛着银色光泽的云彩，排列着向东方徐徐飘动。

不知来自哪儿的种种声音，突破云层，几乎响彻天宇，直抵天边。即使如此，周围仍然十分寂静，能准确地分辨出从土堤这边通过的电车响声。突然，远方响起铁匠铺的锤音，再把耳朵转到近处，又能听到护城河外围人家的留声机播送的流行歌。

身穿浅绿色绵服的三四个工匠，躺卧于土堤上的树荫下大声地聊天。其中，有的人迅速竖起耳朵，看来没有辨出方向，又登上土堤顶，频频向发出声音的地方遥望；有的人摇头晃脑地合着机器的声音一同高唱起来。街头正在看报的老人透过眼镜片，转头望着这些毫无顾忌的工匠。一个正在照看小孩的十二三岁的小姑娘侧耳倾听，独自微笑。一个画家装扮的穷书生，正攥着风尘女子的手一起午睡，这时被音乐惊醒，他望着依旧陶醉于梦中的女人的脸孔，无端地抽起香烟来。两人的身边掉落一本诗集，春风"哗啦哗啦"翻动着书页。

留声机停了。

沉溺于午后怠惰中的人们的视线，此时不约而同地一起朝向土堤，望着自远方走来的一位风度翩翩的绅士。他戴着崭新的巴拿马帽，穿着灰色的背心、黑色的条纹西服，配着时髦的织锦领饰，手里握着镶银的拐杖，在阳光下闪闪发亮。年轻的贵族迈着堪称和缓优雅的步履，在城郊这块地方，格外引人注目。

绅士的样子，勾起了周围人的好奇心。外国人——日本人——那位绅士就是小山贞吉。今天，贞吉毫无理由地没去大使馆上班，他没有地方可去，竟然到这里散步来了。他在稍远的树荫底下坐了下来，伸展双腿，两手搭在膝盖上，凝神眺望着天空、云朵、阳光、绿草、人家……

那是昨天的事。正如老人遇见不祥的事以为就是死的前兆，他在黎明前回家的路上，看到沉落在塞纳河里的一颗流星，随即想到他来巴黎已经三年多了，最近大概会受命转任别处。凭着这副放纵无度的身体，想必是不能回归日本了。他幻想着调往堪称无能外交官墓场的南美或西班牙。他给外务省内一位有权有势的知己写信求助，快要写完的时候，窗外有小鸟鸣啭。

如今，远望地平线，一排排浓密的云层静静地向前移动，看上去有点儿不可思议。虽说景色晴明，但总有一些悲戚的感觉令人难以承受。贞吉想起两三天前，在蒙马特剧院结识的女演员，口袋里的钱花个精光，分文不剩，就连随身的钻石金手表也卖掉了，换来一夜之欢。翌日早晨，真想跳入塞纳河寻死，但又害怕曝露于无名尸体存放所[1]。要是那样，一定会闹得天翻地覆，每一家巴黎报纸都将用美丽的法兰西语言标出自己的姓名。所有这些内容，也将通过翻译刊登在印刷低劣的日本报纸上，这简直是自己无法忍受的悲惨结局。不知不觉，他恍恍惚惚陷入了空想之中。

"然而，我绝不会那样糊涂，演绎出这种荒诞不经的故事来。我甚至连死都觉得麻烦，而懒得去实行。假若今日回家途中，飞驰的电车发生撞车事故，自己因此而死，倒也罢了。"浮现于脑海里的这类想法，对他来说平淡无奇，无色无力，既冷酷又可厌。贞吉垂首顾盼着自己优雅而漂亮的双手，这双手正支撑着草地上伸展的两膝。明朗的阳光照耀着宝石戒指，发出璀璨的光芒。

突然，伴着口哨传来山羊的鸣叫。聚集在大堤上的人们又不约而同地将眼神投向那里。一位额前垂

1　原文为法语：morgue。

着长发的少年，身穿短裤，手持皮鞭，将七八只山羊赶上土堤。山羊似乎向他表示感谢，继续用干涩的声音鸣叫着，奔向下面枯水的深濠，开始没命地啃着青青的野草。

　　留声机里再度奏起流行歌曲。悠长夏日什么时候结束呢？这悠长夏日啊……

　　　　　　　　　　　明治四十一年（1908）十二月

别巴黎

Pleure comme Rachel, pleure comme Sara.

—Hugo

像女星拉歇尔那样啼哭，像女星萨拉那样啼哭！

—— 雨果

绝望——Désespoire——

最后的日子一天天临近了。明日早晨无论如何都得离开巴黎。我从此不得不永远同巴黎分别，于这里的春花烂漫之前回归日本。但是，我将一切事情推后，无视医生的忠告，拖着病躯一天天延迟下来，以至于今日依旧驻留巴黎。然而，现在眼看就要花光旅费，为了赶乘后日由伦敦起航的日本轮船，我必须提前一天抵达那里。

听说我要回返久别的日本，二三密友在香榭丽舍一家绿叶翠碧的酒馆举办香槟酒会，为我饯行。走出酒馆，再到同样一家绿荫笼罩、灯火明丽的咖啡店听流行歌曲，接着再去奥斯曼林荫大道唯一一家咖啡屋观赏西班牙美女敲击竹板的乱舞，竟忘记短夜黎明的到来。

一夜放荡。归途中，几度眺望和品味着巴黎街衢、塞纳河的拂晓。啊，良宵美景，尽收眼底！

朝阳早早地映照着巴黎圣母院的钟楼，我一身疲累，回到拉丁区宿舍。蒙着窗帘的室内一片暗黑，即刻倒床睡了。但想到待在巴黎的日子仅剩一天了，实在难以成眠。黎明时分，传来卢森堡公园森林婉转的鸟鸣和索邦大学钟楼的钟声。远方响起赶往朝市的运货马车沉重的轮音。

我躺在床上，仰望着天花板，心想：我为何不能终生住在巴黎？我为何没有生在巴黎？除了怨恨自己的命运之外，剩下的只有一片茫然。我并不以为死在巴黎的海涅、屠格涅夫和肖邦等人有什么不幸。这些艺术家，难道不是巴望在这座艺术之都获得永生而如愿以偿了吗？我虽然也像拜伦一样，咒骂祖国山河，勇敢地踏上旅途、奔往异乡，但为了"活着"这一简单的问题，以及"金钱"这个俗不可耐的东西，宛如一只无人收留的野狗，不得不夹起尾巴，怯生生逃回旧巢。唉，真是个没出息的人儿啊！

忘记是听谁说的了，假如在巴黎眼看就要饿肚子的时候，可以到饮食店、咖啡馆做侍者。想到这里，我一跃而起，将刚刚脱掉的衣服重新拿到手里，谁知连夜的放荡，尤其是昨夜今朝接连不断地狂饮香槟，头脑昏昏，浑身疲惫不堪，关节剧痛。啊，这样的身子是做不成男侍的，就连充当娼妓供养的情夫也担当不起。

再次倒卧在床上……可我始终不想回返日本，我满心思忖着如何才能继续留在巴黎。

朝阳透过严严实实的窗帘缝隙，斜斜地照耀着地面的木板。四处传来打开门窗的响声，倒水的声音。不知哪家飘来煮咖啡的浓香。隔壁房间，男女私语，声声可闻。我一时被吸引，不由侧耳倾听。这时，窗下中庭，旅馆的男仆一边开动自来水水泵，一边半睡不醒地哼着歌曲，"唉呀，妈妈，难道您还不明白？"[1]

似乎是来自诺曼底乡下的法兰西民谣。回到日本，再也不能听到这铜锣般的嗓音了。——想到这里，我就像倾听一场歌剧般自然挺直了身子。我为何如此喜欢法兰西呢？

法兰西！啊，法兰西！打从中学时代上世界史课的时候起，我那颗孩童的心无形之中就爱上了法兰西。我至今对英语毫无兴趣。我为能说上一两句法语感到无比愉快。当年我去美国只是权宜之计，因为我无法直接前来法兰西，只是为寻找机会的一种手段罢了。啊，我的法兰西，我之所以好歹活到今天，都是为了踏上法兰西这块土地。日本这样的国家，虐待艺术、视恋爱为罪恶，这些即便我现在听说也不会再感到不必要的愤怒了。日本有日本由来已久的传统，姑且就照着去做吧。但世界是广阔的，世界还有法兰西这样的国家。这个事实，给与我这颗受虐已久的心多

1　法语：Quoi, maman, vous n'étie pas sage？

么强烈的安慰啊！法兰西啊，永恒存在！倘使将来有一天，亚细亚的国民要一统天下，法兰西的人儿啊，一定要誓死卫卢浮宫啊！为了保护维纳斯像不在腰间裹着那块腰围布而磨亮利剑吧！我为那些只图为自己神圣的女神而禁止莫里哀的国民的发达而伤悲、恐惧。

公寓内上下楼梯的脚步声往来不断，道路上已经响起了车声人语。夏季的太阳射穿窗帷，照亮了整个居室。

十一时过后，睁开眼睛，我依旧横卧在床上。回想这些年来的异国生活，纷纭繁复的人事、恋爱的冒险，以及这次回归日本后的生计等，终于不堪困疲，又昏昏沉沉地睡着了。等到起床后洗漱，已经快到午后二时了。

到一家常去的便宜小吃店吃罢饭，又在思考着，如何送走这最后的半天。

透过小吃店的玻璃窗，眺望圣米歇尔大道。临近六月的太阳明光闪烁。街道两旁栽植的橡树的嫩叶，清新油绿。女人新制的夏装和阳伞的颜色尤其引人注目。一群头戴随手买来的巴拿马帽的青年，叫住一位擦肩而过的手执阳伞的女子，站在原处说说笑笑，转眼间，大伙儿欢欢喜喜走向卢森堡公园。

我打算利用今日的半天，尽可能将永远看也看不够的巴黎再度巡览一遍。但如此的大都会，又怎么可能于半日间草草看完呢。公园树荫下最适合读书与默想的麦迪西喷水池[1]之畔，那是我春日午后几乎天天必到的地方。我想将我巴黎最后的半日在那里度过，这是最得当的考虑。想到这里，我便朝那群围绕阳伞女郎一味嬉闹的学生追过去，斜斜地沿着上坡的大道走去，直直地进入公园的铁门。

铁门附近诗人勒贡特·德·列尔[2]石像周围，五颜六色的郁金香在明晃晃的阳光照耀下，呈现出一片锦绣。石像后面一直到泉水一带，被公园内排列整齐

---

1 卢森堡公园内的喷水池，周围配以牧羊神和罗马女神 Diana（狄安娜）塑像。

2 勒贡特·德·列尔（1818—1894），法国诗人。以倡导严格诗法和客观雕塑美为特征的高踏派始祖，并以翻译古希腊诗人荷马史诗而著名。

的橡树林的绿叶遮盖着，隐天蔽日。细嫩的枝叶既薄且软，夏天晴朗的阳光自由地穿透一片片树叶，自下而上仰望，宛若绿色玻璃嵌镶在天花板上。薄亮而绚烂的碧荫下，宛如走进伽蓝寺院，冷冽的空气和幽邃的光线，自然使得人们的心胸沉静下来。越过街树看栅栏外的大道，车水马龙，一派繁忙。然而，微暗中观察寺院壁画，又好像是那样遥远渺茫。

面对如此美景良辰，始终处于梦幻中的巴黎娟娟少女和不甘示弱的人妻，坐在梦一般薄明树荫下的椅子上，习惯性地俯伏着身子，露出雪白的颈项，有的读书，有的编织或刺绣，也有的无所事事，心静气闲而又茫然无措地倾听着树梢上的黑鸟和知更鸟的鸣叫。还有三四个人走到椅子旁，聊着聊着，窃窃私语起来，仿佛今日遇到了知己，各有倾吐不尽的心事。推着童车的乡下出身的乳母之中，有的用玄色缎带打成硕大的蝴蝶结，代替帽子，看上去好似来自阿尔萨斯年轻美丽的小保姆。一群较之偶人更加可爱的儿童，在各处的树根边掘砂子玩耍。从这儿经过的一位衣饰褴褛的白发老叟，停住拐杖，用衰迈

而悲切的目光久久凝视着孩子们的模样。一堆青年
男女相互依偎，似醒非醒地沉迷于情恋的梦境。另
有一位面孔青白、留着长须的诗人般的男子，时而
从远处打量着这几对绵绵情侣。他的膝头摊开一本
正在阅读的书。

这一切都是鲜活淋漓的诗啊！达于顶点的数个
世纪的文明积累中，人与自然皆为之苦恼，如果在
巴黎都不能见到这样的文明，这不是活生生的悲哀
的诗篇吗？如果想到波德莱尔、莫泊桑和我一样，
也曾经在午后眼望着这片树荫，耽于无尽的冥想之
中，那么，纵然于故国文坛之上默默无闻，但却不
得不说，我已经充分享受到作为一名艺术家的幸福
与光荣了。

头上两三只鸽子，咕咕鸣叫着，一齐飞向古老
的麦迪西喷水池。伴随着鸽子的羽音，橡树的白花簌
簌飘飞下来，散落在之前的落花上。

我坐在喷水池近旁的长椅上，不用说那些五颜
六色的花草，即使那流行的女帽女装，我都想永远深
深刻印在心底。一忽儿闭目养神，一忽儿又睁眼瞭

望，反复陷入默想之境。

天色渐晚。绿荫里的人影一个个消失了，昏黄的夕阳斜斜地照射到四方散乱的空椅子上。树荫覆盖的公园，比起阳光普照的白日更加绚烂辉煌。然而，只是短暂的一瞬间，高过树林的卢森堡宫殿，以及后面耸立着的圣叙尔皮斯教堂[1]塔顶，距离虽近，但却显示出明显的浓淡之差异。法兰西特有的紫色黄昏笼罩了整个巴黎。啊，巴黎的黄昏！那美丽、热烈而富于情趣的景色，把色彩和声音融合起来。一度踏入巴黎，就会使你久久难忘。

傍晚晴明的天色，同斜阳的色彩混合，染上一派浓紫。鳞次栉比的白石建造的房舍和广阔平坦的大道，被染上一层薄薄的浅黄色。空气凛冽、澄净，屋顶、人、车等可视之物犹如经过几度淘洗，清晰地浮现出来。无边无际的暮色飘溢而来，心儿仿佛又被带往难以知晓的遥远的往昔。不一会儿，那些马车、电

---

1 坐落于巴黎塞纳河左岸第六区的天主教大教堂。它最早的历史可以追溯到八世纪以前的墨洛温王朝，最终完建于路易十五治世时代。

车、公共马车，以及来往的行人，将像潮水一般从四面八方奔涌而至，同各处的灯光融为一体，一想到这儿，心中不由焦躁起来。举步前行，双眼眩惑于无数摇曳的色彩，心儿迷乱于万种纷繁的音声。

吃罢晚餐，外面仍是黄昏。九点之前，黑夜是不会来临的。我在巴黎悠悠黄昏中漫步，在拐向索邦大学之前，进入了街角平素熟悉的咖啡馆小憩。

不用说街道旁摆着绿色盆景的阳台上，即使是宽阔的庭院里，也挤满了纳凉的人们。附近的学生、画家，以及以他们为服务对象的女人们，几乎占满了这里所有的座席。我沉浸于正在演奏中的热烈的音乐之中，喧闹的人声、明亮的灯光、晃动的女帽，使我精神大振，决心让这最后的一夕陶醉于温柔乡里。不论多么强烈的苦艾酒，也和刑前死囚犯的送行酒一样，在这个时候喝起来不会有任何效用。我于喧闹的音乐、人语和杯盘的撞击声中，一心巴望时光快速流逝。此时，那舒缓的华尔兹舞曲的节拍，仿佛伴随着时间的刻度徐徐前进，我再也坐不下去了。然而，横街尽头，被灯光照耀的面孔苍白的哲人奥古斯特·孔德雕像后边，高高耸峙的索邦大学的钟楼，不知几时，传来嘹亮的报时的响声，宛若一滴滴毒酒，点点渗入我的胸中。

啊，我苦痛非常。我真想将身边的椅子、餐桌和杯盘全都砸碎，猛兽般环室狂奔起来。但转念一想，我如此的苦闷与流连，同巴黎这座都市全然无关，如今，倒不如姑且披着苍然的夜衣，戴着璀璨的灯火之冠，陶醉于无限欢乐的梦境之中。此时，我甚至想钻入晦暗的横巷，将脸孔抵在寺院冰冷的墙壁上，号啕大哭一番。

啊，Mon Dieu（我的上帝）！我该怎么办呢？假如眼下，火车就要开行，那也很好。我不用等待黎明时分，只要行动起来，身子随处走走，总会有心情改变的时候。我叫住来往于道路上的一辆出租车。

正要上车的当儿，两个结伴散步的女子打算进入咖啡馆小坐，没想一眼瞥见我，落落大方地喊道：

"你想散散步吗？也请一起搭上我们吧。"

Oui Mesdames——哦，女士们，我是想散步。趁着黎明到来之前，我想像旋风一般跑遍整个巴黎。

夜深沉，周围一派湛蓝。林荫路边的咖啡馆室内，依旧灯火通明。我们乘坐的汽车，犹如饥饿的老鹰听到小鸟的鸣叫，一阵突飞猛进，穿越一片光明又一片光明，直奔灯火凄迷的短巷——那世界的放荡之地蒙马特飞驰……

别后方知爱滋味。离开法兰西，进入英吉利，我越发怀念法兰西的美丽！

午前十时过后，由巴黎圣拉扎尔车站乘上前往伦敦的快车，沿塞纳河岸前进，在工厂麇集的鲁昂车站稍事休息后，穿越丰饶的诺曼底平原，午后二时，抵达迪耶普港。旅客们立即转乘小汽轮，花两小时横渡海峡，由纽黑文再乘火车，当天夕暮进入伦敦。

我已登上小汽轮，立即想到的是蓝天的颜色。现在世界各地都是五月鲜花盛开的夏季，英国的天空也很晴朗。然而，渡过海峡，一水之隔的英吉利的天空固然是蓝色，但绝不带有法兰西常见的温软滑润的光泽。走出纽黑文街衢，视野所及之处，都是青草繁茂的牧场和森林的景色。我很惊讶，更觉得奇怪。

那草色一派青黑，树林的景象总带着一层肃穆之色，丝毫没有塞纳河畔、柯罗[1]绘画中树木枝条那种优雅的婆娑之态。一望无垠的光景较之沉静，更添一层寂寥之感，与刚刚途中经过的诺曼底牧场相比，缺乏一种呼唤鲜艳色彩和阳光的、令人身心恍惚而迷醉的魅力。

"舒畅"或"欢愉"之类的词语，只有人在法兰西，才能体味出其中的涵义。

英国人也一定歌颂过这一片牧场的美丽。说美丽倒也美丽。然而，只靠美丽尚不能立即转化为舒畅和欢愉。请看，这美丽的牧场，不就是一片毫无感觉的冷漠的自然吗？它和我们这些苦恼易感、充满梦幻的青年有何干系？看到那黑沉沉的草色，决然不会使人联想起夏夜黎明晨雾中，裸体女神翩跹的舞姿，也感受不到凌厉耸立的森林深处，牧神午后梦醒之余后

---

1 柯罗（1796—1875），法国写实主义风景画和肖像画家。出生于巴黎，早年师从古典派画家贝尔坦。后至罗马留学，滞留七八年之久。回国后住在在巴尔比宗村附近的枫丹白露森林。其风景画于古典优雅的画风中，准确表现自然之生态。

奏响的笛音。总而言之，英国的自然，就像我眼下所见到的，仅仅是养育几千只羊所必需的牧场，是一国之产业或者说工业所必需的原野。

到达伦敦，对于我来说，这是一座全然陌生的都市。为了赶乘明朝启航的日本轮船，只须在这里度过一宿，故而没有任何选择，任马车车夫将我带到车站附近的一家旅馆。

正逢晚餐时分，旅馆食堂弥漫着饭菜的香味和杯盘的声响。可是，一看到往来于廊下的旅馆女侍的面孔，不像是在英国人家里用餐，倒像是爱尔兰或别的什么地方的女子。嘴巴歪斜，下巴突起，双颊颧骨高耸，眼窝深凹，那副长相就像日本能乐剧的女鬼或德国神话故事中的魔法女巫。她趾高气扬地甩动着两只臂膀，晃来晃去，瞧着我的脸，问道：

"Will you take dinner？"[1] 我厌恶极了，不作任何回答。

这些年月，听惯了音乐般的法语悦耳的语音，

---

1 英语：你用晚餐吗？

看惯了法兰西街头女郎娇艳的丽姿，如今突然出现一个粗俗可鄙的英国阿婆，说着一口重音突出的尖厉的英语，直冲耳膜，仿佛无意之中挨了一顿臭骂。

"No，thank you."——我随便应付一句，管她听没听到，出门上了大街。据说伦敦也有法兰西人的居留区，我想肯定也会有法兰西餐馆，便向马车车夫问清地址，赶往那里。

沿着牛津大街的一条繁华道路走了一阵，马车停在一个窄小的横巷。下车走几步，看不到法兰西特征，路上男女也不见有法兰西人的影子。然而不久，我发现了一家小吃店，插着令我怀念的不同于英联邦国旗的三色旗，于是一头闯了进去。

这是一家污秽的简易饭馆。进门处，铺着脏污的白色桌布的餐桌旁，围坐着三位工匠模样的男子，中央有四五位生意人。稍远的屋角里，坐着一位算不上丑的女子，她的服装、容貌、帽形，虽然有些寒酸，但一眼可以看出是个具有显著特征的"巴黎女郎"。

我似乎于沙漠中发现一带青青树林。离开诺曼底海岸、跨越英吉利海峡之后，不到两三个小时，我就可以使得难耐的乡愁暂时获得慰藉。但是，仅仅是一瞬间，角落里的餐桌旁边，那些工匠打扮的男子高声吼叫，满嘴尽是巴黎街头的污言秽语。听到那些词典里也查不到的粗俗方言，不由唤起我胸中对蒙马特缕缕难以忘怀的记忆，那已经成为一去不复返的旧梦，一旦回想起来，难言的悲愁宛如浓云笼罩心头。

我若无其事地回头朝那个孤零零坐在一角的女子看去。她一只胳膊支撑在污秽墙壁边脏污的桌面上，似乎在想什么心事，不时地唉声叹气。手中的叉子叉着肉菜，但似乎没什么胃口，只是抬头仰望沾满蝇粪的天花板，一副异国花草凋落、憔悴的风情。在这四围尽是大不列颠的空气之中，她那清纯的面容和双肩的样子，显现出难以言状的悲凉与寂寞，这使我这个惯于行旅的人，骤然泛起漂泊的愁思。那个女子为何离开美丽的法兰西？倘若是在巴黎街头，纵然是廉价的小酒馆，坐在大街小巷绿叶成荫的橡树下或道路一旁的露台上，眺望笼罩着紫色雾霭的道路上的行人，听着不知从何处飘来的小提琴的乐音，心性陶然地畅饮葡萄酒，一醉方休……如今，身在异乡的我，又开始想起巴黎的生活。

我在用餐期间，琢磨着如何才能使得这位女郎樱唇开启，听上一句动人的法语。我于明晨一旦登上轮船，一生中再也没有同巴黎女郎交谈的机会了，也未可知。我凭空想象着女人的身份，她为何独自徘徊于伦敦各处煤烟熏黑的街巷？同时，我还注意她的一举一动，不放过任何可以搭话的契机。

一辈子无出息的命运，唯有此时，越发感到自己悲戚的心怀。正当女子将要吃完晚餐之际，浓云密布的英国天空忽然下起雨来。女子反复询问侍者天气如何，她说自己没有带伞。而我于旅行途中始终以伞代杖，眼下终于遇上好运，令我瞬间难耐，毫不客气地叫了声"女士"。

那女子自然不会接受我特意送她的雨伞。雨看来不久就会停止，但她依然坐着不动，接着我们便交谈起来。原来那女子两周前受雇于英法大型博览会的商店，前天傍晚初抵伦敦，然后寄宿于百米以外的一家私人旅馆。鉴于英国饭菜每天都是面包、咖啡，实在不合口味；但也不是可以每日出入高级餐馆的身份，今晚是第一次来到这家简易小吃店就餐。

"伦敦怎么样？"

"好阴沉的地方啊，一杯咖啡也喝不上。"她凄然一笑。

我庆幸这场一时停不下来的雨。女子回去时，我送她到旅馆门口。女人敞开门道别，伸出一只戴手套的手，说：

"Merci monsieur， aurevoir."[1]

我以令女人感到惊讶的力量握住了女人的手，之后逃一般离开了那里。啊，不明事理的巴黎女郎，她娇媚地说了声含有"再见"意味的令人怀念的一句话，但过了今晚我就要前往无限遥远的地球的东端，成为一个 Adieu pour toujour（后会无期）的人。她是我听到纯粹"巴黎之音"的最后一位"巴黎女人"。我对她怀着较之恋人更加炽热的思念。她的的面影比起我百年之约的心上人的影子，更加深深地印在我心中。

1　意思是：谢谢，再见。

为了驱散难堪的忧闷，我打算寻找一处有音乐
的地方。走出横街，叫住一驾马车。但在一个一度见
惯巴黎灯火的人的眼里，世界最大的都市伦敦只是一
座出于唯利是图这一目的而堆积起来的碎砖烂瓦。先
不说那不朽的歌剧，就以颇具威仪的建有诗人缪塞
雕像的法兰西喜剧院[1]作比，伦敦的剧场从结构上看，
简直就像饭馆或酒吧。街道上没有树木，房屋高高低
低，不论从何种角度观看，都缺乏调和性。时时看到
竖立的铜像，但位置不太适当，仿佛是在工事进行中
临时安装上的。路上的女子，帽子上不见任何彩饰，
衣服的色调平淡无奇。鞋袜恶俗，腰肢肥笨，裙裾步
履，毫无情趣。路上可见的尽是二轮马车，招呼车夫
停车时，只须吹一声口哨，那尖利的声音，使我无端
想起侦探小说中的光景。

我眼中的英吉利就是如此。

1　1680年，路易十四颁布敕令建立的具有代表的皇家剧院。后为国立性
质的剧场和剧团，俗称"莫里哀之家"。大革命后，受到拿破仑保护。

为了明日一早尽快离开这块地方，我躺在旅馆床上进入梦乡。

船上，明治四十一年（1908）六月

黄昏的地中海

越过比斯开湾[1]，沿葡萄牙海岸向东南，不久就抵达西班牙海岸。当我眺望着南面的摩洛哥陆地和银白的丹吉尔人家，以及北面的三角形直布罗陀山峦，进入地中海的时候，我真巴望自己所乘的这艘轮船，会遇到什么灾难而破碎或沉没。

要是这样，我就会被载上救生艇，向北或向南仅有三海里的行程，就可以到达举目可及的彼岸。我会于回归日本的途中，意想不到地再一次踏上欧洲的土地，我会看到远离文明中心的欧洲；看到男人穿着美丽的衣裳，在深夜的窗边弹奏小夜曲；看到女人的黑发上簪着玫瑰花，上半身裹着披肩，彻夜地歌舞游乐。

---

1 北大西洋东部海湾，介于法国西海岸和西班牙北海岸之间，略呈三角形。

　　如今，在船上可以看到伸手可及的对面的山峦——地面晒干了，树木稀少，布满黄褐色野草的山谷地带，涂着白壁的人家时隐时现——越过那座山，那边不就是缪塞歌唱过的安达卢西亚吗？不就是比才创作的不朽的音乐《卡门》的故乡吗？

　　热爱色彩绚丽的衣裳和热情奔涌的音乐，像风一般走到哪里将爱情也带到哪里的人，有谁不对唐璜的祖国西班牙心驰神往呢？

　　在这烈日照射的国度，恋爱只意味着男女相交，嬉戏调情。和北方人所说的道德、结婚、家庭等令人扫兴的事儿毫不相干。如果你在节日之夜饱尝了钟情女子的色香，那就赶快到午后的市场同另外的女子相握吧。如果这位女子已是人妻，你可以于夜里潜入她的窗下，弹奏着一支曼陀林，唱上一首艳歌引诱她：

　　"啊，快到窗下来，我的爱。"（莫扎特歌剧《唐璜之歌》中的歌）一旦事泄，那就血染利刃！感情的火花骤然燃烧又骤然消失，这一刹那的梦幻就是这炎热国度的整个人生。伴着小铃鼓的鼓音，剧烈的手舞足蹈，极有节奏感的动作，安达卢西亚的少女两手击打着响板，脚踢着五彩缤纷的裙裾，狂跳乱舞。这就是该国特有的音乐欢快的气势。像暴风一般渐次激昂，渐次酣畅。听者、观者皆目夺神摇，神魂颠倒。当这舞蹈和音乐戛然而止的时候，仿佛看到美丽的宝石骤然粉碎了，飞散了，这才不由"啊"的一声，疲惫地叹一口气。这个国度的人生就像这个国度的音乐一样……

然而，轮船悠然地行进，同我那未能实现的欲望没有任何关系，左右两个船舷翻卷着海峡的水，驶向远洋。高耸的直布罗陀山的岩壁，背面闪耀着夕阳的余辉，就像屹立于火焰中一般。正面隔着一带海水，是摩洛哥的山峦，山坡上丹吉尔人家低低绵延向远处。这两岸的高山对峙着，时时变幻着玫瑰色和紫色。

渐渐地，黄昏的阳光消隐了，此时，山峰和岩壁也沉入了西方的水平线。吃过晚饭，再到甲板上凭栏眺望，我看到茫茫的海面同大西洋有着惊人的不同，这里的水色呈现深蓝，如天鹅绒一般滑滑的，闪耀着光辉。

　　地中海的水色比山、比河、比湖，更能引发一种无可言状的优美的幻想。凝视着这样的水色，想到太古的文学艺术就产生于此种颜色的海水漂荡的海岸，历史上美的女神维纳斯就诞生于紫色的波涛里。这些神话的产生是何等自然，一点儿也不显得牵强附会。这是可以理解的。

　　群星灿烂。其光明亮，其形硕大，就像看到星星的象征画，似乎真的闪烁着五角形的光辉。天空清澄，饱和着浓碧的颜色。虽然水天一色，但其分界是十分清楚的。虽说夜晚——一个没有月的夜——仍然明丽，却望不见一座山峰，似乎包蕴着一种严正的秩序和调和的气氛。啊，瑰丽的地中海的夜！我偶然想起极鲜明的古代的裸体像，想起了古典的艺术之美，想起了凡尔赛宫修剪整齐的树木。我的作品也是如此。包裹于漠漠黑夜般忧愁的影子里，将颜色、声音以及浓烈的芳香一丝不乱地一同织进五彩斑斓的锦缎中。这锦缎肃然地低垂着，我祈愿我的作品就像这低垂的锦缎。

　　进入地中海的第二个晚上，遥远的南方出现了陆地。那是北非的阿尔及利亚吧。

饭后来到甲板上，海面风平浪静，浓碧的水面犹如打磨过的宝石，带着一层光泽。向栏杆下一望，似乎可以看到映在水中的自己的面颜——这是一个美丽的童贞的面颜。无限的天空没有一丝云。白天，闪耀着毒花花太阳的湛蓝的天空，此时也盖上一层薄薄的蔷薇色，黯淡而又朦胧。那种在欧洲常见的黄昏时期苍茫的微光，笼罩着甲板上的一切，在舷梯栏杆和舱壁以及各种索绳上，投下了神秘的影子。那艘粉白的短艇因此十分显眼，仿佛被注入了一种奇怪的生命力量。

轻轻吹拂的风如此和暖，似乎要把人的身子溶化了。海上如春夜一般清爽，静谧，我的心情十分安适。

我的心无由地变得空虚了，无法去思考什么悲伤、寂寥和欢欣。我的意识只是停留于一种非常美好的心境上。我坐在长椅之上，目光注视着遥远的天际。

五六颗夕暮的明星闪闪灼灼。我凝视着美丽的星光，一种无法言状的诗情从胸中涌起，几乎不可遏抑。面对着渐渐进入暮色的地中海，我真想尽情地唱上一首美丽的赞美歌。我仿佛感到，还没有张口，自己想象中的歌已经化成美丽的声音，随着这柔缓的涟漪漂向遥远的空间，声音慢慢消失，眼睛已经看不见了。

我从长椅上站起来，让清爽的风吹着面颊，深深吮吸着温暖而纯净的空气，凝望着远方最美的一颗星星，刚想引吭高歌的时候，悲哀立即袭上了心头。我不知道应该选择唱什么歌。歌谣不要，就唱小调吧。一想到这里，自己就先"啦啦啦"地发出声来了。但究竟哪一首小调好呢？我又犹疑起来。

我把自己弄得非常狼狈，不住地从记忆中搜索那些留下印象的小调。紫色的波浪翻卷着，仿佛在等待我的歌声，星光像青年女子的媚眼，急切地闪动着。

我终于想起了《乡村骑士》在开幕时，和着竖琴寂寞的音乐演唱的《西西里岛》的一节。这一节歌词

---

1 《乡村骑士》(Cavalleria rusticana)，为意大利剧作家马斯卡尼（Pietro Mascagni，1863—1945）创作的独幕歌剧。以西西里岛乡村为舞台，叙述了农民图里杜婚后仍与从前的女友罗拉来往，令他妻子桑图扎非常愤怒。桑图扎将此事告诉罗拉的丈夫，两个男人决斗，图里杜被杀。

里，蕴含着南意大利火焰般的热情和孤岛寂寥的情调。唱起来，会把声音拖得很长，在日本人听来有的地方像船歌。对于正在航行中的我，这首歌再合适不过了。我鼓足勇气先试着唱了第一句：O Lola, bianca come（啊，罗拉，你多么洁白），余下的全忘记了。

那歌词是自己不熟悉的意大利语，这也难怪。音乐剧《特里斯坦》的开幕，船老大在桅杆上唱的歌，最适合于此种情境。不过，这回光有歌词，要唱的一节显得有些怪。尽管很想唱，但是欧洲的歌是很难唱好的。出生于日本的我，只会唱本国的歌。我此时此地的感想——早已把法兰西的恋爱和艺术抛诸脑后，正在走向那单调生活之后只有等待死亡的东方的国家。我考虑着唱一首将这种意识毫无遗憾表达出来的日本歌曲。

难唱的西洋歌曲固然让我挫败，但自国的歌曲更加使我失望。人们经常唱《忍路高岛》[1]，因情调悲凉受到赞赏。但是只同旅行和追分小调[2]有点关系，

1　忍路、高岛，均为过去日本北海道后志支厅辖下的郡，现均包含在小樽市的部分区域。

2　日本一种哀怨的民谣。

和诞生了希腊神话的地中海的夕暮，在感情上不太协调。《竹本》和《常磐津》等为首的所有净瑠璃都能很充分地表现感动，但用"音乐"的观点衡量，与其说是歌曲，不如说是使用乐器的朗诵诗，在倾诉瞬间的感情上过于冷峻。《哥泽小调》只不过传达出不同时代花柳界的微弱的不平之声。而能乐因为包含佛教的悲哀而显得古雅，和二十世纪最先进的轮船终究不能相容。那必须是一边听着草船的舻声，一边远远地眺望着水墨画般松林海岸的风景。其他还有萨摩琵琶歌、汉诗朗吟等，这些也都同色彩单纯的日本特有的背景相一致，初级的单调只能激起某种粗朴而悲哀的美感。

我完全绝望了。我竟然是这样的国民：不论自己有怎样充溢的激情，不管被如何烦乱的情绪所苦闷，我都找不到适合于表现和倾诉的音乐。这样的国民、这样的人，世界其他地方还有吗？

此时，下边甲板上传来了合唱的歌声，那是到印度殖民地做活的两三个英国铁路工人和一个到香港去的不明身份的女人发出的。从那滑稽而轻佻的曲调上看，似乎是伦敦东区演艺场上演唱的流行歌曲。作为音乐当然是毫无价值的，正因为如此，听起来却很能表现英国工人越过大洋到热带地区干活的心情，也同脏污的三等舱和黑暗里甲板上的情景协调一致。

这难道不是幸福的国民吗？英国的文明使得下层工人也能找到一种最能表达寂寞的旅愁的音乐。明治的文明，它只是诱发我们无限的烦闷，却不能教给我们倾诉的方法。我等的心情固守着早已化为古物的封建时代的音乐，已经同现代相离很远很远。如果我们争先恐后一同走向欧洲的音乐，不管带有怎样偏颇的喜爱，还是能感到风土人情上无法消除的差别。

我等皆为可哀的国民。失掉国土的波兰的民众啊，没有自由的俄国人啊，你们不是仍然拥有肖邦和柴可夫斯基吗？

夜深了，海面在黑暗中闪着光亮，天空也渐次染上奇异的光泽，高不可测，使人恐惧。星星出奇得繁多而又明亮。接近神秘北非的地中海的天空啊。英国工人所唱的歌，正在悲凉地消失在这片神秘的天空里。

唱吧，唱吧。他们是幸福的。

　　我远望着繁星闪烁的天空，想起了横亘在航路尽头的可怕的岛屿，从今日起还有四十天左右就会结束漫长的水程抵达日本。我为何要枉自离开巴黎呢？

塞得港

那天早晨一觉醒来，站在甲板上望去，昨日地中海浓似琉璃瓦般美丽的海色，一夜之间变成了混浊的暗绿色，令我惊奇。想是埃及尼罗河这条大河吐出的浊流吧？但因为看不见山影、云影，我还以为是航行在距离海岸遥远的洋面上呢。

突然，前方的水平线上，出现了埃及形状的小帆船，看似飞翔的小鸟。黄色的沙漠上排列着塞得港的人家，犹如凸显的海市蜃楼。

海上航行不管走到哪里，首先都可以望见山和岛，但唯有塞得港出现此种景象，是无意所为吗？如此见闻，尽数深深地刻印在我心中。

苏伊士运河设计者的铜像伫立于防波堤上，大堤内漂浮着无数五颜六色的帆船，胜似花坛一般。这些都是自己在世界各地所未曾目睹过的。船首冠着大红的土耳其帽、衣服和腰带等极为单纯的浓厚颜色，面对湛蓝的晴空和闪光的水色，催发出一种欧美城镇所看不到的强烈快感。热带酷烈的阳光下，停泊的桅檣、旗杆和船缆之类，所有的轮廓惊人地显现出来，十分鲜明。一望无际的整个港口的景色，自明亮之处起，仿佛映入一面没有一点阴翳的大镜子中的远方风景。

塞得港是埃及的尽头，是多年以来我所幻想的东方之国的一部分。是那些热爱色彩、思念欢乐、向往安逸的人们不可忘却的天堂——这使我不得不回忆起在遥远的美利坚天空下，屡次神驰于该地的情景。在日本的时候，自己也曾阅读过皮埃尔·洛蒂[1]笔下土耳其美丽的情恋故事，但对土耳其、埃及并未留下特别的感想——故事毕竟只是优美的虚构的故事。然而一旦来到美国，整日面对阴霾的天空和单调乏味的清教徒般的生活，便感到难言的苦痛和反抗之

---

[1] 皮埃尔·洛蒂（1850—1923），法国小说家。做过海军士官，巡航世界各地，曾经过过日本。根据亲身经历，创作充满异国情趣的小说。主要有《菊子夫人》和《冰岛渔夫》等。

念。自己不由想起部分法兰西艺术出现的东方主义之美，随之驱使无法排解的幻想，驰骋于遥远的北非海岸和巴尔干半岛的天空。

那种慵懒的舞蹈，疲惫的音乐和歌唱——古老的竖琴寂寥的低语，伴随着迟钝的可作任何想象的铃鼓的音响，看不出何等表情和身段的技巧，发自耽于肉欲而疲惫不堪的的身体底部完全自然而单调的声音的歌唱。随之而来的有色人种皮肤丰满、油腻的两腕两肩，胸、腹和腰部筋肉如蛇行一般起伏扭动的舞蹈，不仅使我们忘记所有的现代的烦闷，也将人的情欲本身从知识、思想和幻想中分割出来，使之变得独立、自由和纯粹。在这种强烈、厚重和痛苦的实感中逐渐消磨自我意识。这种精神麻痹——最初苦闷，继而倦怠、欣快，最后陷入遥远的精魂的困疲……此种功夫，甚至使我觉得完全像欣赏阿拉伯歌舞一样。

如今，从众多人摇橹的运煤船上听到了与此相同音调的船歌。我所乘坐的轮船驶出英吉利海峡，历经十四天之余的航程，如今在这里停泊下来。一群头戴黑缨红帽子、身穿藏青色宽腿裤子的埃及人和阿拉伯人，尚未等到轮船抛锚放下悬梯，便从下面攀登船缆爬上甲板，一边用法语、意大利语和英语等各种语言喊着："先生，先生!"一边摆出香烟、宝石和鸵鸟羽毛、彩色明信片。

为了到街上购物，我乘上在悬梯下争着迎客的小型红色帆篷船。

酷烈的阳光下、凉爽的微风中、静静的水面上，不断有鲨鱼般巨大的怪鱼形状的岩石露出水面，但也并不令人害怕。当经过那一带货船上铁黑的土著的孩子们游泳区的时候，我对于船夫高声谈话使用的埃及语很不习惯，其中只对 K 那种奇特的发音还算听得过去。终于，我乘的小船抵达后面海岸一带围着铁栅栏的码头。

从刚才停泊的轮船甲板上，一眼就能望见海滨大道。在那儿，欧洲各国的轮船公司和饭店鳞次栉比地排列着，其后一转向通行电车的大街，两侧尽是一排排商店。一听到外国人的脚步声，就能窥见到店员们高声兜揽生意。这些店员的面孔，以意大利人和希腊人居多，他们夹杂在埃及人之间，将那些真伪难辨的宝石、纺织品、扇子和画片摆上店头。那些令人眼花缭乱、不够朴实的色彩，同极粗糙的新油漆涂沫的木头房子十分协调，就像临时搭建成的博览会场的小卖部。天气好的时节，尚可热闹一阵，冬天一到，即被拆除，拔去木桩，留下木凹坑，将会积满雨水，变成一片杂草丛生的空地吧？想到这里，我更加感到怅然若失。

怀着此种茫然的心情一路走去，不仅是这些看上去只能存留一时的商店，再随这条街进入农村，越发感到心胸堵滞起来，仿佛自整个塞得港涌来一股难言的哀愁。法兰西诗人经常说的所谓"东方的静寂的悲哀"指的就是这种感觉吗？晴空万里，一派蔚蓝。村落的后方和左右，是一片沉默的干燥的"大海"——这一片近乎赭黄色的沙漠，较之地中海，看起来更加无边无际。村落尽处，应该是沙漠的入口了。这里有开往埃及古都开罗和苏伊士的火车站。由于车站建在沙漠中避开高似小山的沙堆的低洼处，从这里看过去，在明晃晃的阳光反射下，那里的屋顶好像有一半斜斜埋入沙漠之中。由这里发出的所有列车，一旦开出去，似乎再也不会回来，给人的感觉仿佛最终尽皆埋葬于黄沙之中了。

形成村落的人家，每户都是装设栏杆的意大利风格的二层楼建筑。这些村落一旦遇到沙漠发生风暴或大海涌来怒潮，就会猝然消失，不留踪影。不需要在二层楼上，自低处也能望见一马平川的沙地以及无边无际的地中海的水平线。村落的一部分是希腊和意大利南部以及东欧各国的移民组成的。其中有一两处拜占庭风格的圆屋顶清真寺，大部分似乎都是土耳其和阿拉伯聚集而来的人。尽管热带空气干燥，但房屋背阴处还会吹来清凉的风。这使我想起曾多次前去看过抵达纽约码头的移民船以及马赛的贫民窟，看见过怀抱婴儿的南欧的贫女。不巧在这里又和几个同样的女孩不期而遇。三四个十二三岁的小姑娘，眨巴着又黑又亮的大眼睛，令我想起那不勒斯的名胜绘画。她们全都光着脚，蹲在墙壁边的空地上玩耍。想到这块脱离世界而被丢弃的沙漠的边缘，没有狂欢节，也没有舞蹈之类，该是多么悲哀和可怜啊！

进入当地人的村落，看见一个孩子身穿中国人平时穿的淡蓝色的棉布衣服，赶着瘦驴拉的二轮车，叫卖水果和粗果子。车子旁边跟着一个大概患有眼疾、像病人一般无精打采的孩子，赤着脚，默不作声地转来转去。人家的屋檐下，有几个白布缠头的老人，盘腿坐在木凳子上，身子纹丝不动，用长烟管吸水烟。但那烟管不太容易吐烟，他们的表情里也看不出一点活气，硕大的眼睛偶尔懒洋洋地闪动一下，不知是睡着了还是醒来了。路边的沙石地上，随处躺卧着骨骼健壮的青年男人，伸展臂膀，叉开双腿在睡午觉。——我至今不曾见过像这些阿拉伯人如此无忧无虑，沉眠梦乡，不怕被吵醒的人们。美国繁忙的码头和建筑工地，常有劳工躺在坚实的货堆上睡午觉，那样子全然不同。栖息于沙漠之村的当地人，并非疲于劳役而困倦，更不是为了投身更多劳动而积蓄力量。他们只是为休息而休息，为睡眠而睡眠。头顶黑色长面纱、只露出双眼，鼻翼上装饰着木片的女子，光脚穿着木屐，丝毫不发出声音，蛇一般从那些熟睡的人和沉默不动的人之间穿过，一身又黑又薄的衣服，掩盖了阿拉伯人特有的健硕而丰腴的曲线。整个村子不管走到哪里，都看不到正在做事情的家庭。湛蓝的天空不断吹来的清凉的微风，似乎就是造化的意志，为了使这块别有天地中甜睡的人们越发感到心情舒畅。多么静寂！人们聚合的酒场时时传来小铃鼓的音响，这种慵懒的响声反而把村中的寂静衬托得更加深沉而难耐。

步行中的我的全部意识，变得既朦胧，又迟钝。一颗心晃动于催眠的鼓声里，而双眼却被村后无边的茫茫沙漠和蓝天所吸引，信步而行，不知走向哪里。是那种只想沉迷于沙海的难以名状的可怕欲望。

不一会儿，走到了村子尽头，回头一瞧，只能看到沙地上的屋顶。遥望远方，一马平川，沙漠上，小山相连。走到低洼处，沙地的底面被前边沙丘挡住了酷烈的太阳，凉风拂拂吹过。肉眼所及的地平线上，几头骆驼列队前行。阳光灿烂辉煌，蓝天之下，骆驼的黑影向前移动，看上去宛若一幅幅剪影。忽然，就连这些画面也沉没于地平线的彼方。眼前所映出的唯有黄色的漠漠沙海和茫茫蓝天。听不见任何声音，遍地都是一派酷烈的阳光。如今，我在天空、沙漠和阳光之间，面对无限寂寞和沉默独自而立，浑身感到一种强烈的恐怖。

张口发声，于茫茫沙漠之中只能听到自己的声音在回荡；一旦闭上嘴，同时回声也猝然停止。用脚踢沙子，沙子只是应着我的足力一阵乱动，随即静止，回到原来的状态。那声音原本是自己的声音，那足力原本也是自己的足力。

眼前和自己相对着的是自己的身影，太黑了，太黑了，实在太黑了。横斜在黄沙之上。地球上其他的生物仿佛尽皆消泯，啊，那就是我啊！我第一次同这派广大的寂寞紧紧贴合在一起，并和我自己相对峙，似乎一直瞧看着我。我感动了，只有呆呆凝望着，凝望着那烙印在沙漠这张脸孔上的自己不动的身影。

我对自己的影子，怀有多么热烈的爱恋和激情啊！那么，我为何不能依靠自己的双手、自己的力量，创造出一个自己来呢？我突然对生下我的父母双亲，养育我的故土，滋生出难以抑制的厌离之情。依靠外力而被制造出来的我本人，无论怎样，都只能在有限的生命里，像目前这样，徒然面对自己的影子，却无法感受到真实的自我！自由，只不过是有些人制造出来的虚幻的梦。父母，从来不同我商量一下，就把我随便生了下来。自己对日本这个国家的国体、习惯一概茫然不知，预先也没有获得我的承认，就把我弄成个日本人。自己不论如何醉态朦胧，也没有必要非得硬着头皮具有一副承担这项义务的宽大情怀，不是吗？自己的影像，正因为是自己的影像，自己才会深深爱恋。我的父母，我的国土，一概都是我残忍的敌人！我不想回日本，也不想再回欧洲。我只想如此永远永远地凝望着自己黝黑的身影。多么美丽而鲜明的黑影啊！那就是自己的影子！自己亲眼望着的自己的影子！

* * *

今晚六时，我所乘坐的轮船缓缓驶离塞得港，进入苏伊士运河。模拟埃及风格的海关和市政大楼的圆形屋顶，面对海岸危如累卵的木造房屋、旅馆、停泊的各国轮船、埃及风格的帆船等，我回首遥望塞得港颇为凄清的小小全景，转瞬之间就被切开黄沙而突起的运河大堤遮挡了。堤防上面，笼罩着黑森森的繁茂的芦苇，从中不时传来悲切的虫鸣。这唧唧虫鸣在我听来，倍感奇特，那是多么凄切的哀吟！东西都是望不到边的默默黄沙。可以看到远方的山岭，值得惊异的是，那是由可怕的沙浪高高堆积而成的。难以形容的血红而酷烈的夕阳，火一般辉耀于沙山的背面。炎热的空气死一般沉寂而不流动。

轮船以几乎冲散两岸黄沙的速度向前开着，河水变得激烈而浑浊。日暮黄昏，在这里是多么匆匆而过的黄昏啊！在法兰西，夏季幽暗美妙的黄昏，一直持续到九时之前。而在这片沙漠之海上，夕阳几乎无暇释放它的余晖，夜晚以突如其来的气势骤然降至。经火焰般的夕阳灼烤的旅人的眼睛，猝然无声无息地被幽深的暗夜遮蔽了。

我所看到的河堤上倾斜的几乎跌入运河水中的信号人员的小屋，以及飘动在沙漠正中的孤独而寂寞的土耳其国旗，便是这个世界留下的最后的标识。再过一分钟，就是看不见一切的黑夜。在这昼夜交替之际，我怀着一股热诚，面对那面勇敢地屹立于寂寞无人之境的国旗——那红底上绘有白色半月形和星星图案的国旗举手敬礼！我尊敬土耳其。土耳其至少不是伪善之国。不是那种为轻薄的虚荣心所驱使，制造伪文明之表象，一心巴望进入西洋诸国行列的伪善之国。土耳其。一夫多妻的土耳其。专制的土耳其。神秘的土耳其。狞猛的土耳其。伟大的讽刺和无边的谜团的土耳其。

突然传来开饭的铃声，我心情烦乱地离开了甲板。

新加坡数小时

Grâce à la vorace Ironie

Qui me secoue et qui me mord.

—Baudelaire

感谢啊，贪乱的"讽刺"呵，

遮蔽我的心，啃咬我的身。

——波德莱尔

　　回首遥望，西方欧罗巴的天地是如何被抛到重洋之外的远方了啊！阴沉的大西洋，晴明的地中海，酷热难当的红海，暴风猛烈的印度洋……轮船今日抵达新加坡。

　　五天前，轮船停泊科伦坡港时，听说那里是佛陀出生之岛，令我想起《拉克美》的舞台，同时想起诗人吉卜林[2]和勒贡特·德·列尔。一开始仰慕的椰子林、裸体的土蛮、凶悍的水牛和剧烈的阳光，还有那令人惊异的草木茂盛的视野，久久陶醉其中的热带之美，以及对于此种新奇的一时恍惚，现在消失得无影无踪了。如今，使我无休止感到焦心的是那个东方之国日本，战胜俄罗斯的、年号为明治的文明之国，他是如何越来越接近我的身子啊！

轮船停泊于古老的木栈桥旁，栈桥对面连接着污秽的瓦屋顶的仓库。热带无边的蓝天，遮盖着陆地上的一切景物。甲板上响起震耳欲聋的机器的轰鸣，

1　法国三幕歌剧，1881年完稿，由著名剧作家贡迪内与吉尔里合作完成，法国作曲家德利伯谱曲。这出歌剧具有奇异的东方色彩。剧情取自贡迪内戏剧《洛蒂的婚礼》：英国军官杰拉尔德与印度婆罗门祭司尼拉坎塔之女拉克美相爱。尼拉坎塔憎恨英国人，趁两人见面之际，拔剑刺伤杰拉尔德。幸得拉克美挽救，杰拉尔德脱离危险，两人始得相聚。此时英印战争迫在眉睫，杰拉尔德奉命随军出发，拉克美服毒自尽。

2　约瑟夫·鲁德亚德·吉卜林（1865—1936），英国小说家、诗人。生于孟买，原印度记者。主要作品有诗集《营房谣》《七海》，小说集《生命的阻力》和动物故事《丛林之书》等。1907年吉卜林凭借作品《基姆》获诺贝尔文学奖，是至今最年轻的诺贝尔文学奖得主。

随之货物被扔到栈桥上。数不清的土生土长的马来人和蓬头垢面的中国苦力，互相拥挤着将货物搬进仓库。另外一群人将仓库中的货物运到船上。每个人腰间都缠着一块破布片，冒着烈日，顶着煤炭的粉尘和一股股烟尘，来来往往。乍看这些劳动者的装扮，不会想到是人，唯有那黝黑的污秽的肉块，令人想起不停搅动中的淘洗的芋头[1]。刚才还在活动的手足的筋肉，一旦背负重物，就像松树瘤一般高高突起，大汗淋漓，奔流如瀑。每当看到这种情景，惊叹于机械和电力万能的我，便感到揪心的痛楚。我被一种恐怖震慑了。东方这块地方真是可怕，这里是个残酷的滥用人力的国度。

仓库前边两三个面目狰狞的西洋人工头，戴着头盔似的帽子，大步流星地迈着步子。几艘轮船并排停泊，船头船尾前后连接。船只出港进港，一片繁忙景象。但看过去不论哪艘轮船，一律都是通往殖民地

---

1 将芋头放入木桶，注水，同时用棍棒不停搅动，以去除泥污。形容人多混杂之意。

258

的货船，没有一艘拥有漂亮的客舱和广阔的街道般的甲板。倚栏而立的人们，远远望去，个个都是方面大耳、神情严厉、有着一双悲戚而凶恶的眼神的船员和水手，以及靠打工赚钱糊口的劳工。这些人脏污的衣服和油漆脱落的甲板上毫无生气的景象，使我想起进出于纽约码头轮船上鲜花般的女子服装、挥动的彩帕、相互投赠的花束，以及人们的呼喊、哭泣与欢笑，还有那热闹的音乐。两相比较，是多么强烈的差别啊！通往殖民地的货轮，不论进港入港，漂泊即是人生的常规，丝毫看不到惊奇和热烈，就连间或有气无力发出几声叹息的汽笛，听起来也是那样低沉。

啊，新加坡。英属海峡殖民地的轮船码头的新加坡！货轮、土蛮、打工族……这些与时髦、精致和华奢如同天壤、毫无关涉的人，使我非常好奇。一位当地土著裸露着长满汗毛的污秽的小腿，赤着脚，在我坐的椅子前来来往往。他在叫卖彩色画片、宝石和水果等杂货。长着长长指甲的黑手，嘴唇间露出未曾刷过的牙齿，挤满污垢的胸膛、脖颈，毛森森的小腿上的肌肉……这些一概都是我自幼不曾见过的东西，我不由得产生了一种不曾经历的恐怖感。我把脸转向远方，感叹化妆真是一种美丽的技术。如今更加体会到，在欧洲多呼吸些欧罗巴空气，哪怕一天半日，也是一生的光荣。在巴黎，即便一棵野生的树木，也不会被置于不顾，有人为它剪枝，使之高度一齐。人每天早晨剃须，修剪指甲。进餐时喝酒、听音乐，皆为必要之事。餐桌上谈论的都是几时几日演出的歌剧，第几场小提琴合奏中哪一段哪一节时，因弹奏的指法是否正确而可分出好坏优劣。这些都当成天下第一大事加以讨论。青年人有时为色彩微妙的差异而争论不休，甚至不惜拔出手枪决斗。有的女人为定做的和服的一道襞褶不太满意而终夜哭泣。类似的例子并不罕见。呜呼，如今这里，不论回望何处，都丝毫看不到人的幻想和才智创造的技巧的痕迹。遥望江湾一带的美景，那种多岛屿的秀丽景色，尽皆天然之物本身的美。这里看不到地中海岸边装着栏杆的散步道和整齐排列的椰子树。我感到难堪的寂寞，不管我如何焦躁，都无济于事。个人的小小才能，怎么好同大自然的力量相抗衡。"热带"野生的力量，虽然肉眼看不见，但早已沁入整个身体。这个年月，香水和肥皂打磨过的皮肤、指爪姑且不论，就连受到诗和音乐洗礼的头脑，乃至身体所有的器官和思想都被弄得一蹋糊涂了。

我觉得我就是即将走向灭亡中的最后一人。我耐着热带七月的酷暑和周围喧闹的杂音，掏出衣袋中的缪塞诗集，悲切而热心地阅读起来。

"诗人啊，把琴给我。接吻……"

突然有人叫我的名字，回头一看，轮船事务长领着一对夫妇前来见我，他们是刚才轮船启航时新上来的一位男士及其夫人，她手里牵着一个三四岁的孩子。听说在广东省某某学堂担任过教官，这次是到印度视察之后回国。我一时怔住了，只是瞧着他们的脸，没有任何回答。或许长久以来只见过西洋化的日本人的缘故，眼下看到纯粹生活在内地的两个人的样子，反而感到新奇。同时，对于现代日本的恶感也越来越混乱起来。

这位男士约莫五十岁。他戴着自中国流行到印度殖民地的头盔形帽子，穿一身高领白西装。他有着劲健的骨骼，宽阔的双肩，脖颈肥硕，脸面宽阔，颧骨高耸，疯长的胡须如虾背一般左右翘起。看上去，整个身姿锋棱有致，很难接近。皮肤经日晒而呈古铜色光亮。下巴和面颊的胡子久久未刮，如海豹的刺针一般凸显出来。所用语言夹杂着北国方言中的鼻音，但仿佛故意显现出丝毫不曾受到都市轻薄的感染，完好地保存下来了。听其声音，犹如天生适合做士官、巡查发号施令、斥骂他人，震耳欲聋，声色俱厉，势必将对方压倒才肯罢休。同时又使人感到，这人思想极其单纯，判断力也颇为明快。

轮船停泊时，上甲板各处有几个机械师和轮机手在休息。有人阅读报纸杂志，有人用帽子盖在脸上睡午觉。这位男士主动找这些船员，进行了漫长的杂谈。

听起来，男士毕业于高等师范学校——他说，自己最喜欢同年轻人和学生对话。他有着巧舌如簧的辩才，说起话来一副不知疲倦的地方口音，大肆吹嘘自己的经历。他引经据典，说明要干一番事业，就必须有健全的思想，而健全的思想来自健全的身体。他说不管多么寒冷的天气，他都坚持洗冷水浴，二十年如一日。他还引用实际例子，说拿破仑说过，八小时睡眠就够了。他说，去东方旅行，便可知日本如何进步。西方人实际上被我们帝国的进步吓破了胆。这位人士用浓重的土话，铿锵有力地说出了这个词：吓破了胆。他把在孟买和科伦坡打工赚钱的西方人，在社交礼仪上出于恭维而说的话当成是真话，并作为整个欧洲的舆论加以介绍。他还絮絮叨叨谈起日俄战争中的遗闻逸事。他提到在立下赫赫战功的将校中，有一人是受过他多年教诲的学生。接着，他像上课一般，滔滔不绝地谈论起国民教育的必要。

说着说着，孩子突然大声啼哭起来了，似乎是因为小便尿到裤子里感到难受才啼哭的。红腰带勒在背后，穿着窄袖的单衣，衣裾都尿湿了，小便顺着孩子光脚的小腿流下来，又流到甲板上。孩子晃动着章鱼似的秃头，露出处处疮疖的疤痕。他淌着鼻涕，小小的眼睛，满脸都是一张嘴，站在母亲对面哭个不停。

可是，母亲一直未注意到孩子尿裤子，只是被哭声所惊到。就像电话局里女接话员，一听到铃响，只是出于本能地、机械地用有气无力的声音叮问：“怎么啦？吃奶吃奶……”她一边叫着，一边解开胡乱穿着的单衣和服，当着人前掏出青黑的乳房。我不由转头瞧着外面。一位船员告诉她：

“夫人，孩子尿啦！”

丈夫正在扬扬自得之中，此时劲头顿减，嗓音也粗野起来：

“阿光，你怎么不留心孩子啊？太郎小便啦！快给他换衣服，不然要损害健康的。”

妻子既不红脸，也不慌乱，她一边捋一捋被风吹乱的鬓发，一边坐在椅子上说道：“太郎，快过来。”

听说妻子自轮船启碇之前，就开始晕船。这就是日本女人的通病，天生害怕乘车坐船旅行，实际上提不起一点儿劲头来。仅仅被风吹动了鬓发、衣裾和袖子，她就感到疲劳难耐。

孩子先前尽管使出最大的声音哭喊着，而母亲却没有迅速离开椅子飞跑过来。孩子以为疲惫的母亲只顾着别的事而不管自己，他很恼怒，更加火烈地哭叫不停。孩子喊哑了嗓子，又蹬腿又挥胳膊。不仅如此，当母亲眼看着站起身来，打算领他回船舱时，孩子似乎要报仇，有意耍赖："不走，不走！"边喊叫边晃动着脑袋和全身，一把甩开被拉住的手臂。一向爱护儿童的船员们，再也看不下去了，帮着母亲一起哄劝，不料那孩子认生，反而惊吓得更加大声哭喊起来。船员们只好怀着歉意一个个退下去了。

突然，周围震耳欲聋的卸货的响声戛然而止。清朗天空被黑云遮盖，豆大的雨点飞溅下来。眼前的仓库，后方广大的海湾景色，来来往往的轮船和帆船……眼前可见的景物全部笼罩着雨的飞沫，一派朦胧。光膀子的土人趁着天然的沐浴冲去汗水，野兽一般张开人嘴狂笑。

船员们离开椅子，转移到帐篷深处。最后，骤雨越下越猛烈，那里也待不下去了，大家都各自回自己的船舱去。我独自一人走进船舱，也不理船舱门有没有关，就拿起之前阅读的诗集。那模样好像在老父亲的咳嗽声中，反复咂摸着恋人手写的信。

"诗人啊，把琴给我。接吻……"我一遍一遍地吟诵，刚移到第二行时，"La fleur de l'églantier"这个植物的名称让我怎么也想不起来，到底是草呢，还是树呢？栈桥方向再次传来可怕的卸货的轰响。还不到五分钟，天就又放晴了。伴着太阳的出现，栈桥上当地人的叫喊声也响起。

每天一次暴雨，这是热带的常规。廊下和甲板随着雨晴忽然变得热闹起来。船舱里燠热难耐，但我很害怕再到甲板上去。甲板上依然和先前一样，教育家先生和夫人及孩子，肯定还待在那里。夫人头发稀薄、牙齿脏污，以及那张没有血色的面孔，只能使我想到，在日本这块地方，轻视化妆的技术，不许评论容貌，否定恋爱的一切欢乐，女人只不过是生产未来征讨敌国的士兵的机器。同时，教育家先生一副宽大的脸庞，压服他人的大嗓门，仿佛在理直气壮地说服我，明治文明国家就是仁义忠孝之君子国。自今不出十日，我就得踏上那片国土。而且，不管我答应与否，我都必须服从自古以来的那片国土的习惯。

啊，就要重逢的我的故乡啊，巡查、军人、教师、电车、电线杆、女学生、铁的吊桥……但我并不想回有着樱花的欢乐的岛屿，而更愿意去到比新加坡更苦难的殖民地去呢！

西班牙料理

怀着无限的憧憬，怀念大海对面遥远的异国的山河风俗，此种心情……在外国时是个永远谈不完的话题，也是我有限的记忆之一……

在纽约住了两三年，从一开始就对美国人乏味的生活感到厌倦，对自己尚未见过的南欧的生活满怀羡慕。这种情绪越发使我焦灼不安。那时候，我在美国堪称兜町[1]的银行大道华尔街上班，每天从上午九点到下午五点，圈在设有窗口的一圈铁网里，位于打字机和电话铃响声不断的金库的后面，坐在桌子旁数钱、记账。在进行这种单调无味工作的同时，无意中耳里听到的是附近码头传来的轮船的汽笛声。我怀着难以排遣的心情，多么想追随消失在雾中天空的回声

---

1 东京都中央区地名，东京证券交易所所在地，银行集中之地。

而去。

午餐有一个小时的自由时间。我在这个固定的时间内必然会去码头附近的公园看海。海面上可以看到自由女神像、炮台以及建筑在岛上的移民局。有段时期，停泊于码头的帆船上，堆满了来自西印度群岛的芭蕉。每天都有允许登陆的移民，在规定时间内，到移民局办理完手续，然后胸前坠着写有验讫番号的纪念章，坐着小汽艇再回到码头。初次踏上这块土地的人们，会被这崭新的高大建筑以及高架电车可怕的轰鸣弄得目瞪口呆、随处乱转；而等着迎接他们的另一拨人，两方人马混杂在一起。我于其中听惯了五花八门的言语，看到了不同的人种和形形色色的行李和箱包。

这座码头附近，高架铁桥下，一条条细细的街道上聚集着运货的马车。那里有着和码头各种人群相应的众多便宜的餐馆。对于异国怀有难以割舍之情的我，感到只有这些小餐馆才是给我以慰藉的唯一梦乡。

也有匈牙利餐馆、波希米亚餐馆和俄罗斯餐馆，但我最常去就餐的地方是意大利和西班牙的餐馆。

当时正好在看诗人魏尔伦的逸事，那位诗人的嗜好尽是北方味，从言语发音之美来看，我爱上了西班牙语。还有，我听歌剧《卡门》，感动于热烈的斗牛士的音乐，听了歌词就一心想喝曼萨尼亚[1]酒。于是，每天少不了去吃西班牙料理。然而大体上来说，西班牙和意大利料理都使用大量香料，掩盖了本来的味道，对于我可以说没有任何区别。

每天去一趟那里，就学会一两个西班牙词语，深感动听悦耳。每次都是一位白发老年侍者来到桌边伺候我用餐。听说他是从巴塞罗那移居来这里的，也会说意大利语，但只知道法语的几种菜名。

或许因为平日都付小费，我一坐到桌边，不管有多少顾客，他都立即跑过来打招呼：

"你好吗?"他问。

"我很好。"我马上用昨天他教我的一句话回答。接着，我说，

1　原文为 Manzanilla，略带咸味的西班牙雪利酒。

"给我来杯葡萄酒。"

于是,这位胸前围着围裙的语言老师,冲着酒吧大声喊道:

"送一杯葡萄酒来。"

听到吆喝,酒吧的掌柜就从身后的酒瓶中倒上一杯酒。

不论是汤还是鱼,啊,当时对我来说,比起用英语点菜的饭食,南方的发音为我平添无限韵味和幻想。

归来的轮船上,我遥望着耸立于直布罗陀海峡对面没有一棵草木的光秃的山峦,用西班牙语高声喊道:

"你好吗?"……

对于今天的我来说,初闻西班牙语"你好"的这片土地,相比美国和缓而缺乏趣味的生活,反而使我感到无限怀恋。

明治四十二年(1909)正月草

橡树的落叶

（《橡树的落叶》序）

巴黎市区，繁华的大街、安静的教堂之畔，公园、十字路口、河岸，到处种植着一种类似橡树的名叫"七叶树"的林木。四月初抽芽，忽然从一根茎上冒出分成五片的嫩叶来。那样的绿色是为我国植物所未见的柔软的浅绿色，一经春天明丽阳光的透射，便于着色的幽邃的微光中增添一层梦幻世界般的树影。及至五月，开满莹白的花朵。其形状大者似花穗子，该国的人们比喻说，好似自宫殿顶棚垂挂下来的白银烛台。无风的夏天的午后，雪落纷纷。秋来则使人有"物哀"之感，较之其他草木，先于朝夕冷雾润湿大街路石之前，一夜凋零殆尽。作为装饰城市林荫路的植物，再没有比此种树木更具长处的了。哦，我是多么喜欢这种七叶树啊！作为我在法兰西一种难忘的纪念，必须同七叶树的树荫有缘。我读诗、耽于梦幻之处是在这树荫之下；寻找诗圣雕像所跪拜之处，也是在这树荫之下；我眺望往来行人之处，与情人欢会之处，都是在这树荫之下；欢乐之夜将尽、初见黎明而悲伤之处，正是在这片茂密的树荫之下。我同美人举杯共饮时，那映在餐馆镜子中作为霓裳羽衣的背景之物，同样是这七叶树荫。啊，七叶树哟，知道我的悲伤、我的恼恨和我的喜悦的，只有你，七叶树。而如今的我，哽咽于追忆的泪水，呼唤着你的名字，作为我小品文集的书名。

扫墓

在繁华的巴黎以及东西南北寂寞的郊区，都有黑杉繁茂、石碣磊磊、死一般冷寂之乡。这里有异于世之常态，较之富贵权门之人，画家诗人姓名前边，百花烂漫，即使在严冬，也不乏春和景明之色。

西边拉雪兹神父公墓[1]门口"死者纪念碑"[2]的雕刻十分有名，吸引不少游览者前来凭吊。

这里，我看到缪塞的墓石上刻着那首有名的诗句："亲爱的朋友，如果我死了，请在我的墓上种一棵柳树。"墓碑刻上有名的诗句，墓旁种上深爱的柳树，由此可见，法兰西民众是如何热爱这位一代诗人啊！我为此深受感动，泪流不止。同缪塞墓相邻，是令人难忘的音乐家罗西尼[3]的墓，是他将《塞维利亚的理发师》搬上乐坛。从"死者纪念碑"旁边上行，只见云霞满天的巴黎风景历历如绘，繁茂的杉树里温湿的土壤，白昼间依然昏黑的地上，莫里哀同拉封丹并肩休息。将新建的都德像收容在一起的大理石面上的铜板，镌刻着一系列他的名著。巴尔扎克位于远

---

1 巴黎郊外大型墓地。但不是在巴黎的西方，而在东方。墓地名称来自路易十四神父 François de la Chaise（1624—1709）的名字。

2 法国雕刻家巴索罗麦（1848—1928）1895 年制作的象征性的雕刻。代表希望和恐怖分界之门，碑铭刻着《圣经旧约以赛亚书》第九章里的句子："在黑暗中行走的百姓，看见了大光。"

3 罗西尼（1792—1868），1824 年移居法国。他将法国剧作家博马舍的喜剧名作《塞维利亚的理发师》改编为同名喜歌剧，描写理发师费加罗为维护主人恋爱而斗争的故事。

处，寻找起来颇为困难。博马舍的墓更在远方，要走过一段羊肠小道才能抵达那里。

南方的墓地称为蒙帕尔纳斯，那里有莫泊桑长眠之处，不仅有波德莱尔的坟墓，还有"恶之花"纪念碑，是我最早拜谒之地。自莫泊桑墓，穿过犹太人公共墓地之后，不远处就是塞扎尔·弗兰克[1]墓地，大凡一度欣赏过法兰西音乐的人，对他不会忘记。莫泊桑的名字只是刻在一根小小的石柱上，根据传记作家所记述，后人仰慕文豪的名望，打算将遗骸移葬西方多名士的拉雪兹公墓，但鉴于文豪憎恶虚名，甚至辞掉公务员的意志，仍然活在世上的莫泊桑母亲没有应允。

"恶之花"纪念碑，位于大门内通行车辆的大道左侧拐弯之处。只要站到生满常春藤的的可怕的土墙前边，没有说明书的人也能立即看到。容貌怪异的伟人，胳膊上雕刻着魔鬼的蝙蝠，支撑于出现波德莱尔名字的台石上，眼睛守望着木乃伊般横卧着的诗人的

1　塞扎尔·弗兰克（1822—1890），比利时裔法国作曲家、管风琴演奏家和音乐教育家。

姿影。这位怪人的手臂劲健有力，头发蓬乱，翻卷的衣袖在魔风的吹动下不住荡起漩涡。

北方墓地靠近蒙马特歌舞游乐之地。这条红裙翩翩的大街，沿一条小道横穿墓地一隅。在道上凭栏伫立，位于低洼地区的墓地高起的地方，人们可以看到顶戴半圆形红色圆拱的左拉胸像。这雕像不再是今天书店橱窗陈列的那位额头巨大、皱纹深深、戴着夹鼻眼镜的《真理》的作者，而似乎是写作可爱的《三名城》时有着亲切的眼神、左右纷披的长发垂挂到额头的人物。我久久站在他的像前，望着缀着花圈的"我控诉"几个大字。这是在歌颂酷爱真理、具有江湖义气的志士文豪之德，他的遗骨纳入先贤祠自是当之无愧！

海涅白色雕像周围，前来拜谒的德国人的名片似雪片，散乱于花束之间。最后，我崇拜的泪水飞洒于诗人维尼[1]墓和龚古尔兄弟墓前。我在戈蒂埃[2]的

---

1 维尼（1797—1863），法国浪漫派诗人、小说家、戏剧家。

2 戈蒂埃（1811—1872），法国十九世纪重要的诗人、小说家、戏剧家和文艺批评家。

"诗碑"之前，三诵其名句：

L'oiseau s'en va, la feuille tombe.

L'amour s'éteint, car c'est l'hiver;

Petit oiseau , viens sur ma tombe

Chanter quand l'arbre sera vert.

鸟儿飞走，树叶零落。

冬天来临，爱情也将冷却。

小鸟呀，

树梢青青的时候，

你来这里，

站在我的墓上唱歌。

我的诗国周游的夙愿终于完成了。

回国之前，我还想参谒一下因戏剧《茶花女》而无人不知的小仲马的坟墓。

四月中旬，已是晚春的西方的天空依旧不很安定，从浮云的衣袖落下干爽的细雨，惹得多愁善感之人因抚今追昔而哭泣，又似乎在为哭过的人儿拂除伤痛。然而，遮蔽寂寞的墓地的橡树、枫树梢头，已经萌出珍珠般的新芽；在周围喧闹的鸟雀鸣叫中，耐不住永昼的山鸽的声音，听起来含着忧愁。

手中的游览指南详细地指示着坟墓的位置，然而，灰色的墓石，累累连接似海；小径细细，纷乱如丝，不太容易找到准确的位置。我驻足于陌生的坟茔中，向路人打听，大都四顾茫然，回答不出来。晴和天气时常出现于教堂与墓地的考古学家，今日却不见踪影。终于，好不容易看见一个身穿黑色丧服的少女，跪在不远处的新坟前边。灰色的墓碑，阴沉的天空，鸽子的啼鸣。同寂静的周围相对照，美丽的少女，深深的哀痛，使我一时泛起犹豫，不知该不该直接向她问路。同时，我想起莫泊桑小说里说过，巴黎社会风俗很难预料，墓主时常诱使那些易动感情的女子假哭于墓畔，迷惑他人。

原谅我吧，年轻的丧女，我实在想得太多太多。

此时，哗哗下起雨来。我打开雨伞，满怀忧郁，正要舍弃难寻的坟墓而离去，忽然听到后方有人喊道：

"快让我躲躲雨吧，别把我昨天买的帽子淋湿了。"

我听到花季女郎的娇音。

灰暗而悲戚的墓石之间，较之供奉的鲜花还要美丽的人，溢满香气，姗姗走过我的身边。我彷徨良久，被阴暗沉郁的墓石之色消磨得无精打采的我，精神刹那间获得振奋，对眼前出乎意料的艳妆女子的丽姿倏忽眩惑起来。

结伴而行的两位年轻女郎，随即进入正在惊奇凝望着她们的我的伞下。其中一个急速地对我说：

"先生，请原谅，不要因为我们的不礼貌而生气。要怪罪，全都怪这位罗奥莎。回家时她主张横穿墓地，说这样比走大道要近得多。我告诉她，墓地周围都是高大的土墙，没有后门通过。罗奥莎来自外国，对巴黎不熟悉，结果我还是跟她来了。谁知在这偏僻的小道上迷了路，又碰上下雨。先生，我俩对这墓地有没有后门都下了赌注，赌资一百法郎，我想我已赢定了。难道您不相信吗？"

那个叫罗奥莎的女子从旁说道：

"先生，我们请您做个公平的评判员，您可要答应下来啊。"

"你知道吗，我有一件好东西，我们首先来查查游览指南上的地图。"说着，打开我带来的贝德克尔[1]地图，相互伸长脖子争论着。

"罗奥莎呀，我是在巴黎出生的，对巴黎无所不知。别忘了一百法郎呀！"那个女人握着我的手欢蹦起来，"谢谢守墓的老爷，谢谢先生。"

我很想尽快知道她们俩的身份。和同样上流社会的美女携手共寻世上所赞扬的名妓的坟墓，心情尤其美好。我向因赌输而甚感羞赧的罗奥莎问道：

"你知道茶花女的墓吗？"

"知道，我很熟悉。我曾经陪同俄罗斯贵族去过那儿。就在这条小道上。"

罗奥莎仿佛故意在同伴面前炫耀自己的博识：

"先生，拜谒茶花女墓之后，也该去小仲马墓上

---

1 Baedeker，一家德国公司出版的世界各地旅行指南，在当时被认为是最准确、最富权威的旅行用书。

祭拜一下。就在同一区域之内，灵柩上安放着躺卧的雕像，是一处华美的坟茔。"

罗奥莎领着我们，转向竖立着"第二十四区"牌子的小路，她频频环顾周围，"就是这里吧，就是这里吧。"毕竟好久没来了，对道路有些生疏了。

"请看，不是供着许多美丽的鲜花吗？"

可不是吗，各种各样众多的花束和花环围绕着灵柩，遮蔽了不大的长方形石碑。我不停地拾掇着这些紫堇花环，雨点不停飞溅下来，打湿的碑面上刻着：

ICI REPOSE

ALPHONSINE PLESSIS

NÉE LE 15 JANVIER 1824

DÉCÉDÉE LE 3 FÉVRIER 1847

DE PROFUNDIS

阿尔丰西娜·普莱西之墓

一八二四年正月十五日生

一八四七年二月三日殁

往生安乐国

此时，另一女子问道："这是什么人？"

提出这样愚蠢的问题，使得罗奥莎赌输的不快得到治愈，她噘起小嘴，心想：这次她输了。

"我说尼侬，你一次也没看过一代名演员莎拉·伯恩哈特[1]吗？她所主演的《茶花女》可是无人不晓的悲剧啊！这个可怜的舞女从小就是孤儿，她容貌美丽，当她首次来塞纳河左岸出卖姿色时，就被年迈的富豪外交官看中了。她很像他死去的女儿，便不惜抛掷千金为她赎身，将她捧为天下美女。当时的诗人戈蒂埃、作家雅南[2]等人都描写过她。"

讲故事的罗奥莎和听她讲述的尼侬，一人手塞罗裳，站立于落花覆盖的青苔之上；一人双肘支撑着湿漉漉的墓石，玉指托着秀丽的脸蛋。我独自蹲踞于地，仰头欣赏着这幅双美图。天空阴霾，浮云飘飞。鸟雀穿雨，树枝滴水，一抹愁思似春夜笛声

---

1 莎拉·伯恩哈特（1844—1923），法国女演员，最知名的角色则是根据小仲马的小说《茶花女》改编的戏剧中的女主角。从 1880 年开始一直到她高龄，一再扮演这个角色。

2 雅南（1804—1874），法国作家、戏剧评论家，作品有《她零售自身》等。

流过心头。

罗奥莎和尼侬二人左右挽着我的手，步调一致地走着，两人的衣裙在我身体两侧好似火焰般的芍药花摇曳闪动。名妓的坟墓很快就看不见了。啊，再见吧，茶花女，希望接受来自东方貌丑的唐璜为你流下的最后一滴眼泪。今晚，我偕同罗奥莎和尼侬这两位与你一样美丽的巴黎之花，在灿烂的灯火照耀下，唱一曲为讴歌你的可怜人生而谱写的意大利歌曲《有色彩的巴黎》吧。

休闲茶馆

里昂市郊外，索恩河畔。

三月下旬，午后三时余。

日光淡薄，云含雨，风侵肌。

灰色的石堤绵长无尽。石砌的钓桥桥头，生长着两棵高大的冬枯中的悬铃木。树下摆着空闲的铁制桌椅。

这里，两位背负着画具的画工，一边不停喝着白葡萄酒，一边不声不响地观赏风景。

　　隔着大道有人家，红瓦白墙，青黑大门。藤架遮盖着凸窗，窗的栏杆上吊着"油炸河鱼料理"的牌子。另一处野玫瑰枯萎的小窗外插着旅馆的小旗子。屋内昏黑，不见人影。

　　河流中央漂浮的小岛上，顶戴冬枯的树林。对岸景色、人家、往来的车辆，透过枯枝隐约可见。

　　后面是一片丘陵，黝黑的荒废的葡萄园。河水与天空一派辽阔，同里昂市区遥遥相望，工厂高耸的烟囱上空，云彩迅速飞过。

　　桥畔有一条小路，通向石堤下的水面。水里生长着一棵大柳树，长枝拖曳，覆盖着路面。树枝细密而成网状。小船坞里系着四五条小船，四周静寂，仔细窥视，发现标着"欢迎租借"的文字。

　　河水平滑如镜。映在水面上的一切阴影澄明不动，唯有时划过河面的灰尘一般的小虫，荡起几丝纷乱的涟漪。

　　丘陵山脚有火车疾驰而过。

　　忽然，一对穿戴高雅的青年男女手挽手走来，细瘦的鞋尖尤其好看。他们倚在桥中央的栏杆上，手

指着小船，商量着从中租借一条。他们的谈话这边岸
上的人也听得到。

画工敲敲桌面，要了第二杯酒。

小旅馆那里飘来煮菜的香气，一位身穿围裙的
十四五岁的小姑娘走出来。

狗叫了。

裸美人

有人对我说：

你依然沉醉于那位科克兰[1]美丽的台词和做派之
中吗？倘若你想将鲜活的人生搬上舞台并加以细细
品味的话，那么我们就讨论一下吉特里[2]新的演技吧。
在他的介绍下，我去文艺复兴剧院观看了当年最有名
的喜剧《裸美人》。这出戏是巴塔耶的新作，由新时

---

1 科克兰（1841—1909），法国著名演员，台词感情丰沛，嗓音铿锵悦耳，
具有强劲的独创力。尤其长于表演轻喜歌剧。
2 吉特里（1860—1925），法国著名演员。1902 年以后，经营文艺复兴剧
院，以内省型的演技被称为个性演员。

代的名演员吉特里主演。

　　喧闹的林荫路中央，高高耸峙着黝黑石砌大门的圣但尼圣殿的后方，就是我要去的地方。高高的屋顶，灿烂的灯光标识着剧场的名称。我买了最便宜的入场券，顺着不知尽头的阶梯登了三四级，到达剧场后则喘不过气来了。我在向着天花板后的木质坚硬的座席中找到自己的座位，坐下来向下俯视。突出的观众席上，女人们艳妆炫冶，珠光宝气。铺着天鹅绒的座席上，黑色燕尾服之间，背部朝向后面的贵妇人肥白的香肩，宛若雕像。在腰疼的我坐着的远方，坐着许多拉丁区的穷学生和长发的画工的弟子。《裸美人》是以女模特为主人公，描写画家一生的滑稽剧。

　　我在等待开幕期间，阅读了场内流动贩卖的剧情说明书。一位名叫贝尔涅的画家，娶了女模特露易丝为妻，在贫苦中度过长年岁月。没想到他的一幅描绘妻子的裸体画像在展览会上荣获奖章，并为卢森堡美术馆收藏，随之名扬天下。获得成功的画家在交际场内也备受欢迎，最后做了某公爵夫人的情夫。糟糠之妻露易丝因出身微贱，如今丈夫的心又很难挽回，拿起手枪，企图自杀，结果没死，被一位老朋友救活过来。而这位老友正是露易丝以前还是贝尔涅妻子时一直暗恋着她的无名画家。

扮演成功画家贝尔涅的名优吉特里的演技，正如人们所说非常新颖。旧式舞台上对于特别制作的台词读起来毫无抑扬顿挫，并缺乏动作的变化，就像我们寻常所见到的一样平淡无奇，而他的表演带有无穷的表情的激变。女优名叫巴蒂，扮演女主人公露易丝，她的演技与吉特里相辅相成，情真意切，不由使观众感动地流泪。尤其是第三幕，成功的画家在新宅举办新婚典礼，张宴庆祝时，妻子露易丝看透丈夫已经不可能回心转意，一度晕倒在地。及之醒来，喃喃自语，谈起二人相亲相爱的过去，叹息、控诉、痛苦、哽咽……我的眼睛潮润了，又担心被周围的观众所察觉。我怯生生地回头一看，好几位学生和画工都在抽动着鼻子。

这时候，我听到座席的一隅，传来一阵激烈的饮泣声。于是，面对舞台的眼睛，一齐转向那里。

那里坐着一对年轻的画家夫妇，男的穿着藏蓝色上衣，拖着长长的领带，头戴贝雷帽；女的和丈夫并肩而坐，两人手挽手，妻子年轻、美丽，但衣饰贫贱，一块手帕遮住了面庞。她的丰满的双肩，随着女优口中吐出的悲切的台词，激烈地晃动着，忍不住流泪、叹息。突然，手帕掉落在膝头，男人随之将她美丽的面孔抵在胸前，不停地安慰她。此时，传来男人几乎听不见的窃窃私语。不一会儿，尚未闭幕，男人就挽扶着略显推辞的妻子，蹑手蹑脚，显得颇不好意思地穿过观众席出去了。

Voilà un autre Bernier（"眼下我看到了另一个贝尔涅。"）坐在我身边的学生嘀咕道。我想，那女人会不会在下台阶时晕倒呢？刚一闭幕，周围的人都议论开了：这场恋爱太可怕了！他俩离开后，直到最后一幕都没有回来。座席白白空着，直到演出结束。年轻女人究竟是怎样的人呢，她被画家陪着，作为模特，实在不忍心看到舞台上模特的经历。

我久久忘不掉女人的面影，她哭肿了眼睛，不肯出声，被男人拥抱的背影，显得多么可怜！我去拉丁区的咖啡馆和舞场时，心中一直记挂着周围会不会见到他们。结果，愿望总是落空。

那年公共展览会上，我怀着激动的热情，徒步探访各种描绘女人裸体的半身像。一次，我和两三位贫穷的画家打交道，那里这里，在无限画面中，同我一样，一齐寻找着什么，发现宽阔的回廊上走着一位年轻女子，但她不是我们希望见到的那位女子。

虽说是一样的展览会，但当时有高举反抗旗帜、倡导艺术独立的组织 [1]，某日举办诗歌朗诵会，场内聚集着许多无名诗人，我忽然看到听众中有一位背影相似的女子急匆匆跑着。但那只不过是一个假象。

未能再相遇的悔恨令人印象最深，我不久就要回到东方之国了，何时再来法兰西呢？再见吧，我今生今世再也见不到那位人儿了。哦，"时间"啊，哦，"死"啊，最后只有"忘却"。

---

1 Société des Artistes Indépendants，巴黎反学院派画家举办的无审查展览会，1884 年 7 月举办首届美展。

恋人

大凡我在巴黎大街小巷所见到的浮世的戏剧的诸象，不论是悲伤和欢乐，都深深使我感动。尤其不能忘记的是，某个夜晚在美利坚咖啡馆[1]喝着香槟酒，观看一对年轻舞蹈家表演的情景。

白色的墙壁，涂着金色的柱子，天花板上垂吊着漂亮的蜡烛，每扇窗户上都遮盖着厚厚的天鹅绒窗帷。这是一间不大的房间，四面摆满铺着雪白桌布的桌子。看戏回来的盛装的男女，传杯换盏。房内一隅，坐着三位黑发的西班牙舞女和一位黑人，应客人之邀，随着满身红装的乐队，跳起热烈的西班牙响板舞。

一曲醒目的舞蹈结束，人们一阵喝彩。小提琴手改换了曲调，随即奏起了华尔兹。如水波流动，缓缓的曲调，自然引得客人离开餐桌跃跃欲试。

一位面对酒杯的白发老绅士，率先挽起年轻的

---

1 位于巴黎林荫路上的餐馆，夜半十一时后的男性社交场所。

西班牙舞女的玉臂。几对男女相继跳了起来。男人则表情严肃，老成庄重，看来白天皆是担当要职的人吧。女人则把欢乐与荣华作为终身事业，一夜陈梦，不知送走几多年华。此时，我突然对舞池桌边的一对青年男女大吃一惊。

太年轻了，真是太年轻了！男孩不到十九，女孩十六十七光景。两人个头儿不高而稍瘦，夹在肥胖的成年人中，同玩偶的舞蹈无异。然而，他们脚腿的舞姿，秀美而精巧。

从未见过这样一对类似的舞蹈家。相抱的二人的身子，看起来一直随着同一个灵魂而转动。男孩刚一触及，接近而来的女孩的红唇，就会随着每个舞蹈动作急促地喘起气来，宛如随开随落的花瓣一样分明。她的眼睛超出幸福的影像之外，亦无所见地闭合着，时时随着唇边涌出的微笑共同打开，与俯视的男孩的眼睛相会合。因为太靠近了，只能看到对方温润而光亮的眸子，却看不到美丽的面孔。

华尔兹的音曲变得有些急促起来。横笛的声音，钢琴的轰响，唱出了明朗的喜悦。但由高变低、由低变高时，小提琴悠长的颤音，给我心中传来无可形容的悲愁。那不是欢乐的华尔兹舞曲吗？别急，听我说，当今社会使得人人紧迫，个个聪明过了头，只有这个美少年和这个美少女相拥相抱在一起，因为太叫人高兴了，不由想起无常的命运来。

男孩天生有一张令女人看走眼的容貌，仿佛是富贵的市民，祖上是有地位的少爷。他有力量，可以在冬夜站立于恋人的窗下，又能在夜间温情细语，或无故趴在女人胸间哭泣。女孩我不认识，大约十六岁，可能是初次到左岸拉丁区卖笑的茶花女二世吧。但她不是顺着爱的藤蔓爬上高处以便害人的那一类，而只是受世间习惯和教义的风雨所摧残致死的忧愁的花朵。

啊，游乐宴饮无度的巴黎的世界，到了人人都在讲铁道、谈工业和论贸易的二十世纪，依然能产生如此浪漫的民众，是多么令人感动啊！

啊，美丽的少年！啊，娇媚的少女！漫长的秋夜很快到头了，砭肤的寒风侵入窗帷。小提琴手累了。西班牙舞女倒在沙发上。酒杯空空，你们还要叫她继续跳下去吗？

我眺望着两个美丽的身影，直到他们走出十字
路口，消失在马车之中。当时，我忽然悲从中来，
嘴边不由吟出雷尼耶[1]题为《经历》的诗句：

J'ai marché derrière eux, écoutant leurs baisers,

Voyant se détacher leurs sveltes silhouettes

Sur un ciel automnal dont les tons apaisés

Avaient le gris perle de l'aile des mouettes.

Et tandis qu'ils allaient, au fracas de la mer

Heurtant ses flots aux blocs éboulés des falaises,

J'en ai rien ressenti d'envieux ni d'amer,

Ni regrets, ni frissons, ni fièvres, ni malaises.

Ils allaient promenant leur beau rêve enlacé

Et que réalisait cette idyllé ephémère;

Ils étaient le présent et j'étais le passé,

---

1 亨利·德·雷尼耶（1864—1936），法国象征主义诗人、作家。

Et je savais le mot final de la chimère.

秋日里，

静寂的天空的颜色，

既像鸥鸟的羽翅，

又像蒙着雾气的珍珠的光泽。

我望着两个秀美的身姿，

一边倾听着他们的热吻；

一边跟从他们身后走去。

海浪扑打着崩毁的岩石，

发出声声巨响，

他二人只管走去！

不忘初心，

不羡慕，

不嫌弃，

也不恐惧！

不颤抖，

更不怪奇！

在这瞬间的恋歌之中,眼前两个人相拥于美梦之中离去了。他们的"现在"或许就是我的"过去",也未可知。我只须记住幻影消失时的最后的言语。

夜半的舞蹈

"巴黎春痕"[1]是那些耽于肉欲享乐的人进入巴黎之后的必游之地。这是一家位于蒙马特高地一应俱全的公开的纵欲舞场。以礼拜六夜间钟声敲响十二下开始,十多个身穿肉感内衣的美女走进宽阔的场内,拉着花车即兴表演节目。听得这个消息,我也去了。

卢森堡公园夜间树荫下,是喷水池会发出悲切响声的奥德翁剧院。我从剧场后面乘公共汽车,度过沉静的塞纳河,穿过灰暗的卢浮宫的石砌门,一眼看到巴黎灯火,我的心不由得更加狂乱起来。

法兰西大剧院[2]的回廊上,散场的观众摩肩接踵。

---

1 原文为 Bal Tabarin,巴黎夜间舞场。1952 年,美国拍成同名电影上映。
2 巴黎歌剧院,又称为加尼叶歌剧院,是一座拥有 2200 个座位的歌剧院。

莫里哀石像目送着走过林荫路的行人，街上水泄不通，眼下路上最为拥挤。法国剧坛巨匠尤金·斯克里布就在这里安息。当车子从刻有巨匠浮雕的石壁馆舍前通过时，我以步当车，徒步穿过幽暗逼仄的小道。

这条又暗又窄的道路，就是通向蒙马特高地的坡道。不管是哪个国家，在进入欢乐之乡之前，总能见到贫民窟。这是为什么呢？

坡顶上欢乐世界的灯火流淌过来，怪讶地照耀着惊慌失措的女人和男人们的半个身影。通过这条幽暗朦胧的小道，稍稍听见漏泄到远方的音乐和人声，比起沉迷于附近灯火中的感受，更显得深切。

春痕舞场位于接近坡顶的地方，是灯光最为灿烂之所。这里用灯火装饰着舞场名字，初来的人也能一眼看到。在高高的窗口交过入场费后即可进场。进场后最令你眼花缭乱的是，煌煌灯火之下，不住鼓荡而浮动的女人衣裳的色彩。由于凝重空气的压抑和音乐人语的喧闹，不习惯的人或许一刻钟也坐不下去。即便能忍，所见之物一切都像仿造的幻影。

又高又圆的天花板镶嵌着彩色玻璃，左右都有庄严的登楼阶梯。上层突出的地方，并排坐着几十位乐手，他们在奏乐。观众席从这里环场一周，分上下两层，铺着天鹅绒的栏杆上悬挂着细如彩线的纸花，看起来像雨丝或瀑布。这些都是为坐在观众席上的人们准备的，按照习惯，一旦他们要向下边舞场的人们欢呼喝彩，就会争先恐后地将这些东西抛掷过去以示祝贺。

我进场时，余兴表演方酣，正在展演意大利著名水都威尼斯节日之夜。二三十个装扮为美人鱼的女子，海底戏水，各分两列，用缆绳拖着两艘巨型五彩船转圈儿。船上有位欢乐女神维纳斯，光裸着身子，黑发额上，星光闪烁。身穿贴肉内衣、未曾勒腰的女子，身姿优美地躺卧在假花褥上，身旁另一位女子，装扮成身穿金丝刺绣天鹅绒貌如鲜花的贵公子，她身边也跟随着众多戎装的女子。

船舷边站着无数女船员，短衣窄袖，上衣之间露出洁白的臂腕前胸和小腿，满面微笑，齐唱船歌。

四面的观众席上，掌声不停，几千条彩练瞄准彩船抛来，夏夜天空，火花飞舞。

场内电灯，突然熄灭。只有悬挂船头的灯笼依然亮着，发出苍茫的红光，照射着横卧的女神的身姿。拖着船的美人鱼的罗纱翠袖，如水波荡漾。女船员的歌声在黑暗中更加高昂。

数千观众发狂了。欢呼声、敲击桌椅的响声、似乎要把房子震破。船正要被拖向场外时，电灯忽然点亮，冲破魔界。观众席栏杆、桌子一隅，那些在黑暗里调情嬉戏的男女，齐声惊叫起来，对此，又好一阵响起众人经久不息的喝彩。

四五个手拿扫帚的男子跑出来，扫掉落地上的彩纸，擦净地面而去。四方稍稍倦怠下来，寂静无声。服务人员应声为各处客人送酒到桌边。突出的乐坛栏杆，花草图案装饰的浮雕之间的电光屏上，出现了"波尔卡舞"的文字。

场内忽然色彩华丽起来，铜笛和提琴奏出高亢激扬的音乐，四面的观众席以及场内各处桌子角落，好几对男女如鸟儿离巢，一起拥挤而来，走马灯一般跳着舞。偌大的广场立即显得逼仄了。女人们合着音乐的节拍，颇为奇特地扭动腰肢的时候，五彩的裙裾也一齐摇荡起来。

乐坛楼梯下跑出十四五个女子，分为两列，随着四面八方的欢呼声，那些专心跳舞的男女，自动为她们左右各闪出一条通路。这些女人一律紫罗兰绢衣，她们是舞场雇佣的专业舞蹈队员，怪不得能歌善舞，步履优雅。她们时时含笑，水波似的莲裙与更短的罗袜之间的香肌，以挑逗观众的兴味。五彩的纸条忽然遮盖了她们的帽子。

之前"维纳斯"船上的欢乐女神、美人鱼、船员以及一群贵公子，各自进入观众之间，坐在桌边闲谈，嬉戏。我的身边走来一位士兵模样的女子。

绯红的天鹅绒衣裳，没有一丝皱纹，紧裹着肥腴的身子。正当女子就座时，我看到女子大腿更加丰满地鼓胀出来。我为她点了要喝的酒。

"也给我斟上一杯吧。这件不透风的衣服苦死我啦。一身都是汗呢！"我说。

说罢，两个美人鱼来到我的桌边，用扇子为我胸前扇风。我的嗅觉毫无遗憾地灵敏起来。

身边围着艳妆的女子，这种异样的妆扮只有在剧场舞台上才能看到。我举杯痛饮的心情，从未有过如此的兴致。男女的喧闹声伴随着轰鸣的音乐，如波浪的韵律，每一次涌动，都使良心的判断消泯，迫使人们坠入放荡的海洋。

谁都知道，同醉酒的女人嬉闹是最愚蠢的，但愚蠢一旦到达极致，也会生出难解的神秘。我苦苦追索人类血液中为何会含有如此放荡之念。

走出迷乱之乡，春夜已尽。无限忧郁的黎明之光呈现鱼肚白，飘流于狭窄的坡道之上。刹那间，灯火阑珊，一夜艳舞的女子，仿佛在路边遭到凌辱，香发凌乱，彩帽歪斜，步履艰难。躲在人家灰暗的房子背后，一夜没有进食的女子，差点儿拉住行人的衣袖哀声连连。冷风扑面。

我心戚戚，无故而悲。然而，我两眼所见的灯火和衣服的色彩，使我没有忘掉包裹于紧身衣之内香艳的肉体。啊，要说放荡的真味，我知道那种感觉远远超过强烈的惭愧之念。

美味

较之白雪更白的桌面上放着玫瑰花篮。较之五月的阳光更亮的灯火照耀着花朵。她和我相向而坐。

玻璃杯斟满葡萄酒。灯光反射之下，泛出红宝玉的光辉。她和我一起畅饮。

揩拭得锃亮的小银匙、肉叉、大小刀子。灯光映射着表面，比镜子还要明净。她和我拿起这些刀叉。

汤的水气泛着浓香，温暖的气息抚慰着我们两人的下巴颏。她笑着说，眼看着那道炸得金黄的鱼肉旁边配着少许青菜的料理，仿佛瞥见意大利南部晒干的岩壁间橄榄树凄凉的身影。我点的一道菜是仔牛肉烧至呈龟甲色，在格子眼里嵌入煮熟的蘑菇、青豆、胡萝卜等。我连连叫苦，开玩笑说，我就像卖掉西班牙秃山的人们，贩走五花八门的货物。

一只清蒸鹌鹑，一人一条腿，拉扯着，都想多拽去一些肉。

色拉菜的绿叶很好看。

那不勒斯的橙子很香。

啜一口冰激凌后，满嘴唇发烫。

还要什么菜吗？

不要了。

我们二人品尝 Baisers[1] 吧。

午后

寝室很暗。

燃烧的火炉呈现玫瑰红，辉映于擦得很干净的木地板上。窗帷缝里闪耀着幽暗的微光。

是黎明，还是黄昏？

波莱特睡了。我屈肱而眠。浓香的黑发如夜云纷乱地流泻在我的肩膀上。丰腴的前胸像熟透的水果坠落在我的面颊上。半个羽绒被滑落到地板上，我们几乎没盖到什么。我们的梦境温热熏蒸。

乞讨者的歌唱、小提琴的旋律，窗外可闻。二

---

1 法语：亲吻。

月冬日，还会下雪吗？

昨夜临近拂晓离开舞场，直到今日过午，一片面包也未进口。我饿了，起不来床。香梦甜甜，心事慵懒。

我闭着眼，在波莱特的脸上亲吻。我的唇轻触到她抖闪的长睫毛上，全身一阵酥麻。齿间是她的黑发和素手。

夜啊，快来吧！美丽的灯火之夜，我盼着你的到来！在寒夜中，沉醉于美酒，手揽美女，该是多么有趣啊！

听到了祈祷的钟声。黄昏来临了。

波莱特啊，醒醒，起来吧。

今夜该戴个什么样的帽子呢？鸵鸟毛的似乎太华丽了。那真丝天鹅绒花边的布丁式的倒很合适。不过，最好换上昨夜那件包裹巨乳的开胸上衫吧。饮酒三杯，你的泛红的肌肤美艳极了！

起来吧，起来吧！

黄昏钟声轰鸣。路上车马腾腾。

来，出外之前，再来一次热吻。

舞女

啊，罗莎·特里埃妮，里昂歌剧院当红舞女，罗莎·特里埃妮。

我从节目单上第一次看到你的芳名——罗莎·特里埃妮。我怀疑你是来自和暖的意大利的姑娘。但看到你丰满的长脸，不论在谁眼里，你都是一个毫无疑问的法兰西美姬。登上舞台的法兰西演艺家，都喜欢起个意大利艺名。意大利语颇为悦耳。哦，罗莎·特里埃妮。

我第一次见到你，是在那年秋天，你尚未在里昂歌剧院演出之前。罗讷河桥畔，那年首演瓦格纳的《女武神》[1]，并预告第二个晚上演出古诺[2]的《浮士德》。那是我首次在里昂看歌剧，不比在巴黎看歌剧。我打算比别人先到一步，抢个好位子。接连走过书店、

1　瓦格纳名著《尼伯龙根的指环》四部曲第二幕音乐剧。描写北方尼伯龙根少数种族和北欧诸神争斗的故事，通过双方没落的历史暗示世界之不公。
2　古诺（1818—1893），法国作曲家。《浮士德》系根据歌德原作改编的同名歌剧，创作于1859年。

杂货店以及劝业场一般的剧场回廊上的一排排柱子，去寻找售票处的时候，我第一次见到了你。哦，罗莎·特里埃妮。

那时候，你倒戴着形状不大的帽子，一身颇为华丽的薄花格子休闲服，夕暮时分，行人杂沓，狭窄的回廊上，你身上鲜艳的花格子惹起我的注意。你站在出售爱的明信片的小店边同老妇人闲谈。我走到近旁，凝视着你的面孔。哦，罗莎·特里埃妮。

你的面貌美艳惊人。两颊和双唇都涂成红色，所谓可怕的美丽，如此的化妆技术，使那些深谙此道的主妇、小姐等，做梦都难以企及。叫我说什么好呢？我真想抛却若干财富，不待今宵，与君共饮一杯交心酒。妄想忽然使我欲火中烧的眼睛，死死盯住你那裹着衣衫的婀娜体态。从肩膀至腰肢，那一身美艳的肌肤，实在不是世间那些迫于饥饿和食饵的窑姐儿身上所能见到的。我真幸运！我一旦获得先夺为快的权力，就像饿狼一般紧跟你的身后。你转过回廊，消失在后台逼仄的出口。那里停着搬运大道具的马车。哦，罗莎·特里埃妮。

　　我后来才知道你是法兰西艺坛上的艺术家。我为我的难以企及的渺茫愿望而悲伤。演出《女武神》那天晚上（由于瓦格纳的顽固），这出戏没有舞蹈，我只得从女高音的姿态上逐一领略众多女战士的形象。上演《浮士德》那个晚上，我终于找到了你。第四幕，在诱惑之魔的石洞，令人眼花缭乱的游仙窟的舞台，当你随着美妙的音乐而出现时，在明丽的灯光下，站立在众多躺卧着的妖女之间。你的透明如霞的轻纱下边，裹着肉色的内衣，你的两条臂腕以及大腿的每一处，独有走进你香巢的那个人，才能触摸得到。为了保护肌肤，每晚都要由后台的老妇为你从衣服上认真剥离熏香。啊，我的眼睛迷乱了。我的血液渴慕你的肉体。啊，罗莎·特里埃妮。

　　我就是这样，大凡芭蕾舞和歌剧中有你出场的时候，我必然观看。然而，我却对其中的音乐一节也听不进去。春风香鬓，发影缭乱，随着感人至极的微妙的芭蕾舞曲，你脚尖独立，如鸟展翅，盘旋于舞台之上。随着每一节音乐，我都看到你抬腿踢翻裙裾，高擎两臂，露出两腋。有时，空中屈身，似铺云而卧；有时，低俯地面，如维纳斯裸像，显现出坐姿难以言表的曲线美。啊，你的妖艳的体态，总有一天会从我的心中消失。倘若有一天真要消失，那么就只有在这样一个晚上——让我将你引入我的卧室帷幕之后，用我的手、我的唇亲吻你的肉体。了却心愿的恐怖，终将毁灭任何强烈的梦幻。我一贫如洗。然而，我很幸福。哦，罗莎·特里埃妮。

我爱你。罗莎的臂腕啊，罗莎的酥胸啊，罗莎的大腿啊，罗莎的香肩啊。哦，罗莎·特里埃妮。里昂歌剧院当红舞女，罗莎·特里埃妮。

修订译后记

二十世纪初百多年前，正当觉醒的中国知识界精英为寻找救国救民之道，大量涌入日本的时候，日本的知识界却有很多人不满于明治社会表面学习西方科学民主，而实际上保留江户社会旧习，掀起了奔赴欧美寻求科学文化知识的热潮。永井荷风即为较早接受欧美文学熏陶的觉醒者。他在美、英、法度过五年半"壮游"时代，怀着对欧美的眷恋以及对故国的厌离，不得已踏上了归国之途。《美利坚物语》《法兰西物语》和《西游日记抄》就是荷风当年外游的收获，青春时代的纪念像。

荷风一生两度离开日本，第一次是一八九七年九月至十一月，当时十八岁的荷风陪伴日本邮船公司上海分公司经理的父亲久一郎以及母亲、弟弟在上海住了三个月；第二次就是美欧之旅。

　　一九〇三年九月，荷风秉承做一名优秀实业家之父命，从横滨乘船前往美国留学，先是待在西雅图南边的塔科马高级中学听讲，喜欢阅读法国作家左拉和莫泊桑。一九〇四年十一月，进入密歇根州的大学，专攻英法文学。一九〇五年七月赴华盛顿日本公使馆任职。结识游女伊迪丝，遭使馆除名。其后，同伊迪丝相携频频出入于歌舞酒场，同时耽溺于法兰西文学。十二月，经乃父斡旋，进入横滨正金银行纽约分行任职员。一九〇七年七月，受命调至里昂分行。一九〇八年三月，从里昂分行辞职。花两个月之余，纵情游览巴黎，寄身歌舞游乐场所。此时，幸遇法国文学研究家上田敏，两人出入于酒吧和咖啡馆，纵谈法国文学、戏剧和音乐。一九〇九年，回国后的上田敏，先后受聘京都帝大教授和庆应义塾大学文学科顾问，并介绍荷风去庆大担任文科教授。此是后话。

　　荷风一九〇八年五月自巴黎经伦敦回日本。七月抵神户。八月由博文馆出版《美利坚物语》。一九〇九年三月，《法兰西物语》在交付样书期间即遭查禁。作者于《读卖新闻》一九〇九年四月十一日版载文辩解称:"我以为无论我的哪一篇文章,都丝毫不存在毁坏现代风俗的地方。"其实荷风抗争的理由有些文不对题,真正遭禁的原因,远不止所谓伤风败俗,而在于日俄战争后,日本社会处于安定上升期,世风懈怠,国民中多有失望、苦闷、胆怯和厌世者,所谓"爱国"热情降低,个人主义享乐之欲望增长。明治统治者为强化对于国民尤其是青年人的所谓"偏奇"思想的批判,组织一些所谓"有识之士"撰写了大量"训诫"的文章。一九〇八年十月十三日颁布的《戊申诏书》中写道:"战后日尚浅,庶政日益需更张。宜上下一心,忠实服业。勤俭治产,惟信惟义,醇厚成俗。去华就实,荒怠相诫,自彊不息。"

正是在这个社会大背景下,荷风在美欧期间曾在给家人亲友的信中表露:"不论从哪一点上说,我对战争丝毫不感兴趣,也不可能尊重什么国家之类的东西。"此外,他的小说《放荡》(后改题为《云》)和剧本《异乡之恋》,远不止有碍风化,而真正的缘由在于通过作品主人公直白地表现了所谓"非爱国思想"。

　　我喜欢永井荷风已非日浅，二十世纪八十年代，我翻译他的第一篇散文《虫声》，发表于百花社的《散文》月刊上。近四十年来，我所翻译的荷风散文专集除了百花社的《永井荷风散文选》之外，还有花城社的《晴日木屐》，以及上海译文社的袖珍本《荷风细语》等。荷风的这两种美欧游记，我也极早关注，非常喜欢，只是一直无暇顾及。之后承蒙南大社三水女士赠送该社早年出版的中译本，遂勾起我翻译之欲望，竟然一口气译了出来。

　　偶遇荷风散文，是我译述之幸，邂逅作家后人永井皋太郎（荷风三弟威三郎之子）是我交友之喜。自从我来日任教，很快结识这位先生，在研究和翻译荷风中，多次承蒙他的帮助与指教。我在《永井皋太郎和荷风展》一文中，详细记述过我们的交往。

　　一九九八年夏秋，曾先后在江户东京博物馆和神奈川近代文学馆两度举办荷风展，而每次都受到皋太郎的热情邀请，但由于教学和研究一时脱不开身，既辜负了他的美意，也使我两度失去绝好的实地学习的机会。

几年后我再次去东京在永井皋太郎陪同下，专门参观江户博物馆，并同博物馆管理人交流座谈，看到了许多有关荷风的稀有展品。还获赠一册不久前新发现的荷风外游书简的复印稿。

二〇〇八年秋，我再访东京，东皋太郎约见于上野公园，随后去杂司谷参谒永井荷风墓碑及家族茔地。那次便是我同皋太郎先生的最后一面。从此，一直未有联系，从年龄上说，他已不大可能在世了。想到这里，心中黯然。

如今翻译荷风游记，仿佛看到一个世纪前青年荷风英俊潇洒的形象，他的文章依旧那样率真、热烈而富有诗情。很多篇章我都是一边吟诵一边译出的。这是在翻译其他作家文章中很少获得的怡悦。

下面谈点儿有关版本的问题。

这本译作，是根据二〇一七年六月新潮文库版《法兰西物语》翻译的。但译稿完成以后交付出版时，才发现我所依据的版本，与审稿编辑所依据的版本存在着新旧之分。换句话说，我依据的新潮文库版是当初作者遭受日本明治政府"发禁"之后，不得不删减若干篇章或改换题目，方得以于一九一五年博文馆作为《新编法兰西物语》获得了出版的权利。

后来几经曲折，作者和有关机构斗智斗勇，终于冲破种种阻力，使得被"发禁"之前的原始稿子获得全貌面世的机会。

鉴于此，这本译作以"新编"版为基础，又补译了原始版中经作者删减的段落和词句，尽量兼收"新潮文库"与"岩波文库"新旧两版之优长，使其统一于一部译作之中。不过话又说回来，虽然力求兼顾两版之特征，但当年作者之所以修改润色，也并非完全来自外界的阻力，同时也有作者因囿于内外环境而自我约束、主动减削的部分。此类文字散见于各篇各段的叙述之中，很难截然分出先后来。再者，作为译本，全部恢复原样未必符合作者原意，故而适当补遗，兼顾两方为好。切望读者朋友谅解，并予以留意。若作学术研究，则依据各版原作为宜。

另一部姊妹作《美利坚物语》，则不存在这类问题。

　　随着这两册译作交付出版，我与荷风文学的情缘也算告一段落，我愿在心底永远保留这段苦涩而又美好的记忆。

译者

2019 年 3—5 月

凡是无常无望无告的，

使人无端嗟叹此世只是一梦的，

于我都是可亲，于我都是可怀。

——永井荷风

一頁 folio

始于一页，抵达世界

Humanities · History · Literature · Arts

出品人　范　新

监制策划　恰　恰

特约编辑　徐　露

版权总监　吴攀君

印制总监　刘玲玲

装帧设计　COMPUS · 汐和

书籍插画　鲁梦瑶

内文制作　常　亭

Folio (Beijing) Culture & Media Co., Ltd.
Bldg. 16-B, Jingyuan Art Center,
Chaoyang, Beijing, China 100124

一頁 folio
微信公众号

官方微博：@一頁 folio ｜ 官方豆瓣：一頁 folio ｜ 联系我们：rights@foliobook.com.cn

图书在版编目（CIP）数据

永井荷风异国放浪记 . 下 /（日）永井荷风著；陈
德文译 . -- 北京：北京联合出版公司，2020.7
ISBN 978-7-5596-3979-0

Ⅰ . ①永… Ⅱ . ①永…②陈… Ⅲ . ①随笔－作品集
－日本－现代Ⅳ . ①I313.65

中国版本图书馆 CIP 数据核字 (2020) 第 027913 号

永井荷风异国放浪记（下）

作　者：[日] 永井荷风

译　者：陈德文

责任编辑：郑晓斌　徐　樟

特约编辑：徐　露

装帧设计：COMPUS · 汐和

书籍插画：鲁梦瑶

北京联合出版公司出版

（北京市西城区德外大街 83 号楼 9 层　100088）

北京华联印刷有限公司印刷　新华书店经销

字数 145 千字　889 毫米 ×1260 毫米　1/64　5.25 印张

2020 年 7 月第 1 版　2020 年 7 月第 1 次印刷

ISBN 978-7-5596-3979-0

定价：62.00 元（全二册）

一頁 folio

始 于 一 页 ， 抵 达 世 界

NAGAI
KAFŪ

永井荷风

异国放浪记

上

01
文豪手帖

〔日〕
永井荷风
著

陈德文 等
译

北京联合出版公司
Beijing United Publishing Co.,Ltd.

明治三十六年秋十月顷，游历美国；到四十年夏七月转向法兰西。离开纽约前夕，将平素旅窗之下所缀之文集合一处，题以"美利坚物语"，谨呈予我之恩师恩友小波山人岩谷先生桌上。

　　　　　　　　　　　　永井荷风

Mais les vrais voyageurs sont ceux-là seuls qui partent

Pour partir; cœurs légers, semblables aux ballons,

De leur fatalité jamais ils ne s'écartent,

Et, sans savoir pourquoi, disent toujours: Allons!

(Le Voyage—Ch. Baudelaire)

为了旅行而旅行，只有这样才是真正的旅人。
心如气球轻，身子不知能否逃离厄运之掌。不
顾一切，口中只顾喊叫着：前进啊，前进啊！

（《旅行》—— 波德莱尔）

目录

推荐序
在夏威夷读永井荷风

我有了重读永井荷风的冲动。

夏威夷航空像是直接从海滩飞来，空中小姐的花衬衫里或许还带着沙粒。她们用力地展示笑容，张大嘴吐字，比起懒散且傲慢的美联航，这是一个更亲切，亦更富朝气的美国。

它理应更富朝气，夏威夷不仅是地表上最年轻的岛屿之一，也是政治版图上的迟来者。一八一〇年，当英国工业革命与法国大革命席卷欧洲时，那些分散的岛屿才勉强结合成一个独立王国。它的形态与近代国家相去甚远，更似一个酋长部落联盟。即使一八九八年，它被并入美国，但要直到一九五九年，才正式成为美国联邦中的一个州。人们对它的期待，也是反历史的，落日、海滩、草裙舞，它是逃离现实的场域，过去与未来皆暂时消退了，只有一种即刻的喜悦与轻松。

或许，这也是日本人尤其钟爱它的原因。东京前往檀香山的航班满员，一点没有显现出正迅速扩散到全球的冠状病毒对航空业带来的致命影响。它给人这样的印象：夏威夷不仅免疫于历史，也免疫于病毒，乘务人员皆不戴口罩。

我没被这种气氛感染，反生出了少许的飘零感。我对于度假并无兴趣，出行半因即将到期的签证，半因手头的研究项目。前者使旅行更有某种被迫的意味。

对于疫情的焦虑，也不无影响。这是二月二十二日，新冠病毒打破了东京的平静。"钻石公主号"上的乘客，乘坐出租车、公共汽车返家，开始与朋友们聚会了，更多的病例也开始涌现出来。这个病毒的传染能力与无症状的特性，都使忧虑蔓延。在电视新闻上，专家们指着柱状图预测，十天内，传染人数可能达到十万人。那些红色的显示条，显得尤其刺眼。

我离开已经一个月的中国，未看到好转的迹象，它引发的各种荒诞与新灾难层出不穷。我的内心从焦灼、痛心、愤怒到麻木，有些时候，还产生了前所未有的陌生感。仅仅一个月，她已经让我无法辨识，有些东西早有趋势，却在这一个月猛然加剧了。病毒激发起那种不安的暗流，它们如今汇为滔滔大河，迅速淹没那个本就要消退的世界。

　　下意识地，我也在逃避一些东西，我无法理解亦无从解决，它们令我的智力与勇气显得双重匮乏。我想从现实躲入另一个时空。这个看似历史之外的岛屿，却是孙中山酝酿革命思想之地，梁启超也曾在此停留过，并恰好遇上一场鼠疫危机——我很想一探这些历史踪迹。在这个岛屿上，那个遥远的、庞大中国不断加剧的内部危机，该怎样浮现在他们的脑海里，他们又会做出怎样的分析与行动。

　　此刻在飞机上，带着口罩的我，像是飞向一个混合的时空，既逃离历史之外，又满是历史的沉重。永井荷风则代表一个疏离、亲密的声音，一个独行者的最佳陪伴。

　　永井也是从旅途开始写起的。在横滨前往西雅图的轮船上，他碰到了柳田君与岸本君，他们皆三十岁上下，前者中等身材，"条纹西装外裹着褐色的外套，高高的领口间露出色彩华美的领结……看上去总有些装模作样"，后者则"身材矮小，捻线绸的夹衣上罩着一件绒布单衣"，在旅途的单调中，他们凑在一起，打发时光。柳田因在日本的不得志，是个盲目的西洋崇拜者，痛恨岛国的一切，"在日本，从未遇到过称心如意的事情"。岸本则想去美国拿一个短期学位，回到日本重新开始。

这些萍水相逢的人物，构成了《美利坚物语》的主题。一九〇三年至一九〇六年，那个由永井荷风演化的"我"，从西雅图、芝加哥、圣路易斯到纽约、华盛顿，邂逅了形形色色的日本人。

在塔科马，他看到了那些日本劳工，"三四个人一堆，五六个人一组，一边高声说话，一边拿出从日本带来的烟袋吸烟。他们将烟灰磕在甲板上，又担心被路过的船员斥骂"。他们被当作货物，塞进狭窄、脏污、恶臭的货仓，也在做一笔交易，用三年辛苦，换回后半生的快乐。也是在这些劳工中，他听说了那个发疯男人的故事。一个伐木工人从日本接来的老婆，被另外几个伐木工人抢占。这里面有残酷、愤怒，更有一种普遍的心酸。在异乡的孤独与压力之下，社会规范与个人道德，皆崩溃了。

在芝加哥附近的一所大学，"我"遇到了自我放逐的渡野先生，他在日本获得了一切，却仍感到不安，逃至美国后，也觉得同样疏离。或许，他将继续逃亡，逃至比法兰西女人更妖艳的舞女怀中。

在纽约的春天，"我"又听闻了藤崎君的故事。他是一名伯爵之子，虽然入读哥伦比亚大学，却过着花花公子的生活。他狂热地爱上了一个不道德的女子，甘愿为她放弃自尊。

在密歇根南部的K大学，"我"又听闻了三位日本学生的故事。出于寂寞，大山君追求了竹里小姐，尽管觉得这个日本女生，有"一张多么硕大的圆脸，多么小的眼睛和多么稀疏的眉毛，日本生产的粗糙西服裹着狭窄的肩膀……又粗又短的手腕，轮廓模糊不清的豆虫般的手指"。这段恋情以始乱终弃结尾，竹里小姐最终嫁给了同属一个教会的日本学生山田太郎。

尤其令我难忘的是山座君的故事。他是"我"哥哥昔日的同学，年轻时放浪形骸，甚至害得哥哥死亡。在西雅图，"我"偶遇山座，如今的他"留着漂亮的八字胡，又是戒指又是金项链"，专以贩卖日本妓女到美国为业。在异乡，他似乎获得了一种更大的放浪，不用在意任何道德准则，只有眼前的成功是重要的。

在永井荷风笔下，美国给予这些到来的日本人不断的惊叹，以及矛盾重重的冲击。圣路易斯的世界博览会现场，给人一种震惊，"美利坚人民依靠财富的力量创造的一个魔幻世界"。震惊不仅来自于物质、技术力量，也来自人种，它引发性的焦虑。

对于公派到纽约的泽崎先生，"无论到哪儿，看到的不是初来时曾经为之惊叹的二十层的高楼大厦，而是那些用束腰带将乳房隆得高高的细腰肥臀的女人，那种风摆荷叶的步态和娇滴滴的话音"，令他憎恶又眼馋。比起日本女人，西洋女人的肉体似乎更为诱人，却又难以接近。

在异乡，日本也变得清晰起来。在轮船的汽笛、

火车的鸣钟、留声机的演奏，在西洋的环绕中，日本
的一切都变得亲切起来，"夹杂着那种拖着长长尾音，
犹如犬吠一般，又似催眠剂的九州乡下的断断续续的
歌谣"；"日本的美，并非因为有诸如楠公与西乡的铜
像，而在于乱云迷蒙的樱花、彩蝶翩翩的舞妓"，东
方人的天职"并非醉心于某些人所说的东西文明调和
之梦的空想中，而是要使男人们尽可能莳花弄草，女
人们尽可能成为舞妓，举日本全岛为世界丝竹之乡"。

　　永井荷风游荡于美国时，也是日本的一个转折
时刻。自一八五三年被美国黑船打开国门，日本就生
活在一种强烈的追赶中。在"富国强兵""殖产兴业"
这些口号中，普通日本人承受着国家转型的压力。
十九世纪九十年代，随着国家体制逐渐稳固，个人
空间日益窄小，变为国家的工具。一八九五年战胜中
国、一九〇五年战胜俄国，令日本的国际形象陡变，
普通人要承受的肉体与精神的压力却被普遍忽视。

　　海外日本人是观察这个迅速膨胀日本的另一个
角度。或为讨生活，或为逃避昔日的家庭，或渴望获
得新生。在陌生之地、陌生人中，他们的感受更为敏

锐，优势与缺陷皆更为显著。

对于出生于一八七九年的永井来说，美国是一个勉强的选择。他深受法国文化的影响，活在波德莱尔、左拉的世界里，巴黎才是他的梦想之地，"与西洋女子一起，在西洋的天空下，于西洋的河湖边，用英语或法语谈论古希腊以来的西洋艺术"。

但他的父亲——一位高级官僚商人，执意让他进入银行业。但不管怎样，美国仍使他逃离了这个严厉、讲求实用的父亲，后者正是明治时代的某种象征——它对个人自由、浪漫之美，毫无兴趣。永井着迷于波德莱尔的人生态度，要不停地醉下去，酒、诗歌、女人、美德，沉醉令人忘掉时间的重负。

飞向夏威夷途中，我心中却是不无萧瑟的冬日西雅图与芝加哥，萧瑟，渴望柔和的灯光与一壶清酒。我也感受到某种下意识的焦虑。二十世纪初的永井荷风，被种族焦虑所裹挟。那是一个"黄祸"的年代，日本人自认比中国更优越，在西方人眼中，却并无差异。一股自我厌弃之感，伴随彼时的日本作家。身在伦敦的夏目漱石，觉得自己短小、丑陋，只能钻进书堆之中；永井更为潇洒，同胞在他眼中无疑是一种不堪的存在。

在西雅图的日本街上，他看到"豆腐店、赤豆汤店、寿司店、荞麦面店，应有所有"，而路上的行人是"腿脚短曲、上身很长的我的同胞"。

中国人亦是如此，它散发着不无邪恶的魅力。纽约的唐人街，"众多的餐馆、杂货店、蔬菜店，每家店门口悬挂的各式各样的金字招牌、灯笼、朱红纸的的招贴，连同高低不平、进出繁杂的房屋的污秽与陈旧一道黯然相和"。夜晚，"各自叼着长烟管，在路旁兴致勃勃的谈论着彩票与赌博的话题"，进入街道内部，你会闻到"炖肉汤和青葱的气味，焚香和鸦片浓烈的香气扑鼻而来"。

偶尔，我抬头看看四周的日本乘客，他们带着口罩，不管成年人还是孩子，皆衣着得体、安静、自持。他们代表的是另一个日本，一个常年和平与富足，或许也不无乏味的国家。倘若永井荷风看到此刻的日本，他会感到欣慰，还是同样的厌倦？他钟情的是江户时代的日本，是暗巷与榻榻米上的风情。他崇敬法国，却厌恶明治时代的西化。若他看到此刻的东京，定会对江户风情的彻底消失深恶痛绝吧。

深夜从东京出发的航班，抵达火奴鲁鲁时，仍是当天的正午。这里比东京迟十九个小时，突然间为自己多争取了一天，一切忧虑、烦恼，也会更晚到来。

它也的确如此。机场内一切平静，仿若席卷亚洲的病毒与此毫无关系。我扯掉了口罩，扔进垃圾桶。海关的头发短粗的小伙子笑容灿烂，他用力将钢章印在护照上，"欢迎来到美国"。

我很快发现，日本人在此留下的历史痕迹是如此之重。中日近代平行、交错的历史，在夏威夷也以另一种方式显现出来。

许知远

船舱夜话

无论身在何处，总是望不见陆地。这样的航海，寂寞无聊，几乎叫人无法忍受。从横滨驶向美国新开发的西雅图海港的航线，就是这样的例子。

启航的日子，一旦和故国的山影告别，直到抵达彼岸大陆的那一天，船客们在半个多月的时光里，绝对看不到一座海岛、一片山峦。昨天所见是大海，今天所见仍是大海——无论何时眺望太平洋，都是不变的广漠的大海。巨浪翻滚之处，只有扇动着长长羽翼、鸟喙弯曲的灰色信天翁在盘旋。再加上随着轮船渐渐向北行驶，令人愉快的晴朗天气变少了。每天，昏暗的鼠灰色的云层遮蔽着天空，不是下雨就是起雾。

没想到如今我成了这片寂寞海洋上的一个天涯孤客。十天的日子很快就过去了，如果是白天，在甲

板上玩玩套圈的游戏，或在吸烟室里打打纸牌，倒也可以打发时间；到了夜晚，结束晚餐离开餐桌后，几乎就没有什么事可消遣了。况且今天天气变得特别寒冷，想到没有外套，实在没法走上甲板去吸烟室，便顺其自然将自己关在船舱里，横躺在长椅上，翻看从日本带来的杂志。这时，房门上响起了指尖轻轻叩击的声音。

"请进。"我抬起半个身子应道。

门开了。

"怎么了，不是说动一动吗？受不住了吗？"

"没那回事。天气冷就窝在房里了。你请坐。"

"可真冷啊！说是因为经过阿拉斯加大海的缘故。"说这话的叫柳田君，他胡子稀疏的嘴角上露出微笑，在长椅一端坐了下来。他是我在航海途中认识的一位绅士。

柳田君中等身材，不胖不瘦，年纪大约三十一二。条纹西装外裹着褐色的外套，高高的领口间露出色彩华美的领结。他看上去总有些装模作样，一条腿跷在膝盖上，套着戒指的小手指一边弹着烟灰，一边说道：

"日本现在该是最好的时节吧……"

"是呀，的确如此。"

"是不是怀念起什么了？"

"哈哈哈。这事你该去问问隔壁那位先生。"

"嗯，隔壁那位先生这会儿在做什么呢，也和你一样窝在房间里吧？把他叫来怎么样？"

"当然好。"

于是我朝着墙壁"咚""咚"敲了两三下，片刻没有回音。不久，隔壁的岸本君从我房门口探进头来，带着一副有气无力的声调问道：

"什么事呀？"

追求时髦的柳田君立即装腔作势地喊道：

"Hello！ Come in！"

"谢谢。我这副打扮……"

岸本君一动不动站在那里。

我从长椅上站起身，将靠墙的折叠椅打开，说道：

"你呀，用不着那么客气。这是我的房间，就是光着身子也没关系。快进来吧。"

岸本君是个年近三十、身材矮小的男人。捻线绸[1]的夹衣上罩着一件绒布单衣，外边套着大岛羽织外褂。

"那么，失礼了。"他稍稍弓下腰，"穿洋装实在太冷，想着干脆换上睡衣睡觉呢。"他边说着边在椅子上坐了下来。

听了这话，柳田君看着岸本君的脸，带着非常疑惑的语调问道：

"穿洋装冷吗？我完全相反呀。航行在这海上，如果穿日本衣服，脖颈受了寒凉，马上就会感冒的。"

"是这样吗？那看来是我对穿洋装还不习惯呀。"

"不，无论穿什么衣服，该冷的时候还是会感到冷啊。"

我只是笑着，看着他们俩：

"柳田君，你很能喝的，怎么样？我们要点酒来吧？"

"不，我今晚不太想喝酒。只是觉得无聊过来说

1　抽不成生丝的茧纺成的织物。

说话而已。"

"可是没有酒，聊天也提不起兴趣呀。"

我一边按铃一边说道：

"再让我听听你满怀激情的论辩吧，岸本君。"

岸本君并不作答，扬起倾斜的脸孔：

"摇晃得很厉害呀！"

"要知道这可是太平洋啊。"柳田君再次捻着稀疏的胡须说道。

"出发后的前两三天是非常痛苦的，可是一旦习惯了就不觉得什么了。"我的话刚说完，侍者打开门进来。

"柳田君，你还是照例点威士忌吗？"

"当然。"侍者听到回答后轻轻关上门走了。这时，响亮的汽笛声如犬吠般鸣响，接着传来海浪拍打甲板的声音。

"是呀，是不太稳。算了吧，今晚真想开一场愉快的杂谈会呢。"说着，柳田君舒适地伸开腿，身穿和服的岸本君则一边打量着明亮灯光映照下的室内天花板，一边说道：

"发生了什么事，汽笛的鸣声怎么这么频繁？"

"大概是因为雾气渐浓吧。"柳田君正解释着，侍者已将刚点的酒水盛在盘子上送进来，他把酒倒进床边小桌上的杯子里，之后就离开了。这时柳田君率先举起杯子，说道："Good luck！"于是我们也同样地笑着重复"good luck"。

不知过了多久，远远传来通报时间的单调的钟声。海水此时不停掀起层层高涨的浪涛，轰鸣着。眼看就要冲上床上方的圆形舷窗，然而却撞在了甲板上。掠过高高桅杆的海风的声音，宛若我在东京听到的二月干爽的风声。随着风的响声，不知从什么地方传来物体"嘎吱嘎吱"的摩擦声。这是一艘吨位颇大的巨轮，晃动得极其和缓，再加上我们都已经习惯了海上航行，没有什么身体不适之虞。拉起门窗的帏帘，蒸汽的温度温暖着狭小的船舱，舒舒服服地靠在长椅上听着外面暴风雨的鸣声，竟也让我想起冬夜围坐炉火边的愉快记忆。时髦的柳田君似乎也沉浸在同样的情感之中，他放下威士忌的杯子，说道：

"喂，我说你啊。如果相信自己的身体是安全的，那听着外面的暴风骤雨，也会深感有趣呀。"

"可不，完全是乘大船的感觉。要是换成一般的帆船，将会如何呢？说不定要遭难呢。"岸本君认真地说道。

"不论什么事都一样，既有让人愉快的一面，也肯定有让人痛苦的一面。比如火灾，灾难只属于被烧毁的物体本身，对于他人来说，却享受了一次难得一见的风景。"

或许是威士忌喝多了，我醉意蒙眬，满口歪理，连自己都觉得荒谬无理，可是柳田君却深深有感悟地说道：

"这是真理，确实是真理！

"按照你的比喻来说，我正属于被烧毁的那一类，被烧毁的我逃到遥远的美国来了。去年刚回到日本，行李还未来得及收拾，就又要出国了。这样谜一般的心境连自己也感到意外。"

我和岸本君都热心地询问了柳田君这次赴美的抱负。因为每说到一个小小的话题，柳田君总是将"大陆的文明，岛国的狭小"这句话挂在嘴上，我们想象他一定有着远大的志向。

"哈哈哈哈。谈不上什么抱负，不过……"柳田君捻着并不浓密的胡须，首先谈起他自己的经历来。

当初他从学校一毕业就直接成了公司职员，扬扬得意地去澳大利亚赴任。多年后回到故乡日本，饱胀胸中的得意已和当初离开日本时无法相比。从旧友的欢迎会开始，所到之处，所见之人，都会向他们论述大陆的文明、世界的商业，赞不绝口。他深信自己必定会被这蕞尔岛国的社会所信赖和重用。然而事实上，他只是在总公司充当一名翻译，论起每月工资，只有不值钱的四十元日本银币。他仔细地考虑了一番日本的现状，还是默然接受了这个事实，但心中却时时感到忿忿不平。为了抚慰自己的情绪，他打算未来要迎娶一位贵族家才色兼备的小姐为妻，并朝着这一目标，积极行动起来。他心里确信留洋归来这一事实能够虏获母女之心。可是事实却越来越出乎预料。他追求的一位子爵的千金竟然与他最瞧不起的岛国大学毕业生结婚了。这不仅再次伤害了他的自尊心，而且使他着实蒙受了郁闷的失恋打击。

然而柳田君没有完全绝望，由痛苦激起的反作用使他开始比过去更加激烈地痛骂岛国的天地，并决心再度尝试国外旅行的愉悦。

"在日本，从未遇到过称心如意的事情。正巧这时候，有一位横滨的蚕丝商托我去美国视察，多亏有这个机会我才得以再出来呀。大凡商业上的事总得去国外办理，我看到同胞们来美国，心里非常高兴。"他说着拿起杯子，润了润喉咙，将身子一转，"岸本君。你去美国以后，才被要求进校学习的吗？"

"是的。"岸本君整了整和服的领口。

"准备上大学吗？"

"这个嘛。嗯，有这个打算，不过现在语言不过关，还不知道以后的事……"

"柳田君，听说岸本君可是撇下妻儿，前来美国做学问的。"我加上一句，柳田君向前挪了挪身子说道：

"岸本君，你有孩子了呀？"

"嗯。"岸本君连连应着，那脸颊微微泛起红晕。

"那么说，你是下了很大决心出来的啊。"

"怎么说呢，既然走到这一步，为了出国，我是做好了排除万难的准备。不瞒你说，亲戚中还有人坚决反对呢。"接着，岸本君一五一十地述说起来。

这个人果然受雇于东京的某个公司，不仅指望不了将来有什么出息，好像还常常遭人排挤，究其原因，毕竟不是科班出身，缺少一定的身份的缘故吧。正当冥思苦想的时候，遇到公司内部改革，就被解雇了。所幸自己的妻子有不少财产，无须像普通人那样遭受磨难。妻子甚至认为这是一次带着自家财产，离开喧闹的东京到某个安静的乡村，同三个可爱的孩子住在一起安度平生的好机会。

然而，岸本君根本听不进这位温柔妻子的劝说。他与妻子商量想用亡父留给她的钱财尽可能去美国做一两年的学问。妻子绝不是舍不得钱财，只是不愿与深爱的丈夫离别，她坚决反对丈夫的想法。妻子觉得用不着勉强去做出人头地的事，即使被拿到学士学位的书生超越在先，也不为耻。人只需做与能力相当的事，每天过着平和的日子就很好了。但妻子的一番话语还是无法阻挡丈夫的决心，最后只好流着眼泪送他去万里之外的异国他乡。

"所以我想尽量在短时间内拿到学位证书，不管什么学校的，毕业证是我带给妻子最好的异国礼物啊。"

说完，岸本君仿佛是为了鼓动自己的勇气，他带着痛苦的表情，一口气喝干了威士忌。

"嗯。我完全同意，以我满腔的热情祝福您的壮举。"柳田君紧接着也举起酒杯，改换声调说道，"可是，我又想到了一点，我还不知道老婆到底是个什么滋味呢。"

"哈哈哈哈。竟然说起这些事来，太没有出息啦……哈哈哈哈。"他故意笑起来，那样子看上去颇为苦涩。

此时钟声又当当地敲响了。只隔着一层玻璃的舷窗外，巨浪狂风依旧肆虐不息，密闭的船舱内，酒的醇香与香烟的雾气混合一起，温热难耐。我们因谈话感到疲惫，这才停下来开始环视屋内满眼闪耀的电灯光。柳田君终于想起了什么，拿出表说道：

"已经十一点了。"

"是吗？太打扰你了，那我就告辞了。"岸本君说着先从座位上站起身来。

"今天聊得不错呀。"

"谢谢。托您的福,今晚过得非常愉快。明天也想这么开心地度过。告辞了……"

"Good night!"柳田君嘴中吟咏着听不懂的英国诗,径直朝自己的船舱方向而去,听那足音渐渐远去的时候,隔壁房间隐约传来拉动床边帷幔的声响,想必一同回到房内的岸本君已将身体横卧在寂寞的床上了吧。

明治三十六年(1903)十一月

(陈若雷译)

乡间归来

来到塔科马¹，应是那年十月的最后一个星期六。

秋天暮色来得早，道路两旁种着枫树的林荫道、公园以及人家的庭院里，为整个夏天带来一片荫凉的树木，因昨夜的一场浓雾大都落光了叶子。不仅塔科马这个地方，美国太平洋沿岸不到一星期内，就将进入所谓悲伤的十一月。到那时，每天都会被雨雾封锁，直到第二年五月之前，几乎见不到晴朗的天空。今日的晴空，恐怕是今年所能看到的最后一个蓝天了。我听从一位熟知当地情况的朋友的劝告，花费一整天时间，与他一起骑自行车到晚秋的旷野里巡游。

走出家门，沿着山脚叫作塔科马的道路向东走。

1　美国华盛顿州普吉特海湾南端的一个港口城市，约在西雅图和州府奥林匹亚之间。

举目四顾，塔科马的市街刚好面临船只频繁进出的皮吉特湾，构成一道陡峭的斜坡，无数的房檐与烟囱、广阔的填拓地、码头、几艘泊船、北太平洋公司的铁道……市街全貌尽收眼底。隔着海湾连绵的群山之上，被日本人称为"塔科马富士"的白雪盖顶的雷尼尔山巍然耸立。黎明迟迟到来的北方的朝阳，正好将山的半边染成鲜红色。

我们迅速穿过两座远离街道、架设在巨大山谷上的铁桥，在特别建造的宽阔的自行车道上前进了四英里[1]，又经过了一座叫作南塔科马的小村落后，广漠的原野出现在眼前。顺着坡道前行，时上时下，仿佛波浪中摇摆的小船，终于到达尽头，进入一片橡树林里。路变得稍稍险峻起来，华盛顿州各处的幽深森林里随处可见的笔直松树，一直绵延到橡树林。这些树遮住了我们前行的方向。我们渐渐找到一条长着青苔的小道，沿着小道来到林间的湖畔休息，之后转道来到一座海角孤村。

1　一英里，约等于 1.6 千米。

"回程的路上，我带你去山里的疯人院看看吧。是华盛顿州立疯人院，在这一带可是小有名气哦。"

听了友人的话，我便跟随他登上后面的高地，举目遥望，远方是明朗舒畅的牧场，近处是一座面对幽邃山林的高大宏伟的砖瓦建筑。

隔着一道低矮的白漆墙壁，宽广的庭院里只残留着一条步道，鲜绿的草地上种着枝干细瘦的树木，以及种类繁多的花植，明亮而生动的色彩给眼睛带来了活力。后院里可以看到宽大暖房的玻璃屋顶。小径上有几处长椅，广场的树荫下还设有靠背秋千，放眼望去一派闲寂的景象，却不见一个人影。

我们骑着自行车，缓缓地行进在铁门前的砂石路上，之后又调转头，沿着来时的道路朝着牧场方向前进。一路上，朋友向我介绍完一些风物景致后，随口说道：

"这间疯人院收容着两三个日本人呢。"

听了这话，我不知为何觉得这是一件非比寻常的事。此时，友人又加了一句：

"这些人都是出外做苦力的。"

　　"出外做苦力"这一词，不由得触动了我的内心。往事不堪回首，过去在离开故乡前来美国的轮船上，到甲板散步，总能看见一群劳工，我的心中受到强烈的震撼。

　　那些人与其说是被当作人对待，不如说是被当作货物一般，满满地塞在狭窄、脏污、恶臭的货仓里。一到天气晴朗的日子，就蜂拥般地涌上甲板，眺望茫茫然一片的天空和大海。他们看起来并不像我们这些心理脆弱的人，也不见怀着什么感慨，三四个人一堆，五六个人一组，一边高声说话，一边拿出从日本带来的烟袋吸烟。他们将烟灰磕在甲板上，又担心被路过的船员斥骂。终于到了月亮升上夜空的时刻，这群人开始唱起了故乡的流行曲。他们之中，那些炫耀歌喉的白发老人使我难忘。

　　出外三年的辛苦劳作，将成为劳工们回国后享受十年幸福生活的快乐种子。怀着这一愿望，离开先祖出生又归于尘土的田地，告别比意大利天空更加美丽的东方苍穹，甘愿承受以移民法和身体检查为名目而强加的多种欺辱，远渡重洋来到这片新大陆。

可是，无论在这个世界的哪里，处处都是承受苦役的地方。也许他们中有些人实现了自己的愿望，但随着心中涌起各种悲伤的空想，我眼里曾经只有平和安静印象的前方的牧场，突然间变成一个倍感寂寞的地方。松林阴暗而深邃，仿佛是藏着秘密和恐怖的隐秘屋舍。

所幸，朋友将车停在一棵树的凉荫下，打算休憩片刻，我凑近他问道：

"想必你知道他们为什么发疯？"

"咳……你说的是那些劳工吗？"友人停顿了一会儿，仿佛才明白我问的意思。

"多半是因为失望的缘故吧，不光是一个人……真是太可怜了。可是这样的事在美国并不少见啊。"

"说给我听听。到底是怎么回事呢？"

"我也是听别人说的……无论日本人的社会多么无视法律，这也太过激了。已经是六七年前的事了……"友人从衣袋里拿出烟斗，手指灵巧地卷着烟卷说道。

　　事情正是发生在日本人开始频繁移住到西雅图和塔科马的时期，那个时候不像现在万事整顿得井井有条，种种恶行皆公然盛行。从加利福尼亚州来的流氓无赖，还有不知从哪儿的大海漂流而来的那些由水手变为老板的人，再加上早先来美的老一代移民者，都竞相剥削初来乍到、不熟悉情况的日本人。他——其中一个患者，就是和妻子一起离开故国来到这个危险罪恶的地方做苦工的日本人。

　　当初，导致他决心来美国的主要原因是听信了刚回国的人夸大的言辞。本来，他住在荞麦花开的纪州原野，后来村里正巧来了一个在夏威夷住了十五年的男人，他听那人说美国处处都是摇钱树，便心生去见识异国极乐世界的想法，尤其得知女人挣钱比男人还多之后，夫妇俩终于动身一同来到美国，踏上西雅图——这个连地名的发音舌头都绕不过来的陌生土地。码头上麇集着等待轮船靠岸的介绍劳工的掮客、为旅店拉客的伙计，走私贩卖妓女的人。这帮家伙都有着一双超出常人的锐利眼睛，他们不遗余力地抓住猎物投进自己的网中。这对夫妇被一位自称能介绍住处的人带走，穿过满是装载货物的大型马车和面相凶恶的美国工人来来往往的肮脏的道路，走进一处小巷，推开一家昏暗的屋门，进门后，不是踏上窄小的楼梯上楼，而是被引下楼梯，来到一间薄暗的房间里。

在这儿，付完一大笔的介绍费之后，妻子得到城里一家洗衣房的工作，丈夫则在离市区十英里的山林里做一名伐木工。第二天，他被带进森林中的一栋房子里，即使白天这里也依旧昏暗。房子里住着的三个日本人已经起床，他们也都是伐木工人，其中一位工头模样的人说道：

"来到异国他乡，以后大家就像亲兄弟一样相互扶持共同努力吧。"于是他也格外安心，每天在洋人监工的监视下，和同伴们一起埋头努力干活。

做完工回到这间寂寞的木房子里，初来乍到的他被三个工友询问了很多家里的事，他都照实一一相告，那位工头模样看上去最强势的男人听得两眼闪闪放光：

"把老婆留在了西雅图……哎呀，怎么干这种傻事呢？"他一边环视大家，一边露出异常惊奇的表情大声说。

"我来这个国家的目的就是为了挣钱。和老婆分开过日子，是有心理准备的。"新来的他用悲伤的腔调辩驳时，那个男人又接着说：

"这可不是咱们几个随便说说的，你若真为挣钱而来，就得有这个觉悟啊，把一个女人放在西雅图，就如同把小孩子一个人丢在河边玩耍一样危险呢。"

"欸，为什么？"

"也难怪你刚来什么都不懂。西雅图这个地方呀……不只是西雅图，自踏上美国的第一天起，无论你去哪儿，都找不到一处能给女人带来幸福的地方。伤到身体还是小事，糟糕的是怕再也见不到老婆的面了。"

"确实如此呀，还是小心点好。"另一个工友加上一句。先前的男人沉默了一会儿，黑眼珠朝上目不转睛地瞅着这个快要哭出声的新来的男人，朝着大烟斗猛吸了一口烟，接着说道：

"来到这个国家，无论是个什么妮子，只要是女人，就是活生生的万宝箱。不，应该是大金库。靠妓女吃饭的男人还有人贩子们，都虎视眈眈地盯着呢，这确实是桩冷酷无情的买卖。这是千真万确的事。夫妇俩走在路上，丈夫突然被身后人撂倒，老婆被掳走后从此消失了踪迹。这么大个美国，到哪儿去找呢。当晚，女人就被拐到很远的地方卖掉了。大金库就是不劳而获的买卖呀。我可不是吓唬你呀，如果不赶快想办法，不知会惹出什么大祸来呢。"

新来的他眼里已经溢满泪水。尽管事实如此，照他现在的身份什么事也办不成。于是那个工头模样的男人和他的两个同伙相视片刻，随即会心地点点头：

"你看这样可好？马上把你老婆带到这儿来……"

"无论如何，这可不好办呀……"

"你是说办不到？别的地方不知道，这个山林里的房子只住着我们三个日本人，所以不用担心。如果你老婆来了，你可以每天见到她，她帮我们做饭洗衣，食费由我们四人分担，一个女人花费不了多少的。"

听了周围人的话，他对大家的意见既没有同意的能力，也没有反对的资格。万事只能都听命于领头人的主意。于是第二天,他与领头的男人一起进城把妻子接回了林中的小屋。

起初的四五天相安无事,他与妻子过着幸福的小日子。今天是星期日,碰巧一大早天就下起了雨,大家不能出去玩,便整日待在屋里摆起了酒宴,又喝又唱,不知不觉已是深夜时分。到了上床睡觉的时间,那个领头的男人站起身来到新来的男人身边:

"喂!想和你商量商量。"说着瞅了瞅其他几个同伴。

遮蔽小屋的深林在风雨中发出可怕的呻吟声。

"什么事?"他无意地转过头来。

"求你件事。"

"什么事?"

"不是别的。今晚想借你老婆一晚上……"

"哈哈哈哈哈,你喝醉了呀。"

"喂。我没喝醉,这不是说笑话,也不是闹着玩的。和你说正经事呢,怎么样?"

"哈哈哈哈哈。"新来的男人发出无奈的笑声。

"哪有人说正经事的时候笑呢?"又一个人插进

来，"怎么样，这是兄弟的情分。今晚就借给我们三人享用吧。"

"……"

"索取物品是要征求意见的。怎么样？不愿意呀。不愿意就算了。可是你得好好想想，在这山林中，四个人辛苦干活，就见你一人过得滋润，你能安心？这可是常有的事，夜里风大，山林着火，我们四人要死也是一起死——谁也不会抛下同伴一个人逃走。上面偶尔弄错，没有寄吃的来，我们一定会将各自的食物分给大家一半。大伙之间都是兄弟情，不能只顾自己好。我们哥几个来到美国已经五年了，还从来没有碰过女人柔嫩的手呢。你的宝贝不属于我们，所有权是你的，所以我们不会强夺你的老婆，把她占为己有。听好了，只是请求你借给我们。"

"直说吧，你有我们没有的东西，就是要和你共享。"

"怎么样？听明白的话，快给个答复吧。"

男人面色青灰如死人，浑身直打哆嗦。女人哭倒在他脚边，早已连呼救的力气也没有了。

狂风暴雨呼啸着，在这无人的恐怖的深山密林的夜半时分，小屋里传来一声女人的悲鸣……听到那悲鸣，男人顿时昏了过去。

男人终于醒来了，从此精神失常，再也无法回到正常人的状态。最后，他被送进了疯人院。

* * *

听了这个故事，我茫然若失。朋友扶起躺在草地上的自行车，一只脚踏在脚踏板上。

"可是没办法啊，命中注定的事，发生不幸也只有听天由命。我们遇到比自己强大的对手，也只能任人摆布了。"说完他骑上自行车，骑出两三百米后，他又回头望着后边的我说道，"喂，我说的没错吧。我们无法对抗比自己强大的事物。所以，对比我们更加强大而万能的上帝，我们无法对抗，只有服从。"

他独自开心地笑了。渐次隐没的夕阳，令人目眩的光辉洒满牧场，朋友的车向前一溜烟快速行进，我默默紧跟在他后面，一个劲儿蹬着脚踏板。

　　不知从哪里传来牛颈上的铃声。原野的尽头，正奔驰着一辆开往南方波特兰的列车。

明治三十八年（1905）一月

（陈若雷译）

山冈上

一

当初来到美国的时候，有一段时间为了学习语言，我离开居住的芝加哥市，沿着密西西比河河岸大约一百多英里，进入一所大学。学校坐落在一个未满四千人的乡村小镇上。众所周知，美国这类学院或大学大都是从属同一宗教组织的私立学校，校舍建在风景秀美的乡村，那里远离诱惑颇多的都市，老师和学生共同营造理想而纯洁的宗教生活。我如今所在的就是这样一所学校，最初我以为在这么偏僻的地方不会见到日本人，可是我竟意外邂逅了一位终生过着不可思议的忧郁生活的日本人。

从芝加哥出发大约四个小时里，眼前所见尽是无边无际的玉米地。火车刚到达茫茫原野正中央的小小车站时，我立即就下了车，拎着沉重的手提包，径直沿着一条儿童与鸡犬相嬉戏的乡间小道，走到尽头微微高起的小山冈上。校舍掩映在繁茂的树林间，校长是一位看起来非常和善的老人，我把从芝加哥带来的美国人写的推荐书交给他。他还未瞧上一眼，就像亲密的老朋友一般，堆着满脸皱纹地笑道：

"欢迎你的到来。渡野先生见到你一定很高兴，他到我们这里工作已经快三年了，还未见过一个日本人……"

我有些茫然，还不太了解他这番话的意思，他依旧笑容可掬地继续说，"你和渡野先生在日本时就认识，还是来到美国之后才开始交往的呢？"

原来校长见我是日本人，就以为我此行目的是为了拜访同为日本人的渡野君。不过这个误会很快就化为两人的现场欢谈，接着他把我介绍给了那位叫渡野的人。

渡野看上去三十七八岁，穿着一件快要磨破的条纹背心，系着一条褪了色的黑色领带，这番素朴的打扮在华美的芝加哥街头很难见到。渡野君留着一头美国式的乌黑油亮的长发，瘦长的脸上戴着金丝夹鼻眼镜。初次见面，第一眼我就觉得他是一个美男子。他白皙的面孔显得有些苍白，那双大眼睛看起来总有些病态的神经过敏。

他见到我时的态度和校长对我描述的丝毫不一致，并没有露出喜悦或者意外惊奇的表情，只是无言地和我握了握手，随后眼神就转向了天花板。其实在交际方面我不比他逊色，也有一副极不受欢迎的冷淡性格。因此，平日里我只是帮他在哲学系收集东洋思想史的有关研究资料，有时听听他关于圣经研究的讲课。除此之外，也没有机会打听渡野是个有过怎样经历的人。

大约三个星期后的星期六下午，时间刚过午后四点，天边的太阳已早早沉入地平线，灰白的天空无力地拖曳着一抹淡淡的红云。我刚来这里是九月末，天气还很暖和，那时绿色海洋般的玉米地，如今在昏暗的天空下变成了一望无际的旷野。四周空气沉静，刺骨的寒气一阵阵从荒野的地底下奔涌上来。我从车站去邮局的归途中，登上学校附近的山冈。山顶上挺立着一棵枯树，我在那里遇见独自一人的渡野君，他悄然而立，用一副难以形容的悲伤表情凝望着冰冻的荒原上正在逝去的夕阳余晖。渡野发现了我，他目不转睛地瞅着我，冒出一句：

"这是多么荒凉的景色啊。"

我对他不寻常的举动感到意外，没有立即做出回应。他俯下身子，似乎在自言自语：

"人们悲叹墓地周围的夕暮，那是因为他们联想到了'死'……看看吧，眼前的景色——荒原的夕暮使人想起人生的悲哀，生存的苦痛……"

我们彼此沉默着，无言地走下山冈，渡野君突然叫住我：

"你到底是怎么想的？人生的目的是寻求欢乐还是……"话一出口，他又好像对自己轻率的发问感到惶恐，以敏锐的目光窥探我的表情，加上一句，"你相信基督教里的神吧。"

我告诉他我愿意相信，可现在还无法相信。当信仰神的那一刻来临时，该是多么幸福的事。听完我的回答，渡野君加强语气，挥动手臂说：

"你是怀疑派，不错不错。"随后安静了一会儿，又问，"你持怀疑的观点是为什么呢？我当然也没有美国人那样的信仰……所以我想听听你个人的看法。"

于是我毫无保留地将个人的宗教观与人生观说给他听，他竟然在很多想法上与我大体一致。他熠熠闪光的眼神表现出内心的欢喜，连连赞赏我是个有才能的人。

无论是谁，两个互不了解的人一旦凑到一起，没有比发现彼此思想一致更加愉快的事了。与此同时，彼此的精神世界也变得亲密起来。

在这之后的日子里，我们朝夕相伴，谈古论今，成了亲近的朋友。无须我的询问，渡野君就将自己的经历讲给我听，我慢慢对他有了大致的了解。渡野君从生活在日本的父亲那里继承了丰厚的家产，七年前出洋留学，在东部的大学拿到学位后在纽约过了一阵子无所事事的安逸日子。有一天，在某个聚会上和这所学校的校长相识并成了好朋友。那时正巧学校需要找一位研究东洋思想风俗的日本人，他如愿以偿来到了这里。然而，渡野自身对东洋知识所知不多，只能

勉强作为助手帮助搜集资料。他来到这块土地的第一
目的不为其他，只是想打破固有的怀疑思想，获得虔
诚信仰的安心感。为此，他特意选择了远离城市的乡
村田舍，接近有宗教信仰的生活。

　　应该说渡野没有必要为了生活而去寻求职业，
他只是为了消解牢牢困扰着他心灵的郁闷，毕业后
就放弃了返乡的念头，终日过着顾影自怜的日子。
每想到这里，我便从心底由衷地对他产生强烈的敬
佩之情。

二

　　我和这位我敬畏的朋友一起，平和而愉快地度
过了美国寒冷难耐的一个冬季。如今正是享受从四月
复活节那天开始，阳光逐渐变得温暖的时候，很快就
要迎来盼望已久的五月了，对于长期忍受冬季煎熬的
心灵，五月的天空是多么可爱啊！直到昨天，这使人
不忍心面对的寂寥阴郁的平原大地，转眼间已变成
一望无垠的绿草的海洋。那柔润的绿色映在明丽的

蓝天之下，放眼望去，我此刻的心情，啊，该怎样
形容好呢?

每天我都愉快地步行三英里以上，或倘佯在苹果花盛开的果园，或和放养的小牛一起仰卧在牧场松软的有着三叶草的草地上，抑或站立在小河边，于紫罗兰醉人的花香里和野云雀一起欢歌。到了午后，富裕的农民家庭也趁早驾起马车出外野游，原野处处回荡着女孩子们欢快的笑声。然而伴着艳丽的春天的到来，那个渡野君，这里只有他一个人，渐渐变得抑郁起来，就连邀他散步也一度遭到拒绝。渡野将自己关在房间里足不出户。

对于他的不寻常举动，我实在觉得奇怪，于是在某天晚上打算去找他，想问清楚原因，也妄想有可能还能给他带去一些安慰。我来到他租住的公寓门口，心中突然莫名其妙地有些胆怯。事实上，我也说不清楚渡野君到底是个什么样的人，就像面对英雄伟人，我们一面尊敬与崇拜的同时，心中也会暗暗生出畏惧的念头。至今，我也无法去除来自渡野君身上那种阴森的感觉。终于，我没有勇气叩响他的房门，更

谈不上去倾听他心中的告白……我改变方向，悠然地在春夜里漫步，不知不觉登上了去年冬天第一次和渡野君一起聊天的山冈。

当时一株枯瘦的苹果树，如今满树的鲜花缭乱地绽放，状如飞雪，我全身被包裹在难以形容的芳香之中。我伫立在柔软的草地上，环望四周，这就是地球的表层，我想象广袤的大平原之上，一轮朦胧的春月。随处可见的洼地里的水，在那薄光里映射出天空幽暗的颜色。后方的校舍传来女学生演奏的欢快的乐曲声，近处的乡间小道上，家家户户的窗子上静静地亮着灯光。

啊，魔术世界里梦幻般不可思议的异乡的春夜！

我忽然一阵恍惚，陷入自己也无法理解的寂寞的空想中，突然后面有人拍我的肩膀，"喂"的喊了一声。没想到是渡野君。我心想他有什么事呢。

"刚刚我去了你那里。"

"我那里……那我们走岔道了。"

我没有告诉他我不敢敲他家门的事。

"我突然想和你说一件事，所以出门去找你……"

"什么，你有什么事呢？"我颇为吃惊地问。

"我们坐在这儿吧……"他先我一步坐到苹果花下，沉默了一会儿。他多半和我一样，被这笼罩着大平原的异乡春夜的神秘倾倒了吧。然而，他立即清醒过来，转过头对我说：

"我这两三天可能就要与你离别了。"

"哦，你要去哪里？"

"我想再去一次纽约看看，或许去欧洲也说不定……无论如何我决定离开这里。"

"有什么急事吗？"

"不，不是什么急事，是我个人的私事。只是一时有所感罢了……"他的语调软弱无力。

"你感觉到了什么呢？"我这样一问，他微微叹了口气，"这就是今晚我想和你说的。虽然我们交往不到半年，可总觉得好像已经有了十年的交情。我决心告诉你所有的事，然后与你道别。我们会在某个地方再见的，因为你说过还要漫游美利坚。"他凄凉地笑了笑，然后平静地诉说起来。

三

从日本的大学毕业不久，我就离开父亲，靠着他留给我的财产和新学士学位的名义，按照自己的想法，行进于俗世的道路上，颇感幸福。我的专业是文学，我听从身边众人的劝告，成立了一个以拯救人生和改良社会为目的的文学会，并且创办了出色的月刊杂志。

从学生时代起，因常常向杂志和报纸投稿，我的名字就被一些人知晓。现在凭借父亲留下的财产为后盾，堂堂正正走上社会后，一时间文学会搞得热火朝天。以我为代表的团队，都是由刚走向社会的年轻大学生们组成的，有本机关杂志打过很多广告，因此在创刊号发行之前，我们的杂志就已经成为世间数一数二的有名刊物了。我的周围当然不乏阿谀奉承之辈，当时的我除了赞美之外，什么也听不进去。

那时我二十七岁，还是独身。真真假假，听到了不少流言蜚语。诸如某些伯爵家的小姐们，听完我的演讲就得了相思病，甚至在某所女校，学生之间因对我个人评判不同而引起不小的争论，等等。此外，我还收到一两封情信。

我开始领悟到我本人对于异性具有一种微妙的吸引力——这让我感到无比愉快。而且较之自己的主张和人格受到世间的尊重和欢迎，此种愉快更加鼓舞人心。该怎么说呢？无论如何，我无法为自己辩护，总之，那一瞬间、一个刹那，我确实是这么觉得的。

我深感愉快，并且尽力维持这种欢乐。我心中听到一个声音："不要急着结婚。首先你们这些人，从你们男人的角度看，将绝代佳人般的妻子与长相一般的处女相比较，你感到哪一方会使你产生更强烈的幻想呢？你的魅力也与这个是同一回事。"

我已经成了这个声音的奴隶。我尽量把自己打扮得漂亮些，一大早到年轻的贵族宅邸拜访那里的太太和小姐们。我陶醉于秋波的流转与微笑的光影里。到了傍晚，灯火闪烁下倾听美人的歌唱，就这样，送走了如梦如幻的两三年岁月。

可是有一天，为了避开东京人的目光，我把三位美女带到海边一栋闲静的小楼里游玩。那是一个冬日的黄昏，从午后的小睡中猛然醒来，只见我那最宠爱的美人独自一人将膝盖垫在我的头底下，靠在身后的墙壁上，迷迷糊糊地睡着了。另外两位已消失了踪影。屋内光线暗淡，屋外传来远洋上猛兽低吼般倦怠的潮水声。

我一动不动地又闭上了眼睛，不知不觉想到如今以这样的身份，待在这个地方，世上又有谁会知道呢？世上的人，多对我冠以社会改良家这样漂亮的头衔——这么一想，我陷入一种厌恶、悲伤的情感煎熬中。这自然不是到今天才有的觉悟，从一开始我就绝不认为这种快乐是值得赞赏和奖励的善行，也不认为像宣扬慈善事业的广告那样有公开宣传的价值，我只当作绝对保密的事情，巧妙地瞒过世人的耳目，直至今日。当然如果想继续保守秘密，也是很容易的事。如今的世上，不严守一点秘密，任何事都是很难成功的。从这点上来说，我确实可以不算过分地自称为才子。可是，我现在所感到的是如果我没有一点秘密，所谓青天白日之身，又会怎么样呢？假使成为这世间所想象的清白之身，是愉快还是不愉快呢？

我的结论无疑是"愉快"。为什么呢？因为秘密就等同于一个累赘，是很麻烦的东西。

那一刻，我开始进入人生的悔悟时期，决心断不接近浮世的快乐。同时，从心底期望能够早一日躲避单身生活的危险，得到一位帮助我勇往直前的神圣而贤明的妻子。

四

最后我选择了怎样的女性做我的妻子呢？

她是一位护士。

正巧那个时候，我得了严重感冒，根据医生的指示，雇了一位护士照顾我。护士是个二十七岁的处女，个子不矮，非常清瘦，我该如何评价她的容貌呢……虽然她不是丑女，但也绝没有让男人着迷的娇媚的风情，她消瘦的面颜色白如雪。一对忧郁的大眼睛低垂着眼帘，使她看上去仿佛总是在默想什么。她幼年失去了父母，在之后孤苦无依的生命中，她把自己虔诚地奉献给了上帝。

　　我在病中时常夜半醒来，每每必能看到她在黄色灯光下，阅读《圣经》的身姿。夜深人静，她端坐在那里，白色的倩影总是在我心里激起一种说不清的平和与寂寞之感——这情感中具有的神圣和高雅，预示着她是超越了地上人间的存在。我不由得想，如果能和一位这样对宗教怀有虔诚之心的神圣女子结婚，将来会得到多么大的感化啊。我认定只有她才是我妻子的唯一人选，等到病体痊愈之后，我立即向她求了婚。

　　她惊讶的同时，又努力使心情平复，最终拒绝了我的请求。我强行握住她的手，忏悔生来所有的罪恶，并跟她说，正是出于对她神圣的爱，我才远离世间的快乐与罪恶，开始进入真正有意义的生活……她认真听完我说的话，感激的泪水簌簌而下，口中反复祈祷着。人们也许会感到可笑，或者以为我酒后胡言乱语吧。然而那时，我坚信她是上天为了救赎我，赐予我的唯一宝物。

　　啊！然而那是一个很大的错误。如果只是错误还不要紧，但这使我陷入了更大的不幸之中。当我把她当作救助的神去依靠并对她倾注全身心的爱时，我的心中怎么也无法涌出温柔的恋情。我对她只有尊敬之意，也就是说，两个圣灵在情感上无论如何都无法结合在一起。

春日的一天，我和她两个人在家中的庭院里散步，我找了很多话题和她聊天——这是一个梦一般明丽的春日，蓝天如玉石般放射着光辉，樱花与桃花将眼下的时光装扮得灿烂如锦，小鸟也尽情地展开了歌喉。青春的热血燃烧之时不是在这春天，又是在什么时辰呢？我俩正要坐在花下小亭里的时候，我握住她的手，吻了吻她的面颊。她顺从了我的行为。可这是多么不可思议的事呀。她那惨白的面颊不仅是颜色，全然如雪一般冰冷，我双唇所感触到的这种寒气将我全身唤起的强烈热流冷却了。她就是一尊大理石雕像。我松开了握着她的手，茫然地凝视着她的脸庞，她回望着我，凄然一笑——我冷不丁打了一个寒噤。这是为什么，我也不清楚，只是心中不快和恐怖的情绪油然而生。

我站起身，一个人朝树丛那里走去。她没有跟过来，仍旧坐在原处，像往常一样一双忧郁的眼睛不时抬头仰望天空。不久，我听见了她小声哼唱赞美歌的声音，那曲子的旋律于一瞬间让人生出莫名的不快。我只能在心里默默无奈于没有办法解开这个结。要说赞美歌的旋律，从前在那些放荡生活的日子里，时常在繁星闪耀的寂静傍晚，听见从教堂窗户传来歌声，那实在是使人心情平和的音乐，至少不曾感到厌恶。可是现在又是什么原因呢？我的心里有几分伤感，想着诸多莫名其妙的事，不知不觉穿过树丛来到后庭。

这里是一片广阔的田地，夏天开满了美丽的豆花和黄瓜花。我更加喜欢夕月照耀下的这块土地。如今播种刚结束，田地一片平整。因为没有任何的遮挡，天空中洒落下来的春光一派明媚，令人目眩神摇。我全身沐浴在光辉里，仿佛被熏蒸一般温暖，额头渐渐渗出一层薄薄的汗珠。已经听不见她唱赞美歌的声音了，只剩下划过空中燕子的呢喃。春天里，有时阳光最浓烈的白天甚至比深夜更加寂静。那些困扰我的繁乱思绪，不知消失到哪里去了，我只是静静望着天边缓缓浮动的白云，向靠近田端的一户人家走去。

　　我眼前出现了一片烂漫的桃花，仿佛一团燃烧的火焰。这时，花间蓦地闪过一个女子的身影……我不由停住了脚步。缭乱盛开的桃花覆盖了人家的屋檐，花树下一扇低矮的窗户，少女的胳膊肘搭在窗框上，正侧着头专心地睡午觉呢。春日的阳光落在桃花上，将粉红色的光影投在少女半边的面颊上，那风情实在难以言说。从十步远的地方望去，简直就是一幅美丽的图画。

　　她或许是一个月前来家里学习规范礼仪的十九岁的小学徒吧。我没有闲暇去考虑这些，只觉得这是多么美丽的风景啊！那丰腴的臂腕，那滑润的面颊，那美艳的肌肤！忽然一只漂亮的蝴蝶款款飞来，把少女红润小巧的耳朵当成了一片花瓣，悄然停歇在那里。春之蝶在少女耳旁情声细语什么呢……是惬意或是甘甜，我心中油然升起不可名状的幻想，仿佛被投入了恍惚的梦境之中。

　　我将世上的事、自身的事，所有的一切都忘得一干二净。当然更不确定此刻的自己是否爱上了这个女子。我只是想走近她的身边，去触摸一下她那好似燃烧着的脸庞。或许是全身流淌着的热血命令我这样去做吧，我快步来到她身边。就在那个时候，她突然醒来，惊恐地环视四周，看见我站在那里，她一时不知如何是好……随即捂着脸逃回另一间屋子去了。

虽说这只是一件细微小事，但对我来说，却是一件大事。从那天起，我下意识地开始不断回想起往昔华美的生涯。我的耳畔传来了音乐和美人的窃窃私语，眼里出现了红裙翩翩的舞姿。以前的决心早已不知消失到何处去了。我自己坚持选择的妻子——我尊敬她，是因为我把她当作拯救身心的上帝的化身，如今却被我完全抛诸脑后了……如果单是这一点那还好，但不知为何，我变得越来越憎恶她了。我一心想阻止这种坏心思的膨胀，又苦于不知道该如何向她解释这种精神上的变化，最终一切都是白费力气。她什么也不说，也没有任何表示。她忧郁地低伏着眉头，似乎早已看透了一切。我渐渐对她产生了恐惧感，有意识地避开她的视线。结果呢，她仿佛明白了我的心思，为了尽量不遇见我，终日待在房间里闭门不出。我不知如何才好，只觉得眼泪都要流出来了。

事已至此，我也不能装作什么事都没有发生过，毕竟是自己选择她做了妻子，无论如何都要好好地爱她，我一味急着想消除对她的厌恶之情，但越是着急，事情就变得越糟糕。我终于成了一个神经质的人。一天夜里，我在睡梦中忽然听见声响，惊醒过来时，她身穿洁白的护士服正端坐在我的枕边，随即传来诵读《圣经》的声音。那声音听起来那么阴郁，那么让人毛骨悚然。我从床上一跃而起，擦亮枕边的火柴，谁知房间里根本没有什么人，夜依旧静寂无声。

从那夜起，之后的每个晚上，阴郁的诵读圣书的声音总在耳畔响起，搅得我无法入眠。我甚至还想过，如果像刚结婚那会儿让她睡在身边，会变得如何呢——我回忆着过去的情景，也试着这么做了，结果却愈发糟糕。夜色渐渐加深，我精神越来越亢奋，而躺在我身旁的她宛若石头般冰冷，渐渐地，渐渐地，仿佛把我的体热都冷却了。如果今晚我和她同衾共枕，那么从此，看见美丽花朵而生愉悦之情，品尝暖酒而觉甘甜之味，这些微妙的神经感触都会渐渐逝去而不复存在。于是，我拼命用手掌摩擦自己的皮肤，看能不能重新获得一些热度，但却无济于事。如果此刻我闭上眼睛睡着了，那么一定会就这样死去——即使明天早上温暖的阳光照耀花园里的花朵，鸟儿唱起了歌，我也看不到、听不到了。想到这些，我恐惧万分，完全不敢闭上眼睛。

夜更深了，听着她那不绝如缕的酣声，我感到伴随着持续不断的呼吸，存在于她肉体中的灵魂正乘着这夜晚的静寂，升入她所不断梦见的天国。我没有触摸她，只是将一只手轻轻地搁在了她的胸口上。她身体仰卧，两只手紧密交合在前胸，一动不动……忽然我的手碰到了如冰块般冰冷的东西，我不由将手缩了回来。当我再次慢慢伸手探寻的时候，发现那是她从不离身的金十字架。

就这样，每晚的失眠导致我身体极度疲惫，痛苦中也只能靠白天的小睡得到一些休息。为了维持生命，我必须远离她身边。和她继续一起生活在同一个屋檐下，无论使用什么手段我都办不到了。无奈之中，我想到了旅行，从此我决心要到外国去。

　　我立即告知妻子要去美国求学。她如往常一样似乎完全看透了我的心思，对我的想法毫无异议，很快就同意了我的决定，还说这样的话自己又可以回去当护士了。我执意将财产的三分之一作为生活费支付给她之后，就飘然来到了美国。

　　那以后的事没必要一件件都说清楚了。如你所了解的那样，在美国这块土地上，可以见到世间善恶两个极端，人们可以按照自己的喜好自由选择。既可以找一间终年不见天日的地下俱乐部，于红灯摇曳下，依偎着裸体美人的香肩，一边吸食鸦片一边做梦；也可以到一处不知浮世荣华为何物的乡村过着宗教生活，朝夕听闻寺院的钟声回荡于和平的牧场上空。

　　我既已观察了美国的世态人情，便没有必要继续待在这里了。我随时可以回到日本，更加积极华丽地展开自己所喜爱的事业。然而我还有一个疑问，我今后再也不会怀念这尘世的快乐了吗？等我回到故国之后，还能和我那位如冰一般冷漠的妻子过上幸福的生活吗？当然在自制力上，个人存在着差异，我断不会掌控不了自己，但我也不会因此而得到满足。假如我用早晨捧着圣书的手，晚上偷偷将酒杯举起（尽管可以克制），倒不如主动只擎着酒杯为好。毕竟克制欲望只不过显示意志力稍稍强大而已，除此之外没有任何意义。牢狱里的囚犯是第一圣人，因为在坐牢的日子里，他们不做任何坏事。

我一边这么想着，竟也在这个我喜爱的伊利诺伊寂寞的乡下度过了将近三年时光。但我并不安心，我想再次回归城市的生活，再次看一看都会街道上闪烁的灯火。我想对今后的生活做出最后的决断。

我明天将和你别离。可是我向你保证，无论做出何种决定，我都会通知你。之后不久，我将寄给你三种照片中的任意一张照片。如果我生活如愿，能够从心底去除快乐之念，你将会收到我和护士结婚时的照片。否则，我……对啦，会寄给你比法兰西女人更加妖艳的舞女的照片。看了这些照片，你就能想象出我今后的生活是怎样的。

明治三十七年（1904）三月

（陈若雷译）

醉美人

　　一九〇四年夏天，我去参观在圣路易斯举办的世界博览会，随行的是一位令我喜出望外的好向导。

　　他名叫 S，美国画家，过去与我同住在芝加哥郊外的公寓里，因此非常亲密。从公寓搬走后，他一直待在离圣路易斯不远的密苏里州希兰乡下。他说这次博览会上会展出自己的作品，于是我先给他发了电报，然后从北部的密歇根州坐火车开始了十五六个小时的旅程。——沿途景色不外乎美国大陆常见的无边无际广袤的玉米地，时常还能看到小河边饮水的家畜，山冈上两三间人家和茂密的果树林。即使单调，我一个人开始各种愉快的幻想，并不感到多么劳累。当火车驶过伊利诺伊州，连接东圣路易斯并横跨密西西比河的有名的伊兹桥也消失在视野之外了。

　　透过火车车窗，可以看见河对岸圣路易斯市郊外的房顶，以这个中部城市为终点，从北美新大陆的各个方向汇集而来的铁路线如蜘蛛网般不计其数。在沙尘与煤烟的漩涡之中进入站内，各种杂音汇聚而来，轰鸣不已，巨大如山的几辆机车喷吐着黑烟出出进进。开往东部的两辆列车先后出发了，我本以为要与它们擦肩而过，不想在另一侧的线路上，与我们的列车同向而行。所有美国铁道公司的列车都排着队顺次抵达这个中央大站的月台。

我下了火车和众人一道穿过长长的月台，走出高大的铁栅栏大门，这里的屋顶很高。水泥铺就的广场上，男人和女人的帽子如波浪起伏。作为美国人的S早已习惯了这样混杂的场面，他很快发现我，迎上前来，以西洋人惯用的应酬话"How do you do"，满怀热情地跟我握手打招呼。

我省去了寒暄的话，直截了当地问他送展的是什么作品，他露出很满足的表情连说了两遍谢谢，说要把这件高兴的事放到稍后再慢慢谈论。天气炎热，城市中心的旅馆楼上楼下都挤满了人，无法久待。毕竟已经来到他居住的希兰，于是我跟着他走出宏伟的石砌火车站，冒着夏日如火的阳光，在车水马龙的道路上走了二百多米远的距离。

"坐那辆蓝色的电车，只须一个小时就能到我家对面的街角。"

他一边说，一边叫住一辆快要驶过的电车，我一跃跳上车，渐渐离开了圣路易斯这座喧闹的都市。

脏污的小屋、小酒馆以及木造的小客栈，和高大的砖砌工厂混杂在一起——处处都是同样的风景——驶过街道尽头，碧绿草地上繁茂的枫树和橡树林在电车线路的两旁显现，绵延不断，永无尽头。层层交错的树叶间漏泄下来的阳光和那不时透过树枝窥见的青空的色彩，何等美妙！回头想想，比起喀斯喀特山、落基山，还有占据北美西北岸一带那只能让人感到恐惧的黑暗潮湿的深林，这密苏里州的山林是何等亲切可爱！

"我爱这里的树林！"听我这么一喊，S露出非常兴奋的神情。

"我住的地方，就在这种枫树林里的一个小村子里，翠绿的草地，缎带般的流水，天空总是蓝蓝的，除此之外什么都没有。我的女房东饲养了壮实的母牛和羊，我可以请你吃手作的甜奶油。"

他一边说一边掏出表看了看，"快到了。马上就能看到柯克伍德树林里的村庄了，从那儿再穿过一条大道，就到希兰了。"他话音未落，电车驶过绿葱葱的树林，眼前或许就是那座村子吧，居民区里耸立着高大的石砌寺院。电车沿着坡道缓慢行驶，时而上时而下。过了一会儿，S拍拍我的肩膀："就是这儿，就是这儿！"

下了车一瞧，正如他所说，蓝色的天空，静静的村庄，周围满眼翠绿。想起圣路易斯那样的大城市，炎热的夏天，温度高达华氏一百多度，而这里微风拂拂，送来阵阵清凉。透过树林极目眺望远处的牧场，夏日午后，传来牧牛慵懒的叫声。附近人家后院的农田里，还传来声声鸡鸣。回想起一小时前还处在圣路易斯市中心的喧嚣里，这儿带给我如梦如幻的心境。

"博览会场离这儿较远，不过坐电车也只花四十分钟，你和我一起在这儿附近找一家旅馆住下，你看怎么样……"

S 这么一说，我没有理由反对。正好今年，这里的村子为了招揽参观博览会的客人入住，每一家村民都准备了最干净的房间作客房，我暂时在 S 隔壁第二户民宿里住了下来。

翌日，我们早早去博览会参观，不，比起参观，更重要的是我们首先得去看 S 的展品。

我和他一同坐电车到了博览会的后门，然后穿过树林径直来到有三栋展馆的美术馆前。中央的那栋是合众国的专属展馆，那里面就有他的作品。我立即恳请他带我去参观，他领我随便看了几间展室后，再来到一间狭窄细长的房间，停下步子朝向我，指着西墙上挂着的一幅裸体画说道：

"是那幅。"

画里的模特儿大概是埃及或阿拉伯地方的妇女吧，有着黑色的头发和黑色的眼睛，这个肥硕的女人仰卧在长椅上，脸庞稍稍朝观众的方向倾斜，手里捧着半杯葡萄酒。幽深的黑眸子陶然微醉，硬睁着沉重的眼睑仿佛在凝视着什么，透出一种无法言喻的神情。S 对着自己的画，沉默片刻，接着说道：

"这微醉的眼神我当然是花了一番苦心的，不过，更加专注的地方却没有被人们注意到，那就是有色人种皮肤的颜色。随着酒的热力胀满全身，我所有的血管里都涌起温暖国度的情热——为了传达这层意思，与其通过眼睛的表情，不如着重于灯火映照下皮肤色彩的描摹。怎么样，你说对吗？"

我始终没有回答，无言地看着画，他继续说道，"或许这样的题目本不该出现在美术作品里。我是从一位曾经熟识的法国友人真实的故事中，忽然产生这一灵感的。……"

他的话音未落，就有五六个女人高声吵嚷着走进来，他朝那边望了望，说道：

"怎么样，我们一边走一边看吧……陈列参考画的展室里还有一些英法大家的作品，如米勒、柯罗等。"

我们朝那间展室走去。不知不觉，中央馆展出的作品也差不多看完了，接着我们走进东边的展馆，那里陈列着英国、德国、荷兰和瑞典等国家的作品。

时间飞速流逝，转眼快到关门时间六点了，我们打算改天再去看西边展馆里陈列的法国、比利时、奥地利、意大利、葡萄牙和日本的展品。我们随着人群一起走出了东侧的美术馆，正前方是大音乐堂，宽广的三级台阶前的大水盘里，瀑布喷涌而出，我们坐在堂下的椅子上休息一下精疲力尽的腰肢。

方圆七英里多的大会场中，这里是最为壮观的地方。从对面遥远的正门眺望高大的纪念碑和众多雕像矗立的广场，宏伟壮丽的各种建筑如城堡般整齐地排列着。建筑中间有一个如湖水般广阔的池塘，从高耸于我们头顶的水盘流经一节节高大的阶梯后跌落下来的瀑布的水流正汇入那里。气势磅礴的喷泉周边，浮着各种小舟和画舫，一切景象尽收眼底。

单这些，就足以让人惊叹了。随着场内某处敲响的钟声，太阳沉没于身后的森林，这时眼前所有雪白的建筑都亮起红色和蓝色的彩灯。苍茫天空下排列着的无数裸体雕像沐浴着灯光，似乎可以看见他们自阶梯周围以及各个展馆的屋檐上，从死寂的睡眠中醒来，伴着各处奏响的音乐，浮现出美妙的姿影，翩然起舞。

多么让人惊艳的不夜城啊！这是美利坚人民依靠财富的力量创造的一个魔幻世界。我陶醉其中，茫然地望着眼前的风景，S一边不停嚼碎嘴里专供吞食的香烟，一边望着登上阶梯的人群。他打量着那里的每一个人，看到年轻漂亮的妇人就连连点头，全神贯注地目送对方的背影远去。

"有没有可以成为模特儿的呢？"听了我的询问，他毫无顾忌地吐了口含着烟草的吐沫。

"很难找啊。可是即使找不到模特儿，看看这些体态丰腴的年轻女人也是件很愉快的事。这种愉快是神授予我们的一大特权，作为男人，研究女人是我们一生都要履行的义务。毫无疑问，法国人能做到这点，我的一个好友是法国派驻外国的记者，那个男人为了研究男性身体能给女人带来多少愉快，中途英年早逝，牺牲了自己。这已经是很久以前的事了，我曾经想把这个男人做的一个实验表现在我的作品里，于是就创作出了那幅画。我告诉过你画的标题了吧，微醉的裸体美人……标题叫《梦前的瞬间》。"

我之前忘了交代，这个 S 非常喜欢法国，可还没有去过那里，也不精通法语。他本人有一世纪前移民新大陆的纯正法兰西人的血统，尤其是祖父和一位法兰西女演员结婚，凭这一点，他相信自己身体里流淌着美术家的血液。此外，他还武断地认为意志坚强、头脑过于清楚的美国人，是绝不会在美术上有所成就的。

他将嚼碎的烟草吐干净，然后拿出雪茄，递给我一支：

那个男人的研究对我们是有价值的。他叫蒙特罗。刚到美国的时候，他感到不会在如此大煞风景的野蛮之国待下去，这里虽然不缺活力四射的女人，但也都是些鼻子尖挺的犹太人和嘴唇厚实的黑人。晚餐也没有一处好吃的地方，他常常抱怨满腹，但这其中最令人费解的是，他竟然爱上了一个有黑人血统的混血女人。

究其原因，某天晚上，他在街上的餐馆吃完晚饭，一个人闲逛的时候，偶然路过一座污秽的小剧场。剧场门口摆放着各种彩色的广告牌和照片，其中有一幅画是一个微胖妇人高高跷起一只脚跳舞的样子。这样的画，如果放在法兰西，只要在路上随意转一转，一个小时内就能看到几百几千张。当然它没能引起蒙特罗太多注意，然而他却停下脚步，买了张票进了戏院。

这是美国街头随处可见的杂耍剧院，有杂技、滑稽舞和各种乐器的弹奏表演。等表演结束，门口广告牌上的那个主人公出现了，她是一位混有大部分黑人血统的女子——短短的头发自正中分开，穿着露出半身的短裙，一上台便热烈地扭动起来。可是在蒙特罗的眼里，这一切并不稀奇。他好不容易忍耐住忽然涌到喉咙口的哈欠，但他没有马上将目光转向别处，他无可奈何带点漠然地望着舞台，突然注意到黑人女子特有的肥胖身体有多么丰满，与白人女子的体态比较起来，到底哪里不一样呢？蒙特罗没有想过这个问题，却感到这是个值得研究的重要问题……他渐渐陷入思考之中，舞台上的女子跳完一段舞后停下来休息的间歇，她大大的黑眼睛脉脉含情地望着台下观众，这又引来蒙特罗更多的注意。文明世界的人不会有那样的眼神，那是动物的眼神，是被驯养的家畜向主人乞讨食物时的眼神，想到这儿，蒙特罗再也压抑不住内心的好奇……不，这样的好奇心是他强逼着也忍不住起伏的，还有什么可犹豫的呢。自那天之后，蒙特罗又接连去了三个晚上，这也不是奇怪的事。起初两人只握了握手，不到一个小时就已经亲密地挽着肩一同往那女人租住的地方去了。

关系发展到这一步，他很容易地觉察到，这个混血妇人和文明世界的女人一样，一举手一投足都富有艺术的美感。她卖弄风情的言语里余韵缭绕，使男人心荡神摇，她虽然没有一丁点渴望愉悦的野心，但身体的神经所能感受到的强烈愉悦，甚至从睫毛细微的颤动和指尖微妙的表情里都传达出来了。

那是一个寒冬的夜晚，她关紧房门，升起熊熊炉火，把罩着丝绒布的柔软长椅拉到近旁，和男人一起舒展四肢。她先脱掉鞋子和袜子，让脚趾和脚心暖和起来，然后两手向后交叉抱住头部。随着全身渐渐变暖，她几次用力挺了挺身子，又朝各个方向扭转几

次，这一来全身的肌肉就完全放松下来，最后从手指
到脚趾都憋足全部气力。完了之后，她又用力吐出一
口气，同时将无力的半个身子倒在男人的躯体之上。
嘴里土耳其烟的香味越来越浓烈，那不断冒出的青烟
停滞在淡红色灯罩透出来的光影里，拖曳着几缕烟
雾。她若有所思，朦胧地注视着。

　　她和男人抽完了一两支卷烟后，又一口喝干了
一杯香槟，这酒对于她身体来说，比宝石更加珍贵。
一时间，名酒的热气从体内，暖炉的烈火从体外，分
别催促着女人全身的血潮极度猛烈地喷涌。她的眼睑
变得沉重，似乎连睁眼的气力也没有了，可她仍一动
不动地望着男人以及四周屋内的景象。这并没有持续
很长时间，她全身的骨头好像被抽走一样，搁在长椅
上的手臂无力地垂落在地上，迷迷糊糊地进入梦乡
了。进入梦中的瞬间，她相信自己来到了现世之上的
天国。

　　蒙特罗想必对这个珍奇的发现感到无比满足吧。
三月的每一个晚上，他必定要去女人的住处，没有
一天缺席。然而这样的男人始终是随着气候变化会

产生想看看其他奇异事物的心思的人。因而今晚，他决定最后一次来看女人，他朝向她，直截了当地撂下一句："我因为工作忙暂时不能过来玩了。"说罢就离开了。

第二天晚上，他照旧去了那家餐馆。街上的路灯闪烁着美丽的光辉，在他眼里，往来的女人的身姿比白天更具风情，他久久地站在十字路口的街角。这时，突然感到从未有过的一阵迫不及待的心情，迫使他没有目的性地快速迈动脚步。奇怪的是，当他缓过神来的时候，已经到了那个女人的家门前。

男人不甘心这么简单地回头，他敲敲门，女人迎了出来。因男人前一天晚上所说的话，女人略显出既惊讶又喜悦的表情，她习惯性地快速拉起男人的手，来到二人常坐的长椅边，看样子女人早就预料到了他的到来。

正因为如此，前夜当男人说不会再来的时候，女人并没有表现出特别恋恋不舍的样子，反而非常冷静："哦，是这样啊。"看来，那个时候她已经判断出我会再来这里，这么一想，男人心中莫名恐惧起来。

他越发想冲出门去，刚要起身，女人一把握住他的手，将沉重的上半身投在他的膝盖上。

女人灼热的身体，宛若一团燃烧的烈火。热度经过紧握的手传递，还不到一分钟，胸口就痛苦地喘不过气来，他感到自己身体中的热气渐渐地被女人吸干净了。这时候，女人又黑又大的眼睛的瞳孔久久地纹丝不动地注视着他的脸，用极其沉静的语调说道："你就今晚不出去吗？"他已经失去了回答的力气。

那凝视的眼神明白地投射出一种威力，带着激烈的感情：无论你多么急着逃走，一旦被我看穿，就再也不会让你自由来去任何地方了……他全身颤抖，却毫无办法。自己是这个女人的饵食——就如出现在猫眼前的老鼠、站立在狼前的小羊羔，他的心底不由得做好了无谓牺牲的准备。

真令人悲哀。最初相识之际，蒙特罗有着男人兼主人的自信，把她当作被驯化的柔顺的家畜般怜爱嬉戏，不知不觉中却被一种包裹她全身的看不见而又奇妙的力量束缚，落入无法挣脱的境地。你也许听过波斯和土耳其的古老传说，动物迷上了美丽的皇妃，最后进入她的身体的神秘故事。再看看这位法兰西绅士，可以说他也是被流淌着动物血液的黑人女子牢牢盯上了。

他渐渐衰弱，只有眼睛含着光，他想着要如何才能远远逃离女子的身边，这让他陷入无边的苦闷，然而他依然被女子所吸引，是的，就这样一年过去了。从身体健康着想，为了避开美国的寒冬，他先回法兰西，后又去了温暖的意大利，却不小心染上了伴着南风吹来的热病，衰弱的身体终于支撑不下去，他死了。

S 说完，微笑着望着我：

"你怎么想，蒙特罗在自己热爱的道路上倒下了，就如同军人死在战场上，我为他的死感到悲哀，同时又表示赞赏。

已经很晚了。我们今夜也效仿他的主义，让这舌头尚能品味的神经尽可能地享受美酒佳肴的滋味吧。我们愉悦的话，创造我们的神也一定会愉悦。哪儿的饭馆好呢？我们下去再说吧……"

S从久久坐着的长椅上站起来，我也跟着起身，从几座巨大的裸体雕像下一同沿着一段段宽阔的阶梯走了下去。

凉爽的夏夜，无数对男女徜徉在池畔和广场的树影里。彩灯闪耀的不夜城正沉浸于各类音乐和不断涌起的欢乐浪潮之中。

（陈若雷译）

长发

　　春天到来，田园里花开鸟鸣。纽约这座用石头和钢铁、砖瓦与沥青筑造的城市，人们感受春天的临近是从礼帽店玻璃橱窗里陈设的新款女帽开始的。

　　春风荡漾的三月过后，迎来骤雨初降的四月。复活节也照例成了更衣的日子，即便天气不谙时令还微带寒凉，但纽约的女士们早早就盼着这一天的来到，迫不及待扔掉装饰累赘的冬衣，换上轻柔飘逸的薄衣，得意扬扬地驾驶着马车和汽车来往。

　　我喜爱这个国家富于色彩变化的流行时尚，赶上晴朗的日子，远眺热闹的人流，正巧午后三点左右，看见一个人手持一根细长的拐杖，信步从第五大道沿着中央公园的林荫道走去。数不清的马车和汽车沐浴着春天和暖的日光，徐徐前行。正如绘画作品里描绘的午后巴黎布洛涅森林的景象。

林荫道两旁的长椅上坐满了观赏这奢华风景的人们，我也在他们中间找到一个位子，一边打量那不断驶过的车子里的主人，一边尽情地评判着他们对时尚选择和嗜好的优劣。

这时，对面远处一辆马车正穿行于碧绿的林荫间，向这边驶来，从四个车轮到车身，再到车夫的衣帽，都是整齐的深蓝色。

暂且不说别的，就这华美的蓝色，配上春日里的晴空与明朗的新绿，吸引了喜爱它的人们的注意。我等待马车渐渐靠近，想看看这车子的主人是什么模样，她的帽子染成了与装饰物驼鸟毛一样的蓝色，身穿与之相配的华丽衣裳——这是一个上了年纪的女子。坐在她身边的年轻绅士不知来自哪个国度，漆黑的头发垂至肩头，宛若回到十八世纪，短短的红色小胡子，戴着一副扎着缎带的夹鼻眼镜。

坐在长椅上的人们似乎都被好奇心驱使：

"那个男人究竟是哪个国家的人呢？"

"是墨西哥人吧。"

此外还有人说：

"那乌黑的头发的色彩，怎么说也像西班牙裔，大概是从南美来的吧。"

马车在车夫挥动的长鞭下从眼前驶过，瞬即隐没于一辆接一辆的车流中。

看热闹的人们，随着眼前不断出现的风景而改换新的话题。我很想再看一眼那蓝色的马车，因而目送马车消失于大道的彼方仍不愿移开视线。

并非因为车里坐着一个女人的缘故，而是那个留着一头黑发的绅士，在我看他第一眼的瞬间，就感到某种异样的存在。当马车临近我眼前的时候，我定睛一看，无论他打扮得多么光采照人，眉眼间的神情清楚地证明他与我同是日本人。

他究竟是个什么样的日本人呢？和他同乘一辆马车的金发妇人是他的妻子吗？又或许，只是交往亲密的朋友呢？

没想到不到一个星期，发生了一件事，它满足了我这无法抑制的好奇心。一天，我在某处遇见了曾经毕业于哥伦比亚大学，现在与纽约某报社有工作关系的日本友人。我们闲聊之中无意说到了那件事，友人以出乎我意料的口吻对我说：

"是吗？你见到了那个男人，不仔细看真认不出他是日本人。"

"到底是个什么样的人呢，您了解吗？"

"我认识他。我们是坐同一艘轮船来美国的。之后我进哥伦比亚大学的时候，他也进了同一所大学……"

我从他口中听到了下面的故事。

那个人名叫藤崎国雄，是个资产丰盈的伯爵家的长子。来美国留学，进入哥伦比亚大学，说是为了学习，也就是做做样子罢了。他熟知美国男女学生之间华美而自由的交际方式，春天野营和骑马，冬天舞会和滑冰，每天都过着玩乐的日子。

一年、两年过去，到了第三年的夏天。我因为凑不足学费，暑假在某位博士讲师的家中整理藏书，获得一些报酬。没有这方面担心的国雄，或许连旅费都不用吝惜，他去了遥远的西部地区旅行。从被称为"美洲大陆的瑞士"的科罗拉多温泉地到世界七大名胜地之一的黄石公园。

很快秋天到了。大学开学，学生们从各地归来，而国雄却了无音讯。

我想一定是国雄厌倦了学校的生活，以他的品性来说不是没有可能。比起读书更喜欢玩乐，比起玩乐，更爱享受安逸无为的时光。我平日见他无所事事躺在起居室里的长椅或树荫下的绿草坪上，口吐雪茄的烟圈，什么也不想，什么也不做，悠然地望着空中游云的时候，就常想，啊，这世上竟然有如此懒惰之人。

我知道即使劝说他也是无用的，但也许国雄想找机会复学也不一定，于是诚心诚意地写了两封信，不知道他旅行回来了没有，也不知其所在，就只好将信寄往他暑假前的住处。

我一直没有收到他的回信，在失望中过去了一天又一天。有一天傍晚，散步时顺便去他家拜访，女房东出来告诉我，国雄两星期前一回来就马上搬到公园西街〇〇号去了。听到这个消息，我鼓足劲头立即赶到那里，按门牌号码找到了面对中央公园的一幢十层楼的公寓。

我向黑人守门人打听日本绅士的住处。这人穿一身紫色制服，金色的纽扣闪闪发光。他告诉我国雄住在八楼，于是我乘电梯上楼，摁响了国雄家的门铃。

这座公寓建筑规模庞大，隔音效果非常好，走廊上的空气如同大寺院里的一样冰冷、沉寂，门铃声清楚地回荡在远处人家的房门口。

我等了一会儿，见没人开门，便又久久地摁了门铃的按钮，终于听见有缓慢的脚步声，一位女子打开一条细细的门缝，露出脸来。

我脱下帽子郑重地鞠了一躬，说道：

"我想见一位姓藤崎的日本人……"

女子直接把我领进客厅，走过狭窄的楼道时，她似乎有些不安，假装不在意，却又不时偷偷窥伺着我的脸。

说起这女子……年纪已经二十七八，双下巴颏的桃圆脸，修长的睫毛，水汪汪的碧眼里不见西洋女人常有的神情。尽管如此，那扎在脑后的金发松散地落在肩头，穿着室内用的睡袍，裸露出丰艳的香肩和素腕，这个女人的身姿在我眼里既娇媚又可厌。

我一个人在客厅里等待国雄的到来。隔壁房间传来似乎是他们对话的声音。房门迅速打开，国雄走了出来。

"失礼失礼！"

他一说完看看我，马上又尴尬地低下头去。我毫不在意地答道：

"想必很愉快吧，旅行……学校这边，该来上课了吧。"

"啊，学校嘛，不知不觉错过了机会。"

"可是现在放弃太可惜了。还有一两年，只要去上课，就可以拿到学位了。"

"我现在也不想退学，不过早上……早上一不小心就起晚了……"

国雄说完又低下了头。我无话可说，沉默无语。挂着薄雾般蕾丝窗帘的窗外，午后的日光静静照耀着公园里枯黄的树木。突然，隔壁房间传来钢琴声，那声音与其说是弹奏声，不如说是胡乱拨弄琴键而发出的声音。琴声不到五分钟就终止了，室内又恢复了原本的寂静。国雄没在听却装作在听的样子，突然下定了什么决心似的说：

"我并非无视你的好意，你的信收到了。可是暂时……我或许有一天会再回学校上课，可是先打算暂且休息一段时间。"

"是这样啊，那我也不强求你了。是什么迫使你下了这个决心呢？"

我随口说出的"决心"这个词，在他听来好像含有深刻的意味，国雄吃惊地盯着我望了片刻，又重新考虑过后说道：

"不，不是下了什么决心。只是感觉读书读得有点累，想乘着休养的机会再玩一段时间。"

那天我回家之后，又过了四五日，一个晴朗的秋夕，我沿着哈得孙河畔散步的时候，偶然看到他与家中的那女子同坐一辆马车经过。

在这个国家，男女同坐一辆马车本不是什么稀奇事，而我猜测着他俩到底是什么关系，这里面是否隐藏着国雄退学的原因呢。不用说，谁都会对此泛起疑心，感到好奇是很正常的事。我为了解开自己的疑团，弄清事实真相，自那以后，又去了几次国雄的家。

三番五次的到访，无疑使国雄感到很困惑，然而对我来说却是颇有益处的事。我似是而非的推测逐渐得到了实证。

每次到访，都是一个黑人女佣接待我。有一天我踏进他家的客厅，在可以眺望公园风景的窗边长椅上，两个人正紧紧地依偎在一起。有时还能见到他俩共饮一杯葡萄酒的情景。

很显然，两个人正在热恋之中。

我想进一步了解事情的来龙去脉，以及女子的身份，便瞅准机会追问国雄，他不像先前那样畏惧。原来，国雄是在暑假旅行中，在山间的旅馆里和那女子变得亲密起来的。这是他们相恋的开始。女人原是与富豪离过婚的单身女子。

"是为什么离婚的？"

我进一步问道：

"原因是她行为不检点吧……"

于是国雄只得将他所知道的全都告诉了我。

"简单说就是婚外恋吧。读到小说里感兴趣的地方，就忍不住把自己设想成为书里的主人公。婚后不到一年，就迷上了一位从波兰来的有鞑靼血统的音乐家，和他幽会，最终这事传到富豪耳朵里，她分得丈夫四分之一的财产，被判了离婚。一旦丑事暴露，就再也不能现身于上流社会了，也就是说，无论多么富有，姿色多么美丽，都只能隐身于社会的阴暗角落。到了这一步，谁都会变得自暴自弃起来。从那以后，女人把形形色色的男人当玩偶一般玩弄和欺骗。"

我听后感到意外惊奇：

"你，你……知道她是一个不道德的女人，还这么毫无所谓地爱着她吗？"

国雄不仅看作是理所当然，而且还默默微笑着。

我更加不可思议地问道：

"你确定那位夫人很爱你吗？这么可怕的女人……退一步说即使她爱你，也是暂时的，很快她又会勾搭上别的男人，不是吗?"

"这可说不准。不过，我不在乎一时或是长久。如果那一刻是痛苦的，姑且不说，只要是甜蜜的事，五分钟还是一分钟都没有关系。哪怕算是做了一场愉快的梦也是值得的啊。"

他又微笑地看着我，似乎鄙视我只会读书，除了学问以外，什么都不懂。

在短短的时间里，我苦于无法解开这个疑问——既然国雄知道女人又可怕又极其没有德行，为什么还会爱上她呢?

有一天我终于弄明白阅读都德小说《萨福》的这类男人了，在某些情况下，对于道德卑劣的女人怀着强烈反感的同时，又能够以无比热烈的情感去爱恋她。然而国雄对待那个女人完全是另有心思的。

随着频繁地与他接触，我从各个方面的表现中都找出了真相。我对国雄一时产生了厌恶感，真想朝他脸上吐唾沫，可是经过更深一层的观察之后，我竟然改变了看法。啊，这世上一个生性可怜的男人，我几乎情不自禁为他流下同情的眼泪。

国雄！他心里丝毫没有男性强大的、勇往直前的爱的感怀。这段关系中男女位置颠倒，身为男人却想在女人的怀抱里、女人的庇护下，送走梦一般的日月。通俗说就是身处男妾的境地，这就是国雄的理想。

住在日本的时候，他与许多受诱惑的青年一样，还未成年之前就踏进烟花柳巷的世界。这些有钱家世的美男子，总能受到非常热心的对待。虽说貌美的年轻女孩也不少，他并不多看一眼，却扬扬自得于找到了一位如姐姐一般照顾自己的老妓做情人。

世上那种出于金钱的欲望，梦想获得老女人爱情的男人很多，但只有他摈弃较之财富更有价值的名誉和地位，获取一种奇异的欲求。他到底以何种理由羡慕被女人包养的男演员的境遇，以及为女人系腰带的箱丁[1]的幸福呢？恐怕他自己也无法解释。

国雄因玷污家族名声与父母断绝了关系，他如愿以偿，于春雨迷蒙的早晨，懒懒地起床。之后，肩

---

1 为艺妓管理三味线的人。

披女人的短袖夹袄去洗晨浴，享受江户时代放浪安逸的生活。

伯爵家不能允许他继续过着这样的生活，不得不将他赶到国外。就这样，国雄来到美国游学。啊，难道这是命运的恶作剧吗？我们伯爵家的公子来到几千英里外的国家，再次被美丽魔鬼虏获，成为一个忘记故乡、忘记祖国的愚人。

我反复说这是命运的恶作剧。直到今日，被女人包养的这两年里，他为了不被厌弃、不被抛弃，费尽苦心。与其说可笑，不如说可怜得让人流泪。

我知道很多不忍说出口的实情，在这里只透露一件事，你们就明白公园里何以见到他那一头长发的缘由了。

说起女人，男人在控制之下表现得越卑贱，女人就越容易变得暴虐和专制。就像那个女人，被社会排斥，长期生活在逆境里，不知不觉间神经过敏，莫名其妙生起气来，就会把平日里非常珍惜的器物、宝石等砸破，又或者殴打自己钟爱的情人。

然而，国雄忍受着这一切。一天，女人又照常狠狠地苛责国雄，还抓乱了自己扎得漂亮整齐的头发，踩碎插在头发上的镶嵌宝石的梳子。当时的心情到了无法言喻的地步，正如夏日里浇了一身的冷水……猛地，女人突然闪出一个念头，要求国雄留亨利四世那样的长发给她看。

国雄一头乌黑油亮的黑发很快就要长长地垂到脖颈，发梢优美地打着鬈儿。

你看见他坐在马车上披着长发的样子，一定认为他是个极端追求时髦的人。事实上那只不过是为了在女人癫痫病发作时，便于狂乱的她抓住长发，得到一种撕裂的快感罢了。

（陈若雷译）

春与秋

连接芝加哥和纽约的铁道自西向东横贯密歇根南部，铁道沿路的一个小村庄里有一所叫 K 的大学。在为数不多的男女学生中，夹杂了三个日本人，两个男孩，一个女孩。名叫山田太郎的男孩和女孩竹里菊枝是由各自所属的日本教会派来的神学科学生，另一个叫大山俊哉的政治科学生，身份上和宗教没有关系。

这三人同一年来到美国，碰巧都进了这所学校。初次相见时，彼此惊讶地瞪大了眼睛，甚至忘记了打招呼。特别是学法学的俊哉感到在这万里之遥的异乡，竟然能认识一个黑头发、黑眼珠来自同样国度的女孩子，实在是不可思议。他在学校的走廊和食堂见到菊枝时，总是不自觉地将头转向她，一个月的时间里，他把菊枝的模样从头到脚牢牢地记住了。然而，他绝不是赞赏她的模样，而是无休止地加以批评。菊枝年约十九，没过二十，头发乌黑油亮，爱梳刘海，发髻有些散乱。她的肤色比一般日本人白皙，不算低的鼻梁加上讨人喜欢的紧紧抿在一起的嘴角是她唯一的特征。她还有着一张多么硕大的圆脸，多么小的眼睛和多么稀疏的眉毛啊。日本生产的粗糙西服裹着狭窄的肩膀，显得过于肥大。尤其上半身仿佛背着沉重的包袱，前倾的姿势实在让人不知如何评说。那又粗又短的手腕，轮廓模糊不清的豆虫般的手指。俊哉仔细琢磨着，日本女生为什么大多都是这样的类型呢。日本女性智能与生理之间的关系这一重大课题，科学家们不是应该好好研究研究吗？他深深地叹了一口气，不知不觉回忆起往昔，脑海里浮现出女学生们经常往来于本乡和麹町附近街道的情景。

那时他顺应时势，从一所被改称为大学的法律学校毕业，因为找不到中意的工作，凭借雄厚的家产，才幸运地来到了美国。他回想起过去，一到星期六晚上，就去啤酒屋或牛排店的二楼和女招待们玩笑嬉戏的日子，评论起戏曲女演员时满嘴唾沫星子乱飞的情景，参加完向岛的运动会回家时的往事，第一次走进吉原[1]的记忆，牛达的忘年会上初次踏入招妓酒馆的经历，以及大家为自己开欢送会的热闹场面……反观现在自身周遭的环境，刚到这里的时候，学校课堂、学生聚会、同学间的往来、市街道路、郊外的田园景色，没有一样不使自己感到新奇。可是时间久了，这些风景也渐渐看习惯了，那种"独在异乡为异客"的找不到什么娱乐的日子是寂寞而孤独的。

俊哉有时候读书疲倦了，不得已便去神学科的山田那儿。俊哉一来，山田总是合上正在默读的圣书，认真地说道：

"请坐。怎么样，英语挺难吧？"

俊哉随意问道："可有什么有趣的事吗？"

"今晚有演说。"山田对于俊哉的提问，立即做出了自己认为的最恰当的回答。

"不愧是基督教国家，能听到优秀牧师的演说是我最快乐的事。听说今晚芝加哥的B长老将在居民

---

1 日本江户时代红灯区（位于今东京北浅草）。

小区的教堂演讲，你也去……怎么样？他可是美国有名的牧师。"

俊哉对宗教一点也不感兴趣。

"可是我听不懂……特别是关于神学的演说……"

"没那回事。"山田腿虽短，矮胖的身体前屈着长长的上半身，带着略显热心的口吻说道，"老兄，今晚不是一般的宗教演说，而是关于禁酒和禁烟的话题，谁都能听明白的。学校的学生们也都去……"

"学生们都……竹里也去吗？"俊哉不知如何回答，问了一个毫无意义的问题。

"竹里……一定去。女同学们都会去的。"

"还有，每个男同学都会邀请一位女同学去。美国范儿的大哥，你也邀请一位，就竹里小姐吧，挽着胳膊一起去。哈哈哈哈哈。"

"可是，我……"山田被说得有些发窘。俊哉谈笑中无意提到菊枝，心中突然生出无法抑制的像美国男女那样挽着胳膊走路的强烈欲望。

山田再三劝说俊哉去听演说。不管是否有兴趣，只要踏进教堂，听一听风琴的声音，也会给灵魂带来莫大的感化。他的语气很诚实，使得俊哉不好意思断然拒绝。

无论如何要去的话，一定得叫上菊枝一起去——当天傍晚，俊哉趁着男女同学都从宿舍到食堂吃饭的空隙，见到菊枝来了，就屏住气小声地问道：

"今晚，你去区里的教堂吗?"

"嗯，我去。"菊枝回答道。

"你去呀，我也去。那我邀请你跟我一起去，不会给你添麻烦的。"

正如俊哉所料，菊枝听后不知作何回答，低着头不知所措地搓着手。

"学校的学生们都打算相约一起去，日本人自然想和日本人一道。我和山田提起这事，他也基本同意了。喂，竹里同学，反正你也要去，这就谈不上添麻烦了。"

这说不上是添麻烦的事。只是按照日本的习惯，男女之间是禁止交往的。这使得菊枝感到些许不安。当天晚上到了约好的八点钟，俊哉来接菊枝，两人离开了宿舍。

从宿舍到教会只有半个小时路程，十月中旬的夜冰冷而寂静。菊枝怀着不安的心情，不断向四周张望。他们的前后，来自同一所学校的女学生们挽着各自男伴的胳膊，沐浴着明亮的街灯光辉，走在早早初见黄叶的林荫树下。他们脚步一致，石板路上回荡着响亮的脚步声。其间也有人一边走一边用口哨吹着进行曲。俊哉挽着紧紧跟在身边的菊枝的手：

"你看，竹里同学。大家那样走在一起不是很愉快吗？"

终于进入教堂。神学系的山田已经到了。三人坐在后面的椅子上，眺望高处天花板的花纹，以及宽大楼梯上的管风琴和各处窗户上的彩绘玻璃。这时，穿着大礼服的教会牧师和一位戴着夹鼻眼镜、留着白胡子的秃头长老出现了。牧师刚向听众说明当夜演讲的题目，老人便立刻高喊道 "Ladies and gentlemen"，随即开始了他的演说。

俊哉一开始就对讲演不感兴趣，他对坐在近旁的年轻女孩子，从容貌的美丑、帽子、上衣到头发和领结的扎法都仔细地打量起来。演说进行了很长时间，他也终于看厌了，一双无处可投的目光停在了正专心听讲的菊枝的脸上。那是一张平日里早已看惯了的圆脸蛋，如果那小眼睛再稍稍大一点，眉毛再浓一点，加上现在这高鼻梁和可爱的抿在一起的嘴角，或许可以称得上是美人……俊哉对菊枝容貌的不足和特点一一做了分析，接着又想如果这女子爱上自己，该用什么态度回应她呢？

正当他沉浸在这种无意义的幻想之中时，台上长老用力击打讲台的响声将他从梦中拉回。自己如今身处国外，眼睛所见都是不同的人种，能称得上属于自己的只有身上穿戴的衣物。这与当年住在日本，于公寓二楼评论来来往往的女孩子时的境遇大为不同了。的确，偶然在这里和日本女学生并肩而坐，命运是多么不可思议啊！"我无条件地诚服于命运，不得不怀着感恩的心接受它的赏赐。"俊哉闭上了眼睛，在明亮的灯光里更加痴痴看着菊枝的脸庞。

大约两个小时后，演讲结束了。俊哉像来时一样拉起菊枝的手，和山田一起，三人各自回到了自己的房间。俊哉躺在床上幻想着许多不着边际的事，如果自己和菊枝之间建立了有趣的关系的话，那么如今寂寞的生活就会变得骤然生动起来。他的眼里浮现出星期天下午，两人坐在牧场的草地上调情的画面。突然他意识到明天就是星期天，一个人情不自禁哈哈哈地笑起来。他翻了个身，好像打定了什么主意似的点了点头。

俊哉下定决心，接着产生了是否会顺利成功的疑问。把这个疑问分成两点，不外乎是完全失败或者不大容易成功。俊哉根据过去的经验否定了第一点，但是对于第二点，到底有多少把握，他心中没底。这意味太广泛了，他实在无法回答。但转念又一想，不如抛开理论，从自己熟悉的实际例子中得到解释。当时在日本听说的一些奇谈，比如某某人把西洋餐馆的某女子弄到了手，某某人始终没有获得女艺人的一颗芳心，以及谁谁无意中得到了女护士的青睐。除此之外，还有读过的爱情小说中的故事。俊哉想起无数个故事，其中有一篇忘了作者和题目的短篇翻译小说，里面说的方案对自己的现状倒有着极大的参考价值。

无论怎样，都要从磁石力的理论说起。一个男子很长一段时间里爱恋着一个女子，苦于没有接近她的机会，没想到一天夜里，梦见自己追到了那个女子并和她谈起了恋爱。男子在惊愕中醒来，欲罢不能，凑巧出门遇见那个女子，脑袋里什么也不想，二话没说就猛地攥住女子的手。更不可思议的是，那女子像是早与男子厮磨已久的情妇，柔顺地听从他任意摆布。俊哉非常羡慕作品中的主人公，心里感到很嫉妒。那这个主人公所倾慕的女子，到底具有什么样的品性呢？如果她和菊枝不是同一种人，就不能作为很好的参考……不知不觉夜已深了，宿舍里寂静无声，只听见运动场上，风吹动树叶沙沙的声响和远处火车的轰鸣。俊哉思前想后，写信的话似乎时期尚早，那么首先该做的，就是频繁地接近对方增加彼此的亲近感。这是个再普通不过的结论了，他突然对自己生起气来，一脚将毯子狠狠踢到一旁。

秋天就要过去了。盛夏时节——俊哉初到这片土地的时候，校门前两边高高的枫树林，硕大鲜绿的叶子静静地如天幕般遮蔽着道路。由夏转秋，朝夕雾气寒凉，叶片渐渐变黄，经不起微风一吹，大片大片地飘落下来。透过宿舍高处的窗户，眺望学校后方的田园，小山丘斜坡上的果树园也都落光了叶子，摘剩下的苹果正如硕大的珊瑚石闪耀在夕阳的光辉里。只有平展的牧场上的野草，依然碧绿茂盛，小河流淌其间，河畔上的水柳只留下纤细的枝条了。

每逢星期六和星期天，俊哉必定邀约菊枝一起出游，为了欣赏大自然的美景，品味田园的风情，尽量选择寂静无人的原野。菊枝认识到美国男女之间的亲密交往虽与日本风俗完全不同，却是健全和神圣的。渐渐地，她也习惯与俊哉牵手，不再像最初那样害怕了。

十一月第二个星期日，俊哉如往常一样，和菊枝约在牧场一处角落里，他们坐在涓涓流淌的小河边柔软的草地上。

这个国家有着和煦的天气，碧蓝的天空广阔无际，午后太阳闪烁着光芒，只是静静吹拂着原野的风让人稍稍感到寒凉。从背后的小山朝矗立着几处风车的村庄眺望，橡树林一带满眼是枫叶，透过树干可以看到林子后面农家高高的屋檐，无数的候鸟成群聚集

在那里，不时地一拨又一拨向高空飞去。它们预知不
久就要到来的寒冬，准备回到温暖的南方去。

菊枝专心致志地眺望眼前诗一般恬静的景色，
突然听到不知从何处传来叮叮当当轻轻的铃声。正纳
闷，只见一头大母牛从前方四五间[1]繁茂的草丛里慢
悠悠地踱着步，挂在脖颈上的铃铛随着步子一摇一
晃。菊枝和普通纤弱的日本女子一样，惊恐地不知所
措，依偎在俊哉身边。俊哉一副若无其事的样子乘机
握住了菊枝的手。

"没事。是这附近农家的乳牛。驯养过的，不用
害怕。"

母牛用柔顺的眼神凝望着两人，好像想起了什
么似的，再次摇响脖颈上的铃铛，向来时的方向走
去，随之一屁股卧倒在地上。

菊枝见此状，终于安心吐出一口气，进而发觉
自己的手被男子紧紧握住，她比过去更加惊愕。菊枝
没有勇气把手甩开，红着脸低头急促地喘着气。俊哉

1　日本尺贯法度量衡制的长度单位，约为 1.818 米。

此刻无法抑制内心的躁动：说什么好呢，总得百尺竿头更进一步吧。

他把嘴唇凑近女人如火似的耳根，用英语而不是日语小声说了几句。

菊枝听了说不出话来，看上去极度地畏惧和惊愕，脸色苍白，全身颤抖，泪水从两只眼睛里啪嗒啪嗒掉落下来。

俊哉不知所措，然而并没有松开握住的手，故作镇静地问：

"菊枝小姐，菊枝小姐，你怎么了？"

菊枝颤抖的身子俯伏在那里，一直啜泣不止。

那头母牛又开始迈起步子，静寂的牧场的草丛间传来了阵阵铃声。

* * *

俊哉不甘心最初的失败，他想方设法再邀请菊枝去一趟僻静的山野，他一心一意等待着机会的到来。但从那以后，菊枝一见到俊哉的身影，就立即悄然避开。

俊哉无所事事地度过了周日，下一周的星期日又是无可期望的雨天。

到了十一月末，一旦天阴下雨，适合郊游的秋天就完全过去了。随着一天比一天寒冷，风越来越强劲地吹动着枯树枝，不久如灰烟般的大雪就会夹杂在风里降落下来。冬天！冬天！此后的三个月时光，天地将埋葬在厚厚的深雪之中。

俊哉的愿望也随之埋葬。可是年轻的胸膛一旦燃起烈火，就连每天零度以下的——从北方大湖地区汹涌袭来的寒气也不能吹灭。他养成了天天给菊枝写信的习惯。

等俊哉再也无话可说时，他就抄写书架上诗集里的一首诗寄给菊枝。菊枝从来不给他回信。俊哉已经忘记究竟写了多少封信了。他有时做得太过分，变得近乎自暴自弃，用大大的英文字母写下不满，胡说什么"我千百次将燃烧着的热吻贴在你冰冷的面颊上"，等等。如此一来，她更加不会回信了。

俊哉到了山穷水尽的地步，失去了往日的活力。

他嘲笑自己太愚蠢，好像忘记了写信这回事。不久后的一天早上，天空晴朗无云，阳光含笑，南风拂动，比岩石更加坚硬的冰雪开始融化了。

不知不觉冬去春来。

牧场的野草和去年一样碧绿繁茂，小山坡的果园里开满了绚烂的苹果花和桃花，知更鸟在闪耀着新芽的橡树和椰树林里欢唱。没有任何地方像北国的冬季与春季差距这么遥远。

这不正是年轻男孩拉着女孩的手去采摘野花的好时节吗？然而俊哉已经忘记这世界上还有一个叫菊枝的人了。

一天傍晚，俊哉如往常一样饭后散步回来，看见桌上放着一封信，他好奇地打开了信封。

"呀，是菊枝小姐的信！"

哪怕是很久很久以前的往事，他也要叉着手臂回忆一番，然后开始读信，菊枝在长长的信中反复对去年多次接到一个不熟悉的男人的信而没有回复一事表示歉意之外，还阐明在男人多次的表述中，她被他的热情打动，到了不能自已的程度。爱情的力量强大无比，如今只想全身心投向对方的怀抱。

俊哉在意想不到的时候收到了菊枝意外的回复，一时惊讶地感觉自己是在梦中。这不是梦，这不是梦，俊哉又反复看了女子的来信，立即给以回复。

翌日下午，俊哉在去年秋末两人相依偎的牧场的小河畔，再次握住了菊枝的手。

那之后的每日午后，俊哉必定与菊枝一道漫步在乡村的小道、小山的果园和离学校不远的墓地，树林中夕阳西下，松鼠吱吱地鸣叫，老树的梢头星光开始闪耀。天晚风凉，俊哉将菊枝揽进自己的外套里紧紧抱住，菊枝已无力抗拒。两人在野地里采摘紫丁花，男人将花束置于衣襟边，趁着女人贴近自己的瞬间，蓦地一吻，女人羞得双颊绯红。

不到一个月，俊哉成了自己期待已久的梦想中的幸福之人。幸福——只属于新婚燕尔的年轻人，那是暗自对于神祇、对于命运的感谢之情。

两年的岁月过去，毕业前一年夏天，俊哉去纽约、波士顿等地旅行，暑假离开了学校，直到秋天开学的季节也没有回来。

俊哉只捎来了一封恳求菊枝宽恕的信——鄙人因私人原因转学东部的大学，拿到学位后打算明年回国。在此，对迄今为止你赋予鄙人的无尽的真情厚意表示深深感谢——

一年又一年。

俊哉回国后，在某家公司任职，成为一名很有前途的青年。一次在新桥的车站，偶然遇见了当年的学友神学家山田太郎。

山田热情地握着俊哉的手，他向俊哉讲述了什么故事呢？

如今山田是牧师，菊枝是他的妻子。菊枝当初伤心欲绝的最大原因不是遭受俊哉的抛弃，而是得知自己只是被一时利用而已。在一个冬夜——密歇根州可怕的风雪之夜，她徘徊在森林中企图自杀，所幸被山田救助，菊枝对自己的行为表示忏悔。山田深深地同情菊枝被恶魔当作饵料的境遇，他想尽办法做出最大努力帮助菊枝走出黑暗绝望的墓穴，让她重新做一个幸福的女子。

山田获得学位后，与菊枝一同回到日本。后来两人在所属的教会长老的安排下，于十字架前举行了神圣的结婚仪式。

"大山先生，我今天绝没有向你问罪的意思。菊枝受神的恩惠，借我爱的力量，从过去的罪孽中得到救赎，重回一个温良的女子，成为善良的一家之主。那么也请您以真情感谢神祇吧。"

自那以后，俊哉在公司里与年轻人讨论基督教是好还是坏的时候，必定说出以下结论："无论如何，有一点是明确的，那就是基督教对这个世界绝对没有坏处——"

说完，他嘴里叼着的雪茄喷出一股烟雾。

（陈若雷译）

雪的归宿

旅居美国的日本人一旦聚在一起闲扯，总是爱谈论自己对美国的看法，从政商界到一般风俗人情，其中对女性的谈论尤甚。

西方女子——特别是受教育的美国女子，意志坚强，很少会像日本女子那样受男人欺负后，堕落下去……当晚聚会结束前，座中一人下了这样一个论断。

接着，另一个人忽然插进来说：

"可是，在美国，也不是每个人都那样坚强。我就听说过很多超出想象的事情……"

"那是什么事呢？是真事吗？"

"当然，确有其事。不信我随时可以把当事人叫来！"

他拿起啤酒润了润喉咙：

　　去年十二月，圣诞节前夕的一天黄昏，阴沉的天空飘下第一场雪。风不大，也不十分寒冷。我接受好友家人的邀请去看戏。从公司一回到家，我就快速地刮胡子、洗脸、梳理头发。再穿上黑色燕尾服、戴上礼帽，打上纯白的领结，套上洁白的手套。出发前，瞥一眼衣镜里自己的打扮——哎呀，真是神清气爽。

　　当晚的演出，既有歌剧又有喜剧。剧中的名角是从德国来的女演员，她的歌喉比容貌更令人陶醉。戏一散，观众们就争先恐后涌入街角的香兰饭馆，吃东西，闲聊。再次走出店外时已过午夜一点，不知什么时候下起了大雪，道路变得白茫茫一片，多么猛烈的暴风雪啊！

　　招待我的那家人，因回程路线与我不同，便在近旁的地铁口道别了。我打算去乘坐高架火车，拐过四十二街的街角，迎面风雪扑打而来，我压低帽檐遮住眼睛，低头俯下身子前行，冷不丁猛地撞在一位路人身上。猜想对方也是只顾低头走路，正想道歉，只听那人先说道：

"哎呀，对不起。"

是一个娇媚女子的声音。我吃了一惊抬起头来。

"哎呀，K君？您去哪儿了？瞧，这样的鬼天气。"

这个女人我认识，身份不说也知道，午夜一点多还徘徊在百老汇大街中的一员……

"我正想问你去哪儿了？大雪天可别只顾留恋于温柔乡啊。"

"哈哈哈哈哈。我的温柔乡就在你这里呢，再有一个人就多了……"说着她把身子靠上前来，"说实话K君，有一段时间不见了不是？我还以为您肯定一声不吭回日本了呢。"

"原来你把日本人当作麻烦了……看来今晚你很可怜啊。"

"您说什么呢，您要是再说我可生气了。"女人隔着面纱，假装生气地斜睨着我，说，"走吧，冻得我实在受不了啦。你瞧，就跟冰块似的。"说完两颊紧紧地贴在我的脸上。

"去哪儿好呢？喝一杯驱驱寒吧。"

"小酒店太晚了，我家……去我家吧。很久没来了。"

她只顾自个儿说着，挽起我的胳膊，将肥胖的身体重重地倚在我身上。

我被她的强烈攻势弄得实在没有办法，只好又一起回到了百老汇大街。两边的建筑挡住了强风，比其他地方好待多了。

我和女子挽着胳膊，站立于街角良久，这条被称为不夜城的戏剧街——风雪之夜的四十二街，正是我期待已久的风景！抬头仰望，从高处的 Times（《纽约时报》）社、阿斯托里亚酒店、低处的歌剧院、房屋到远处的梅西、萨克斯等百货店所在的先驱广场，鳞次栉比的建筑披着雪的盛装，如云似雨，朦胧地耸立在黑暗的天空下，房顶被大雪掩盖，只有窗户里透出的灯光高高低低如萤火，又如星星般闪烁。从傍晚开始，剧场门上、酒馆、饭馆门口点亮的五彩斑斓的电灯依旧闪耀，沐浴在强烈的风雪中，看似稍有距离，却映出宛若春夜绝好的灯火的色彩。

马路两边的人行道被白雪覆盖，在霓虹灯的照耀下，犹如彩带一般染成不同颜色，或蓝或红。夜深还未归家的欢乐的男女们挽着臂膀，忽左忽右地走着。有的人坐上无声行进在雪地上的电车，有的人则拦下驶来的小轿车或马车，一对、两对，人影渐渐地消失而去，我只将这戏剧街午夜的印象留在了雪景里。欢乐殆尽后显得倦怠的深夜里的灯光，似乎与催生出一种无法侵犯的静寂之情的雪之间，相互产生了一种深深调和感吧。

回家的路虽说不太远，我还是听从了街上等候客人的车夫的劝说，扶女子上了马车。雪夜里男女同乘一辆车在日本也是别有妙趣的。况且这是一辆坐着很舒服的胶皮轮胎马车。我俩握着手，相互依偎在一起，尽情地嬉闹，这天地只属于我们俩，不多一会儿女子的家就到了。

这是一栋分层住宅，进了大门，女子住在第三层。她从手袋里拿出钥匙打开门，引我进了最里面的客厅。

客厅的墙上挂着两三幅彩印的裸体画，房间的一边放着钢琴，另一边则用便宜的土耳其织布围起一个小小的空间。我们挤在里面喝酒，唱歌，或接吻，或挠痒逗乐。啊！诸君，如果你想无拘无束尽情取乐，比起踌躇不决的日本女人，西洋女人才是你的首选！

玩得正欢时，客厅门上传来轻轻的叩击声，是这家的老板娘：

"贝茜、贝茜，出来一下。"

我的女人贝茜嫌她太吵，便用尖锐的声音回应道：

"什么事？"

"啊，用不了你很长时间。那个丫头又撒起娇来了。"

"真烦人，我已经喝醉了。"

贝茜虽然嘴上这么说，但还是起身开门出去了。

隔壁房间的粗嗓门男人不停地唠唠叨叨，还听见与贝茜不一样的陌生年轻女孩子的声音，他们之间好像发生了争执。

这种地方见到色鬼，也不是稀罕事。过不多久，粗嗓门的男人再也不肯留下，看来已经走了，这时传来老板娘的说话声，接着是大门关闭的响声……家中又恢复了宁静。

"啊，吵得快受不了了。老板娘为什么要把这类女人弄到这儿来呢？"

贝茜气乎乎地回来了。她径直走到我身边坐下：

"对不起。我把贵客一个人丢在这里……"

"真是闹得不可开交啊。"

"是呀。没办法。四五天前刚来的女孩子。"

"听客人的话吗？"

"甭说听话了，根本对人置之不理。不过她本来就不是自愿来的，是被骗来的。"

"被骗的……被男人骗？"

"上了坏人当了，遇上专门拐卖农村女孩的骗子。"

"那么，就是说不是遭情人欺骗的。"

"是的，这种事常有。"

"是吗？这么说美国也有把女孩拐卖到妓院为生的人贩子。"我第一次听说这样的事，感到很新奇。

"到底是怎么行骗的？即便是女人，也不那么容易被骗吧？"

"这也得由当时种种不同情况而定。那样的坏家

伙，一定是变着法骗人呗。"贝茜慢慢说出自己的推
断。她先将火柴在高跟鞋内侧一划，"噗"点燃了一
支香烟，"来这里的那个女孩叫安妮……在离布法罗[1]
几十英里的乡下一家药店工作。一个自称为纽约保险
公司干部的男人，在当地借住了一段时间，有一天巧
言劝说安妮和他一起去纽约玩玩。住在乡下的人谁都
想瞧瞧这座城市呀。安妮不小心就上了当，跟着那个
男人来了纽约，本想之后求他找份好工作，结果却成
了上了鼠夹的老鼠。她一到车站，就被领着转了两三
家旅馆，结果送到我们这里。不知道男人去了哪儿，
反正一溜烟走了。安妮没有钱返乡，在这里闲待了几
天，最终不得不干起了这个行当来。"

"虽说这是这帮人的惯技，但如果是内心坚强的
女人，死也不卖身，结果会如何呢？"

"心性坚强的女人，哪里去找啊！"

贝茜可是个见多识广的女人，一句话就把我说
得哑口无言。

1　美国纽约州西部的一座城市，又名水牛城。

"起初谁都意志坚定。就说我吧，从前可是很倔强的。家在新泽西，来到纽约后很长一段时间都在百货店里当店员，一周只领五六美元的薪水，实在不够用。如果只花在食费上，勉强熬得下去，也就是维持生命不至于饿死。年轻人不可能对纽约的繁华熟视无睹，看见别人穿流行服装，自己也想穿，别人看戏自己也想看，一心就想着过奢华日子。第一次约我的是店里一起工作的男同事，随后我就一步步深陷泥潭。我也是人呐，有时候做了那种事，心里感到很胆怯，甚至也曾想过干脆回乡下算了。可是一旦沐浴过纽约的风，最终你就会感到即使倒在路边也舍不得离开这片土地，这就是纽约的魅力。对于年轻人来说，哭过笑过都是纽约呀。

"说得对。就说安妮吧，即使去了坚实可靠的家庭，也不能什么事都不做。既然待在纽约这个地方，乘着年轻，终究要靠自己。同样的事物，带着找寻快乐的目光去观察，就会产生不同的认识……"

果然，从那之后我多次来访贝茜，开始一块儿喝酒，接着一起说笑聊天……每次的到来，我总是对渐渐学会和人周旋的少女安妮感到惊讶不已。

"如今，你看，她已经很娴熟了。手向后优雅地提起裙子，纤细的法兰西式样的鞋后跟踏在百老汇大街的石板路上，咚咚作响。怎么样？要是感兴趣，我就给您介绍一下吧。"

我们一起笑得更厉害了，再喝几口酒，再抽几口烟，接着开始更多的闲谈。

（陈若雷译）

林间

到过芝加哥、纽约等喧嚣的美国北部城市的游客，再去访问南方的首都华盛顿，一定会为那如园艺般遍布全城的美丽枫林和随处可见的众多黑人而感到惊奇吧。

我也在这块新大陆上徘徊。某年秋，来到这座首都已经有两周了。先去看了总统官邸白宫。国会和各座政府机关大楼，市内可看的大体看完了，接着又到遥远的波托马克河上游的弗农山庄，凭吊了华盛顿墓。眼下正在郊外各处探寻异乡酣畅的秋色，其中尤其难忘的是马里兰州牧场上的夕暮。

日落后半个多小时，燃烧的晚霞渐次稀薄，只在天空飘浮的白云边留下一抹蔷薇色的光影。茂草生长的广袤原野形成一道狭长的蓝色雾海。远方地平线的尽头，分不清哪是天空哪是地面。与此相反，远远近近的农家雪白的墙壁，四五个女人在野外结伴追赶牛群的洁白裙裾，还有那缀满黄叶的树梢，不知名字的花草在光线的作用下，随着四周冥冥薄暮逐渐加浓，这些景物中的白色更加鲜明地突现出来。凝神望去，仿佛逐渐向自己所在的地方神奇地移动着。

这是怎样的幻影啊！这样的景象，不单是眼睛，而是从心底里自然诱发出一种难以形容的快感。我摘下头上的帽子晃动着，一心一意招呼那飘浮的色彩，直到周围一片黑暗。——这是怎样的幻影啊！

第二天，我依然陶醉在夕暮的美梦之中。估摸着日落的时间，这回想到波托马克河对岸——那里已属弗吉尼亚州——的森林里去。我渡过郊外山崖下的一座铁桥。桥头有一个木造的小电车站，背后紧挨着隐天蔽日的密林。这里是电车的始发站，开往不远处的阿灵顿国家公墓、练兵场、军营和将校军官住宅区。现在等车的人大都是穿灰褐制服的合众国士兵、在军官家中帮佣的黑人婢女，也有到华盛顿城内购物归来的白人老太太。

我一看到陆军士兵或水兵的姿影，胸中便被一种沉重的感情压抑着。他们虽然有强健的身体，年轻的心中藏着七情六欲，但却一直被军纪军律压迫着。这种肉体的苦闷映现在那被日光灼晒的脸孔和布满血丝的眼睛里，看起来既可怕又可怜。他们在等电车的时候，三三两两倚在铁桥栏杆上，有的醉意朦胧，有的吐着香烟沫子，脚步响亮地在桥上散步，还有的依恋地眺望河对岸华盛顿的上空，也许在回味下午来访的女人吧。

我也和士兵一样身子倚着桥栏杆眺望四方。这时，即将沉沦的夕阳像把大半个天空烤焦了，锐利的光芒直接投射向华盛顿城。波托马克河畔公园里的树梢上一派金黄，仿佛张挂起一幅浓艳的土耳其织物的大帷幕。公园上方雄伟地耸峙着五百五十五英尺高的大理石的华盛顿纪念碑，从侧面望去，就像一根高高的火柱。不远处国会大厦的圆顶，以及远近各处耸立的政府机关的白色建筑一律被染成了红色。城内高大饭店的每一个窗口，全都像霓虹灯一般闪耀着五彩的光芒。

一幅多么明丽的大全景画！我的身子飘然屹立

于秋风之中，心想，这里就是统辖西半球大陆的第一首都吗？在夕阳的光辉里，隔着河水远眺，人类、人道、国家、政权、野心、名望、历史等各色各样抽象的概念，像夏日里团团云朵在我心头来来往往。这时的我，不想向人诉说什么，只觉得像在追逐漠漠无边的巨大影像，同时又感到被一种强大的尊严所慑服。

过一会儿，我回过头来，再次环顾四周。这时，先前在桥上散步的士兵和女人们已经乘上开来的电车，接着又聚集了两三个等待下一班车的新来的旅客。

我沿着铁路走了一两百米远，随后钻进路两旁茂密的树林。

树林主要是橡树和枫树。这个国家的枫树常常经不住夜露的洗礼，不等叶子变黄，就脆弱地散落下来。羊肠小道上随处盖满了硕大的落叶。然而，橡树林眼下正迎来红叶的盛时。夕阳的光芒射入繁密的树丛，照亮了一片片树叶，仿佛倾注着金色的雨点。渐近昏暮的秋阳的光芒，渐次移动着脚步。眼看着对面明亮的树梢罩上了阴影，而眼前阴影中的树梢又一下子变得一片光明。于是，明亮的树林里，归巢的鸟儿啁啾不止，而阴暗的树林里传来了小松鼠凄厉的鸣声。

我无意之中侧耳倾听，继续信步前行。这时从前面不远的树荫处，我听到了既非小鸟也非松鼠的叫声。——一个女人在啜泣。

我吃惊地站住了。不一会儿，从落叶中辨出两个人影。一个穿褐色制服的士兵和一个十分年轻，有一半白人血缘的黑人姑娘。那姑娘蹲在士兵的脚边，像祈祷一般双手抱在胸前。士兵和姑娘——说到这里，下面的事就不难想象了。

"实在求你了……"姑娘的声音从那交抱的胸中发出。

"你又来了。"士兵吐掉嘴里的香烟沫子，厌恶地转过脸去，一副马上就要离开的样子。

女人俯下身子，拽住士兵的手："看样子你想说出和我分手的话吧?"

"什么分手，我没有求你和我分手。我是自己决定断绝和你的关系。"

士兵厌恶而又自豪地说着。他是个气派的白人，而她却是一个从前当奴隶的黑人的女儿。

他听女子说"分手"这个词，似乎十分不快。

女子没有回答，俯在男人的手上一个劲儿啜泣。士兵看了一会儿，忽然想起什么，说：

"你想想看，啊，玛莎！"他叫着姑娘的名字，"当初不是说好的吗？我们做好朋友。今年春天，我去 M 大校家当差，夜里到后院和你幽会……那时我喝醉了……哈哈哈，那种事有何了不起？第二天你主动约我在某时某地相见，就这样，我尽量和你相会了……"他把话打住。

女子哭得越发起劲。

"如今再怎么说也不成了。我早说过，事情总是有始有终，四时气候还会变呢。"

我不忍心再偷听这出残酷可恶的活剧。这时，最后的日光变得一片血红，照射着我的脚下。我担心被人发现，便急匆匆头也不回地离开了那里。

比起恋爱这种事，不用说我更多考虑的是这个国家长期存在的黑白人种的差别问题。黑人为什么应该受到白人的欺侮和厌弃呢？单单因为他们五十年前做过奴隶吗？在人种这个问题上，只要不组成一个政治团体就免不了要遭受迫害吗？国家和军队的存在是永远必要的吗……

我钻出树林，来到原先的桥畔。夕阳完全沉没了，只在空中染上一层薄薄的红色。河对岸华盛顿城内，公园里的树荫和高层建筑的窗口都亮起了电灯。我再次斜倚栏杆，眺望着暮色苍茫的街市。

桥面上依然有几个等电车的士兵在散步，他们高声说笑，嘴里吹着口哨。喧闹之中我回头一看，那个刚才在树林中把黑人姑娘逼哭的士兵正巧也回来了。他正站在我的身边，和穿着同样制服的伙伴谈论着什么。

"怎么样，找个可意的女人没有？"问话的正是那个士兵。

"不行，今天很倒霉。"同伴回答。

"怎么，赌博输了？"

"赌博倒好说，到常去的那个 C 街，钱包都给敲光了。"

"哈哈哈，不花钱就搞不到女人？你真没用！"

他吐掉香烟沫子，"怎么样，你这么对女人没办法，
我给你弄个年轻的，好吗？"

"嗯，这倒是好事。"

"不过有个条件，你要是答应。"

"怎么都行，不花钱哪有这么便宜的事。"

"这就好，"他点点头，"我说的条件不是别的，
她是黑人姑娘，长相不错……"

"那有什么关系？对这个我不打怵。"

"佩服佩服，这才像个当兵的样子。那姑娘不是
别人，是从前我到M大校家当差结识的，还那么嫩
就喜欢上男人。我说几句好话，她就上钩了。"

"是吗？不过太热情以后要惹麻烦的。"

"这我知道。这姑娘很喜欢男人，爱同男人耍。
你要是玩够了，玩腻了，送给谁都行。只要你向第三
者一推，就可以一走了之。只要有人要，那姑娘一沾
上保准不会围着你的屁股转。谈不上满意不满意，只
要是男人，她都喜欢。这样的妞儿到哪去找？"

这时，电车从对面林荫深处隆隆地开来了。

"到车上再谈吧。"

"好的。"

两个士兵用口哨吹着一首民歌——I'm Yankee doodle sweet heart, I'm Yankee doodle joy[1]——向车站跑去。

森林、树木和河水渐渐黯淡了。桥下河堤旁停泊的小船和钓鱼舟亮起了红色的灯光。华盛顿的灯火和天上的星星看上去那样光辉灿烂。我独自一人渡过了铁桥往回走，脑子里乱糟糟的，似乎在考虑一些难以言传的重大问题。

我在华盛顿滞留的时候，再也没有遇到过那个黑人女孩。

明治三十九年（1906）十一月

（陈德文译）

1　大意是："我是美国佬，有颗甜蜜的心。我是美国佬，心情很快活。"

恶友

一

　　关于加州排斥日本学童的问题，一时舆论哗然。以纽约为主的国内各家报纸展开了诸如日美之间是否会开战的种种猜想。此时，我们这些在纽约的同人一旦碰在一起，谈论有关太平洋沿岸的话题自然也就多了起来。

　　一天晚上在某个地方，正当人们像往常一样，讨论人种论、黄祸论、国际论、罗斯福的人格以及正义人道等问题的时候，有人突然想起什么，冷不防随意说出了一句未经思考的话：

　　"听说那边有很多日本卖春妇吧？"

　　不料此话一出，仿佛炎热的夏季天边涌动着一片积雨云，忽地向四方扩展，关于天下大事的高谈阔论也为之一变，在座的竟也有人认为提出了一个比以前更为重大的问题，把椅子往前挪了挪。

"听说不光有女人和日本的三味线，连日式的澡堂、大射箭场[1]什么的也有呢。"

"年糕小豆汤店、寿司店、荞麦面店大体都有吧。即便同在日本国内，若是去了偏僻的地方，一定没那么方便。不过呢，那一带的日本人，大都是从九州和中国地方[2]出来打工的人，做菜的也罢，女人也罢，东京人根本插不上手呢。"

"可不是嘛，或许真是这样……"

"我从旧金山到波特兰、西雅图、塔科马，又到加拿大的温哥华，太平洋沿岸一带都走过，到哪儿都差不多。哦，对了……其中只见过唯一一个从东京来的，有点风韵的女子……过去在西雅图的一家地狱酒吧做过女招待……"

"那你是不是经历了一回有趣的冒险？"

---

1 原文为大弓场，由女性教授射箭技术，多带有色情色彩。

2 位于日本本州岛西部，包括鸟取、岛根、冈山、广岛、山口各县。

"哪里，只是去喝了两三回酒罢了。反正在那种地方的女人，肯定是有坏男人跟着的。身份不明的，我们哪敢轻易动手。尤其那个女的，丈夫是书生出身还会英语，据说在西雅图一带是个有名的无赖……那一带沿岸，坏家伙不少，靠诱拐女人、偷运妓女过日子……就是俗话说的那些拉皮条的家伙。"

趁着这个说起话来滔滔不绝的年轻人默默抽烟的空隙，坐在旁边椅子上的人问道：

"哎，你说的那个女人，说不定我也见过她呢……你知道她的流氓丈夫的名字吗？"

在座的都大吃一惊，望着那个男人的脸。毕竟大家都知道他是一个一向不近酒色、老实巴交恪守本分的人。

"我说岛崎君，实在没想到你竟然了解这方面的情况，太让人感到意外啦！"

两三个人异口同声地说。

"哪里，我从来都是个乡巴佬，不过对这个女人，出于特殊情况，倒知道一些。年龄二十六七岁吧？瓜子脸，细高个儿……我确实见过这个女人，

简直可说是奇遇。那女人的丈夫本来是我哥……死
去哥哥的亲密朋友。"

　　在众人的询问下，这个姓岛崎的男人讲述了事
情的全部经过。

二

　　我来美国时，初次登陆是在西雅图，对了，正
好是三年前的事了。

　　十月末的一个大晴天，夕阳西下时我抵达码头，
因为第二天早上美国移民局的官员才会到来，那天晚
上我就伴着夜幕降临，在甲板上的栏杆边，第一次凭
栏眺望异乡的山和水。第二天平安无事上了陆，可
是连东南西北都分不清楚。船中结交的两三个朋友和
我手牵着手，茫然地迷失了方向。正巧遇上一个五十
来岁的日本人，他是一家日本旅馆的总管，是来揽客
的。他让我们坐上电车，把我们带到日本人住宅街拐
角处一家污秽的木造旅馆。

　　其实在那里，日本人被误解也不足为奇，这附

近一带原本有着很多商店的繁华街，可是如同人的沦落一样，渐渐地萧条起来，近乎达到极点。四周建筑净是些搬运店、公用马厩什么的，那些货运马车和劳工占据着遍地都是马粪的道路。

从此人介绍的旅馆的窗户探出头去，可以望见远处市内建筑的背面。正面近处高高耸立着又黑又大的煤气罐，如同在观看展览馆里的浅草全景。从旁边开始，道路急剧变窄，通向肮脏杂乱的木造小屋麇集的横巷，深深看不见尽头。似乎路的远方都连着海，隔着人家的屋顶，看得见装船货仓的铁皮屋顶和无数桅杆，还有铁路用地，随着火车汽笛的鸣响，浓浓的黑烟源源不断地涌出。有时依照风向也会飘到对面看不见的地方，不论屋顶、大道的周围，都积满了一层煤灰。这横巷、这污浊的木造人家，正是日本人和中国人的巢穴。这里是东方人的殖民地，同时也是无职的西方工人以及贫困交加的黑奴们躲避风雨之地。

我一看见煤烟，就感到束手无策，真想立刻转移到洋人的酒店去。实际我也真的拎着包走到了大街，但一介穷书生的旅费终究是不够数的。即便旅费充足，只要提起洋人的酒店，就会马上想起东京帝国饭店来，不戴上一顶大礼帽就别想进门，自然会打怵。反正也不是久留之地，等加州的朋友来接我，一周之内我将一起出发去美国东部地区。想到这里，我还是乖乖返回原地来了。从我上陆的那天起，就不愿闷在这不洁的旅店房间里，于是没等消除乘船的疲劳，便绕着市内和市外北部广阔浩渺湖水和周围幽深的林木从早走到晚。所到之处，孩子们看见我等日本人的脸孔，便嚷嚷道："SUKEBE（色狼)！"令人惊讶的是，这个词经过日本卖春妇之口，演变成一种特别的意思，竟在美国的下层社会流传开了。

是呀，怎么形容从这旅馆窗户往下看到的街景呢？在动身之前，我想到暂且看不到东洋了，出于对社会的一种观察，我就去花柳街过了一夜。现在眼前这夜的景象也大同小异，可是所受到的感动却无法比拟。心想可能是因为初次来到外国，无论善恶都觉得新奇吧。

大道旁边，除了白天就在这附近闲逛的一伙人以外，在各处码头、建筑工地干活的人们结束了一天的劳动，从四面八方汇集到了这里，让这一带本来就充斥着各种臭味的空气，又增添了酒气和汗臭。随着沉重的皮靴声、谩骂声，身着沾满泥土的破汗衫、破裤子、破帽子的一群队伍黑影攒动，渐渐朝着灯火通明的日本人街巷移动。夹杂着人的声音，从小巷不断传来嘈杂的音乐，像是酒屋或射击场的留声机里流淌的马戏团伴奏乐，还有仿佛彼此遥相呼应的三味线的鸣响，继之而起的是女人的歌声、男人的掌声……

请不妨想象一下，对于周围这美利坚的景致，轮船的汽笛、火车的鸣钟[1]、留声机里的乐队演奏等，在西洋式声响的喧嚣中，夹杂着那种拖着长长尾音，犹如犬吠一般，又似催眠剂的九州乡下的断断续续的歌谣响声。还有什么悲哀的旋律比这更能使人产生不协调、不愉快，既单调又复杂的感觉呢？

那一夜——应该是去东部的前一天晚上，因有人弹奏三味线而睡不着觉，便终于夹在劳工者的队伍中，走到对面的小巷去。深入进去一看，才发现这里

---

1 旧时装在机车车头的汽笛或安设在车厢窗口的发声器。

从大弓箭场、台球房到其他各家饮食店、路旁都挤满了日本人，热闹非凡。处处都显得有条不紊，俨然表露出这样一副态度：这里是我们的地盘，你们这帮混杂进来的西洋劳工都是外国人。两旁木造房的窗户上，时而有女人拉开半边窗帘，窥探着外边的情形。其中也有尖声尖气叫喊着什么人的，个个矮鼻梁、小眼睛、平板脸，像是日本西部地区的女人。她们留着刘海，梳着西式发髻，看上去身穿西式袍子，我只从外面瞥一眼就够了……是说满足呢还是恶心呢？反正是不忍再凑近看一眼。

我在路旁又站着看了一会儿，只见东边西边的劳工都从香烟铺、水果铺那样的小商店之间黑窟窿般的店门里进进出出。这时，一个衣服胸口闪着粗粗的金链子、颇具风度的绅士将硬礼帽稍稍靠后戴着，醉得通红的脸上，嘴里叼着牙签，夹在劳工们中间走了出来。我莫名地被四周的场景驱使着，下意识地瞧了那人一眼。

我忽然意识到这人好像在哪儿见过，随即目送着他的身影。这时只见那绅士在一家离开五六米的香烟铺前停了下来，店铺的灯光照着他的半边脸……侧脸还真可以体现出人的长相，七年前的记忆顿时浮现出来。

我兴许是被这瞬间所打动吧，一反平常的拘谨，立即追上几步，从后面叫住那男人。

这个绅士正是我死去的哥哥的亲友，以前常常来我家找哥哥玩。

三

他姓山座，和哥哥同一所学校毕业，后来又在同一个公司做职员。可是我和哥哥中间有两个姐姐，长幼之间年龄又相差十多岁。所以我和那个人没说过什么话，只是偶尔从父母和家人的口中听到一些关于他的传闻。

要说其中的缘由，那还是我将要从寻常中学[1]毕

1　明治十九年（1886）对以就业及升入高等中学为目的的学生实施必要教育而创设的中学，学制为五年。1897年改称"中学校"。

业的时候。哥哥从前就很放荡，那时和这个山座一起借了高利贷，总是给我父亲带来很多麻烦。不仅如此，他还和两三个他的同伙以公司的名义敲诈勒索，不久暴露了，一伙人全被抓了起来。我哥哥把我父亲所有的房屋和土地都变卖了，作为公司的赔偿金而免于判刑。山座幸好有个做陆军将官的伯父，凭借他的力量也逃脱了罪责。就是说，没有任何后台的其他两个人陷入了最悲惨的境遇。可是当时的我，还无法对罪恶做充分的解释，只是感受到了一种漠然的恐怖。

自从发生了这件事以后，哥哥总觉得有不吉祥的影子和瘟疫跟着他，家里人都对他感到恐惧和厌恶，他也在无所事事中度过了两年的时光，后来突然患了肺病，没过冬天就死了。于是我父母亲不再数落哥哥的不是了，每当提起这事，就说都怪常来我家玩的那个坏朋友山座……"近朱者赤，近墨者黑"几乎成了父母的口头禅。不光是我父母，还有我大姐（和大哥相差两岁，此时已成了某位法学士的妻子了），每次来家，翻看全家的照片时，看到大哥和山座的合影便说：

"唉，看他那副装腔作势的样子，简直就像戏子或说书人一样！"

她边说边盯着看，还用簪子的尖儿往那人的脸上敲。这些我都记忆犹新。

时间一年一年地过去了，每当大哥死去的寒冷二月来临，父母就会念念不忘地叨唠山座的名字，然后整个季节里，对我反反复复重复那句谚语和古训。然而这个可怕的山座自那以后在什么地方干什么，家里人一个也不知道。

四

"这么一说你就是那个千代松君的弟弟呀？我想起来了……你那时候还是个毛孩子呢。唔，这么算起来，已经有七八个年头了……或许更早啊！"

在劳工熙熙攘攘的路边，山座站在香烟铺前点上一支雪茄，果然显得很惊讶，端详着我的脸，不一会儿换了副口气问道：

"你为什么来美国，留学吗？……这附近一带可不是你们这样的青年来的地方啊。"

"明天等朋友来了，就打算去东部了……"我平静地应道，"您现在干什么呢？是做生意吗？"

"我呀……"他停下来注视我片刻，"跟你说，你不会相信的，哈哈哈哈哈。人嘛，总是不断变化的。"

"您是不是从事移民工作呢？……"

见他留着漂亮的八字胡，又是戒指又是金项链，满身金光闪闪的，可是说的话听起来有点庸俗，加上对这一带情况的推测，我才这么问道。不料，他又哈哈笑了起来：

"可以算是一种移民事业啊，对移民可是必须的啊……"

沉默片刻，他吐了一口雪茄的烟，问道：

"怎么样？我领你去吃日本菜吧，去了东边以后就得啃上好一阵子面包了啊……"

我没有推辞，跟他走进这条巷内二楼的一家日本料理店。窗户上的确写着"樱花屋"，还放着日本式的纸灯笼。和我先前去的妓馆一样，入口处很黑，从那里上楼梯，中间是一条狭窄的走廊，左右有五六扇涂了油漆的门扉。走廊上只有一星裸露的煤气灯，黯淡无光。从紧闭的门里传来众多男女说话声、三味线的喧嚣声，周围弥漫着浓厚的牛肉火锅的香味。

山座像是回到自个儿的家，他环视一下四周，把我带到一间屋里，按了按门铃。只见一个抹了厚厚的白粉、驿站妓女模样的女人身着洋服，脚踏草屐出来应门。两人的关系似乎非常亲密，那女人连躬也没鞠一下，说：

"吃什么？……"她将后背用力地靠在旁边的墙上。

"什么都行，你去跟小雪说，让她把好吃的端来。"

那女人也没答应一声，只点了点头，便啪嗒啪嗒往走廊那边远去了。

忽然不知从哪间屋子传来了激昂嘈杂的三味线琴声以及敲着茶碗打节拍的声音。我不由想起以前在房州附近的一个夏夜看到船老大在码头的茶馆闹腾的情景。此时此刻，胸中倏忽涌现出离开家乡、远涉重洋的寂寞和惆怅，不觉悲从中来。就在这时门开了，一个和刚才不同的女人手拿咸菜和酒壶进来了，这女人也同样不和我打招呼，径直在山座的旁边坐了下来，说道：

"昨晚怎么了，太过分了吧？开玩笑也该讲分寸吧？"

我愕然望着她的脸，二十七八岁的样子，从那张细长的脸型上看，在浅草附近的小吃店或牛肉店女佣中经常能见到。

此时的山座也有点发窘，不住地吐着雪茄的烟，说：

"我刚来就净开玩笑，赶快给客人斟酒啊。"

于是女人趁着斟酒的机会，面转向我说道：

"偶尔当然得发发牢骚的，被带到这天涯地角的美国，每晚到处沾花惹草……我说啊，你给他开导开导。"

故事越来越精彩了。山座让那女人去催促上菜，把她支走了，仿佛下决心要向我公开秘密，于是不等我问就笑着说：

"你受惊了吧？没吓破胆吗？哈哈哈哈哈。"接着向我袒露了他现在的境遇。

他从报纸的广告上得知我哥哥死去的消息后，为了找份好差事，离开走投无路的家乡，来到了旧金山。在饱尝了大多数来美国的人经历的种种苦难和绝望后，终于悟出在美国这个大千世界里，靠女人赚钱最重要。于是马不停蹄返回日本，拉着牛肉店的女佣小雪再次来到美国，以西雅图为据点，干起皮条生意以及靠赌赚钱的勾当来。

"人一旦涉足了坏事，中途想回都回不来，即使再后悔莫及，只要沾上了污垢，这世界就不会放过你，只能朝着越来越坏的方向发展。你哥哥千代松君，就是想中途退缩，才积劳成疾得肺病死的，十个人中有十个都会那样。不谙世事的学者们认为，人要是抛开一切就会逐渐堕落下去。其实这种担心是多余的，不会变好也不会变坏，也就是说中途也许会掉下去，但那之后就会在地狱的底层安分下来。如若读过一本书的人，就得煞费苦心，让时不时伸出脑袋的"良心"这家伙彻底投降，这不是嘴上说说就算了的。生在乞丐家的只能成为乞丐，这太简单不过了；生在良家的就可以成为平平凡凡的良民，什么苦都不吃，至于以后是前进一步变成大人物，还是后退一步转到背阴处，都不是一件容易的事。这种苦心和修行虽然有阴阳之差，但毕竟是一码事。也就是说，要看我们是想当拿破仑还是想当石川五右卫门 [1] 了。"

他将酒一饮而尽，高谈阔论起来。说什么"和如今把人生啊神秘啊常常挂在嘴边的时代不同，我们应该重新树立起十年二十年前知识分子那种期盼打天下的青云之志，成就功名的人生态度"，云云。我觉得对他这种因世事受伤、源自内心痛苦的离奇古怪的讽刺，有必要倾听下去，便装出极为认真的样子只管听他说，不反驳也不发问。

门外三味线的嘈杂声尚未停止，又有新的一组三味线加入进来，飘入耳际的是日本三四年前就已流行的东云节 [2]……

我第二天和南方来的朋友一起坐上大北铁道的列车，出发去美国东部。

---

1 传说为安土桃山时代的盗贼。多见于小说、戏剧题材。
2 明治时代的流行歌曲。唱词是名古屋娼妓东云忍受不了迫害，逃往美国传教士家的内容。

后来的日子里，我给母亲写信，无意中提到一句和山座见面的事情。母亲在回信中说，好坏现在都是一场梦，过去他是你死去哥哥的亲友，作为母亲的一点心意，让我把她另外寄来的一盒烤紫菜，分一点顺便给山座捎去。

我年迈的母亲做梦也不会想到纽约和西雅图相隔三千英里吧，这为母之心、为母之情，啊，让我不禁潸然泪下。

明治四十年（1907）六月

（陈龄译）

旧恨

一

那是和博士 B 谈论歌剧的时候。内容从浓艳热烈的意大利派、清新美丽的法兰西派，进而涉及到以瓦格纳为代表的雄浑、宏伟、神秘的德意志歌剧。

继伟大的《莱茵河的黄金》[1]（ *Das Rheingold* ）之后的歌剧，神圣的《帕西法尔》（ *Parsifal* ）、悲哀的《特里斯坦与伊索尔德》（ *Tristan und Isolda* ）、美丽的《罗恩格林》（ *Lohengrin* ）、忧郁的《漂泊的荷兰人》（ *Der Fliegende Holländer* ）……无一不是德国拜罗伊

1　瓦格纳著名歌剧《尼伯龙根指环》（包括《莱茵河的黄金》《女武神》《齐格弗里德》《诸神的黄昏》四联剧）系列之一。

特音乐节[1]上的大天才留给这个世界的、与天地共存的不朽之作，而我这个不谙音乐的外行，总是对《唐怀瑟》（Tannhäuser）的故事难以忘怀……

"博士，您对那部歌剧有什么看法呢？"

我这样问道，B博士仿佛忽然被刺痛了心，深深叹了口气，凝视着我的脸，一言不发。稍后，俯视着地面说道：

"很不幸，我没有资格对那部歌剧进行学术性的评价，我只是回想起欣赏《唐怀瑟》的时候，我曾无限感慨……我跟你说说吧，那大约已经是二十年前的事情了……"

博士见我把椅子向前挪了挪，随即述说起来：

那是二十年前的事了，我妻子约瑟芬正好问了一个和你同样的问题——《唐怀瑟》是什么意思？

当时我和妻子新婚旅行到欧洲漫游，正好抵达奥地利首都。一天晚上，我们去了这座都市有名的皇

---

1 又称瓦格纳音乐节，欧洲古典音乐界一年一度的传统盛会。

家歌剧院，（博士手指着挂在室内墙上的照片）那天晚上演出的就是《唐怀瑟》。

我从剧院内的场景到上台的歌手、乐队，还有那个狩猎的侍从、大臣、朝圣行列里众多合唱的歌手们的长相，一样样都历历在目。

我和妻子约瑟芬在满是绫罗绸缎、珠光宝气的剧院的指定席上坐下，片刻间，留着长发的乐队指挥出现在舞台下方的乐池里，用手中的指挥棒敲击三下后，通明的灯火一齐熄灭，无数听众顿时被包裹在广大剧院内的一片漆黑之中。

先是从庄严肃穆的朝圣曲到热烈的游仙洞曲，不久进入《女神的赞美》，代表全剧意义的漫长前奏就此结束……帷幕拉开后展现的是女神维纳斯的山之乐章。

众所周知，面对舞台左边女神维纳斯的寝床下面，乐师唐怀瑟手抱竖琴在打瞌睡。众多女神的舞姿和空中出现的幻影与唐怀瑟的梦境交相辉映。这时乐师终于从梦中醒来，陶醉在如此芳华的美丽女神和人间的欢乐之中，但又依恋起浮世诸相打算告辞还乡。

女神挽留他，说若是回到浮世，定会忆起过去的梦想而产生后悔之心，不如和女神一道永远撩拨恋爱的竖琴，欢快地歌唱。可是，唐怀瑟仍不动心，于是随着唱响圣女玛利亚的歌，魔界的梦想破灭，女神连同山势一起消失在黑暗之中，唯独唐怀瑟一人伫立在故乡瓦特堡附近的山道旁。

这时，山道的岩石边有个年轻的牧羊人，正吹着笛子，引吭高歌，声音清澈洁净。不久从山的彼方传来了人们悲哀的歌声，前往遥远的罗马朝圣的队伍正经过山道。

唐怀瑟从刚才起一直倾听着这些歌声，他忽然对沉溺在欢乐的罪愆中的自己感到了一种莫名的恐惧，感慨至极竟当场倒地恸哭起来。

听着听着，我不觉深深叹了口气，闭上了眼睛。

啊！从长久的快乐中梦醒的乐师，因自己的罪孽而哭泣的那颗心。我从那首歌、那段音乐中突然想起了已经忘却的结婚以前的那段放纵的人生，还有一度消失了的快乐的梦想。因而总觉得舞台上的唐怀瑟就是对我过去的恍惚、烦闷、惭愧的一种讽刺，而美丽的邪教神、快乐神的维纳斯也正是我从前的情妇，那个被称作玛丽安的年轻女演员。

啊！这世间还有比禁果的味道更加浓郁的吗？对罪恶的恐惧和毒性的迁就只能增添它的魔力。今天我就把一切都透露给你吧……

男人一时都会被女人的化妆技术所迷惑，不过像我一样以致魂不守舍的人还是不多。不知为何（干脆归结于天生的性情所致吧），在我看来，身着美丽衣衫，在舞台的脚灯下，用矫揉造作的眼神和姿态歌唱的女艺人、女演员，或是料理店、剧场、舞场甚至在大街和马车上，以不同寻常的模样和容貌惹人注目的那种女人，似乎显得特别招人喜欢。大仲马说的"既非侯爵夫人，又非处女"的那种女人简直有一种难以表达的美丽和魅力。即使不是画家的梦中美女，那种混浊困倦的眼神，纤细得不健康的手指，有时显得极度下贱的嘴角，都有一种无可抵御的诱惑力。那种能让你感觉到百般顺从的眼神，但嘴角流露出的却是冷笑和乖戾，似乎在说："还是小心点好，不然会倒大霉的。"

男人的冲动一旦被这种深不可测的魅力撩拨，在这着迷的眼神之下，拥有教养和道德的妻女不知什么时候也变成了只剩冷漠道德的木偶。他们沉醉于"恋爱乃流浪汉波西米亚之子[1]"那样放纵的诗歌，丧失了对家庭和国家的感念而随心所欲，成为激烈情欲的俘虏。

在我尚未完成学业的时候，时常于闲静春日的某个半天，倚着书斋的窗户，抽一根雪茄，做着各种愚蠢的幻想，诸如一生中什么时候能和那种女人相恋一次，等等。

呜呼，何等愚蠢、卑贱的空想！无论如何，和普通人相比，我是受过高等教育的读书人，尽管深知情欲的低贱和愚蠢，但总也难以抑制。每当读到法兰西和俄罗斯自然主义小说里描写的——正人君子因下贱女子而身败名裂的故事时，我曾不止一次像歇斯底里的女人那样因感伤而哭泣，深深怀疑这就是所谓命运的安排，因而彷徨不定。

---

1 意思是脱离世俗常规的人。

　　就这样伦理和智识谴责越甚，欲望就越强烈。我从学校毕业后，立刻成了常有浪荡公子聚集的俱乐部的会员，从剧场到舞场，从台球场到料理店，只要是灯火辉煌、红粉薰香的地方，我就会通宵达旦地玩乐，回想当时的情景，真可谓丧心病狂。只有白天阳光照耀的时候，我才可以做出正确的判断，可以充分信赖自己的能力，而到了傍晚雾霭与街灯闪烁时，便到了末日，灯火把我所有的良心、廉耻和希望全部烧成灰烬。与此同时，往来于灯影之间的女人的身姿在我的眼中就只剩下快乐的象征了。

　　我至今依然能想起那个暴风雪夜晚的情景，正是在各处剧场都关门的十二点前后。这个时刻，只有百老汇这里有无数的男女、无数杂沓的马车，无论多么冷的冬天晚上，人们也不会感到寒冷。

　　辉煌灿烂的灯火中是一望无际的魔界梦幻般的街景，鳞次栉比的酒店大厅和料理店的玻璃窗里，明亮的灯光照射着露出雪白臂膀的女人、头发梳理得漂漂亮亮的男人，各处楼上的大窗户中还可以看到半夜手拿台球棒、不知疲倦一决胜负的男人的身影。更有那些出入于张灯结彩的酒店、咖啡店门口的卖弄风骚的女人。我伫立在十字路口，定睛注视着眼前的景观，不禁心有戚戚焉，啊！无论多么伟大的事业和人才，人生终将迎来毁灭的时刻。而这青春的狂欢，却是绝无仅有的。

在如此人生的历程中，我和那个叫玛丽安的女艺人产生了感情。

一天晚上，剧场关了门之后，我们三个浪荡公子照例来到以黑夜为生命的女人们聚集的料理店，以独身时代的那种危险的眼神四处张望。等我们进去后，一张餐桌上的两个女人像是旧识一样，叫住了我们其中的一个。

我们顺势在那女人的餐桌旁坐下来，和往常一样尽情地谈笑着愚蠢的话题，丝毫不觉得是一种罪过。不过时而也因刺耳的下贱的话题而禁不住提心吊胆，对自己的弱点产生的愤恨之情不断涌上心头。与此同时，虚幻之感浸润全身，唯独我易于陷入沉默。

玛丽安以为我是个对行乐未经世故的男人，偶尔不无怜悯地望着我说：

"你为什么那么闷闷不乐？你再大声地笑笑嘛！"

闹到夜里两点多钟，我们同往常一样把两个女人分别送回家。来到大街叫马车时，不知什么缘故，我们中间的两个和那个叫奈丽的女人三人一组，而我和玛丽安两人一组分别坐上了不同的马车。

她说自己住在靠近哈得孙河的公寓里，百老汇往北行驶了将近半小时。离开繁华的市区后，深夜的寂静立刻变得尤为显著，载着我们的马车的蹄声在空旷中回响，从车窗外照射进来的夜空的亮光把敷了白粉的女人的面庞映得苍白又朦胧。

玛丽安似乎因每晚熬夜的疲劳，这时无力地将头往后靠着，有时试图睁开沉重的眼皮，也斜着眼睛看我，抹了口红的嘴角故意泛起微笑。只是，连勉强主动说话的力气也没有了。

我沉默着，深深吮吸着女人身上化妆水的香气，凝视着她的侧影。

年龄二十一二吧？全身瘦小，颈长，尖尖的下巴颏显得有些高傲，大眼睛，圆脸，小而紧闭的口中仿佛含着冷笑一般的讽刺。——绝不是美人，也不

是大油画模特儿，但却有着用铅笔一笔勾勒出的漫画
的风情。比起"完美"，人有时是多么强烈地被一种
"不完美"和"尚未完成"的风致所诱惑啊！

我在几乎仰卧的她的嘴唇上轻轻地压上了我的
嘴唇，轻柔温暖的呼吸顿时侵袭了我的全身。

玛丽安猛然睁开大眼睛看着我，接着又睡着了。
只见车窗外边的树影一个个向后倒去，远方天空的
尽头呼啸着风的声音，我的心早已彷徨在梦幻之中，
又一次将脸贴近她。——刹那间马蹄声突然中断了，
车子在明亮的入口前停了下来。

"玛丽安！"

随着我的喊声，她这才醒过来，用放在膝盖上
的白色鼠毛的手套揉着眼睛问道：

"我做了一个美梦……那个吻我的是你吗？"

我一时为自己的轻率感到害羞，什么也答不上
来，垂下头去。玛丽安竟高声笑起来，此时正从车夫
打开的车门中，宛若鸟儿展翅一般轻捷地跳下车来。

我把她送至五层的房间，那天晚上连五分钟也不
敢久坐，径直告辞回家了——然而就在第二天下午，

啊，是怎样一种溢满了芬芳的爱的絮语啊！我从书童的手中接过一封信，打开一看，写着这样一段文字：

为了等待君的到来，我已迁到某某街的酒店，之前上町的住所，不便于男女谈情说爱。

我对君一见钟情，你我的恋情既已如此，何故问缘由？啊！相逢到今宵。别了——（最后这里写的是法语。）爱你的 M

这些岁月的梦想，就要在今天实现了？！我的决心恐怕比她的决心还要迅速吧。我什么也顾不上，晚上连忙赶到那家酒店，之后和那女人一起度过了梦幻般的漫长的一年半的时光。

我们极尽人间肉身可以享受之事，有时担心饮食会不会削减了接吻的甜蜜，因而这张嘴除了为充饥的水和面包偶尔动动以外，我们都用它来接吻了；我们有时还为了感受青春的热血，大冬天里彻夜开着窗户尽情拥抱。

可是，不管这人世间有何等的香梦，何等的酣醉，时候一到，悉皆消泯，这也是人之常情。呜呼！如今回首一下，对于那般热恋的情侣为何要分手，真觉得不可思议，无从寻找答案。可以说是因受教育获得的知性逐渐唤醒了着魔的心，还是男人与生俱来的野心渐渐强于恋爱的梦想，或是如唐怀瑟的故事那般自然而然对欢乐乡的妖艳感到疲惫而愿意接受青山流水的淡泊了呢？抑或是沉醉在温室里的浓郁花香之后试图重新接触一下外界的清新了呢？……总而言之，我甩开了制止我的玛丽安，再次成为一名社会上的人。

我决心不再沉溺于年轻时代的迷梦，人类的职责不是与地球上的生命一道醉生梦死，而是应该拥有伟大永恒的志向。首先，做一个善良的市民理应有个正当的家庭！幸运的是我出生在美国社会有声望的家庭里，父亲也留下不少遗产，一旦进入社交圈，世间虽小亦大，没有人知道我的过去，不久我就和约瑟芬法官的千金成了婚。

就这样，在今天欧洲旅行的路途中，我们在这里共享歌剧……舞台上歌唱着的乐师唐怀瑟的怅恨在我心底产生了共鸣，我流下了怀旧的眼泪，而我的妻子约瑟芬对此却全然不知，作为普通上流社会的女性，只为歌剧洗练的技巧，以与意识形态毫无关系的艺术鉴赏的态度在倾听罢了。

不过也像你意识到的一样，天才瓦格纳的音乐里（博士稍稍瞟了我一下）隐匿着不同于其他任何音乐的，能给听众的心灵深处不断带来某种强烈感化的神秘力量。

于是第一幕结束了，第二幕是宽阔乐堂的布景，第三幕是朝圣归途……听完以上三幕歌剧，我的妻子似乎若有所思的样子，仿佛是从被扰乱的空想中寻觅到某种系统的感念而痛苦挣扎。

而我呢，沉浸在自己的思虑中竟也寡言少语，两人出了剧场都没心思去那个深夜的料理店，就立刻坐上马车径直回家了。

彼此都很疲倦，在暖炉前的椅子上坐了下来。不一会儿，妻子一只手支着下巴，抬头望着我问：

"那出歌剧的理想到底是什么？"

　　在古朴宽敞的旅馆房间的一角，小茶几上唯有照着绿色灯罩的电灯泛着光，窗外听不到任何声音。我们美国人在这般寂静的旧都的深夜里，当听到不知从哪儿传来的几个世纪间的各种人类的声音时，不觉惊讶地环顾四周，只见所有的墙壁和天花板都调和于晦暗之中。挂在窗户和房门上的浓重的天鹅绒的拉幕肃然悬垂在绢织的地垫上，我感受到一种犹如从古老寺院的墙壁上散发出的威压寒气。

　　我从椅子上站起来，想点亮天花板上的美丽的吊灯，可是妻子打手势制止了我。她大概觉得平心静气地说话是不需要太亮的。我无奈坐回到椅子上，妻子用低沉的声音问我：

　　"唉，我怎么也想不明白，唐怀瑟告别女神维纳斯返回故乡的心情倒是可以理解，但他回来以后，在仰慕自己的公主伊丽莎白面前，还要想起曾一度后悔过的女神维纳斯，这是为什么呢？我不明白这是一种怎样的心情呀。"

　　我的耳边忽然响起激越的唐怀瑟的歌声：

　　恋爱之女神啊……维纳斯啊，爱只为你歌唱。

　　（Die Göttin der Liebe）

　　与此同时，心底浮现出玛丽安的面影。我将目光投向灯光照耀不到的黑暗的天花板一角，宛如在梦中喃喃自语般地回答道：

　　"那就是所谓人生，想忘也忘不了，明知是愚蠢的却非要陷入苦闷。不论什么都是情与理的烦闷，进一步说就是灵与肉的格斗、现实与理想的冲突，没有这种矛盾、这种不合理，人生该是何等幸福呀！……只可惜那是无法到达的梦境，在我看来，这种灵与肉的烦闷正是人生回避不了的悲惨命运……"

　　话音未落，我想像孩子一样无缘无故地放声恸哭，不光为自身的怯弱，同时也为这地球上居住的所有人的命运的无助。

　　"不正是因为这样，我们才依附于神……宗教的吗？"

　　此时，妻子的声音似乎不是发自一个活生生的女人的口中，而是来自遥远的彼方。

我颤抖着声音，说道：

"可是宗教和信仰有时是不能给我们任何慰藉的……比如唐怀瑟，他在宛若女神的伊丽莎白的劝导下，赤脚去罗马朝拜谢罪，终究没有得到法王的饶恕，于是决意重返邪教神维纳斯的山中……这一段难道不是对宗教不再给两次误入迷途的人以光明的一种讽刺吗？到后来，尽管对魔界的爱情依然左顾右盼，当唐怀瑟目睹圣女伊丽莎白的尸骸时，竟也痛苦地昏厥了过去。刹那间远方响起了救赎的歌声……于地狱之中拯救唐怀瑟灵魂的，无疑是伊丽莎白的爱情，圣女的爱情。"

我坚定地说完后，凝视着妻子的面庞。妻子身穿一件袒露着雪白双肩和宽广胸脯的乳白色晚礼服，一动不动的身姿在淡绿色灯光的照耀下，浮现在黯淡的房间里。此时，我甚至感到从她的身体周围散发出来的是那高贵女德的荣光。

我一时按捺不住自己的感激之情，忽然拜倒在她的脚下，用尽全力握住她的手，呐喊着：

"是圣洁淑女的爱将我们从永世的罪孽中拯救出

148

来，约瑟芬你就是我的伊丽莎白！"继而将热泪撒在她的膝盖上。

"啊！那你莫非就像唐怀瑟一样……"

妻子此时有些惊讶地俯视着我仰望的脸庞。

呜呼，我就像天主教徒跪在忏悔台前那样，只一味痛感忏悔的必要性，便不假思索地将过去发生在自己身上的事情一五一十地彻底坦白了。

结果如何呢？我的妻子真的拥有如伊丽莎白那样高贵的爱情吗？不不，听了我的话，妻子的眼神分明闪烁着激烈的妒火与犀利的责难之光，如同闪电一般……啊，那令人恐惧的一瞥！

我忽而清醒过来，与此同时，开始后悔因出于一时的感激而轻率地道出那些荒诞的秘密。尽管我道歉，我宽慰，费尽了心思，可是这种缺乏诚意、想用技巧遮掩自己过错的态度，让事情越来越糟了。

"你竟然一直欺骗我到今天……"妻子甩下这句话，挣开我紧抓着她的手，跑到别的房间去了。

人生最大幸福的新婚旅行，这样的结局是何等悲惨！我们第二天离开维也纳，来到德国，立刻从汉堡港乘船回国。一路上，无论在餐桌旁、车窗边或船上，妻子都对我不发一语。

可是我依然期望在心灵可以契合的时候，打消妻子的怒气，暂且将一缕希望寄托在最大程度的勇气和忍耐之上。然后，一旦关闭了的女人的心扉是永远也无法再次开启的。她的脸一天天消瘦，眼睛发出恐怖的锐利之光。几天后回到纽约的时候，和出发时的约瑟芬相比，简直判若两人。

我按照妻子的意愿，不得已暂时进入夫妻分居的状态，没过多日便接受了离婚请求。而四年以后，又接到她再婚的消息。啊，我的约瑟芬！就这样，我在此度过了二十多年的孤独生活……

B博士说罢，从椅子上站起来，边走边向室内挥动了两三下手。不一会儿，他跟跟跄跄走近立在室内一角的大三角钢琴旁，用他那颤悠悠的手奏响了一曲唐怀瑟的巡礼之歌。

钢琴上的花瓶里，白色蔷薇随着响起的低音旋律，一片两片散落下来。

我独自低首聆听着。

明治四十年（1907）正月

（陈龄译）

醒悟

"前往西洋"，陶醉在这个虚幻声音里的泽崎三郎，想想能拿到一些美元的在外补贴，可谓名利双收。受这种欲望的驱使，他平时在公司里积极活动，果然荣升为某某公司驻纽约分店的营业经理。他将妻子和孩子撇在东京的家里，只身一人欣喜若狂地向美利坚进发。

然而百闻不如一见，泽崎来纽约后一两个月里，每天忙忙碌碌过日子，等到稍稍了解了一点店里的情况，不看地图也能在市内往来的时候，却渐渐感到一种不堪忍受的无聊。

在事务所里从早晨九点到下午五点上班的时间倒还好，一旦脚步踏出门外，偌大的纽约除了毫无情趣的公寓卧室以外，却别无去处。倘若是刚从学校毕业的年轻事务员，随便侃上一夜就可消愁遣闷，可是有了一定地位的人，不得不顾及在外的体面，无法不择对象谁都可以瞎聊一阵子的。虽说去外国人深夜游乐的俱乐部或酒馆，可以得到一些有益的外国信息，可是出于经济上的原因，似乎连门槛都不敢跨进。那么，就安心地读书吧，然而离开学校后几经浮世风雨，对新思潮、新知识的好奇心早已消失殆尽，连一时感觉好奇的国外事情，也没有多少研究的勇气。

就这样日复一日地过去了三个月、半年，随着时光的流逝，他越发感到日常生活的不便和境遇的寂寞。有时忍耐不住，也想在早晨泡个澡，烤一盘鳗鱼，喝一杯热酒，如此这般让思绪飞回故乡。每当想起故乡有百依百顺的妻子，以前还曾瞒着她弄了个小老婆这样的往事，不禁感到自己今年都已四十岁了，竟做出离开无忧无虑的日本这等蠢事来。无论在埋头于公司业务的白天，抑或因疲倦而熟睡的夜晚，总觉得有些模糊的往事，如梦幻、如泡影一般从心底浮现，蓦然醒悟过来，顷刻间全身精疲力竭，随之陷入无端的落寞惆怅之中。

他对自己的这个弱点感到羞耻愤恨，有时喝一杯威士忌，有时全身心投入业务之中。可是百无聊赖之感始终挥之不去，犹如心里突然出现一个大窟窿，不断感到有冷风吹进来。

泽崎不知道这种心情出于何种原因，也不想知道。说到妻子，本是按世俗习惯迎娶的一个如同佣人一般的女人，她只是展示给人看的家庭摆设、生儿育女的工具罢了。……一味地为着妻子和这个家庭而烦恼，实在有点婆婆妈妈，让人觉得既懦弱又没出息。特别是整天为内心的烦恼和忧思所左右，总觉得对男人来说是一种耻辱，对于一个受过旧式教育的人来说，这种想法尤为显著。他终于哈哈大笑一番，随之强调说，呀，这种心情还不是一时找不到合适女人造成的吗？说几句自轻自贱的话搪塞过去。从这样的强词夺理之中，多少可以获得一些满足。

的确，找不到女人是事实。自从来到纽约，泽崎有时也会在日本同胞的宴会散会后，在回家的路上偷偷玩乐一番。不过，这种时候总会被看成"日本鬼子"而受到歧视。况且，那也只是一次金钱交易，未能建立长久的关系。每天夜里，被窝里除了自己以外，也没人能给自己暖暖身子。整个纽约，无论到哪儿，看到的不是初来时曾经为之惊叹的二十层的高楼大厦，就是那些用束腰带将乳房隆得高高的细腰肥臀的女人，那种风摆荷叶的步态和娇滴滴的话音，令泽崎既憎恶又眼馋。

他每天坐地铁去公司上班，往来于俗称"下町"的商业区和住宅聚集的幽静的"上町"之间。早上九点和晚上五点前后可说是全纽约的年轻男女来往移动的时刻，车中的拥挤程度非同一般。

每个车站的月台上男女乘客人山人海，未等车停稳，人们就像潮水般涌进车厢，争先恐后地抢占座位，一坐下就忙不迭浏览起手中的报纸来。没抢到座位的，就只好吊在吊环下，或者推推搡搡干脆靠在别人的肩膀上，还有什么男女的礼仪道德可以顾及呢？为了能见缝插针占个座，彼此都在瞅准每一个机会。

泽崎模仿美国人忙碌的样子，任何时候都手不离报纸。拥挤的车厢内，年轻的小贩和办公室的小姐们毫不客气地贴着他左右坐下，一发车便摇摇晃晃的。软绵绵的身子相互触碰，甚至连身上的热度也在其中传递，报纸上密密麻麻的活字此时已无法看清了。他忽然感到脚指头抽搐了一下，头皮发麻，似有一种苦闷贯满全身。在这地表底下的车厢里，热闹中翻腾着食肉人种特有的汗臭，随着车身的不停晃动，人如同喝了劣等酒一般愈发醉得难受。

泽崎仿佛患了热病一样神志恍惚，要是再多坐一刻钟，他都怀疑自己是否会下意识握住坐在旁边的女孩子的手。就在差点失去自制力的一刹那，幸好自己要下车的车站到了，他狼狈地跳下车，对着外面清凉的空气深深喘息了一下。

事到如今，他已经不止一次地说过必须想办法打开局面，可眼下还是无路可寻。借宿的主人家有位妙龄女孩，还有一个俊俏的女佣，事情比较麻烦，心想自己不能和公司的事务员一样，有事没事就去那里玩，那样做实在有失体统。日子就这样过去了一年半，迎来了来美国后的第二个春天，五月的公园，树林里聚集了好些知更鸟。

他未曾像现在这样感受过春天的活力。微风拂面，沁人肺腑，柔和的日光渗透皮肤，使人心潮澎湃。万里晴空下步行于街上的女子，人人都脱去了寒衣，薄薄的夏装里隐约可见的美丽的肌肤，令人窒息。向后扬起的轻柔裙裾中，故意露出的绢丝袜子，仿佛是挑逗别人的冷笑。

这天早晨，他极其害怕地铁的拥挤，特地绕远路坐比较空的高架铁道去上班。当走进放有自己办公桌的经理室时，他发现一角的椅子上坐着一个陌生的年轻外国女人，好像在等待他的到来，他精神为之一振。

泽崎忘得一干二净，其实是长期在这个事务所做接话员的年近五十的老妇人因故辞职了。作为她的后任，昨天通过报纸广告雇佣的这个年轻女子今天是来事务所接替工作的，正等待着他的命令和说明呢。

她的工作是转接电话和有空时帮助整理一些英文信件，今后每天有这个年轻女子守在身旁，听他的吩咐，协助他做工作，一想到这里，泽崎的心中就无比欢喜。比起之前那个满脸皱纹、头发花白、架着眼镜的老女人时，整个办公室变得快活多了。

即使处理事务的时候，他也无法将眼睛从她的

侧影中移开五分钟。女子年龄二十六七，身材不高，
微胖，容貌一般，乌黑的头发从中间分开，反鬈着，
如同戴着鸭舌帽。上下穿的是店铺里卖的现成服装，
打扮得也还利落。就算没有品味，这反倒成了她的魅
力所在，属于在路上擦肩而过能够长留于男人记忆中
的那种类型。泽崎有事没事就会找她说话，想尽快同
她熟悉起来。女子初来日本人的公司工作，万事都存
戒心，丝毫不像那种成天口含糖果，不管对谁都笑
口常开的办公室小姐。她话极少，仅仅报了自己的名
字：德宁夫人。一年前成了寡妇，现在一人住在公寓
里。这女子时常托着下巴，一副若有所思的样子。

三个星期过去了，女子显出尚未完全适应的样
子，早晨上班总是迟到，上周末还请了病假，泽崎
不由得心生惋惜之情。女子只说自己生病了，没提
要辞职，可能还是因为不愿夹在这些陌生的日本人
中工作的缘故吧……泽崎心想她也许会来说些什么，
可是第二周的星期一等了一天，直到翌日的星期二
都落了空。

那天傍晚，泽崎晚饭后有事去了阿姆斯特丹路，

这里外观简陋的零售店绵延不断，走在贫民窟一般萧瑟的大街上。五月底的黄昏里，天气闷热没有一丝风，街灯虽然点亮了，四周泛着一片紫色的雾霭，但夜幕还没有完全降临。随处敞开的门窗里可以看到满头乱发的妇人、衣服污秽而脸上却化了妆的美丽姑娘的容颜，摆着蔬菜、水果小摊的路旁，男童女童在一起吵吵嚷嚷地玩耍。

不知怎的，泽崎脑海里浮现出柳町或赤城下一带的街景，不由得在一家摊子前站住了。这时旁边门里出来一个女子，一看竟是那个德宁。

泽崎感到十分意外，毫无拘谨地喊着她的名字走过去。

女子格外惊奇，可是已无处可躲，只好停下脚步，转过脸来，无言以对。

"你的病……好了没有？"

"唉，托您的福。"

"你住在这附近吗？"

"是的，我租了这里三楼的房间。"

"明天你打算怎么办？公司那边……"

"想必您现在很忙，真是对不住了。"

"生病了，谁都会这样的……怎么，你这是要去散步吧？你要是不介意的话，我跟你一起去那边走走吧。"

如此一开口当然不好拒绝，女子顺从地和泽崎一起漫无目的地朝着树木茂密的宽阔的百老汇大街方向走去。来到百老汇北边一带，两边都是闲静的公寓住宅，路上行人也不多，从建筑的缝隙里看得见哈得孙河畔的树木和河水。

"怎么样？我们到河畔走走吧。只要看看那青葱的树叶，就知道道夏天真的来到了。"

走了一百多米，他们来到一棵树下，在长椅上坐了下来。沉默良久，黄昏逐渐变成夜晚。两人眺望着河面的景色，泽崎忽然想起了什么，问道：

"明天你来公司吗？"

女子沉默着，似乎没听见，然后稍稍下定决心：

"我，其实想辞掉工作。"

"为什么？什么地方不满意吗？"

"不是，"她坚决否定之后，"可能还是因为生病的缘故，总是提不起精神。"

"是什么病呢？……"

女子仿佛难以开口似的低头沉默着。泽崎又问：

"是第一次去公司这样的地方工作吗？"

"不，并不是第一次。结婚前，我在各家商店和公司工作过很长一段时间。"

"那你干事务方面的工作已经很熟悉了吧？"

"不，不行。结婚以后三年多，我几乎不外出，一直待在家里，人也变懒了。先生死后，我又得像从前一样必须外出干活……可是怎么说呢，已经失去了毅力。"她略显凄凉地笑了笑。

"可是，我们事务所的工作也没什么难干的，西方女子只有你一个人，也不需要和别人打交道……你能不能坚持工作下去呢？"

"完全像您说的那样，像事务所那么好的地方，全纽约都找不到呢。我是非常愿意在您那里干下去，可是每天早晨……"女子不由得闭上了嘴，脸上泛起了红晕。

然而四周已是夜晚，似明若暗、似暗若明的夏天的夜晚。两人坐着的长椅背后，大菩提树的嫩叶遮蔽着星光和街道的灯火，浓浓的黑影投向他们。女子略微安下心来，偷偷看了一眼男人。

泽崎既不懂诗也不懂歌的妙趣，但这个绿叶优美的夜晚，别有一番风情。坐在无人的长椅上，虽不是手拉着手，却能跟女子并排说着话，这足以让他感到非常幸福，根本无暇顾及选择什么样的话题了。

"你先生是做什么的？"

"在保险公司工作。"

"你一定感到寂寞吧，有时候。"

"嗯……我一时不知道该怎么办才好，非常困惑。"

海风静静吹拂着鬓发，四周嫩叶像是在窃窃私语，还能听到近处人家传来的钢琴声。女子不知不觉之中不再拘谨，也不管对方是谁，忍不住聊起那些平时就连好友也难以谈及的自己的身世，抑或是在对温柔的夏夜星空诉说衷肠……她将一只胳膊向后支在长椅上，像是喃喃自语：

"先生在世的时候，真的很快乐呢。"

泽崎毕竟已在此地待了一年多，对于美国人露骨的情话也已习惯，于是一本正经地附和道：

"那是啊，你怎么结的婚呢？"

"我和先生每天早晨坐同一辆电车去商业区的公司上班，因为这个缘分，我们每逢星期六和星期天就一同出去玩……很快就结婚了。他说在他有一定积蓄之前，我俩还像从前一样都工作为好。可我实在不愿意一大早起来直到傍晚都端坐在椅子上……其实正是因为这一点，我甚至想尽快找个好人，把他当作我的靠山，所以我坚持了自己的主张。对我来说，没有比早起更难受的事了，更别说寒冷的季节里，从暖融融的被窝里爬起来，洗脸、穿衣服，那真是受罪。不过这也没办法。先生每天早晨把我留在床上独自出门去，我也不会在星期六晚上像纽约的女人们那样，一定要去看个什么戏让人家破费。我每天早晨很晚才起床，一整天待在家里，要是有人邀我看戏，还得特意换衣服，多麻烦呀！不如倚靠沙发上读读小说，那才有意思呢。到头来先生也说不要什么钱也没关系。"

泽崎虽然对她喋喋不休的样子有点招架不住，但不愿打断她，便也随声附和。这真是位能说会道的西洋女子啊，她越说越有兴致：

"不光如此，先生还说呢……比起你把头发梳得漂漂亮亮，衣服穿得整整齐齐，我还是觉得你起床时候的样子更像美人……呵呵呵。我生气说这是小看我，先生便一本正经地说什么你不像美利坚女人那样是为了干活才来到这世上的，而是像土耳其或是波斯美女一样披着彩霞般的薄裳，在宽敞的家中凝神倾听泉水叮咚的声音悠然做着白日梦那样的女人。"

依然絮絮叨叨说着这样那样无聊的话题，不久像是想起什么，问起了时间："已经几点了？"说着便寻机起身。泽崎也不便再挽留她：

"那明天……你还是来趟事务所吧，我等你。"

就这样两人分别了。可是第二天，还是没等到人来，倒是等来了一份电报：上面说，她因生病不得不提出辞职。

多么任性的人啊……看到日本人就不当一回事。泽崎也只能忍气吞声，不久又雇用了一名后任，这回是个十五六岁的小毛孩子。这样过去了一周十天左右，想起那夜在哈得孙河畔长椅上的那番话，感觉有如小说一般不可能发生在自己身上。尤其是那女子亲口悲叹自己和丈夫离别后的寂寞，还说到睡醒起来的样子，这些原本都是女子的秘密，却不加隐瞒地暴露出来。这样思前想后，总觉得女子是在诱惑自己去揭开她的谜团，而自己却在不经意间放过了一个难得的机会。想到这里，泽崎愈发感到惋惜，须臾之间犹如全身肌肉撕裂般的煎熬，焦躁之余他于某天夜里只身一人来到了那条阿姆斯特丹路上，登上记忆中那座建筑的三层，敲响了一家房门。

出来开门的是身穿背心的工匠模样的男人，五十上下，身材魁梧。像是正在吃晚饭，鬓角一端沾着面包屑，嘴里不停地嚼着什么。

"德宁女士是不是住在这里？"

这么一问，只见大个子男人立刻将身子转向走廊，像是在大声呼唤自己老婆的架势：

"哎，又有人来找那个娘儿们了，你来跟他说。"

这下出现的是一个仿佛睁不开眼、下巴突出的老婆子。她用可疑的眼神定睛打量着泽崎，良久说道：

"太不凑巧了，那女的已经不住在这里了，昨天早晨我们让她走了。你就是她的家属吗？"

不知道发生了什么，她的语调里充满了憎恨。泽崎有些困惑，佯装镇静：

"我是雇用她的公司总经理……"

"啊……？"

"她总说有病，不来公司上班，所以我就来看看她……你们为什么赶她走呢？"

"先生，那你也是上了她的当了吧？"老婆子骤然改变了语气，不等发问就滔滔不绝地说起来，"先生，没见过那么犟的东西。以前她男人还在世的时候，俩人一起在这上面的五层住，成天像妓女那样衣冠不整、吊儿郎当。附近的年轻媳妇们，有的去商店，有的在家做手工副业，大家都拼命挣钱贴补家用，可只有那个女人连自己家都不愿打扫一下，游手好闲打发日子。结果前年底因为急病死了男人以后，她便不知如何是好了。五层的房间房租贵，一人住太大了，幸好我这里空着一间，就让她搬到这里来了。起初的半年里，看上去有点积蓄，房费付得还算及时，可是慢慢地就变得狡猾起来，房费一拖再拖。

还不止这些，一找到很好的工作，刚干两三个星期，她就开始厌倦了，自己说辞就辞。这样下去，我担心房费哪能收得上来，不过看在她男人在世的时候我们就认识的分上，又不能对她太狠心，真是为难了好一阵啊。"

"不过，终于到了前天晚上……"这时站在旁边的工匠模样的丈夫接了话茬儿。

"前天晚上，看来是到了没钱花的地步了，不知从哪儿拖来个男的，把我们家弄成了体面的地下旅店。以前我就常常觉得奇怪，可是没有证据就没说什么。前天夜里一两点钟，深更半夜的，正经八百的朋友怎么会来呢。别看我们这样的人家，好歹也是靠本事吃饭的工匠啊，想弄成地下旅店，绝对没门儿。我们房费什么的都不要了……留下点像样的衣服和用具，一大早便把她赶出去了……"

"你们知道她去哪儿了吗？"泽崎不由叹息道。

"怎么可能知道呢？到了晚上多半会在哪里的酒吧一带闲荡吧。"

泽崎无精打采地下了楼梯走到外面，听到女子堕落的这番消息，越发觉得后悔莫及，心想为什么那个时候稀里糊涂，眼睁睁错过了良机呢。于是，他用力踩踏铺路石，同时咬紧了牙关。

无论如何没有比醒悟时还反复回想已失的良机更让人感受到无可奈何的痛苦了，泽崎经常会想起女子的事情，可是终究没有再会的机缘，来到美利坚快满三年了，两周以后也将迎来打道回府的日子。

也许是出于送别之意吧，他和经常玩花骨牌的几个日本人去俱乐部喝酒，在房间里正喝着菊正宗的时候，某家日本杂货店的代理人——这个尽管在故乡有儿孙，还频频热衷于搜集裸体照片的绅士，醉酒后闲聊的时候，得意地拿出两三张照片，说是最近在某处得来的天下绝品。

泽崎无意中望了望，相片上的人都摆着魅惑的姿势，而面部竟是那个让他难以忘怀的德宁女子。

啊，看来她和轻松挣钱的实业家无缘，倒是成了摄影师的模特儿。而他呢，再次震慑于深深的遗憾中，最终因命运多艰无缘重逢而返回故国。

此后，每当被人问起对美利坚的看法时，泽崎三郎总是不假思索地一语道断：

"总之没有比美利坚更加道德败坏的社会了，碍于生活的贫苦，可以说无一女子坚守贞操，绝非正人君子久住之地。"

明治四十年（1907）四月

（陈龄译）

夜女

一

说到百老汇四十二条大街，以高耸如塔的时代报社大楼为中心，周围大小剧场、宾馆、饮食店、俱乐部、酒吧、弹子房、咖啡屋等地，每当深夜，皆为人们游乐之处。还有不少地方是专门应对那些不满足于普通游乐的人而开设的。

纽约剧院门口，总是悬挂着一些赤身露体、穿戴香艳的舞女的招牌。即便一般剧院休息的酷暑季节，那些观众踊跃的小剧场也照例演出。而拐过这些小剧场的一角，就来到了寂静的横街。

这里就是自百老汇一直穿越电车来往的高架铁道第六大道的横街。站在这条横街上，一眼所能看到的，就是与纽约剧院背靠背的哈得孙剧院的后门

口。对面是视野较为开阔的兰心剧院大门。离这里
不远处有两三家专门接待深夜里女艺人和舞女住宿
的小旅馆，屋顶镶着大玻璃，门口摆着圆盘大盆栽。
此外，除了有三四幢类似上町[1]那一类现代风格的高
级公寓之外，两旁都是六七十年前建造出租用的五
层杂居楼房。几乎家家户户的窗口都悬挂有小招牌：
Ladies' Tailor（女装剪裁），或印度来的 Palmist（手
相师），以及音乐指导等，其中交杂着为家庭旅馆招
聘管理人的广告之类，有时还能看到挂着红灯笼的中
国菜馆。

这条横街，白天几乎没有一个行人，自黄昏时
候起，路面上渐渐出现长裙飘曳、足登高跟皮鞋的女
子，她们个个如上路的水禽，扭动着腰肢，风摆荷
叶，来往于深夜的街道上。各个角落停满了专供两人
乘坐的鸳鸯小马车。

俱乐部周围的青年人，谁都知道那些鳞次栉比
的出租杂居楼有着许多有趣的地方。

1　日本东京世田谷区上町车站附近的高级公寓。

然而，为了避免被纽约城里可恶的警察盯上，大门口不放任何引人注目之物。仅凭众人之口传闻，知道的人都心中有数，不知道的人也会被大街上待客的马车车夫，为了高额的小费，硬是送你来这里。

那些外表看起来古旧的杂居楼，似乎不忍一睹，但进去一看，底层是三大开间的宽敞客厅，天鹅绒窗帷，墙壁被涂成深蓝色，天花板描画着淡金色的蔓草花文，椅子和沙发一律铺着相同的深蓝色天鹅绒。天花板上缀着一盏玻璃吊灯，一眼望去，十分气派，我真想说就像乡下戏台上看到的某公爵家的宅邸。

外面客厅的一面墙壁上，悬挂着罗马时代迫害基督教的巨幅绘画，还有众多女人赤身抱在一起等待着，眼看就要成为猛兽的食饵。下面一间，画着四五个裸体美女，浑身沐浴在树木的绿波里，同天鹅相嬉戏。这幅画也很大，画面的人物像真人一般。大厅内的角角落落，摆放着人工制作的椰子树盆栽，枝叶青青，几近乱真。

这家的老板娘名叫梅塞丝·斯坦顿，谁也不知道她生在何处。据说她从年轻时代起就在妓院里打

杂，不知不觉呼吸着那里的空气，成为
家政行业中的一名厨房总管，辗转
于芝加哥、费城、波士顿等各
地妓院，打工赚钱。待小
有积蓄，便来到纽约，独
立开设眼下这家店口，至
今已经做了三十余年的生意了。

　　她腰肢肥硕，令人联想到竖立于旅馆大厅的大
理石柱。她大嘴巴，小眼睛，方脸盘，头发银白，
但一直擦白粉，甚至将"一"字形的眉毛涂得漆黑。

　　年轻时，她也曾喜欢过男人，但她从不为此耗
费金钱。她吹嘘自己最大的爱好是搜集宝石，可不，
五根指头一个不剩地穿满指环，和人对话时，总喜
欢将手整齐地放在膝头，不住用手帕揩拭宝石。除
了指环之外，夫人视同生命的宝贝就是钻石耳坠，
一对耳坠价值两千美元。然而，平素戴耳坠太惹眼，
有一天跳舞归来，一路上三次被强盗盯梢，使她吓
破了胆，后来干脆藏进箱底，下了两道锁。——这
个有名的故事，家中女子无人不晓。

　　面临通道的二楼一个房间，是夫人的起居室兼卧房。天花板上吊着阳伞和赤鬼灯笼。门口附近放置着看来是日本制的二曲屏风，黑底上绣着锦鸡的图案。这些华丽的东方色彩同古老的寿山石以及黄铜大型寝床摆在一起，显得极不协调，令人不解。

　　房间中央，总是摆着一张小桌子，上面放着《记者》、带有插图的《纽约新闻》等报刊，还有一只漂亮的鹦鹉笼子。笼里的鹦鹉生活在这个家里已经十年，早把这个社会使用的下贱语言全都学会了，从早到晚，叨啄着栖木，尖声鸣叫。旁边的安乐椅上，蹲着一只老鼠大小名叫"汤姆"的家犬，转动着耳朵，等着人来抱它。

　　午后一时过后，夫人渐渐醒来，第一件事就是抱起汤姆亲吻。她一边斥骂鹦鹉的鸣叫，一边吃完黑奴女佣端来的早餐，接着花上半天时光看报纸，照顾窗边的盆栽，等着傍晚六时的到来。然后就是这家的黎明。女佣首先敲响铜锣钟，夫人悄悄抱起汤姆走进地下餐厅，煞有介事地坐在主人席上。接着，睡在二楼、三楼、四楼各个房间的女子，光着身子，只穿鞋袜，围着宽松睡袍，一副不知是几点的表情，个个眨巴着颇为怪讶的眼睛，跑下楼来，各就各位。一共五人。

夫人的右侧坐着伊丽丝，其次是布兰奇，再下边是鲁伊兹，左侧则是赫塞尔和约瑟芬。

这五人各有各的历史和人格。

首先是伊丽丝，她有爱尔兰血统，生于美国南部的肯塔基州。年龄大约二十三四岁，桃圆脸。这种人的特征是下巴颏短，幽深碧蓝的小眼睛，光亮的金发。且削肩膀，显得很文弱。然而，从腰肢到两脚秀美的姿态，连她自己都很感自豪。证据是，据说她曾两次充当过美术家的模特儿。

伊丽丝老家财雄一方，她在十六七岁前，一直在天主教学校念书，时常在人们意想不到的场合，只要心中似乎想到了什么，嘴里就会随之唱起圣歌。她的性格并不浮躁，陪男人喝酒也不喧闹，生病或遇到什么不幸的事，也从来不显得愁容满面。

和她相反，坐在她一旁的布兰奇，没有父母兄弟，在纽约道旁和狗一起长大，天生的水性杨花。听说三十岁了，身形十分矮小，清瘦而苍白的脸孔上画着很厚的妆。掺着很多假发绺的额前刘海上，扎着红蝴蝶结，夜里打扮成看上去十六七岁的小姑娘，借此欺骗男子。她酒量很大，手脚不干净，甚至因偷窃嫖客的金钱而被关进"海岛"监狱。她有两个黑奴情夫，一个是书场艺人，一个是马车夫。同行的人站在白人立场上都更加厌恶她。

第三个是鲁伊兹，头发、眼睛乌黑，是个稍稍肥胖的巴黎少女，似乎有一定的岁数，但或许因为高超的化妆术，看起来总是很年轻。两年前，听说美国是美元之国，同情夫一起来美国打工，只要能赚钱，干什么都不在乎，因此成为男人的玩物。但听女伴们说，她从来不肯为买一瓶酒而掏腰包。

左边的赫塞尔，生于加拿大，是个健硕的大块头女子。胸脯像揣了球，两只臂膀和双肩显得很有力气，似乎油光光的，让人觉得一旦靠近，就能感受到体味和浑身的热量。同身形相比较，可怖的小圆脸，口唇松弛，眼睛迟滞，如同往昔牧场上挤奶的女子。虽说一直被当作老好人遭人戏耍，然而一旦喝醉了威士忌，照例有人一边顾忌着她的强健臂膀，一边厌恶她，对她冷嘲热讽。

最后是约瑟芬，她是这个家庭中容姿最美丽的女子，年龄刚过二十岁。父母是意大利西西里岛的移民，目前在东区的意大利大街经营一家蔬菜店。丰腴的下面颊显现出桃红色，令人联想起南欧美人的面影。双目闪耀着黑宝石般的温润光泽，眉毛描得又细又长。

从十四五岁时起，她就在东区的戏院和啤酒花园等场所演唱流行歌曲，获得好评。其后，曾一时成为女歌手在百老汇舞台上演戏。最后，身体垮了，得了病，毁掉了最重要的嗓子。所幸，出院后又恢复了原来的声音，但已养成懒惰的恶习，最后寄身于花街柳巷。然而，她还不知道那些浮世底层的全部辛劳，同时也不曾尝过死去活来热恋某位情夫的味道。她正逢豆蔻年华，爱穿漂亮衣服，喜欢同年轻男人嬉戏调情。她正值青春鼎盛，倒也谈不上有什么不好。飘零的身子，理想的境遇。吃喝睡眠的时间之外，昼夜不分，有个时期，还继续演唱老本行的流行歌曲。有时没什么好笑的事，她也会咯咯笑上一阵子，在逼仄的房间里走来走去。

这五个女子每天总要为某件事争论一番。但就像刮过一场暴风，时候一过，一切都忘了，又成为好朋友，在一起异口同声地大谈别人的坏话。

每天都吃固定的烤牛排，或者烤猪排和土豆、酸果、调制芹菜，饭后作为点心，再吃一片酥皮饼或布丁。晚饭后，各回自己房间，花很长时间精心化妆，夜间十点，夫人摇铃，大家一起在楼下客厅集合，等待相约的客人。不愧是商业化国家的女子，一整夜都在做生意赚钱。

到了这个时刻，还有五个女人同夫人特别相约，每天夜晚来这里出差，所以人数有十多个。有的业余者穿着白西装，系着领带；有的穿上缀满花边的夜礼服，仿佛出席贵族的家庭舞会，各人手里拿着扇子，占据着大厅的每个角落。

二

十一点过后，附近的剧院演出结束时，道路上一下子充满了人的脚步声、车辆声和马车夫的吆喝声，又忽而寂静下来。十二点敲响之后，直到凌晨一两点前，正是从饮食店、俱乐部、弹子房归来的人大肆涌入的时刻。今夜，来了三个店员打扮的年轻人，手脚不干净的布兰奇和法国女子鲁伊兹，还有夜间前来打工的弗洛拉，一起把他们带进二楼、三楼的房间。那个弗洛拉本是电车司机的老婆，已经有两个孩子了，她同丈夫商量后，就来店里打工赚钱。三个女人将三个男人关入房间之后，门口再度响起了门铃声。

那位叫作玛丽的黑奴女佣打开门扉。看到一个头发半白、身子肥胖的商店掌柜模样的男人，以及身后三位当地商人打扮的来访者。夫人一看有钱可赚，立即亲自出迎，陪他们进入楼下大客厅。

掌柜模样的男子，也不给几位同来的青春洋溢的朋友讲点礼仪，先是装着无动于衷，坐下后就立即环视眼前的所有女人。当他一眼瞥见艺人出身的年轻女子约瑟芬的芳姿时，仿佛发掘了宝物，忘记了廉耻，主动坐到同一张沙发上，握住女人的纤腕，放在自己的膝盖上，说道：

"怎么样？一起去喝杯香槟酒吧。"

当地出身的三个人一走进客厅，迎面看到悬挂的迫害基督徒的大型裸体画，似乎就吓破了胆。他们并排坐在椅子上，那表情就像参观美术展，一时凝视着画面，不吭一声地干坐着。原来坐着的女人不用说了，就连隔壁客厅的三两女子，也在忙着收拾中间的帷幕进进出出。这时，她们凑过来，坐在了旁边的椅子上。黑奴女佣捧来两大瓶香槟，注入酒杯。

"来，为了好运，干杯……"

白发的掌柜首先举杯，将杯子里的酒喝了一口，然后拿酒杯硬是抵在约瑟芬的朱唇上，将剩下的酒"咕嘟"一声全都给她灌了进去。

夫人端着酒杯原地站立，朝三个男人瞅了瞅，说道：

"三位要是觉得有哪个中意，就……"

她看着客人的表情，三个人都有些不好意思，只是一个劲傻笑。这时，客厅外缘的走廊上传来一声"再见，欢迎再来"的招呼声，以及接吻的响声。二楼的三个女人送客了。布兰奇哼着小曲，扭动着腰肢；鲁伊兹抚弄着鬓角的头发；弗洛拉像狗熊一样俯伏着身子，忸怩作态地进入客厅。

其中两人到达较远一个角落的椅子边，而布兰奇一见到客人，就有些疏远其他姐妹。她依旧哼着小曲，独自走近一位客人身旁，突然坐在那人的膝盖上。

"对不起。"她含情脉脉，吸了一口夹在手指间的香烟，静静地对着男人的面孔吹着烟圈。

看样子，那男子刚刚喝下一杯香槟，渐渐恢复了精神，一只手将女人口中含着的烟卷摘下来猛吸一口；同时，另一只手抱住女人的腰向上提了提，以免从自己膝盖上滑落下去。

看到这番情景，另一个人虽然没喝醉，但也毫不踌躇地将肩膀靠向看似最柔顺的女人——金发伊丽丝那里。剩下的一个人，贪欲使他不去挑三拣四，而是全部包揽，从右至左，从左至右，也不看全室女人的脸，只是凝视她们隐藏在衣服里的高耸的胸脯，夜礼服露出的雪白的香肩，独自沉醉于卑俗的空想之中。

看到全室形势已定，第一个离席的是加拿大出身的大块头女子赫塞尔。其他人也跟着她，一个个跨出帷幕，回到下一间客厅。赫塞尔坐在椅子上，憎恶地咂咂舌头，说道：

"真是太不要脸了。那个手脚不干净的布兰奇……她什么时候来的呀？一屁股骑到一个陌生客人的膝头上，简直叫我目瞪口呆！"

"找黑人为情夫，真是恬不知耻……"有人为她帮腔。

如此这般，每夜都为争夺嫖客而生气斗嘴，直到第二天，都是背后说人闲话的资本，一旦被对方知道，对方也不肯罢休，难免为之再争吵一番。

不过，眼下倒很难得，邻座的恶言淹没在男人们的狂笑中，根本听不清楚。布兰奇坐在男人的膝头上，套着真丝袜的两腿摇来摇去，双手抓住男人的肩膀，上身就像划船，一仰一伏。

"我们上楼吧。"短兵相接，直截了当。

她们将"时间即金钱"的格言当作护身符。金钱之都的女人们，只想利用短暂的时间赚大钱，她们绝不会专门围着一个男人而浪费时间，这可是大忌。但是，夫人不一样，对于夫人来说，酒钱就是她的全部收入。故而，只要看到能喝酒的客人，哪怕多一分钟也要留在客厅卖酒给他喝。这里往往就是夫人同女孩子之间发生利益冲突的地方……"昨夜，全靠我的本事卖掉五瓶香槟，可房租延长一周都不肯答应。"类似这样的不满从未断绝过。

眼下夫人二次巡回斟罢香槟酒，为了准备下一拨来客，主动弹奏起钢琴来了。

"约瑟芬，唱支歌吧！"

夫人转头看看一直坐在沙发上的意大利女子约瑟芬，她正陪着头发斑白的掌柜说话呢。于是，这位舞女出身的姑娘依仗自己年轻开朗，很少私欲，也不管听的人如何，主动拍着手大声唱起来。掌柜的也跟着一道唱：

I like your way and the things you say,

I like the dimples you show when you smile,

I like your manner and I like your style;

... I like your way!

布兰奇看起来有些焦急地说:

"我已经醉了,太痛苦了。"

都已经三十多岁了,却嗲声嗲气地把脸紧紧贴在男人的胸口上,大声喘息着。

金发的伊丽丝模仿她。

"到二楼再慢慢说吧。"她握着男人的手指,拉他走。

掌柜的看到这副情景,说:

"不,我跟她呢,都早已配好对了。夫人,再开一瓶!"

夫人飞快离开钢琴,喊道:

"玛丽,快,快去拿香槟酒!"

好一个布兰奇,如今绝望了,只得听天由命了。

"您尽头十足啊!"她有气无力地说。

掌柜的越发高兴起来,他浓浓地抽了一口雪茄,说道:

"只要有钱，随时就能有酒和女人……约瑟芬，刚才那首歌再唱一遍给我听。"

I like your way eyes, you are just my size,

I'd like you to like me as much as you like,

I like your way!

正在这时候，大门的门铃又响了。"对不起，"捧出最后一瓶香槟的玛丽急忙放下酒，请夫人斟酒，迅速跑出走廊。

众多客人涌向下间客厅，接着，在场的有大块头女子赫塞尔，法国来的鲁伊兹用发音奇怪的英语在说话……不久，一个声音干枯的男人大声吼叫：

"没有香槟，我就不付钱！"

三

有的出，有的进，人们络绎不绝，直到过了凌晨三时，客人这才开始停止进出。

女人们每夜熬到天亮，已经习惯了，眼睛疲劳，不知不觉之中胡乱喝着香槟、啤酒以及嗨棒[1]，头脑沉重。就连活泼开朗的约瑟芬，眼下也没有力气唱流行歌曲了，只是将一只胳膊支撑在琴盘上，连连打哈欠。布兰奇在角落里，做出把袜子脱下、拉高的姿势，仿佛在心里计算着袜子中到底可以塞进多少纸币。

伊丽丝、赫塞尔、鲁伊兹、弗洛拉，她们都并排坐在沙发上，绣眼鸟似的肩膀挨着肩膀。看来话题都说尽了，谣言完结了，整夜不住地抽烟也已经厌倦了，不时地你瞅瞅我，我瞅瞅你。此时也有人说"啊，我饿了"，但没有一个人提议"那就买个什么东西吃吃吧"。

突然，门铃声唤醒了全家的疲倦。

或许为了振作精神，夫人不等玛丽开门，自动走出门口，迎进两位头戴礼帽、身穿皮外套、手戴白手套、执洋手杖的绅士。他们一身打扮，处处看来都是交际场上老手的做派。夫人恭恭敬敬将他们领进下

1　英文为 Highball，威士忌混合碳酸饮料的一种鸡尾酒。

一间客厅，喊道：

"姑娘们，来客啦！"

大块头的赫塞尔第一个站起来，在进入下一间客厅之前，按照女孩子们的癖好，先偷看一下究竟是不是真客人。她拉开布幕的一道小缝一看，突然露出怪异的神色，回过头来，"嘘"的一声制止了大家。

"那家伙？"

同伴们立即明白了，互相对望了一下。这时，布兰奇走过去，又从幕缝里瞅了瞅：

"嗯，没错。"她蹑手蹑脚回到大伙身边。

"是暗警，还穿着夜礼服呢。……夫人怎么没认出来呀？我清清楚楚记得那家伙的长相。"

一句话引起吃过苦头的女孩子们的警觉。纽约警察每月必有一次清查逃漏税的酒贩子和夜间街头的卖淫女，他们装扮成客人暗地查访。这种倒霉的事每人都遭遇过一两次。因此，大家也不惊慌，脚步轻轻从廊下经地下餐厅离开，或者自后院潜入邻家，或者伫立于地下出口做好准备，一旦情况紧急就逃向大街。

　　夫人毕竟对这个社会看得很透，她对大家吆喝两次，见没有一个人出来，心中完全明白了。于是，她在那人索要香槟的授意下，故意拿出一大瓶来，咕嘟咕嘟斟满之后，说道：

　　"先生，不行啊，不能开这种玩笑……"说着，便从袜筒里捻出二十美元纸币，塞进那人的口袋。

　　"得罪啦。"她说着笑了。

　　两个暗警立即会意的样子："哈哈哈。没办法，这也是工作，好吧，最近还会再来……"说罢，站起身来。

　　"还望多关照。"

　　多么奇妙的对话，夫人好不容易送走了瘟神，"啪啦"关上门。回到客厅的沙发上，仿佛倒了酒桶，将沉重的身子"扑通"倒下来，大声骂道：

　　"哈，这些畜牲！"

　　好大一阵，家中寂然无声，

一切声音都断绝了。不一会儿，"丁零零"，家犬汤姆从幕间露出脸来，担心地望着夫人的脸。接着，从餐厅上来了布兰奇，她同样瞅瞅客厅：

"夫人！"她叫了一声。

可是夫人已经心灰意冷，懒得回答了。

"夫人，不过今晚上倒是老老实实回去啦。"

"是呀，"夫人气呼呼的，"给了他们三四张美元现钞呢……"

"三四张二十美元……"聪明的布兰奇心想夫人想必太夸张，故意加了一句，"真不幸啊！"

这时候，接二连三，逃往后院的人都回来了。

"啊，冻死我喽……"

大家喊叫着，看到危险已过，一起跑回客厅。布兰奇故意恶作剧，再次夸大其词地说：

"夫人给了他们七八张二十美元现钞呢。"

"哇……"大家瞧着夫人的脸孔。

夫人在女孩子的一片同情和惊叹声中，显得更加气急败坏，忽然将靠在沙发背上的上半身挺直，扫视着大家，说道：

"有什么大惊小怪的？五十年跌打滚爬混来的本事。只要瞧上一眼，就会明白，有的五美元就能打发他默默回去，有的十美元也不放在眼里……你们最关键的本领，就是要修炼出这副眼光。怎么说也度过五十年了，当年罗斯福和麦金莱大总统还都是拖鼻涕的毛孩子呢。"

"五十年……"有人重复着，另一人问道：

"当时，安德鲁·卡耐基[1]还是个没有分文的穷光蛋呢。"

"是吧，我那时候连一枚戒指都没有也活过来了。"

大家再也不知道如何应对，都一概不出声了。夫人扬扬自得地反转过身子，说：

"这完全是实话，五十年前，我没有一枚戒指……"

她回忆过去的经历，对于眼下人生中打拼而获得的成功，有一种莫名的满足感。她静悄悄离开沙发，回头瞧了一眼女孩子们，便到楼上去了。

---

1 安德鲁·卡耐基（1835—1919），出生于苏格兰，美国实业家、慈善家，卡耐基钢铁公司的创始人，被世人誉为"钢铁大王"和"美国慈善事业之父"。

她衣裙的摩擦声似有若无之间，约瑟芬早已耐不住了，她倒在沙发上，天真地大笑起来。

"大总统罗斯福还是拖鼻涕的时候……"布兰奇模仿夫人的语调，赫塞尔跟着说：

"五十年前，我没有一枚戒指……"

"呵呵呵呵呵呵呵呵。"大家一同笑起来。

不知从哪间房子里传来钟鸣，司机老婆弗洛拉侧耳倾听。

"已经四点了，今晚上很不吉利，我得回家了。"她转头看了看从外边来做临时工的朱莉娅。

"是呀，那就走吧。"

两人上了三楼，褪掉夜间装束，换上外出的便服，戴上帽子，面纱里再围上围巾，轻轻敲一敲夫人的房门。

"四点多了，我回去了。明天晚上再见。"

说罢，"咚咚"跑下楼，在走廊上拖着长长的嗓音向伙伴们道别。走到路上，不巧碰到鲁伊兹的情夫，这家伙是和鲁伊兹一起从法国来打工的汽车工程师。

"晚安。"他来了个欧式的怪动作,摘下帽子,问道,"鲁伊兹呢?"

"她在客厅,晚安。"

每天凌晨五点左右,是情夫们一同涌来的时刻。这些白马王子登上台阶,按响门铃。

"好冷啊,好冷。"他们故意颤抖着身子。弗洛拉和朱莉娅向第六大道走去。已是十二月半,一整夜奔驰于城中的电车的轰鸣,如拍岸的惊涛此起彼伏,不绝于耳,不知从何而来的深沉的寂寞充溢全身。自街角的小剧场扩展开去的百老汇,就像天刚黑时一派通明,街灯的光芒比月清白,较水冷艳。就连名副其实的大都市,眼下也一样面临着无边的静寂。

她俩不约而同地相互依偎着身子,走出十来米远,来到那座歌女们住宿的旅馆前边。两三辆待客的马车的阴影里,走出一位嘴含大烟斗的男人。

"今晚上真早啊。"

朱莉娅透过四边灯影,说道:

"啊,我们走早啦。好久不见。"

这人是电车乘务员弗洛拉的丈夫,他每天凌晨

四点在附近的车站交接班，下班后依旧一身制服，来
到这一带等着妻子回来。弗洛拉轻轻吻了他。

"今天运气不好，有暗警进来，四点钟就结束了。"

"是吗，生意还算好吧？"恬不知耻的丈夫问道。

妻子也很平静地说：

"这个嘛，没啥了不起。尽管如此，大家还是各
忙各的。是吧？"她说着，回头看看朱莉娅。

"嗯。"朱莉娅点点头，"最会拉客的当属布兰
奇，我到底不能像她那样。"

"弗洛拉，你应该向人学习学习。"

"说什么呀，瞎管闲事！"

"我不是为你好吗？"

"算了吧。"弗洛拉脱下手中的暖手套，抽了一
下男人的脸。

"哈哈哈哈哈，别生气嘛。"

走到第六大道，来到酒吧前，门外的灯火熄灭
了，房子里彻夜灯火通明。

朱莉娅的丈夫是这家酒吧的职员。弗洛拉夫妇
打着招呼：

"好吧，再见。"他们刚走出不远，被朱莉娅叫住了。

"不要这么急嘛，方便时我想让你们见见那位相好的。"

"没错。"

朱莉娅先走了。弗洛拉夫妇一起推开写着 Family Entrance（家庭入口）不太起眼的里院的门扉，走了进去。

冬夜的黎明尚有些时候，没有行人通过的一条大街那里，大概因为醉酒，或为了驱寒，传来一位男中音的歌声：

... I wish that I were with you, dear, to-night;

For I'm lonesome and unhappy here without you,

You can tell, dear, by the letter that I write.

我的爱，今夜里只想同你在一起，

没有你，我哪里有幸福，我很孤独。

我写信告诉你，我的爱，

我向你诉说，我的真情。

突然，自远方袭来地动山摇的高架铁路上的声响，不知狗在哪里狂吠。

明治四十年（1907）四月

（陈德文译）

一月一日

一月一日夜，东洋银行美国分行经理某氏公司宅邸，像往年一样，举办贺新春杂烩煮年糕的宴会。留在美国住在私家旅馆的独居者，新年到来也喝不上一杯屠苏酒的不很自由的职员，以及银行以外的人士，将近二十人出席宴会。

服侍过三代经理，在这里工作已十年的德国女佣凯奇，还有一位经理夫人的远亲青年，一起上菜斟酒，忙得不可开交。有时夫人也亲自动手，助一臂之力。

"来到美国，想不到还能受到如此的款待。"有的人捻着胡须表示感谢。有的人打趣道："夫人，这就能治好我的思乡病。"还有的人发着牢骚："再来上一杯。我已经两年没怎么过年了。"

完全不同于招待西洋人的晚餐会，连喝汤的声音都不能出，眼下这么多人聚在全封闭的餐厅内，嚼年糕声，喝汤声，嚼鱼干、鱼籽的咂舌声，咬紫菜声……随着这些可怕的声响，"怎么样，再来一杯"的呼喊，在两手够不到的远处的桌子旁，彼此交换酒杯。杂谈如蛙声喧嚣。这时，忽然从桌子角落传来挑战似的醉汉的声音：

"金田又没有来，像他那样崇尚西洋，可不行啊。"

"金田这人很是奇怪，从来不参加日本菜宴席。哪有人不喜欢喝日本酒、吃日本米饭的。"

"讨厌吃米饭……完全不可理解。他也是你们……银行的人吗？"不知谁问道。

"是的。"经理亲自回答，"他已待在美国六七年了……他说今后将在外国待一辈子。"

席间一片吵吵闹闹的杂谈，忽而集中于谈论一个奇特的人物。经理到底是老人，他的话不温不火：

"或许他不太讨人喜欢，但他是个沉默寡言、极为温顺的人。正因为待得时间长，所以对美国非常了解，业务上是个难得的人才。"经理加上一句肯定的评价之后，喝口酒润润舌头。

"但这种人不懂交际，不管如何讨厌酒不爱吃米饭，但出于日本人的友谊，你总得要来。尤其像今晚，又是新年元旦。"最初那个像醉汉的人又愤愤不平地谴责道。

于是，针对他的发言，屋角里一位一直没有说话的人不慌不忙地开口了：

"我看还是先不要攻击人家为好。他有些别人很难意料的事情。我以前也不知道，先生讨厌日本酒，不吃日本米饭，是另有原因的。"

"哦，是吗？"

"从那之后，我就非常同情他。"

"究竟什么原因呀？"

"过新年讲这种事，有点不合适啊。"他先卖个关子，"就在不久前，圣诞节两三天前的一个晚上，我给西洋人送礼，请金田君帮我挑选，因为他在美国待得时间久，只有他知道送什么好。他带我去百老汇，回来时夜已深沉，我们肚子都饿了，我随便劝说先生一同到附近一家中国菜餐馆吃饭，先生说吃中国菜很好，但他一看见米饭就反感……因此在先生带领下，我们去了一家名字叫什么的法国料理店。先生喜欢喝葡萄酒，他连连喝了两三杯后，看来有些醉了，两眼发呆，一直瞅着剩下的半杯葡萄酒，深红的残液在电灯的映照下闪闪发光。

"突然，他问我：'你父母都健在吗？'真是个奇怪的人。

"我回答他：'是的，他们身体很好。'说完，随即俯伏着身子。

"'我呀……父亲还在，母亲在我毕业前不久死了。'他说。

"我不知如何回应，喝了一口不想喝的水对付过去了。

"'你父亲喜欢喝酒吗？'过了一会儿，他又问。

"'不，他只是有时候喝点啤酒。算不上会喝酒。'

"'这么说，你们家一定很太平。实际上，酒不是什么好东西。我本来滴酒不沾，或许多少有些遗传的缘故吧。但我唯独对日本酒，一点也不能进口……甚至一闻到酒味，就浑身战栗。'

"'为什么？'

"'我想起了死去的母亲。不仅是酒，米饭、味噌汤，不管什么，只要一看见日本料理，我就立即想起死去的母亲。请你听我说下去。'

"'我父亲也是个知名的人物，现在退休了，他原来是大审院的法官。他是受过维新以前教育的汉学家、汉诗人，此外又是学习京都流派的茶人，书画、古董、刀剑、盆栽方面的鉴赏家。他把家弄得像花店、古董铺一样。那些戴眼镜的秃头古董商，以及今天不大能见到的生就一副帮闲气质的属官和法院书记官，几乎每天都涌来我家聚会。他们都是父亲的话友和酒友，不待到夜里十二点绝不回家。那么，谁给他们端菜、烫酒呢？那就是母亲一人。我家还有负责烧饭和打杂的两个女佣，但父亲有茶人之癖，吃东西十分挑剔，不能一切都交给用人。母亲反复为父亲选菜谱、烫酒，有时也亲自下厨煮饭。尽管如此，还是不能适应父亲的口味，一日三餐，他吃饭时总是对饭菜抱怨一番。从早上喝味噌汤开始，他就说三州的味噌汤如何如何，有盐没盐，又说这片酱菜切的形状不合法度。这种腌鱼籽装在这种盘子里，真是太蠢了。最近买的清水烧瓷怎么样了,是不是又打坏啦? 你这样不小心,真是叫人受不了……简直像在说落语,即使从旁听到,也会觉得头疼。

"'母亲的工作,除了担当永远得不到赞扬的厨师之外,还要照顾那些一碰就破的书画古董,修剪盆栽。这些杂事不但得不到一声问候,反而被找碴,挨斥责。因此,我出生时首先听到的是从父亲干瘪的嘴巴里吐出的牢骚话,首先看到的是从来无暇换下衣服喘口气的母亲的身影。我天真的童心里,首先留下的是这样的印象:父亲都是可怕的人,母亲都是可怜的人。

"'父亲几乎从来不曾抱我坐在他的膝头上。他虽然时常用温和的声音叫我的名字,但猫儿一般孤独怯懦的我总是畏缩不前,不敢靠近他一步。尤其是父亲吃饭的时候,他吃的东西都不适合小孩子,所以我从来没和父亲同桌吃过饭。自幼年至少年,随着时光的推移,我自然谈不上对父亲有深厚的亲爱之情,相反,始终认为父亲都是暴恶无道的魔鬼。关于这一点,母亲也许不会有我这样的感觉,但在憎恶父亲的我的眼里看来，母亲始终生活在没有一丝温暖和快乐的环境之中。

"'从这样的境遇中，获得如此先入为主的感想。不久我升入中学，在英文课本上，阅读了描写美满幸福的家庭以及天真烂漫的儿童生活的文章，接着又读了当时的杂志，看到众多反映"爱"和"家庭"的文字，西方这些思想剧烈撞击着我的心扉。同时，我父亲时常提起的孔子的教导以及武士道之类，都被我视作人生幸福的敌人。这样极端的反抗精神，不知何时在我的胸中打下了坚固的基础。随着年龄的增长，就连间断的交谈，和父亲也是意见不合。初中毕业，我考上高中专科学校，随之离开父母开始过上了寄宿生活。我有时去探望母亲，回校的路上，心里经常琢磨着，等三年毕业之后，我就同父亲分手，成立自己的新家庭，将母亲接出来，让她吃上一顿舒心的饭食……可是，啊，人生如梦，没想到毕业那年冬天，母亲竟命归黄泉。

"'据说那天晚上将近夜半，突然下起鹅毛大雪。父亲近期购买的松树盆栽因为放在院子里的石板路上，要是原地不动，雪片很可能会压坏树枝。父亲让母亲叫醒女佣或别的人，把盆栽搬进屋子，但母亲知道女佣白天患了感冒，身体很弱，很感同情，只得自己穿着睡衣，拉开挡雨窗走出庭院，将雪中沉重的松树盆栽搬进屋里……母亲当晚受了风寒，引发急性肺炎。

"'对此事，我受到了重大的打击。后来，每当同朋友一起到牛肉馆或料理店，听到他们埋怨酒烫得不热，米饭煮得不香，我就会立即想起母亲悲惨的一生，心中很不是滋味。每逢节日，看见人家购买盆花，就像看到那场大灾，浑身控制不住地颤抖不已。

"'然而，我有幸离开日本，来到这个国家，万般生活完全不同，让你根本想不到什么叫悲惨。我也获得了一种莫名的精神上的安息。我几乎不知道什么叫想家。日本人对美国的家庭和妇女多有责难，但在我看来，即便表面形式或弄虚作假也好，丈夫在餐桌上切肉，装盘递给妻子，妻子也为丈夫沏茶、切点心。只要看到这一场面，我就感到非常愉快。如果硬是要探求其内里如何，就会破坏难得的美好幻想，我有些于心不忍。

"'我在春天的原野上散步，看到吃着大块的三明治、拦腰连皮啃苹果的姑娘，或者观看歌舞戏剧归来的途中，于深夜的酒馆，看到那些只顾自己喝香槟，对丈夫和男同伴瞧也不瞧一眼，只顾自己穷聊的妻子。即使目睹这些稍微极端的例子，我内心也感到一阵欣喜，觉得她们很快乐，很享受，很幸福。我从未见过作为妻子和母亲如此幸福的情景，所以感觉十分欣慰。

"'明白了吧？我之所以讨厌日本料理、讨厌日本酒的原因就在这里。和我的过去没有任何关系的西洋酒，以及同令母亲伤心流泪的东西在形式和内容上迥然各异的西式菜肴，让我首次尝到了进餐的欢愉。'"

* * *

"就这样，金田君为表示对我倾听他经历的感谢，不听我劝阻，又开了两瓶香槟。他到底是西洋通，不论是葡萄酒还是香槟酒的名字，都知道得很详细。"

　　解释的人说完了，再次拿起筷子吃着杂烩煮年糕。满座宾客一时沉默无语。看来女人更能体会女人内心的苦楚，经理夫人叹了口气，声音很大，在座的人都听见了。

明治四十年（1907）五月

（陈德文译）

黎明

　　不单是纽约，了解整个美利坚的男女，人人经常谈论的是建造在长岛尖端的名为"科尼艾兰（Coney Island）"的夏日游乐场。其规模浩大，出人意表，约等于浅草的奥山和芝浦的总合。要到达那里水陆皆可，或乘坐穿过布鲁克林市街的高架铁道列车，或乘坐汽艇沿哈得孙河下行，只需花费半个小时。

　　提起低俗，全世界恐怕再也找不到像这里一样低俗混杂的场所了。每逢星期日，数万名男女出出进进，只要看看报纸上的统计数据，就能想象得到。仅利用水电工艺，使俗众目瞪口呆的大型娱乐场的全部项目，就有数十种之多。其中，既有使观众多少能增加一些历史、地理知识的有益品类；不用说，也有阴阳怪气的舞场和内容猥琐的演艺场。每天夜晚，放焰火的响声，使人无法入眠。晴日夜间，站在河中汽艇上，自纽约宽阔的港湾眺望，令人惊叹的电灯和霓虹灯璀璨夺目，整个天空如曙光降临，一派光明。远方海面，楼阁林立，高高低低，宛若远眺龙宫。

在这里，说到日式滚动台球（日本保龄球）——Japanese Rolling Ball，是整个科尼艾兰上，极富盛名的游乐项目。其实，并没有什么新奇，同奥山的没什么两样，只不过是按照被撞倒的球数，从摆满奖品的店内取走一份奖品罢了。然而，一是出于对日本的好奇，二是一心想决出胜负，碰到运气好，还能获得一份值钱的东西，从而获得好评。日俄战争以后，更加受到欢迎，每年夏天，这种日式台球店都会增加一些新店。

说起想借这类颇有人气的娱乐大赚一番之人，有个从日本来的店主，四十开外年岁。这个人在故国家乡日本吃尽苦头，来到美国多年后，从事过好多职业，如今又怎么样呢？照他的说法是，人即使啃泥巴，也不要轻易寻死。他的容貌和谈吐都很到位，像老板，像英雄，又像流氓。那些受雇于他的打工人员，每天计算客人碰球的数目，交换奖品，这些人有的本来就是无业者，尚未经历过社会上的失败，但又巴望能在未来成为二号老板；有的是盲目地以苦学为目的来美的青年留学生。

当时，我也是其中一员，不论干什么都行，目的只是积攒能去欧洲的旅费。临时抱着这样的想法，我来到这里数球。一周的工钱十二美元，老板说了其他店虽然也有给十四五美元的，但全靠自己解决吃饭问题；我这儿虽然十二美元，但包括一日三餐，店里提供住处。因此，不花分文，工钱全都能省下来。按着这个思路，好好干活吧。

我一被雇佣，就和其他人一样，立即被分配站在滚动球一侧，等待客人的到来。过了下午三四点多钟，来店参观的客人也很稀少。夏日火焰般的夕阳，照射着对面啤酒屋[1]的屋顶。啤酒屋的右侧是靶场，涂着白粉的女人，嘴里满含东西，时时朝这边打哈欠。左侧是一处游乐场，虚张声势地挂着巨大的"世界空中旅行"的广告牌。门口的椅子上，一位同样涂

1　英文为 beer hall，以喝啤酒为主的饮食店。

满白粉的巨乳年轻女郎，瞅准顾客稀少的空儿，在台面上数着入场券和零碎钱。她身边站着一个长相卑琐的男子，穿着惹人注目的花哨衣服，看到一些像客人样子的人徘徊时，就会大声地吼叫："欢迎，欢迎！"每次都要叫上三四次。他向买票女子频频抛媚眼，低声说着什么。

这一带掌灯的时分听说是五点左右。天空蔚蓝，夏日的傍晚，时间还早，然而这一带的景象已经颇为诱人。录入留声机内的各种杂音以及呼叫男客的吆喝声此起彼伏。对面的啤酒屋开始大放电影，即使站在外面的马路上也能看到。附近就有演艺场或舞场，伴随着乐队的鼓声，传来年轻女子的合唱。看热闹的男女，从这个时刻开始，逐渐像潮水一般涌来，自晚上八时至零点是最高潮时段。道路上行人杂沓，水泄不通。过了这个时段，店老板就会注意到马路上渐渐沉静下来的光景，吩咐道：

"怎么样？该打烊闭店了……"

此时已到凌晨两点。我们用路边的水道水洗去满脸油汗，抽上一支烟歇息一下。眼看就要到三点了。雇用的伙伴中最年长的，是一位四十开外、村夫模样的男子。他用一口东北方言说道：

"好吧，我困啦，我可不能像你们一样，身体吃不消啊。年轻人，你们尽情地玩乐吧，夜还长呢……"说罢，他从球台下面取出团作一团的毛毯，摊开铺在台面上，穿着一件脏污的衬衫，躺成个"大"字。一位头发整齐、秀丽的年轻书生模样的人说道：

"你今晚还睡在球台上，想做个好梦吧？"

"里面的床上尽是臭虫，你也在球台上睡一睡，练一练。别净想着钻女人被窝……"

"老子还年轻哩。"书生接茬道。另外一个伙伴跟着帮衬：

"老爷子，您攒了这么多钱，怎么打算？你老家想必有儿有孙吧……"

"是的。老家还有一位快到十六岁的情妇等着我呢。你们都看到了，在美国被那些色欲如火的女子[1]榨干了油水，辛辛苦苦赚来的血汗钱啊！全都花光用

---

[1] 原文为"三界女郎"，佛语，指色界、欲界和无色界。

尽的家伙，你们还不觉悟呢。在这里一个晚上抛掷的金钱，带回国用用看吧，那会儿你们就是富豪，可以尽情吃喝玩乐。"

书生们也许觉得再闹下去也很无趣，就叫苦道"啊，真热"，边说边向店外走去。是的，在门扉紧闭的房子里，即便一动不动，也还是汗流涔涔。由于我刚受雇，不知该睡在哪里，所以只得和他们一起，钻出一角的旁门，来到外面，站在屋檐下风凉的地方。店里的雇员们都在这里站着聊天。

回想一个小时前周围的纷繁杂乱，转而一派静寂，真是不可思议，也让人感到一阵恐惧。那座大型演艺场的楼阁，霓虹灯也熄了，远近朦胧的天空，唯有白云耸峙。不很宽广的道路上，凡是不太黑暗的地方，都有微弱的灯光照耀。在这薄暗的灯影里，涂满白粉的妙龄女郎如梦如幻，于大门紧闭的演艺场的小门内时隐时现。一位身穿衬衫、卷着袖子的男子紧追她们的身影，走来走去。这时，要么忽然传来女人的叫骂声"你想干什么"，要么就是迎来一阵狂笑。整个夜晚，这些在演艺场内或号叫或跳舞的一帮人，终于可以放松身心，尽情呼吸一下新鲜的空气了。

　　道路的尽头是海水浴场。伴着难以说清楚的冷风，雨一般静静扑打着海岸的波涛，声声可闻。那是多么疲惫而寂寥的响声啊！想必是自己尚未适应黎明，身子极度衰弱的缘故吧。一夜的疯狂，欢乐过后的寂寞，只有这凄清而疲惫的海浪声，似乎深深撞击着心底。无意中望着那灰蒙蒙褪色的夏夜天空，注视着眼看就要一点点消隐的星光，间或听到那些风骚女子吵闹的叫喊，时断时续。最后，我陷入了不可思议的眩惑谜团之中：啊，俗世竟然也有这样的生活？

　　台球店雇佣的员工们，争着评价走过眼前的女子。

　　"喂，怎么样？老站在这里，总不是办法。要出去就趁早走吧。"

　　"到哪儿去呀？已经快天亮啦。"

　　"到角落里那家小酒馆去看看吧，每晚有好多参加演出的女人，都到那里喝酒呢。"

　　"多少钱，两美元够吗？"

　　"因人而异。"

　　"要是两美元，还是去唐人街吧，那里更便宜。"

　　"提到唐人街，那个十七号眼睛又大又黑的朱莉……知道吗，那个朱莉，她到啤酒屋舞场打工来了。说不定她也会去街角的小酒馆喝酒。"

　　"不行，她好像有男人了。"

　　"是日本人吗？"

　　"嗯。看起来像布鲁克林区那个魔术师的老婆。"

　　"管他老婆还是女儿，无关大局，只要老子花钱，人就是我的。"

　　"倒是这个理……"

　　"想得美，这里可是美国。"

　　"美国又怎么样，因为是日本人就没有人喜欢吗？日本人更该是香饽饽。"

　　"但老子即便花钱玩上一把，也不会趁兴。"

　　"照你说，霸王硬上弓吗？"

　　"还没到那种困境，我在等待机会。"

　　"你没有把握呢。"

　　"没有把握？走着瞧，有你眼馋的时候。"

　　"在公园里转悠，要是被警察抓住，那可有失日本人脸面啊！"

这时，步履匆忙的两个妖艳女子刚好经过，发现是日本人，半开玩笑地招呼道："Hello！"

"出门去吗？"

"不错吗？"

"瘦了点。"

"倒挺适合夏天的。"

"跟上去瞧瞧。"

两三个伙伴尾随女子而去。剩下的人颇有兴致地望着他们远去。

"这些人实在没办法。老家的兄弟知道了，是要哭鼻子的。"

"有太平洋这般广阔的水面，首先大家都很幸福。即便我等，当初也是怀着这般心情来美国的，不是吗？"

"看，他们拐向大海那边去了。游泳场还有人吗？"

"我们去看看，那些怪里怪气的妖精，或许在沙滩上正打滚哩。"

"由他们去，我们去走一趟，坏他们的好事去。"

"还是别干那种没出息的嫉妒的事。"

"不过，海风有益于健康。"

"说什么来着，你的意思是每晚玩到天亮，反而有益于健康，对吗？"

"好吧，我们还是照旧随意处理吧。不要盲目地去海滨了，要去就去唐人街会合吧。"

于是伙伴们分为两组，一组去海水浴场，一组连夜赶往电车站，剩下我独自一人。但我有些厌恶进屋躺在球台上睡觉，可外面又没有想去的地方。

星星全都消失了，一颗不剩，尚未明朗的夜空布上一层莫名的阴郁暗色，仿佛笼罩着一层薄雾。这预示着明天会是酷热的一天。

我蹲踞于屋檐下，蒙眬间觉得要睡着了。正在这时，忽然听见耳畔有人呼唤，猛地抬眼一看，似乎是刚刚说要去海边的其中一人，和自己差不多年纪，口含雪茄站在那儿。

"你怎么啦？要是困了，店内有床铺。"他向下俯视着我的脸说。

"哦，你还不习惯这种生活。"他似乎想起了什么，重新叼起一支雪茄。

"他们呢?"我有些难为情,故意擦擦眼睛。

"照旧寻找那些风骚卖淫女去了。"

他似乎很疲倦地蹲在我的身旁,从近处打量着我的脸色:"怎么样,你觉得我的生活很堕落吧?"

我没有回答,只是微微笑着。

"你是什么时候来美国的? 很长时间了吗?"

"两年了。你呢?"我问他。

"到今年冬天,整整五年,简直像一场梦。"

"在哪个学校上学? 眼下正在放暑假吧?"

"可不吗,刚来的两年,我拼命用功读书。那时候,我的学费都是从国内寄来的。"

"哦,原来你不是个没有财力的穷学生啊。"

"别看我这副模样,回到家乡就是一位少爷。"他凄然一笑。

是的,从他微笑的双唇、凝视的眼角等容貌来看,不同于看门者、食客,还有那些从学徒一跃来美国靠打工赚学费的留学生,某些方面总有些微弱的优长之处。他身体健壮,整天挽着袖子,露出粗壮的臂膀,但那不是干活练出来的,而是凭借金钱与玩乐以及健身等方式获得的。只要稍微注意，就能看得出来。说不定几年前隅田川运动会的冠军就是他呢。

"你在日本哪个学校?"

"曾进过高中。"

"第一高中吗?"

"我在东京考了两年都没有考取，第三年去了金泽，好不容易上了学，不久又退学了。"

"为什么……"

"二年级时，因病留级，次年，因数学没考好，又留了级……当时规定，留级不得超过两年以上。于是就退学了。"

"所以你就到美国来了。"

"没有马上来。在家游荡了两年，迷上净琉璃的女艺人，又老往吉原跑。坏事都是在那个时候养成的。"

"……"

"母亲哭，父亲怒，但又不能置之不理，遂决定送我到美国留学。"

"直接就到纽约来了，是吗?"

"不，最先进入了马萨诸塞州的一所学校，头两

年十分用功。我毕竟不是天生的浪荡子，一时没有考
取高中，接着又被勒令退学，本以为自己头脑笨拙，
但一旦用功学习，也觉得自己并不比别人差。”

“那当然……”

“马萨诸塞的学校有三个日本学生，数我英语成
绩最好。”

“毕业了吗？”

“没有，中途辍学了。”

“那不很可惜了吗？”

“说可惜，倒是有些可惜，但后悔也来不及了。
况且，我也不感到后悔。”

“……”

“你大概以为我是个不可救药的人吧？其实，我
是因为有所感触，才断然决定退学的。这一辈子，我
不会再接触书本了。”

我凝视着他的脸。

“这也不是什么了不起的考虑，无非是我觉得拿
学位、混头衔，最终不如游手好闲更自在。”

“从某种意义上说，或许是这样。”

"如果迷信地说，是中了邪了。我是偶然变成这个样子的。"

"说说看！"

"入学第二年夏天，我利用假期来纽约游览，一直挺好。到了秋天该回校的时候，不知为什么，该寄来的学费没寄到，我一下子急了。一天天等待之中，不用说回校的旅费，磨磨蹭蹭，连住宿费都成了问题。时至今日，我不曾靠自己的本事赚过一文钱，我不知道如何养活自己。因此，老家不寄钱来，我就想着总会寄来的，但又觉得恐怕不会寄来了。到了夜里我睡不着觉，老觉着肚子饿得慌，净做些当乞丐的梦。"

"可以理解。"

"无奈之下，我用有限的一点钱，算清了旅馆的房费，搬进日本人开的更便宜些的小客栈，在那里住了两周，钱还是没来。看来，越来越没指望了。必须想出点办法才好……可是，我没有一个朋友，没有一个可以商量的人。最后，我下定决心，到西洋人家中帮忙去做事。"

"是去帮佣吧？"

"是的。住在客栈里的人都是这么干的,从每天的闲聊中约略可以知道这一点。并非想象得那般苦,唉,总是可以对付过去的。……起初,我还有点自暴自弃,一旦做起来,胆子反而壮了。你知道的,正如大家都干过的,先去先驱报社登则广告:

Japanese student, very trustworthy, wants positions in family, as valet, butler, moderate wages.

可靠的日本留学生,寻找男佣或管家等家庭服务之类的工作。工资要求合理。

"过了两三天,有两三家来信,但我不知道去哪家为好,只能碰运气,去了最先来信的那一家,按照对方给的月薪三十美元干起来了。当时,这样一份和女工一样的工作,每个月就能赚到三十美元,真不愧是美国啊,这使我深感惊讶。"

"你倒是挺能忍耐的。一个供得起你读书的家庭,像你这般的公子哥儿……"

"世上总有反常的人和事。正因为我娇生惯养,反而能忍耐下去。不光能忍耐，而且最后活得更有趣。你或许不懂我的意思，这种事很难说得清……基于此，我还是先从我的家庭谈起。"

"你爸爸是干什么的？"

"他是学者，某某学院的校长。作为一名有头面的人物，不论在社会还是个人方面，他都是无可挑剔的。但是，一个完美无缺的人物，反而不受欢迎。这大概就是所谓'水至清而无鱼'吧……我生长在一个比较健全的家庭，但意想不到地开始堕落了。"

他先用手势制止了我的提问。

"眼下在这里，利用亲人的评价吹嘘一通，也许显得很愚蠢，但实际上，我父亲就是当时社会那种受人尊崇的人物，平时家塾中有着七八个学生。你或许还读过他写的书。总之，从幼少时代起，我就经常从家塾学生口中，听到父亲是个非常了不起的人物，但不知道了不起到怎样的程度。只是以为自己成年之后，也会自然地成为老师。可是，读高小时，数学不好，差点留级。当时老师对我说，你父亲是举世皆知的法学界大学者，你不好好用功，不光你自己，也会关系到你父亲的名声。每次回家，学校总会寄警告书来。首先会被母亲叱骂，其次听取父亲诚恳的训示。他要我每晚十点之前，认真温习功课。

"我意识到自己不是做学问的料，感到十分气馁，其后一两个星期，我都不堪忍受，羞于见到家塾里的学生。我关在屋子里，不敢外出，遵照父亲的吩咐，每晚学习到深夜。但我有时候会想，即便如此用功，我也不能像父亲那样伟大，又该怎么办呢？在幼小的心灵里，对自己的将来一味担忧起来。此种担心——亦即对未来的忧虑，可以说是腐蚀我的精神蛀虫。我从小学升入普通中学，学习变得越来越难。另一方面父亲的名望、地位越来越上升。从前父亲的学徒成了学士，前来报喜，而我却窝窝囊囊，毫无出息。继承父亲的家业，成为一名像父亲那样的法律大学者，这些都无须家里的学生或亲友挑明，就连我自己也深深感到这份责任，而且决心使之实现。但越是这么想，就越觉得自己缺少实力；越想按父亲的教导去做，越感到自己不行……想到这里，我便独自陷入一种莫名的绝望之中。

　　"当然，这只是一个少不更事的孩童的心理，随着年龄的增长，心胸也会逐渐开阔起来。不过，话虽这么说，幼小时深有感触的事，其实一辈子也不会忘却。自从我被好不容易考进的那所高级中学勒令退学之后，我一时有些气馁，被送到美国留学之后，依然提不起劲来……即使每次收到父亲的来信，我都在想，啊，父亲依然在热情鼓励着我，这反而使我坐立不安，我果真具有学术研究方面的本领吗？即便那些干起来很容易的事，也只是我心中的幻影[1]，一概难以实现。

　　"在这样的绝望中，姑且想象一下吧！我突然意识到，由于家中延迟寄钱，自己同家庭的关系也断绝了，从而我也失掉了功成名就之后衣锦还乡的责任——这是多大的安慰啊！死也好，活也罢，任我自由。即便死后，也没有为我悲悼叹息的亲族，这是何等的快乐！"

　　他说话累了，稍稍沉默一会儿。

1　原文为英语 imagination，想象，空想。

"所以后来你就坚持到人家里洗盘子刷碗去了，对吗？"

"是的。家中寄来的钱不久也收到了，不过为时已晚。我已经干了两个星期。在餐厅后面刷盘子的时候，干着干着，我完全堕落了。不知你有没有经历过，其实很是快乐。因为当时还不习惯，开始感到很苦，没出息，不知怎么干为好。但本来就不是什么犯难的活计。主人全家在餐厅吃饭，我就前后照应，端菜送饭，这是自然的。主人吃完饭，我洗完碗碟，到地下餐室，同厨师的老婆以及打杂的小丫头，三人围着圆木桌吃饭。论境遇，实际上很恐怖。

"但洗盘涮碗，洗着洗着，自然就习惯了，仿佛生来就是洗碗的命，你说奇怪不？早午晚，一日三餐，伺候主人全家吃饭，此外还要打扫客厅和餐厅，身子实在疲劳。要说空闲，只限打个盹儿那一眨眼的工夫。什么思考、担心等用脑的时间，片刻都没有……取而代之的是，肉欲与食欲的猛增。一天的劳作结束之后，吃起晚饭来，自然十分香甜。饱食思淫欲，遂开始调戏坐在一旁的小女佣，不光撵她的手，还搓来搓去。为此我被她用胳膊肘狠狠捅过多次，但我依旧乐此不疲。对方毕竟是个女佣，再怎么生气，也觉得好玩，不受调戏，似乎还有些不满足。管她喜欢不喜欢，女佣和男佣，本来就应该结合在一起呢。"

夜色渐渐明朗。电灯熄灭，演艺场的女人们也消失了踪影。周围一点一点露出曙光，渐渐沉入一排寂静之中……唯有拍击岸边沙滩的波涛，声声可闻。

"就这样，我的命运是前世所定，一方面良心上痛苦不堪，觉得更没有脸见父亲；另一方面，又觉得这种动物性的境遇，越来越轻松自在。就是说，越是烦恼，越是堕入深渊。整个冬天，我都在给别人料理家务，走遍各处；夏天，别人全家都到避暑地旅行。每年我都瞄准夏天这个时机，各地转转，寻找活计。"

"最后，你打算怎么办呢？"

"怎么办……怎么办，又能怎样呢？"

他一脸苦闷，随即大喊，"不，不，我不考虑这么多。我只能装傻。我已经失去了考虑未来的智力。我只顾干活，喝酒，吃饭，玩女人。我极力将自己变成一个动物。"

他不堪内心之悲苦，放任自流，听其自然。

闪烁的朝阳，辉耀于演艺场高高的塔顶——啊，多么明媚的阳光啊！我感到自己仿佛在魔窟里关了一夜，忽然被救出，不由得对着阳光顶礼膜拜。

明治四十年（1907）五月

（陈德文译）

芝加哥二日

　　三月十六日——约定去芝加哥参观的日子。

　　比起历年都暖和得多。近两三天来，接连不断的雨将去年积攒下来的雪大都融化了。天气虽然照样阴霾，但从漫长的冬眠里苏醒的大街已经完全改变了样子。雪面上滑行的低矮的雪橇变成了大轮子的马车，赶车人可怕的毛皮外套变成了轻快的雨衣。扎着羊毛头巾、滑行于冰上的男女儿童，在洗净的水泥铺设的人行道上追逐、嬉戏，穿着新鞋的双脚脚后跟发出"啪嗒啪嗒"的响声。且不说孩子们了，眼前望着的农家庭院和果树园里黑黝黝的湿土，以及雪下送走一冬的青凛凛的草地；心中想着即将到来的春天，谁都会自然地感到欢欣鼓舞。

　　为了赶早晨九时半的火车，我草草收拾好行李，跳上驶过街头十字路口的电车，前往市区密歇根州中央线的一座车站。

卡拉马祖市至芝加哥整整一百英里，要四个小时才能抵达。火车离开卡拉马祖市区，立即驰骋于波浪起伏、树木稀少的丘陵以及黝黑的、冬日萧条的苹果园之间。我多次看到山间洼地如小鹿斑点的积雪和牧场小河里涨满的雪水冲毁腐朽的栅栏，那景色简直就像俄国小说中叙述的一样。

进入印第安纳州，满是工厂的污秽小街多了起来，不久就是密歇根湖畔。不过，湖水表面和阴沉的天空，共同被锁在溟蒙的水雾里，只能看到岸边漂浮的大冰块，以及无数飞翔的白鸥。凭想象，望不见的北极的海也会是这样。

不一会儿，火车沿着湖驶入芝加哥市区，停靠在中央线伊利诺伊车站。午后一时半，登上连接着月台的楼梯进入候车室，走进角落里的小吃店。

店内一分为二，一个地方是供吃午饭的餐台，格局有些像日本小酒馆，简单快捷，站着三两口吃完走人。另一个地方是普通餐厅，摆放着铺有白色桌布的餐桌和椅子。站着吃不费时间，价格还便宜，更叫人奇怪的是，拥挤不堪的人群中，居然夹杂着几位打扮得相当漂亮的女子。

我吃罢饭，顺着宽阔的楼梯下来，正要走向大街，忽然发现自己对这个城市全然不知。我要去的那位朋友的家，是在西边还是在东边呢？

门口石阶下排列着待客的马车，我招招手，叫了一个人过来。

"到芝加哥大学要多少钱？"

"两美元。"他回答。

我知道很远，但还是有点出乎意料。我对在外国旅行中会受的屈辱早已习以为常，所以再次回到车站，逮住一个值班的站员询问了一番。站员满怀热情地关照我说：

"一出站口，就乘来往于市内的电车，在五十五条街车站下车最方便。"

于是，我买了一张十美分的车票，等候着电车的到来。

不多久，一列三节车厢的电车开过来了。停下后，不用列车员开门，车门自然开启。随着电车开动，车门同时再次关闭。车内女乘客很少，男性的商人居多。此行是为了拜访一位住在芝加哥大学附近的朋友，我看到身边坐着一个青年男子，就对他说明了朋友的住址，问他那里是第几条街。他像教导小孩子识别东西一样，详细给我指明路径。不一会儿，他又从口袋里掏出笔记本，抽出里面的地图给我看。我摘下帽子，对他施以日本流的正式敬礼。

"谁到国外都会遇到些困难的，这样的礼仪担当不起……"

那男子看到我如此郑重其事，感到有些惊奇。在美国，男人间相互行礼，没有人会摘掉帽子的。

他继续说道：

"其实，我也是外国人，荷兰人。在这个国家已经住了十年了。……怎么样？你喜欢美国吗？"

"你呢？"经我一反问，他笑了。

"世界上要说最喜欢的，自然是自己生长的故乡。……你也是这样吧？"

他从过去担任商店经理说起，不久就扯到热爱自己的国家方面来。这时候，电车到达我该下车的车站了。我再三向他致谢，下了车走到大街上。

　　十字路口的瓦斯灯上写着"第五十五街"。我要去的是第五十八街，再走过三条街就该到了。虽说是第一次来，但很容易找到，这是因为美国的街道都按拉丁字母顺次划分，所以十分便利。即便是编号，道路右侧若是奇数，道路对面就是偶数。绝不会像东京那样，老是害怕找不到门牌号码。

　　因此，我放心地踱着步子。久久封闭着天空的冬日的云早已重叠好几层，开始流动起来，渐渐地、渐渐地露出了晴空，终于漏泄下温馨的阳光。融雪的街道宛如泥沼，我只得专拣稍干的人行道行走。或许不大适应气候吧，仿佛感觉到了五月般的暑气，额头渗出了汗水。就连今早穿在身上颇为舒适的外套，眼下也有些累赘了。

　　一排好几栋统一式样的石造三层公寓楼，不久我就找到了要去的那一家。这一带不像是在繁杂的芝加哥市内，行人稀少，街道的一侧是草坪广场（后来听说，这里是中央公园——十多年前举办世界博览会的一部分，其后保留下来辟为公园）。越过广场，看见遥远的右侧芝加哥大学鼠灰色的建筑，左侧似乎是旅馆街，耸立着两三座摩天大厦，同雨后白云频繁往来的天空十分协调。我被这种奇妙的景象所吸引，竟然伫立于朋友家门前注目而视，好久才按动门铃。

这时，楼上的窗户传来年轻女子的问话，但我什么也没听清。紧接着传来了"啪嗒啪嗒"的脚步声，门开了。

"是N先生吧？"

一位约莫十七八岁、身材小巧的年轻女子，烫着一头蓬松的金发，雪白的上衣，配着藏蓝色的裙子。看上去可爱的圆脸蛋，嘴角边始终浮现着撒娇般的笑靥，华美、天真、纯净而无邪。她用一副美国少女特有的优美声音说道：

"詹姆斯还没有从公司下班，这两天，他一直在等您来。快，请进吧。"

她拉住我的手，把我引入客厅。

房间内摆满了沙发、安乐椅、桌子、石匾绘画和半新的钢琴等，比起我想象中的芝加哥生活，这里实在太不够华美了。我为此而感到惊讶。家的主人是法院的一名法官，眼下接待我的是他的独生女斯特拉姑娘，她是我在密歇根州结为知己的詹姆斯的未婚妻。

詹姆斯已经多次对我提起过这位姑娘。他把她俊美的照片贴在怀表背面，从不离身，而且多次向我展示。詹姆斯的老家在密歇根州，上次回家探亲时，我和他成了朋友。他是波士顿电气学校的毕业生，密歇根爱迪生电气公司的工程师。他寄住在姑娘家里，自学生时代就弹得一手好钢琴，而斯特拉姑娘喜欢小提琴，他俩经常在晚饭后一起合奏，日日夜夜，两相爱慕，终于订了婚。詹姆斯告诉我，双方在心底互生爱意，缔结盟誓，是在合奏舒曼《梦幻曲》的一瞬间。

"今晚请务必演奏那首《梦幻曲》给我听听吧。"

我这么一说，斯特拉似乎很吃惊，一只纤腕轻轻支撑着面颊，不由叫了声："梦！"她被激烈的回忆所打动，大口大口地喘着气，"詹姆斯连这些事都对您讲了吗？"

"哎，他什么都告诉我了……"

"啊呀，呵呵呵呵。"

她银铃般朗声地笑了。这个国家的少女，一点也不掩饰自己的感情，我的耳畔仿佛听到了她内心的震动。

她突然离开安乐椅，快步走进下一间房子，拿来一册影集。这回挨紧我身旁坐下，把影集放在膝头，翻开给我看。

"这是我们的照片，每逢礼拜天都会去照相。"

这些都是他们每个礼拜结伴出游时，在各地公园拍摄的。每一张都标明月日，贴在上面。

斯特拉一张张翻着，这是杰克逊公园湖畔，这是密歇根大道石堤，这是林肯公园的林荫路……她语调急速地讲解着，黛青色的深邃的双眼充满自信，仿佛她就是这个世界最幸福的少女。

我打心眼里为斯特拉的幸福而祈祷，同时，又不得不羡慕生长在这个幸运自由之国的人们。

试问在一名手捧《论语》的日本学者眼中又将如何呢？他会说，这是个粗鄙的女人，是个色情狂。然而，在自由的国度里，除了爱的福音，不存在有悖于人的自然感情的可厌教条。

当晚，我出席了一次愉快而难忘的晚餐会。恋人詹姆斯回来了，老法官父亲回来了，一家人围着母亲一起吃晚饭。两个年轻人应我之邀，演奏了《梦幻曲》。在花形伞状的朦胧电灯光下，男人宽大的后背朝向这边，面对钢琴，女子手执小提琴依偎站立在男子身旁，沙发上坐着白发的母亲，还有架着夹鼻眼镜的大秃头老法官。玻璃窗外幽静而阴湿的三月的夜晚，流淌过行人匆匆走过的足音。

不久，两人演奏结束，姑娘放下乐器，早已情不自禁地投入男人的胸怀，激吻了两次。父母双方鼓掌庆贺，不得不再演奏一次。女儿一时无法平静下来，面孔靠在男人的胸脯上。突然，她重新站立，拿起乐器，这回演奏的是一段美国人最喜爱的《迪克西》[1]，老法官坐在沙发上，依旧不停地踏着拍子。

啊，但愿早一天在我们的家乡也能看到如此和

---

1 *Dixie*，在美国南北战争时期南方邦联的非正式国歌，内容主要是对于南方乡土的歌颂。

乐的家庭气氛。

235

回想一下生我养我的家庭吧，天生热血被四书五经变得冰冷的父亲，被《女今川》[1]《妇女庭训》[2]捆住手脚的母亲。没有音乐和笑声。父亲饮酒过夜半，只顾友朋之乐，时常面对终日劳苦奔波的母亲大发牢骚，对酒菜百般挑剔。啊，那时候的父亲，全然是一副专横狰狞的面孔；而悲戚无力的母亲，总是露出一副唯唯诺诺、小心翼翼的样子。幼年时代，父亲是我世界上最憎恨的人，同时深信，没有比母亲更加不幸的女子了。然而，我又想假若世界渐渐进步，儒教时代早晚会成为昔日旧梦，吾辈的新时代不久就会高奏着凯歌而到来。[3]

不一会儿，时钟敲了九下。斯特拉家中碰巧没有空房间，只得让我住到詹姆斯先前租住的相隔两户人家的家庭旅馆去。我向他们全家道晚安后，和詹姆

1　江户前期的"往来物"（初级百科类图书），贞享四年（1687）刊。女子修身和习字手本。
2　《妹背山妇女庭训》，古典歌舞伎剧目。
3　这段文字为部分荷风作品集所删除。

斯一同走出了家门。

　　我一边思索着，想向詹姆斯说一说"你们的爱情多么幸福"之类的话语，一边又仰望天空，被那急速往来的夜云吸引住了，只顾默然前行。他口里吹着流行歌曲的口哨，一下子就到了家庭旅馆门前。

　　说是家庭旅馆，其实没什么特别的不同，几乎和斯特拉家的房间格局都一样。我在这家女主人的指引下，进入其中一间面向大街的最高级房间。五分钟后，詹姆斯离去，我立即换下衣服，静静地躺在了床上。

　　熄灭煤气灯，透过拉起遮阳帘的玻璃窗，夜空一览无余。天虽然黑了，但可能是月亮潜隐于往来的云影的缘故，总觉得处处微明，路边的树木、远处的高大建筑，那黑魆魆的影像皆能辨清。然而，所幸今日在火车上太累，躺在枕头上什么也不想，身子宛若沉入海底，很快陷入浓睡之中。

　　三月十七日，醒来已是八时。一看，湿漉漉的玻璃窗外，朝阳一片灿烂。我一边穿衣，一边走向窗边，眺望外面。雨湿的路面上，随处散落着经风吹掉的小树枝，昨夜一定是袭来了一场暴风雨。尽管如此，我竟能睡个好觉，一夜无梦。可怜的人们，即便于睡眠之中，也不断被种种噩梦所惊醒。而我昨夜一宿无梦的酣眠，宛若初次横躺于牧场树荫下的动物，远离生存之劳苦，获得了安乐与幸福。

听说九时吃早饭，我下楼到餐厅去。

三张可供四人围坐的小型餐桌。两个年轻商人打扮的男子，坐在餐桌一端阅读《芝加哥论坛报》，中间是一位学生模样的女子。领我来的房东夫人叫我坐去中间的餐桌旁。那女子本来一个人孤单地等着上菜，突然见到个外国人，立即同我聊上了。

然而问出的问题，十个人中就有十个人大致都一样：何时到这个国家的？喜欢不喜欢美国？您想家吗？听说日本茶很好喝？日本的和服很漂亮啊！我对日本很入迷……

我很想转移话题，不管什么都行。这时，一个扎着蝴蝶结的十四五岁的小姑娘端菜来了，我趁机拿起了刀叉。

"你在上大学吗？"

"嗯，读文科。"

她这么回答，我稍稍来了劲儿。

"文科……这么说，你也看小说吗?"

"哎，非常喜欢。"女子毫无忌惮地回答。看样子，在美国不像日本那样，有着一套荒唐的规定，禁止女学生看小说。

她罗列众多新出版的小说的题目，一一加以评价。不幸的是，我对美国文学过去一直不曾留意过，不了解这位女子高论中含有的深刻意趣。我所知道的美国作家，无非就是布勒特·哈特、马克·吐温、詹姆斯这几个人。去年年末，纽约的朋友寄来当今风靡文坛的两三位大作家的作品，每一位读了一半我就搁下了。有时翻阅一些杂志，为何在这些新大陆的作家中，找不到都德、屠格涅夫那样的人物呢? 难道美国人对那些深具哀愁的作品所表达的趣味，不很适应?

早饭很快吃完了。那位女学生对我说:

"明天下午在学校芒德尔大厅举行春季毕业典礼，要不要去看看?"

　　说罢，她拿起放在餐桌上的一本书，掠一掠额前的头发，出去了。

　　我正要离开时，门铃响了，餐厅的小姑娘招呼了我一声。

　　出外一看，是詹姆斯。他故意将帽子耸得好高，用极为随便的嗓门反复道着"早安"。他说，他正要到城内的公司上班，叫我一同去参观。我一口答应，一道走到街上，从昨天中午下车的那个车站乘坐电车。

　　正好碰上各个阶层的芝加哥人到城里公司和商店上班的时段，车上的好多男女都没有座位。他们都带着一副可怕的目光浏览报纸，人人都想在最短的时间内捕捉到最多的要闻。电车每隔五分到十分钟左右，就要停靠一座车站，不论在哪个车站，等车的人们个个都在读报。他们是多么喜欢读报的国民啊！他们会说，进步的国民总想早一点知道世界上的大事……啊，但所谓的世界大事，并不怎么新鲜和奇异，只是纷纭反复地演绎着相同的事情。提起外交问题，无非就是甲乙利益的冲突，提起战争，就是强者的胜利，还有银行的破产、选举的策略、火车脱轨、盗窃杀人……每天每天，无非都是这类事件，极其单调，没有任何变化。法国的莫泊桑早就对此种极为无聊的人生感到难堪的苦痛，在《水上》里不是写过这样的话吗：

可厌的相同的事情时常反反复复，但我们不放在心上，这就是幸福。今天和明天都驱赶着相同的动物拉着车，走在同一片天空下，同一条地平线前，住在同一个摆满家具的房子里，同一种姿态，为同一种工作而努力，这就是幸福。怀着难以忍受的憎恶，但却看不透世界如此毫无变化，毫无进展，一切都照旧懒懒地劳累下去，这就是幸福……

然而，正像饥者求食，了解如此毫无变化的人生事件的美国人，可以说是最幸福的人了。

列车不停地沿着湖水边缘奔驰，我心里总恍惚觉得是通过了新桥和品川一带。不久到达终点站，车上的乘客连忙站立起来。詹姆斯对我说，这里是范布伦¹ 车站，是芝加哥最繁荣的商业区的入口。

　　电车下来的无数男女摩肩接踵，络绎不绝地走上月台，通过坚固的石桥。纵目远眺，桥对面是密歇根大道，众多的汽车风驰电掣般往来。从这里再向西行，好几条大街上二十层以上的高楼大厦竞相耸立。平日的三月里，本来有些晦暗的天空，再加上被这些高楼遮挡了光线，大街之间涌动着黑色烟尘般的东西，如暗潮翻卷。更甚的是，渡过石桥的无数男女的身姿行将被吞噬——他们渐渐消失在芝加哥的暗夜之中了。

　　我置身于一种漠然的恐怖之中。我迅即感到，我真想毫不犹豫地加入到文明破坏者的行列中。正直的日本农民参观首都东京，惊叹其繁华（如果可以这样说的话）的同时，也会把无比的赞美与崇敬作为礼物带回原来的竹户柴门。而一度接触时代思潮的青年，随着所见所闻的增多，却一味迂执地沉醉于时代的空想之中。我忘记举步前行，伫立于石桥之上，不知詹姆斯想起了什么，他微笑着转过头来。

1　以美国第八任总统马丁·范布伦命名的车站。

"Great city？"他好像在问我。

"Yes. Monster."[1] 我回答。如何形容呢？正像人们常说的，除了怪物还能说什么呢？

詹姆斯指着前面密歇根大街高耸的建筑物，说那是大饭店，隔壁就剧场，远方的那幢塔楼是一家经营批发生意的公司。那是什么，这是什么，他都一一给我指点说明。最后还有点时间，他带我去了一家名叫马歇尔的百货店。

"这是芝加哥最大的商场，纽约没有这样大的商场。可以说是世界最大的。光是女职员就有七百多名。"

看来詹姆斯所言不虚。来参观这家商场，可以说成了每个来芝加哥的旅客的义务。这是一家贩卖衣服、家具、鞋履、化妆品等日用杂货的商场，犹如城堡一般高耸于市区的一隅。我们穿越人群，乘电梯登上近二十层的顶端，倚靠在打磨得锃亮的黄铜栏杆上向下俯望。

整座建筑像一只巨大的圆筒，中央空洞，阳光

1　这两句英语对话的意思是："是个大城市吧？""是的，像个大怪物。"

透过最高层的玻璃屋顶，直接照射到最底层的地板上。从数百尺的最高处向下窥视，进出的人群走在最底层的石板路上，简直是一道奇观！男男女女渐渐变作拇指般大小，运动着两只胳膊和两条大腿，蠢蠢而行的样子，不就是一个个滑稽可笑的玩具吗？联想到看起来毫无出息的人类，竟然能建造出如此耸立云表的高楼大厦，刚才还在诅咒文明的我，忽然又不能不为伟大的人类感到光荣和自豪。

人总是嘲笑自己肤浅的内心，然而，人心也总是因周围事物的变化而不断流转浮动的。例如，夏日向往冬寒，冬日思慕夏凉。路德的新教，卢梭的自由，托尔斯泰的和平，都是绝对的真理。整个时代和周围的事物，都只是应声而起。

詹姆斯说要去公司上班了，我同他一起乘电梯下楼，在商场门口告别了。然后，我就去密歇根大街的美术馆参观了。

于密歇根州 明治三十八年（1905）三月

（陈德文译）

夏天的海

东边的贫民窟，时时传来死于暑热的消息。距离这里尚远，约有七八英里。如今，我住在堂兄素川子的公寓里，环境清幽，简直不像纽约市中心。自五楼窗口向西一带瞭望，越过哈得孙河面，可以看见东边哥伦比亚大学幽深的树林。虽说是闲静的山脚，但渗入铺地石板和砖瓦的暑气，早已趁人们熟睡未醒的时候，将整个房间变成了蒸笼。浑身冒油汗，早饭时坐在餐桌边，全然没有食欲，连喝完一盘燕麦粥的勇气都没有。

正好是礼拜天，素川子陪伴我到新泽西州的阿斯伯里公园岸边看看，据说这儿堪比逗子大矶的海水浴场。

早早离开家门，乘地铁从城市的北端到南端仅仅花了半个多小时。登上车站石阶，穿过高楼林立、堪称"纽约中的纽约"的商业街，前往南方码头。只见横在眼前的轮船甲板、售票处、码头前的公园，到处都是游人。即使那些刚来纽约的美国人，也对市内各个地方人满为患感到惊奇。胆小的我只好气馁地说："实在走不过去啊。"素川子对这种修罗场般的地方早已司空见惯，他动作敏捷、不慌不忙地拉着我的手，迅速挤进人流，总算冲开一条道。终于登上轮船甲板，找到两把折叠椅坐了下来。

轮船五分钟后起航，当看见来往于码头上，女人们的衣衫如花园鲜花一样美丽的时候，方才确信正毫无遗憾地饱览哈得孙河口最为伟大的景观。以赫然耸立于夏季蓝天的纽约高层建筑为中心，右方隔着哈得孙河，眺望煤烟拖曳的新泽西市街。左方从世界各地港口集中而来的众多轮船，自由通过布鲁克林大桥之下，随后就是布鲁克林市区。然而，一直瞧着这片堪称可怖的和平战场的"人"，就是高擎圣钵、耸立于海港外面的自由女神像。

我至今未曾见过如此庄严威仪、不可侵犯的铜像，不知不觉就拜倒在她脚下。我浑身充满历代祖先遗传下来的偶像崇拜的热血，我正为此而惊怪，但不久又觉得，这种深深的感动主要来自建造铜像的第一要义——良好位置的选择。一切美术，一旦无视所谓装饰性，就不能全面展现美术品的功效。尤其是铜像，作为新大陆的代表、新思想的说明者，较之百万要塞，更重要的是强大的美国精神的保护者。当我听说这座铜像是法国寄赠的礼品时，回想作为建设者的美术家的力量，啊，不是可以与神灵相匹敌吗？

细想想日俄战争后，在日本，或许有计划建造代表东方的大纪念碑，然而如果是落到把美术事业等同于土木建筑的政府手里，我倒希望这计划最好不要实行。日本的美，并非因为有诸如楠公[1]与西乡的铜像或日比谷砖瓦建筑，而是在于乱云迷蒙的樱花、彩蝶翩翩的舞妓，有了这些，才闻名于世、为人所爱。故吾东方人可负的天职，并非醉心于某些人所说的东西文明调和之梦的空想中，而是要使男人们尽可能莳

1　楠木正成（1294—1336），日本南北朝时代著名武将。响应后醍醐天皇讨伐镰仓幕府的计划，同幕府军英勇奋战，是建武中兴的功臣。

花弄草，女人们尽可能成为舞妓，举日本全岛为世界
丝竹之乡！

　　我们的轮船驶入广阔的洋面，岸上的景物也变
得模糊不清了。接着，再次沿着静寂的海岸而行。晴
朗的天空满溢夏季明丽的阳光，照耀着水平线上漂浮
的银白的云峰、平静的海水，以及枝叶茂密的海边
树木。云彩的银白、海水的碧蓝以及树叶的碧绿，皆
披上了难以形容的愉快光泽。放眼远望，沿岸绵延
的低地或是牧场，水面上随处可见高高茂密的芦荻
小洲，银白的小船扬帆穿行其间，群鸥起飞如鲜花
散乱……我偶然于无名之地发现水彩画般的小山水，
此时的喜悦远非游历世界文明之古迹可比。

　　去年，我从洛杉矶去到尼亚加拉瀑布的时候，
这一世界奇迹并未像所预料的那般使我满心激动，恰
恰相反，密苏里州的落叶村、密歇根州果园的夕暮，
倒能催发我难忘的诗兴，感慨良多——啊，如能将
那些集造化之工巧的名山灵水，恒久为世人所震惊、
所敬慕的事物，比作弥尔顿的《失乐园》、但丁的

《神曲》，那夕暮黄昏下无名的村落之景，不是也可以称为无名诗人失恋的杰作吗？与贝多芬的音乐相比，农奴的黄昏之歌更让托尔斯泰感动；比起名画，乔治·艾略特更钟情于小巧的荷兰画。而我较之那些博士、学者考究的玩物——宏大古典音乐，更能从屠格涅夫、莫泊桑的短篇小说中寻出几多雅趣。这也并非仅仅因为我等浅学之故吧？

　　轮船停靠两三处小小海水浴场的码头，午后一时余，到达普莱森特瓦利夏季乐园。临海一带的低地变成了公园、小小音乐堂、小饭馆、弹子房等，散落于各处绿荫之中。从这里乘电车，前进约一小时，抵达目的地阿斯伯里公园，一路上尽是度夏的旅馆、出租别墅和布满树荫的凉爽的牧场。

　　小院的枫树上吊着网床，年轻姐妹长身并卧，阅读小说。油绿的露台上，年轻夫妇时而眺望道路，时而亲密地聊上几句。从牧场采摘野花归来的年轻情侣，沿着铁墙根边的道路散步。几个小姑娘，手挽手，唱着歌，围成圆圈跑着。花园门前，好几堆访友的美少年。到处是欢笑声、口哨声和钢琴的音乐。

啊，如此晴朗的明丽夏日，爽快的海风吹拂的水村，不是阅尽俗世之梦的老人的隐居之地，而是青春男女醉狂于青春娱乐、青春安逸、青春红梦的极乐之乡。

我从疾驰的电车上看到少至几个人、多到无数的美丽的少男少女。当我见到这些少男少女时，是我对于现世最热爱、最喜悦的时候。不是科学家的天真的少女，只注意到野外花草的美丽之处，丝毫不管是不是毒草；不是道学家或警察的我，不具有洞察隐匿于肉体深处人性善恶的能力，因而，美男美女跑跳之处、欢笑之处，处处皆如理想的天堂。何况这夏日的海边，不似冬季城市的剧院舞场，也不是衣服和宝石如鲜花盛开的暖室，只是赤裸裸的雪肌馨香之乡。

男人穿着轻薄的外套，头戴草帽；女人打着雪白的阳伞，不戴帽子，夸耀着具有光泽的卷曲金发或黑发，短裙的前裾显露着无一皱纹的丝袜，足蹬可爱的小皮鞋。可以窥见胸脯的轻薄如罗的上衫的衣袖挽到臂腕，婀娜的腰肢因肩部而摆动，以便保持身体的平衡。他们走在灿烂阳光里的姿态，宛如空中飞翔的鸟儿。

我是西洋女子肉体美的首位鉴赏家。那种突显曲线美的腰肢、富于表情的眼神、雕像般华润的肩膀、丰腴的双腕、宽阔的前胸，以及穿着高跟小皮鞋的腿脚，不单是可爱；还有她们化妆之精巧，流行色选择之机敏，对此我都要寄予无上的敬意。她们为适应毛发的色感、脸型和身姿，分别选择衣服的颜色和材质，即便相貌平平的女人，也能使男人频频注目。再看日本儿女之态，他们完全缺乏这方面的能力，你说是吗？说起日本人来，因为是受到非难和干涉的国民，可想而知，生长于这种社会的纤弱的女性有多诚惶诚恐，很难养成那种天赋的丽姿。

电车停靠于阿斯伯里公园海滨大道的十字路口。

面对茫茫大西洋，一排四五栋高高的木造旅馆的露台，十字路一角的药店，建造于海面上的散步场，随处挤满了男女人群。雪白的衣服和阳伞，相互映衬着蓝天与海色，在观看的人的眼里，给予了难以形容的快感。

我和素川子顺着散步场的阶梯下行到海边的沙地，一边想把由远东太阳所滋育的五尺身躯浸入大西洋的海潮里，一边寻觅着附近哪里有出租泳衣的人家。四周环视了一下，多到不可思议的人群在岸边散步。没有人游泳，那些开设更衣场的小户人家都关着门。

"海浪并不猛烈，究竟出了什么事啊？"

素川子好一会儿望着四周的样子，忽然想起了什么。

"因为今天是星期天。"他回答。

在美国，由于宗教的原因，有的地方星期天禁止所有的游戏。阿斯伯里公园也是其中之一。

啊，禁止，规定！没有比宗教上的形式法则更愚执的了。礼拜天前往教堂唱赞美歌，甚至举行祈祷，就能满足宗教上的意义了吗？人生的疑问就能得到解决了吗？

来到这个州或城镇，周日虽然禁止一切的乘船游览，但却允许马车、汽车奔驰。这不是很滑稽矛盾的事吗？素川子自言自语。

我俩暂时坐在沙滩上，面对浮云飘动的无边大洋。不久再次来到散步场，喝一杯柠檬水滋润干渴的喉咙，然后回到先前登陆的普莱森特瓦利乐园，等待回程的轮船起航。我们商量小睡一会儿，再去搭飞驰的电车。

我俩在乐园门口下车后，沿着水边的树荫前行，坐在柔润的青草地上。眼前一望无际的景色，隔着夏季白云辉耀的平静的港湾，低处茂密的树丛里突露着农家的屋顶和风车，令人想到和平的荷兰画。

我一味沉湎于幸福之中，身子半躺在草丛上，随手从衣袋里掏出一支烟卷吸着。眼睛转向平静的水面，定睛一看，不知何时一叶雪白的扁舟悄然而出，浮现于湖一般的海湾中央。我怀疑那是《罗恩格林》[1]

---

[1] 德国作曲家瓦格纳创作的三幕浪漫歌剧，脚本由作曲家本人编写。虽然剧中有历史成分，但其性质属于童话歌剧。

中自天而降的天鹅。然而，划船的似乎只有一对青年男女。男的看来腕力过人，拼命划行，小船迅速前进，眼见着进入一片茂密的芦苇丛中不见了。

与此同时，我举首眺望的脑袋"啪嗒"一声倒在草地上，仿佛卧于睡床之上，俯伏着身子，目光正好与水面平行。忽而觉得全身仿佛浸在满满的潮水里，越过青青的枫叶，仰望夏季的天空，只觉得比平时更加高渺，更加广阔。懒懒飘动的白云与之相反，渐渐地下沉，似乎要包裹住我的身子。我怀着愉快的心情等待着，啊，这情景该如何比拟？不一会儿，四周景物如同隐匿于模糊的水雾中，时时掠过水面的微风静静抚摸着面颊，浑身骨肉尽皆熔化为气体。剩下的部分只有薄如罗纱般纤细的皮肤，对什么东西都易感，自己似乎比游鱼飞鸟更自由更轻盈，翱翔于悠悠湖水和荡荡白云之间。……啊，我的白日美梦！

我在故乡时，面对红花绽放的庭院，把那帘外风铃叮咚响的夏令小客厅，以及弦歌远闻的水楼的午睡，视作最富风流之物爱之弥深。然而，当出外旅行时，来到这广漠异乡的天空下，横卧在葳蕤的野草丛中，情味深沉，全然不可用言语道尽。

待在密歇根州乡下时，正逢五月末，枫、榆、槲等大树的绿叶，蓊郁地包裹着村庄，碧草萋萋，遮蔽着牧场。登上小丘顶端，果树园里盛开着苹果花、桃花和樱花。人家的小院里紫丁香、银白的雪球花和绯红的蔷薇，争妍斗艳。此时，北国的春天已经过半。从南方飞来这里安度春夏的知更鸟和黑鸟，不论庭院、墓场、街头或村落，但凡有树木之处、花开之所，低声咏唱着悠闲的歌谣。作为大陆的常态，这样始终晴暖的白天，日本只有七月才会有如此强烈的阳光。我为改换一下久久关在褊狭居室内的心情，穿过村头起伏的小丘之间，沿着铁道线，渐渐进入无人的槲树林中，投身于野草之中。周围开满了雪白的雏菊和金黄的金凤花。我引起的响声惊动了好多小松鼠，四散逃出草丛，随后从槲树的梢顶，传来唧唧的叫声。

虽然照例携带着那本诗集，但面对奇妙的自然，任何美术、诗篇，都只能被看作是怪异和夸张，全都是虚伪之物。我已经不想触及人工的东西，只是尽情放松身体，越过高高树梢，仰望天空，嗅着湿土和草香，侧耳静听鸟的歌唱和松鼠的鸣叫。我感到我已完全抛弃世间，或为世间所抛弃。要是在日本，即便走进遥远的山里，因为土地早已被开拓尽净，随处都透露着浮世之风。但这里毕竟是广漠的美洲大陆，如果走出城镇两英里，都有可能会出现无人之境。在这里，愈加能体味出异乡寂寞的主观情趣。茂密的树木、水流、空中行云的形态，对于我来说，都是难以表达的悲愁之美。空想如泉涌，随着我对自己放浪生活严冷快味的回忆，又进一步想到，要是能同阿拉伯女子并肩骑骆驼游览沙漠，睡在帐幕之下，该是多么美好！或者在旅行中忽然患病，倒卧于没有阳光的穷街陋巷的小旅馆，假若碰到这样的命运……这么一想，不由战栗起来，恨不得明天就回日本。由一个极端跳到另一个极端，到头来心性疲惫，沉落于迷茫的梦境之中。

啊，异乡的白日梦！给我单调的生涯平添未曾经历的事情，使我尝到无尽情味的正是这种白日梦。

今日，我又无端地伏卧于大西洋潮水涌入的普莱森特瓦利一旁，梦中忽地听到美妙的音乐，猝然醒来一看，公园一端的饮食店里的乐队正在演奏一首舒缓的古典乐曲。

但我眼下依旧处在睡后意识的朦胧之中，我从眼前的海湾眺望着森林、云影，其心情如同望着十年前的旧游之地，总也看不够。不久，后方不远处传来足音，回头一看，是素川子。他刚才睡醒之后，去码头问清了回程轮船起航的时间。我俩走出树荫，进入演奏音乐的公园中的饮食店，点了冰镇水果和姜酒润润喉咙，随后乘上下午五点多出航的轮船。

归途中，太阳西斜，大西洋上晚霞似火焰般美丽，让我大饱眼福。当轮船缓缓驶入纽约港附近的水面时，在那座自由女神高举的手臂的上端，看到了早已点亮的一星灯火。紧接着，暮潮高涨的远方，山脉般参天而立的纽约的高楼，停泊于布鲁克林桥头的难以计数的轮船，连续不断的码头和码头上的煌煌灯火，较之白天眺望的景色更加壮丽无比，更加富于深刻的含义。

　　轮船停靠码头的时候，正好是晚间八时。我和素川子两人为了吃晚饭，来到特别繁华的第十四街，进入一家法国餐馆。

　　　　　　于纽约 明治三十八年（1905）七月

　　　　　　　　　　　　　　（陈德文译）

夜半酒场

面对纽约市政大楼的广场，从平时总是车水马龙、行人熙来攘往的布鲁克林大桥入口处，沿着敷设高架铁路的第三大道向前走过四五个街道口，便到了查塔姆广场（Chatham Square）。再从这里往左进入犹太街，往右经过唐人街和小意大利街，则可走到宽阔污秽的十字路口。

被称为贫民窟的这一带，聚集了各国的移民和劳工，同样是在纽约市内，这里和代表新世界大都会的"西侧"有着天壤之别。如果说那里是成功者的安乐之地，那么这别有天地的"东侧"则是尚未成功或失败者的藏身之地。

因此，这里街上的行人，和在地铁里互相攀比谁的衣服更美丽的"西侧"不同，女人不戴帽子，脏污的披肩从脑袋裹下来，一边满嘴嚼着食物，一边走路。男人戴着褪色的挡雨帽，无领口的破旧的衬衣里裸露着胸毛，裤子口袋里塞着威士忌的小酒瓶，口里嚼着香烟末子，黄色的唾沫随地乱吐。

人行大街上被这些人的唾液弄得滑溜溜的，还有一些不明来历的怪异的纸屑、破布片，甚至还有女人的破布袜鞋 [1]，如同蛇的腐尸一般横躺在地上。

车行道虽然都铺着石头，可是被重载的货车车轮碾压得到处高低不平，还没有晾干的驮马的小便，在坑坑洼洼之处沉滞着青黑。

大街两侧是出售各种各样物品的店铺，比如让人想象不到西洋也会有的——玻璃门上悬挂的看板上写着"无痛电文身"字样的文身店铺。毗连着的是坑骗人的宝石店和古衣铺。昏暗的账房后面，弓着背的犹太老爷子，滴溜转动着眼珠瞅着过往的人群。大街上饮食店里的意大利老婆子则在绿头苍蝇的嗡嗡叫唤中，无欲望地打着瞌睡。

就这样，无论眺望哪里，映入眼帘的房屋和行

1　原文为靴足袋，即日本式的可以当鞋穿的短布袜。

人的装束都同样暗淡无光，空气带着摊子上煮肉的味道、人的汗臭，还有其他无可名状的污物的臭气，凝滞混浊，压迫着人的心肺。一旦踏入这一地带，人生的荣华与欢乐之念全部消失得无影无踪，唯有胸口仿佛一味被沉郁的噩梦侵袭。

曾几何时，一个冬天的晚上，我去犹太街看犹太的戏剧，回来路上在这一带闲逛。时间似乎已过十二点了，先前的那间古衣铺和宝石店连同其他店铺都熄了灯，唯有街角的酒馆交了好运一般，一派灯火通明。

我随即推开一扇门进去，只见身体倚靠着柜台的一群劳工，各人单手拿着杯子正高声谈笑。倏忽间飘入耳际的是从深邃的彼方幽幽传来的破损的钢琴声和女人的喧闹声。我试着推开又一扇房门，身体流水般地连同门扉一道滑入了漆黑的走廊。

女人的欢笑声似乎是从五六步前方的门里传来的，我毫不畏惧地前进着。接近第二扇门时，像是听到了我的脚步声，有人从里面打开了房门。原来是从钥匙眼窥探的看守，我一进去，他再次砰的将门关上了。

啊，从外面怎能想象此处有如此宽敞的大厅！房间周围靠近墙壁的地方摆放着很多餐桌和椅子，一角有一架陈旧的大钢琴。身穿马甲，从污秽的衬衫里露着臂膀的身材高大的男人时不时用一只手边擦着汗，边鸣响着这架钢琴。坐在他身旁，仅能看到苍白的侧脸的瘦小伛偻男人拉着小提琴。餐桌上的男女一组两组地站起来，绕着整个房间迂回迈着舞步。

不管望向谁，没有一个人让人觉得风采翩翩。夹在大裤衩的一群水兵中间，虽然也有在无垢的衣领上装饰领花试图精心打扮一番的，但从那比小孩胳膊还粗的手指头和马蹄一样的厚底靴上，立刻就能猜出他们是一帮白天修路、搬运砖头的家伙。

再看看女人，也很少有像人样的，年龄一概难以猜出，满脸涂着厚厚的白粉，不光有脸颊上涂胭脂的，还有下眼皮刺青的。身上是穿旧了的满是襞褶的裙子和洗褪了色的夏服，尽管如此，她们还是一心想学都市的奢华，脚蹬着可以上舞台表演的细高跟鞋，宛如戴了假发似的移植过毛发的发间、颈项、手腕、手指等处极尽辉煌地闪耀着玻璃制钻石的光辉。

随着钢琴和小提琴演奏的进行，水兵、劳工们和这些女人互相搂抱着群魔乱舞起来，于地板的尘土、香烟的烟雾和酒香、昏黄朦胧的灯光中疯狂地手舞足蹈。此刻的我已经超越了自我憎恶的境界，感受到一种无可名状的悲痛——曾经在故乡晦暗的根岸乡间听到远方烟花巷的弦歌[1]时的那番悲痛。

舞曲终了后，男男女女各自回到先前的桌边，身着白制服的服务员开始来回接受点菜。有的水兵醉得已经直不起腰了，还在大口喝着威士忌，女人也不甘示弱，咕嘟咕嘟饮着宾治酒[2]，时而敲着桌子大声嚷嚷，听那腔调大概属于英语中最为劣等的下流话。

我在一旁的桌边独自一人饮着啤酒，不久我的视线从周围奇异的景致中转移到了挂在污浊木板墙上的镜框上。

一张照片里，大概是经营足球的一群女人，那肉色的贴身内衣显示着健壮的肌肉，手牵手站着。接

1　弹奏琵琶、古筝和三味线等弦乐器演唱的歌。

2　一种含酒精的饮料，类似鸡尾酒。

下来的一张肖像画里，面如魔鬼的拳击手作两手向前摆好架势的姿势。对面墙上的照片估计是在这一带活动的消防员，身着制服，接连挂着两三张。

这时，忽然有两个女人在我桌边的空椅子上坐了下来，受好奇心的诱惑，我使了一个只有在这个社会才管用的眨眼示意的眼色。果然是一群只要能拿到钱，人种什么的一概不介意的家伙，她们立刻将椅子拉近我身边，又将一只胳膊肘支在我肩上，问道：

"你没有雪茄吗？"

我递上一支雪茄后，叫住从旁边走过的服务员。女人要了一杯鸡尾酒，我忍受不了那么烈的酒，又要了一杯啤酒。从各种玩笑话中打探这些人的身世，我不断提醒自己注意，可是总也不得要领……

"家在哪儿？"

"家啊……纽约的、布鲁克林的可以称得上旅店的都是我家。"……

"有色狼吗？"我问。

"哈哈哈哈哈哈，"她笑起来，"有钱的家伙都是色狼。"说着冷不防在我的脸上吻了一下，一边将我从头到肩左右摇晃，一边哼起了歌——Will you love me in December, as you do in May——顷刻间，重又响起了钢琴和小提琴的演奏声，一群人如同先前一样跳起了舞。

女人突然把握着的我的手拉近近旁，问道：

"今晚……可以吗？"

"什么？……"我故意不解地反问，她显出极不高兴的表情道：

"你不是知道嘛……酒店啊。"

我只顾微笑，没有回答她。

"不行吗？是这样啊……"说着她耸了耸肩，侧过身子，随即和着舞蹈的音乐继续哼起了歌。

我惊讶地注视着眼前的情景。少顷，女人看见远处桌子旁一群水兵朝这边使眼色，连招呼也不打，就急忙向那边奔去，又大口喝起了威士忌。

正当我从座位上站起来准备回去的时候，两个音乐师从对面的房门进了大厅。

"哇，是乔治，意大利人乔治啊！"一个服务员看见乞食的音乐师叫了起来，近处桌旁一个地痞模样的男人说道：

"好久没见了啊，是不是找到赚钱的活儿了？"

"哪里，没什么大不了的，在乡下转悠了一阵子……"音乐师走到钢琴近旁的空椅子上坐了下来，进而解下斜挂在肩上的班卓琴[1]，靠在墙上，另一个将小型的曼陀林[2]抱在膝上道：

"怎么样啊，老板？"这次是他主动向钢琴手寒暄。

"还是老样子。"身着马甲、捋着袖子的钢琴手用一副沙哑的嗓音回答，"怎么样，来一杯吧？"

服务员将啤酒端到近处的桌子上。

"谢谢，我们就不客气了。"两个意大利人随即一饮而尽，钢琴手俨然一副老板的架势道：

"别客套啊，正好现在客人也多……把你平时的歌喉亮一亮啊。"

意大利人各自把班卓琴和曼陀林拿起来，直立在钢琴边，唱起了我等完全听不懂的南欧民歌。

不过，歌的曲调似东洋风格颇为缓慢，声音清

---

1 鼓形的弦乐器。

2 形状类似半个无花果的弦乐器。

脆带有抖颤，总觉得其中隐含着一种淡淡的哀愁，仿佛酩酊大醉的水兵、艺妓、工匠都在花街柳巷听着新内[1]。众人皆恍恍惚惚，场内好一阵波平浪静。

人们从各方五分、十分地将庆贺的银币投到地板上，我也从口袋里一下子豁出了二十五分银币。

哎，其实要是我不忌讳惹人注目的话，五十分、一块美元的也在所不惜。毕竟那些以众多母音完结的意大利语，听起来就有一种难以形容的风流。再加上乞食的音乐师那歪戴的帽子和天鹅绒的敞衣，鲜红的印花布手帕围在脖子上的那种风致，垂落在额头上的浓密的黑卷发，黑睫毛，稀疏的胡须，还有那被南欧温暖的太阳炙烤过的面色，对于每时每刻都憧憬着南国的我来说，这些都自然而然唤醒了我深深的诗情。

两人唱完歌，拾起地板上从四面八方投来的庆贺的银钱，进而来到我的桌旁，我趁机问道：

"你是从意大利哪个地方来的？"

他望着我这个异邦人的脸也不觉惊奇，用破格

1　新内节，一种用三味线弹唱的富于煽情的曲调。

的英语回答道：

"岛上，从西西里岛来。"

"来了多少年了？"

"刚来九个月，起初是为了挣钱，可是生来就是个不务正业的人，除了酗酒赌博以外最喜欢抱着班卓琴唱歌。哪能像北欧来打工的那些人，水深火热中还埋头干家业。懒汉到哪儿都一样，就这样到处提笼架鸟边走边唱。不过，应该说是神灵保佑吧，好歹每天的面包还是能吃得上的。"

舞踏的音乐再次奏响了，男男女女重新在梦幻般的烟雾缭绕中迈着舞步。

把贺礼拾得满满的两个意大利人，退到一角的桌子边，又饮了两三杯啤酒。

我因在不良的空气中闷得过于长久，想吹吹深夜凉爽的风便离开了座席。

再见了，这奇异的夜半的人们，Good night！

明治三十九年（1906）七月

（陈龄译）

落叶

　　美国的树叶最经不住秋天了。九月的午后炎热难耐，人们还在谈论夏天是否过去，夜间一场重霜，槲、榆、菩提树，尤其是枫树那碧梧般的硕大叶子，还和夏天一样没有改变颜色，也没有刮风，但却一片片沉重而懒散地纷纷飘落。

　　当我看到周围一派秋色时，朝夕那砭人肌肤的风里，枯黄的雨一般飘飞的落叶，我陷入深深悲哀之中！我仿佛看到早熟天才的灭亡。

　　夕暮里，我独自一人坐在中央公园水池边的长椅上，同星期日的人来人往相比，这个寻常的日子十分安静。尤其是现在，在这个时间概念很强的国度里，现在正是准备吃晚饭的时间。马车、汽车声不用说了，连散步者的跫音也没有，只能听到高高树梢传来松鼠最后觅食的叫声。灰色的阴霾天空，梦一般渐渐沉浸在浓重的暮色里，半夜也许会下雨吧？湖一般宽阔的水面闪耀着铅黑的光辉。岸上蓊郁的树林变得朦朦胧胧，里面闪现出昏黄的煤气灯光。

不断地从周围高大的榆树树梢飘落或三四枚一团，或五六枚一团的细小树叶。仔细听，仿佛能听到树叶和树叶间相互摩擦的响声。这是树叶们共同走向灭亡前的窃窃私语吧？

有的落在我的帽子、肩头和膝盖上。有的没有受到风的引诱，却远远飞落到水面上，远远地、远远地流走了。

我在椅背上双手托腮，陷入了深思。忽然想起诗人魏尔伦的《秋之歌》：

秋的琴弦在呜咽，

忧郁的响声震动着我的心。

钟声响了，

我面色苍白，呼吸沉重，

想起往昔怆然泪下，

被轻薄的风儿载着，

　　　我是彷徨不定的落叶。

　　将人比作落叶，这样的例子并不新鲜，但却是一种深切的情思。联想眼下，人在旅途……啊，我曾经多少次看到被异乡的土地埋葬的落叶啊！

　　登陆那年，在太平洋沿岸送走了秋天，第二年在密苏里平原、在密歇根湖畔、在华盛顿街头……在纽约已经是第二次看到落叶了。去年刚刚看到这座城市的落叶时，我是多么骄傲、得意和幸福啊！看完新大陆各地不同的社会和不同的自然，接着我还要观察这个世界第二大城市的生活。我盲目地相信着自己，每个星期日都到这个池畔眺望散步者的身影。

　　不久，树叶落光了，寒风吹折了枝条，雪遮蔽了草地。演艺界社交的时节到来了。

　　从莎士比亚、拉辛，到易卜生、苏德曼，我看过各种舞台剧，贪婪地吞食着世界古今各种艺术作品。我为能完全体味瓦格纳的理想和威尔第的技术而自鸣得意，也想早日成为日本未来社会新歌剧的奠基人。带着这种心情，我听管弦乐，从古典音乐的纤细美丽之处品味出现代浪漫派的自由、热烈，进而破天荒地赞美施特劳斯的不协调和无形式。不仅如此，我还时常进入美术馆大门，评论罗丹的雕塑和莫奈的绘画。

我的桌子上堆满了剧目介绍、资料和剪报，还未来得及整理，冬季就已经过去了。光秃秃的树梢又长出嫩芽，开满了花朵。穿着沉重外套的人又换上轻快的春装。我也和世人一样买了新衣、新鞋、新帽。美国是商业国家，流行形式比较庸俗。我一心想表现出自己不受美国实业主义的感化，冥思苦想想出一个办法：照着写过《女恋人》的青年都德的肖像，或者干脆学习拜伦，每天早晨将头发拢紧，粗大的领饰上随便打个结。

别人一定会讥笑我的愚执，但我自己绝不认为这是愚执或狂妄。我记得易卜生去世时，在波士顿的一家报纸上看到报道：易卜生满头银发，似乎从来都不梳理，故意散乱着，正对着镜子欣赏胸前那枚国王赠送的勋章。易卜生也有这样意想不到的弱点！

是真是假先不管它，好也罢坏也罢，一提起西方的诗人，自己就崇拜得五体投地，激动之余只有模仿的份儿。我不修边幅，歪戴着帽子，一手拄着樱木拐杖，腋下夹着一本诗集或别的什么，对着镜子打量一番，这才出了大门，向着春天午后游人如织的公园走去。我照例在池畔转了一圈，然后来到排列着莎士比亚、司各特和彭斯铜像的宽阔的林荫大道，坐在长椅上，面对铜像悠然地抽着烟。

这时，和暖的春阳照在身上，仿佛进入恍惚的梦境，感到自己也加入了不朽的诗圣们的行列。渐渐，嘴角的筋肉放松了，自然漾起了深深的笑靥；接着心中又感到一阵羞愧，悄然遥望四周，道路两旁一排排大树长出了美丽的嫩叶。树梢上面的蓝天一碧如洗，道路左右海洋般广阔的草地一派浓绿，令人神清气爽。不知从何处飘来阵阵馥郁的花香，沁人心脾。我想，自己一生也许再没有比此时更幸福的时刻了。

不断有轻装的青年女子或驾马车或骑着马从我眼前通过。我只觉得她们都是眺望着我这边，微笑着走过去的。当看到比年轻更年轻、比美丽更美丽的女人的笑脸时，我无端幻想着幸福的恋情……

我用英文写作，读了我的书的女子慕名来访。我们一起谈人生，谈诗，相互袒露各自的秘密。不知何时我结婚了，在长岛或新泽西州海边的乡村建立了家庭，从纽约往来只需一两小时。这是一个涂漆的小木屋，周围有樱花和苹果园。穿过后面的森林就是广阔的牧场，从这里可以遥望大海。我于春天或夏天的午后、秋日的傍晚、冬天的白昼，横躺在窗前的长椅上读书。倦了，就昏昏沉沉地睡去。这时，从邻室缓缓传来优美的李斯特的奏鸣曲。我从妻子弹奏的钢琴曲里蓦然醒来……

夕暮的冷风吹到脸上，我又回到了长椅上现实中的自我。

沉迷在梦境里的春光又跨越了一个夏天……如今已是秋季，看到飘落的树叶，等于想起已经消失的令人怀恋的往昔。

树叶不久就要落光了。戏剧节和音乐节将伴随寒冷的北风一起到来。街头十字路口和停车场的墙壁上将到处贴满剧场的广告和音乐家的肖像。然而，我还能和去年一样，作为一名肆无忌惮的幸福的艺坛观察者而存在吗？明年春天我还能再次陶醉于如烟的梦境之中吗？

梦境，醉意，幻想，是我们的生命。我们不断渴慕恋爱，梦想成功，然而并不期望这些都得到实现。我们只是追思一种可以实现的虚空影像，沉醉于预期的想象之中。

波德莱尔说，醉，这是唯一的问题。人若感受不到可怕的令人窒息的"时间"重荷，那么他只有毫不犹豫地沉醉下去。酒，诗，美德，什么都行。当他在宫殿的台阶上，在山谷间的草地上，或者在寂静的房间里，突然醒来恢复了自我，那么他可以向着风、波浪、星星、鸟群，或者向钟表以及一切可以飞翔、旋转、歌唱、说话的东西发问：现在是什么时候？风、波浪、星星、鸟群、钟表会这样回答：现在是应该沉醉的时候，酒、诗、美德，什么都行。如果你不愿做"时间"的痛苦的奴隶，你就应该无休止地沉醉下去。……

四周早已是黑夜。树林暗了，天空暗了，池水暗了。我仍然没有离开长椅，一直眺望着林子里在灯光照耀下频频飞散的树叶。

于纽约 明治三十九年（1906）十月

（陈德文译）

唐人街

我常常单是看着一片晴朗的蓝天，就觉得很有意思，感到一种无量的幸福，对此我自己也觉得好笑。与此相反，我也会毫无原因地，倏忽间被一种如同黑暗的绝望所击沉。

比如，微寒的雨天黄昏，突然隔墙听见有人在说话，或是猫的叫声传入耳际，我便咬紧牙关，心里直想哭，真想当即拿锥子刺破心脏了却一生，抑或将躯体投弃在无法形容的令人战栗的恶行与堕落的深渊，如此这般被各种各样的极尽黑暗的空想所困扰。

这样一来，所有一切是非颠倒，迄今为止世间和自己信奉为美的事物变得毫无意义，甚至可恶、可憎，而所谓丑恶的事物却感觉比鲜花、比诗歌更加美丽而神秘，所有的罪愆、恶行竟显得比一切美德越发伟大而强劲，几乎发自内心地赞美它。

正如世间的人们前往剧院、音乐会一样，一到晚上，我甚至期待这是一个不见星月的真实的暗夜，死人、乞丐、倒毙路旁者，丑恶的、悲哀的、可怖的地方，我都会被一种难以终止的热情所驱使，彻夜地漫步彷徨。

就这样我大体走遍了整个纽约所有贫民窟，所有污秽之地。若要满足这恐怖的欲望，没有比人们最厌恶的唐人街后院的陋屋更合适的地方了。这里便是唐人街——幕后的大杂院。此乃人间堕落的极致，罪恶、污辱、疾病、死的展览馆……

我总是乘坐地铁，在布鲁克林大桥前一站的小站下车。这四周多为批发店、仓库，白天的喧嚣之后便见不到一个人，被各个路口的街灯照耀着，暂且逃离了黑暗的夜空中，唯有没有窗户和屋顶的火柴盒似的建筑高高耸立着。在只见过百老汇热闹夜晚的人们眼里，定会为纽约也有如此萧瑟的地方而惊讶不已吧。路旁已被取出货物的空盒子堆成小山，好几辆卸了马的马车弃置路旁，从这中间走到尽头，便是贫民窟一角的意大利移民街。左手是排列着凳子的宽阔空地，右手绵延着歪歪斜斜屋顶的蜗居。走过凸凹不平的石子路，登上斜坡，不一会儿便到了臭气扑鼻的地方，也就是唐人街的主干道。

从可以望见远处高架铁道线路的大马路进去，顺着毗连的家屋迂回走到两条岔道，便又可以回到原来的大马路。这一区域非常狭小，对初次来这里的人来说，这条凹凸狭长、迂回曲折的石砌路不知通向哪里，着实会感到有些可怖。家屋都是美利坚风格的砖瓦建筑，众多的餐馆、杂货店、蔬菜店等，还有每家店门口悬挂的各式各样的金字招牌、提灯、灯笼、朱红纸的招贴，连同高低不平、进出繁杂的房屋的污秽与陈旧一道黯然相和，将整个景象绝妙地渲染出忧郁的异国气息。

到了夜晚，从巷子的一端传来中国戏里铜锣嘈杂的响声，餐馆的灯笼一齐点亮，白天在远处市内各地干活的中国人逐渐聚集到这里来，各自叼着长烟管，在路旁兴致勃勃地谈论着彩票和赌博的话题。这种情形在外国人看来实在有些不可思议，于是做什么事都很麻利的投机商就大张旗鼓地立起写着 CHINA TOWN BY NIGHT 之类的招牌，让好奇的男男女女坐上观光车，从远处市中心一路指引着来到这里，还有用豪华马车将百老汇的娼妓拉到这里的，出于新鲜在中国餐馆待到很晚的一伙人……

不过，其实你只看到了这些唐人街的表面现象，一旦绕过餐馆、商店等建筑潜入到里面，随处可以看到四五层高的楼房围绕着石砌的狭小空地，如同围墙般地矗立着，各扇窗户里都垂挂着污秽的洗涤过的衣物。

我深夜潜入的地方正是这座建筑——内部宛若蜂巢般隔开的背面的大杂院里。要进入这里，即便不愿意也得经过前面的狭窄空地。而这些铺路石上，不光有四周窗户里扔出的纸屑、破布，像蛇一般缠住脚，旁边一角用挡板围起来的公用厕所里流出的污水，有时竟变成一个跳不过去的大池子。还有沿建筑墙根摆放着的数个铁皮垃圾筒，从那里面不断散发出东西腐烂的臭气，将四周本来就断绝了流通的空气，变得愈加难以忍受的混浊。只要你的脚踏入过这里一次，就会从对面建筑看不到的前方开始，……如同嗅到香熏而被寺院里的森严所侵袭一样，虽然有清浊不同的颜色，却也让人沉沦在远离日常生活的异样感觉之中。

有时偶尔碰到的一瞬间的光景，往往也能给人留下一生难忘的强烈印象。……那似乎是一个晴朗的冬天的夜晚，我和往常一样，把帽子深戴到眼眉上，竖起外套的领子，宛如躲避世间的罪人潜入其中，从建筑和建筑之间狭小的冬天天空中，看到了浮现出来的硕大的弦月。缺乏光泽的红色，是否可以比作女人哭得红肿的眼睛？微弱的月光从肮脏的建筑的侧面滑落，朝着遥远下方的空地的一隅，投下无可名状的阴惨的影子。拉上了窗板和帘子的窗户中漏泄出灯火，却听不到一点人的声音。这时不知从哪儿来了一只大黑猫，窥视着公用厕所的围墙上方，拱起圆圆的脊背，将脸转向悲戚的月落的方向，一声、两声、三声地连连叫唤着，随即消失般地藏匿了起来。对我来说，再没有比这个夜晚被深深的迷信所折磨的了……

　　还有一次，一个夏天的夜晚，被太阳照了一天的四周的墙壁，别说冷却暑气了，就连风也被它遮挡，这片空地简直如同油锅一样。流溢出的污水的燠热臭气，就像看得见的烟雾，阻塞着人的呼吸。而建筑内部狭小的室内看上去更令人难受，全部敞开的窗户里，半裸的女人们倒挂似的将身体伸到外边。明亮的灯影透过她们的肩膀漏泄出来，和冬天夜晚全然不同，落在空地上的夜色澄明而光亮。相向对峙的窗户和窗户之间，不知是在骂人还是在说话，振聋发聩的女人的声音响彻周边。在高耸建筑的阁楼里，中国人对于这些声响丝毫不介意，他们弹奏着二胡，令人肉麻的"吱吱呀呀"不知疲倦地重复着单调的东方的旋律。我因四周的臭气和热度极度衰弱，似听非听地伫立着。啊，与此情此景这般调和一致，演奏着的人生零落和毁灭的音乐，我从未像现在这样痛楚地聆听过……

　　走到空地的尽头，有一扇没有门扉的房门，进去便是狭窄的楼梯，不时会踩到痰液、吐沫上，诚惶诚恐地往上攀登。只见每层狭小楼道的旧墙上，都点着昏暗的煤气灯，整个美利坚其他地方连做梦也无法闻到的炖肉汤和青葱的气味、焚香和鸦片浓烈的香气扑鼻而来。

定睛一看，涂着油漆的门上贴满了红纸，上面粗粗地写着"李""罗"的姓名和其他种种祈祝吉祥的汉字。门里传来仿佛猿猴啼叫的交谈。不然便是门上系着蝴蝶结的标记，涂着厚厚一层白粉的美利坚女郎，只要一听到走廊响起脚步声，便半开门扉，用听记来的汉语或日语叫住我们。

可悲的是，这些女人把中国人当作唯一的目的——其中也包含某个阶层的日本人——聚拢到这个背后的大杂院里来。人间社会无论何处都避免不了成败、上下的差别，即便一度将身体抛进色欲之海，海里也有清有浊，既有让人羡慕的女王的荣华富贵，又有极尽手段之后的悲惨人生。

她们做尽了切合自身的美梦，如今只将"女人"这一肉躯，扔进地狱的底层，业已忘却悲哀和欢喜，丧失欲望和道德。这种说法的证据在于，她们即使叫住了立在门口的男人，也不会突如其来地逼问男人做最后的回答，也不会像世上普通的浪荡女人那样，巧言令色，故弄玄虚，逐步引人深入圈套，这样麻烦的技巧，她们是不用的。倘若男人不说愿意还是不愿意，虚情假意地调戏取乐，那还得了，她们立刻如同野狗般狂吼乱叫，喷吐出污言秽语的全部毒焰。

其实，她们会无缘无故地生气、发怒，像是忍无可忍。想吵架却找不到对象的时候，就会喝上好几杯烈性威士忌，让肠子烧烂，继而在地上挣扎，破口大骂自己身世的不幸，甚至毁坏器皿，揪住自己的头发，这些已不足为奇了。更有甚者，早已越过了这个狂乱期，动辄如恋人般地怀抱鸦片烟枪，安然地享受虚无的平安，这样的人也不在少数。

呜呼！毒烟的天国——某位法兰西诗人称之为PARADIS ARTIFICIELS（人工乐土）——游历这个梦幻之乡，人必须经历世上无常的绝望、苦痛、堕落的长途。而一旦到达这里，或许可以完全挣脱令人烦恼、依依不舍的俗缘吧。看吧，她们那睡着了却一如觉醒的眼神！每当我战战兢兢、定睛细看的时候，为自己被所剩无几的良心阻碍而不能任其堕落，为缺乏勇气和决心感到一种莫名的愤怒。

这背后的大杂院中，除了恶之女王、罪之妃嫔、腐败之妖姬以外，于明亮的太阳照耀之处却不得生息，在罪恶的阴翳笼罩之下，方可找到安息之地的又岂止二三。

有个犹太白发老头以女人为主顾，来这里贩卖各种各样的赃物和假货，他肩上挎着视之为全部生命的小箱子，一生羁旅不定、颠沛流离；也有以扒窃为业，到处游走将东西贱卖给别人的黑人女子；还有像日本烟花柳巷跑腿的，为娼妓办杂事，无依无靠、无家可归的坏小子。而其中最为可惧和可悲的是那些活过今天活不过明天的一群居无定所的老妪。

我们对那些娼妓的身世下了过早的判断，以为这就是人间浮沉的终极归结，殊不知人下自有人下人。啊，在最后的毁灭、最终的和平到来之前，人是多么需要经历几多厄运的摆布啊！

她们用布片缠绕着自己蜷曲的身体，勉强让其不裸露出来；如同腐烂的牡蛎一般的眼睛里流淌着眼眵；此刻仿佛只是为了虱子才保有的，宛若破棉絮般的白发披散着。她们在背后的大杂院走廊的角落、地板下面、公用厕所的背阴处，任凭风吹雨打，常常不管有无指令，都得为娼妓洗涤污物，安排杂事，方可吃上当天的膳食。不过，她们相信这样的生活，要比来自社会慈善的束缚和住进牢房一样的养老院，结果使人自由安泰。倘若可以预知在这个洞穴里会响起巡警的皮靴声，她们就会敏捷灵活地将身子藏匿起来，令人匪夷所思。但只要不是这种关键时候，她们往往会显示出纵横天下的姿态，趁着黑夜随处转悠到娼妓的房间进行乞讨。对此谁也不敢敌视，假如生起气来加以拳打脚踢，她们恐会当场毙命。而只要稍稍把她们推出门去，她们又会终夜大声哭喊，或是胡搅蛮缠地就地躺倒，打起呼噜来。某个时候，我曾听到过这样令人生气的恶言恶语：

"好啊，如果你说出那么刻薄的话来，我就不再领你的情了。不过你也快了，该知道什么是悲惨的时候了……你别以为年轻，有的是买卖可做呢，就是一瞬间的事儿，马上就会和我们一样的。你不用担心照镜子，到时候连那些不知名的毒囊，都会一股脑喷发出来也说不定，别只顾脸上的褶子了，还是担心担心头上的毛发吧。鼻子也堵了，手也伸不直了，还颤颤巍巍的，脚也抽筋，腰也弯了。要知道梨子的滋味，就得亲自尝一尝……你瞧瞧我这双手……"

对着镜子施着夜妆的女子不觉"啊"的叫了一声，两手捂住脸，顺势趴在了床上。乞丐老妇令人作呕地发出"嘻嘻嘻"的怪笑，说了声"请多关照"，便走出女子的房间来到廊下。从门口窥探到这一幕的我，顿时恐惧起来，忙不迭逃离了这个地方。

此刻想起了波德莱尔叫唤着"Ruines! ma famille! Ô cerveaux congénères!"（衰败的我的家族！同样的脑髓！），赠送给雨果的 LES PETITES VIEILLES（《小老太婆》）里的一篇。

啊，我喜爱唐人街，唐人街是《恶之花》诗之题材的宝库。我一心担忧所谓人道、慈善这类东西会不会终将把这异样的天地从社会的一隅一扫而尽。

（陈龄译）

夜行者

我爱都市的夜，我爱灯火灿烂的街巷。

比起箱根的山月和大矶的波涛，我更爱银座的夕暮和吉原的夜半。避暑时节，独居于东京家中之乐，想必君亦知晓。

然而，自从抵达纽约以来，我便爱上了这片无处不是灯火辉煌的新大陆的都市之夜。至于为何喜欢，如今我也无法说明个中情由。啊，纽约真是一座令人惊奇的不夜城，那是在日本简直无法想象的明丽眩惑的灯光的魔界！

日落，夜来，我几乎无意识地就会迈出家门。不说街道或交叉路口，更遑论剧院、菜馆、车站、饭店、舞场，不管是哪里，如果见不到那灯火通明的世界，就会寂寞难耐、悲哀不堪，深感一种活生生被隔离的绝望。灯火的色彩随之成为我生活中的必有之物。

出于本能，再加上知识，我爱上了这灯火的色彩。似血般艳红，如黄金般清丽，有时又像水晶，那深蓝的光泽诱发着美妙的兴致。就连美人深邃莹润的碧眼，或是清澄欲滴的宝石光泽，都远远不可企及。

那灯火映进我充满梦幻的青春的双眸，就像映照着地面上人们的一切欲望、幸福和快乐的象征。同时，也表明这些人具有回归神的意志和反抗自然法则的力量。正是这灯火，将人类从暗夜里拯救出来，从沉睡中唤醒过来。这灯火不就是人造的太阳吗？不就是嘲弄神祇、夸耀知识的罪恶之花吗？

啊，故而获得这种光亮，被这种光芒照耀的世界，是魔鬼的世界。丑行的妇女，因这光芒而变得比那些贞淑的妻子、富有德行的女子更加美丽；盗贼的面貌犹如救世主般悲壮；放荡儿的姿影犹如王侯一般心高气傲。不得不歌颂神祇荣光与灵魂不朽的堕落的诗人，尽皆借着这种光明，开始找到了罪愆与黑暗的美丽。

波德莱尔在诗中写道：

Voici le soir charmant, ami du criminel;

Il vient comme un complice, à pas de loup, le ciel

Se ferme lentement comme une grande alcôve,

Et l'homme impatient se change en bête fauve.

罪恶之友缅怀的夜，

就像那罪恶的同谋，

如狼的脚步悄然而至。

天空徐徐关闭，

犹如宽广的寝室。

心情急躁的人儿，

也像野兽愚钝无知……

昨夜照例，我一看到大街上点亮灯光，就立即走出家门，在人头攒动、音乐如潮的环境中吃完晚餐，进入某家剧场。我并非为了看戏，只想陶醉于金碧辉煌的高高天花板下，宽阔的舞台前，以及四方座席璀璨的灯火之间。我喜欢舞女众多的场面、喧闹的流行歌，专挑趣味低俗的音乐与喜剧。

我在这里费去半夜时光，不久被闭幕的华尔

兹舞曲送出剧场，随同众人走到门外。冷风飒然扑面……我对走出剧场瞬间的情味常常念念不忘。环顾四周街衢的光景：初夜之顷，入场时的热闹情景，转而变成夜影沉沉，静悄悄地笼罩四方。身体似乎忽然来到陌生的街头，与朦胧的不安为伴，为好奇心所引诱，一心只想信马由缰，迤逦前行。

深夜街道的趣味，较之此种不安、狐疑与好奇之念，更能唤起一番神秘之感。

灯火消失，大凡伫立于闭户商店阴影中的人，纵使不起盗贼之疑，也想知道何人欲做何事。当看到横巷拐角站着一位警察时，自然会联想起犯罪之事。帽子深深遮住眉梢，两手插袋而行的男子，看起来像是赌博输了钱，一心想自杀。由黑暗里出来，再度驶入黑暗的马车，必定载着不义之恋的情侣，不合道德的暗中交往，心中不由波浪起伏、焦躁不安，注视着远方的饭店与酒场，灯火辉煌映笑颜。浮世有限的欢乐，原来尽皆聚集在这里。男女进出的身影，犹如放荡花园内的浪蝶游蜂，时时传来的欢声笑语，不正是满含深情、颇具诱惑的音乐？

　　恐怕是"命定"的时辰到了。瞬间，风吹裙裾窸窣响，浓妆夜气散粉香。蓦然间，灯火阑珊处，倩女立街头。莫非夜半游魂，罪愆与丑恶之化身？那是在玛格丽特[1]门前呼唤的魔界的天使。她们是一群通过夜间彷徨的青年男子的过去与未来，洞察其命运及感想的神女。

　　因而，男人纵使听到呼唤，看到附体的影像时，心想已逝的前兆今又出现于眼前，随之满足其宿命，甘愿牺牲，握起她那冰冷的羞辱的魔手。

　　我走出剧场，沿着更深夜静的百老汇大道，走向宽阔的麦迪逊广场，那儿二十多层高的大楼像石柱耸峙，简直就是梦中楼阁。再向前行便是联合广场。附近树木繁密，透过枝叶间灯火漏泄，走近一瞧，林荫深处的喷泉发出潺潺水声，于静夜之间，听起来如泣如诉。坐在喷水旁的椅子上，凝视着晃动于水面的细碎灯影，独自沉沦于不断涌现的幻想之中。

　　听到有人向我走来，脚步声越来越近。接着，似

1　即小仲马名作《茶花女》中的女主人公。

乎听到嘴里在嘀咕着什么，少顷又再度迈步离去。……啊，我不知在何处被缚，同那暗夜的魔女一起，戴着手铐在生疏的街巷里游动。

环顾四围，两旁是连绵不断的大杂院，落满尘土的脏污的红砖，已经近于黝黑。门窗歪斜，不见一星灯火。门前一段低低的石阶，门内一团浓黑。廊缘边散发着湿气，恶臭刺鼻。女子突然站住，借着附近街灯的光亮，好一会儿，我凝神注视着她的风采。突然，她朱唇微启，玉齿闪露，嘻嘻微笑起来。

我不觉浑身颤抖，甩掉被紧紧握住的手，我不想逃跑，不，我满心热望，宁愿深深陷入黑暗之中。

奇怪的是，这是一种趣味。为何被禁的水果美味非常？禁制添甘味，犯戾[1]增香气。观河川流水，无岩石则水不激。无良心、无道念，人方能寻见罪的冒险、恶的乐趣。

我被带入黑暗的门户，登上黑暗的阶梯。阶梯上别无铺设，脚步宛若踩碎薄冰，震响着无人的室

1　意为"触犯法律而获罪"。

内。不知从哪儿涌出一股阴冷的湿气，如死人的头发，抚弄着我的领际。

二楼、三楼、一直登上五楼，此时，女人哗啦啦晃动着钥匙，打开门扉，把我推了进去。周围是浓重的黑暗。女子点燃煤气灯，密云破露，我的面前突然出现破旧的长椅、古旧的寝床、模糊的镜子、积水的洗手盆等，各种家具杂然一室，似魔术显现。房间似阁楼，天花板低矮，墙壁灰黑，随处可见脱下的脏污的睡衣、窄脚棉裤、破鞋烂袜等，出乎想象，看来是把这里当作了逸乐之家。不过，诸君若是看到乱草堆积的狗窝，或沾满鸟粪的鸟巢，那心情会好一些。

当我环顾室内时，女人早早地摘掉帽子，脱去上衣，仅剩一件白色短衫，坐在我身旁的椅子上，开始抽起了香烟。

我紧紧抱臂而坐，犹如考古学家仰望矗立于沙漠中的埃及狮身人面像，默默打量着她的身姿。

请看，她两脚套着袜子，裸露着大腿，一条腿架在一边的膝盖上。敞开只穿内衣的前胸，上身后仰，可以窥见乳房。高举纤腕，两手支撑着后脑，仰

面对着天花板吐烟圈。啊，不畏神，不怕人。这不像
一尊骂遍俗世一切美德、残酷而勇敢、充满反抗和凌
辱的石像，又是什么？她以白粉、胭脂、假发绺和人
造宝石，同破坏性的"时间"作战，看那副面容，不
正显示出孤城落日似的悲壮之美吗？那沉重的眼皮底
下似醒非醒的眼神，可以同喷吐硝烟毒雾的沼泽水面
作比。正如颓废派之父波德莱尔在诗中写到的女人的
眼神：

Quand vers toi mes désirs partent en caravan,

Tes yeux sont la citerne où boivent mes ennuis.

当我的欲望如商队一样走向你的时候，

你的眼睛像一桶雨水滋润我病态的心灵。

Tes yeux, où rien ne se révèle

De doux ni d'amer,

Sont deux bijoux froids où se mêle

L'or avec le fer.

你的眼睛只有喜悦而不见悲戚之色，

我已经不满足于小春[1]的美艳，也不满足于茶花女玛格丽特的幽怨。她们过于纤弱，是飘散于习惯和道德骤雨中的一片落花。她们缺乏毒草的气概——在刑罚和惩戒的暴风中不枯萎，面向死亡和毁灭的天空，继续伸展恶的枝蔓，扩展罪的绿叶。

啊！恶的女王呀，我犹如滴落在那冷血、黑暗酒仓的底层，我把烦恼的头颅抵在鸣响的胸脯上的时候，我感受到的不是恋人之爱，而是姊妹之亲，慈母庇护之情。

放纵与死亡是连在一起的锁链。请嘲笑我吧，嘲笑我这个永远不变的愚痴。我昨夜一整夜，同这位娼妓同枕共栖，犹如"死尸与死尸相叠"在一起。

于纽约 明治四十年（1907）四月

（陈德文译）

---

1 近松门左卫门所作古典戏曲人形净琉璃《心中天网岛》中的女主人公。

六月夜梦

今日，以漂泊之身，乘上由北美洲开往彼岸欧罗巴的法国"布列塔尼号"轮船，准时离开哈得孙河口码头。

七月，天空高旷。纽约奇峰耸峙的高楼大厦，横空而过的布鲁克林大桥，矗立于水中的自由女神像——几年来，司空见惯的海湾的风景，逐渐地消隐在天空与波涛之间……轮船沿着绿色茵茵的斯塔滕岛岸边，驶离桑迪胡克河口，眼看就要漂浮在烟波浩淼的大西洋海面上………

啊，美国的山山水水，一瞬间，这一生再也别想看到了！一度离去，何日何时还有再来的时机？！

我背倚在甲板的栏杆上，心中一阵焦急。我还想再看一眼念念不舍的岛边的森林、村舍的屋顶——啊，一直到我上船前一天夜半，我在这里度过了夏季的一个多月时光。——然而，七月上午酷烈的炎暑，蒸腾的铅灰色的水蒸气，严严实实地笼罩着天空、海洋，不消说森林和人家，就连那高高的小山也隐蔽在村头的云层里，依稀难辨。

思念，流连，痴情——啊，怎么还有这么多剧烈而难堪的苦闷？心性文弱的我单身孤旅，今夜里悲冷的月光静静照射着船窗，我要发狂了，说不定会一头栽进大海……想哭的时候只好大哭，悲哀的时候只好诉说悲哀，借此获得心灵的慰藉。我于大西洋漂摇的海轮上，拿起笔来……

* * *

回想起来，四年前离开日本。如今，美国成了我的第二故乡。千头万绪，令人怀想。其中最难忘的，啊，就是昨夜才分别的小女子——可爱的罗莎莉小姐。

那是今年夏初，果树园里的苹果花散尽的时节。四年来，我想观看、考察的美国社会各个角落，大体上都经历过了，因而这个秋末，在等待故国寄来赴欧旅费的期间，为了躲避纽约的苦夏，我搬迁到横亘于湾口的斯塔滕岛岸边。

提起这个岛，大凡在纽约度夏的人都知道。不论是南部海岸还是内陆海岸，随处都是海滨演艺场、纳凉场和游泳场等设施。然而，我所选择的静养之地（虽然也在同一个岛上），却是交通不便、极为偏僻的海边小村庄。这里只有在周末，城里酷爱钓鱼的青年会光顾，其他人或许连名字都没听说过。

乘坐屋形船似的扁平、椭圆状的大汽艇，横渡水面，驶抵对岸，立即换乘火车，只需半小时就能到达那里。平日，从看不到绿色的纽约市，忽然来到这座海岛，四周空气清新，原野颜色美丽而富于变化，使得人们大为惊讶，仿佛置身于梦幻之中。同是美国田园，拂晓时分那种大陆性广漠而单调的景色早已使我厌倦。而今尤其令我惊喜的是，这座海岛的景色完全相反，既小巧可爱，又不乏变化。以铁道线为界，一侧是小树林和细流涓涓的碧绿原野，穿过这里，可以窥见一带静谧的内海；另一侧是顶戴着浓密杂树林的小山，形状高低起伏，有的地方不由令我想起逗子、镰仓一带的景色。还有，一望无垠的平地，黄白野菊竞相开放的绘画般的牧场，芦苇、香蒲以及萍蓬等水草，郁郁青青、令人战战兢兢的沼泽地。

　　眼睛掠过这些总也看不够的景色，火车驶过四五处小小的木造车站后，就快到达我要下车的小村庄。车站是木板铺设的月台，下了火车，立即能看见道路两旁各有一家德国人开设的酒馆相向而立。门前各有海滨旅馆迎客的公共马车。附近民家簇居，有杂货店、菜场、肉店，以及贩卖日常必需品的村中小店。随处可以听到婴儿、小孩子的喊叫声，还有主妇们尖厉的斥骂声。

　　从这里沿着一条道路前行，时而向右时而向左，走过两三百米枝叶繁茂的枫树林荫路，两侧是未加砍伐的杂木林，以及绿草如茵、香花美艳的山冈，还能看到上面稀稀落落几处污秽的房顶。四面八方伴随着不间断的小鸟的鸣啭，一阵阵狗吠声和鸡啼声，一同在千里之外的远方回荡。

　　沿着越来越幽静的道路，跨过凹凸不平的小山丘，便是通向海边的小道。这条弯弯曲曲的小道一旁，矗立着带有回廊的两层楼宿舍，这里就是我租住的旅馆。前方是高高的杂草和灌木丛，密不透风；后面包围着翁郁的槲树林。回廊边有两棵老樱花树，遮蔽着屋顶。稍远的草地上，生长着两棵粗大的苹果树，低矮的枝条向四方扩展。

房东是个刚满五十岁、头发赤褐色的小个子男人，被岛上的铁道公司雇用了近二十年。他每天乘火车到总局上班。这位美国人，虽说是个木讷、沉静的男人，但对我这个通过别人介绍办理租住手续，刚从城里搬来的房客，他像迎接十年未见的亲人一般，连同面貌恶俗、牙齿脏污的妻子一起，带我家前屋后——从菜园到鸡窝都瞧了一遍。他还特地把我介绍给他家的宠物狗斯波特，将整个斯塔滕岛的地理对我作了说明。最后，他搬出摆设在客厅里的《韦氏大词典》，叮嘱我说，遇到不懂的英语，可以查找这部辞书。

我租下二楼面向后方槲树林的一个房间。整个上午，我埋头整理这几年走过芝加哥、华盛顿、圣路易斯等美国各地时所搜集的各类书籍的目录和资料；午后则坐在廊缘边的樱花树荫里，沐浴着越过小山吹来的凉爽海风，或读书，或午睡，日影移动之中，等待着适合散步的夕暮。

同房东家人共进晚餐之后，正好是七时半。我照例手执拐杖，顺着灌木杂草之间的小径，越过小山冈，下行到海滨。水边是一片阴湿的牧场，不像纽约州海岸，看不到一块怒涛激荡的山崖巨石。这里就像沼泽地，一带芦苇丛生的长长浮洲，翠碧欲滴，突向湛蓝的海面。这条浮洲的轮廓呈现出明快而舒缓的曲线形状，初看起来，我自然地联想到仿佛是一位纵情于欢乐之梦的裸体美女太疲累了，慵懒地躺卧在那儿。

浮洲的背荫里。所幸平日海湾水面平静，潮水也不汹涌，挽系着几艘附近村子的钓舟、小船和机动船等。这些船只一律涂成白色，犹如公园水池里游动的天鹅。日落黄昏之顷，殷红的晚霞照映着碧水，与浓绿的浮洲相互对应，呈现着难以形容的瑰丽色彩。

我已经没有余暇探访岛内其他胜地美景了。我

每天伫立于同一个地方，凝视着同一处海湾和浮洲，
永远瞧个没完。不一会儿，四周次第黯淡下来，最后
就连纯白的小船和黑沉沉的水面也看不见了。美利坚
的黄昏消失了，不知不觉进入静谧而又明丽的六月的
夏夜。

啊，这六月的夏夜，多么空灵而又迷幻的世
界！日渐加剧的暑热，周围群聚的蚊蚋，同时，野外
一派森林，无数的萤火虫骤雨般四面交飞。晚潮在繁
茂的芦苇根下啜泣，水杨树和枫树叶在夜风中低语。
蟋蟀和青蛙的歌唱尚未断绝，不知名字的小鸟又开始
鸣啭。空气里弥漫着夜间猛然生长的野草的芳香。我
这个天涯孤客，即使像所有诗人梦想的那样，一度幸
遇瑞士的夏夜或意大利的春宵，但唯独这斯塔滕岛的
夏夜，任何时候都不会忘却。为什么呢？我如今向海
而眠，背对憩息的森林，半个身子埋在高高的野草丛
中。我仰望着无限太空中的无数星辰，盗听大自然所
有的私语，尤其是于苍茫中目睹声势浩荡的"萤火之
雨"，此人此身，不知不觉，已不打算继续待在冬天
将至的北美大陆，只想在颓废诗人所吟咏的梦乡"东

方之国"的天空下彷徨，因为我被一种强烈的神秘和恍惚所打动……

搬来这个岛上第一周的夜间，按惯例饱览黄昏的浮洲之后，我还不想马上回家，便信步沿着来时草中小径，走向小山坡。

或许是气候原因吧。萤火虫比寻常更加苍绿、辉煌，星光也很明亮，野草浓郁的香气弥漫四方。啊，我比平时更加深刻地感到这才是真正的愉快的夏夜。没有花朵枯萎的冬日，没有风暴，也没有死亡和失望，什么也没有，身心和灵魂都陶醉于唯有夏天才有的快乐之中……我真想像兔子或狐狸一样，躺在杂草丛中，安然地睡上一觉。或者依杖仰望繁星如雨的夜空……这时，小山顶上一户人家，伴随着钢琴声，突然传来年轻女子的歌唱。

我侧耳静听。不料，钢琴声如露珠落地，即刻消失了，歌唱也只有一段，似乎是愁绪满怀的低吟也一下子停了下来，剩下的只有明丽冷清的夏夜，只有虫声与蛙鸣。

　　我忘记了群集的蚊蚋，久久伫立于草地上，最后蹲下腰来，凝视着山顶上的那户人家。

　　等了很久，再也没有听到歌声的希望了。树荫里透射出的窗内灯光也消失了。这时，两声狗吠，墙根小门哗啦打开了。

　　我这才从梦中醒来，感到极度疲惫。啊，今晚只想赶快回家，什么也不干，即刻上床睡觉。我快步越过山冈，沿着荒草离离的弯曲小路前行。突然，十多米远的前方有个纯白的影子在走动……是一位女子小巧的背影。夏夜空中明净，星月交辉，萤火明灭之中，我看到那女子挥动日本式团扇驱赶蚊虫的纤纤玉指，还有那纯白的衣服与白色的短靴。光线虽然晦暗，但却看得颇为分明。有时，幽暗与朦胧中，反而能看清微细的物象。

　　女人的身影一度隐没于超过身高的杂草丛中，同时，嘴里又开始唱起什么歌来。到最后，没想到她在我租住的家门口停住了。

　　我很惊奇，在十多米远的地方站住了。这位陌生的女子站在房子外，半开玩笑地用尖细的嗓音高声叫唤了一声——或许这就是对一切都不在乎，一点不讲礼仪的美国生活的特征。女房东在家里大声招呼道：

"Come in."

然而，女子没有进屋，她说虽然有蚊子，但夏天还是外面好。说罢，她就在香气馥郁的忍冬花丛边坐下了。

这女子就是刚才唱歌的那位。她就是我至今不忘的罗莎莉。

啊，当初女房东向我介绍她时，自己做梦也没有想到会有这样的事发生。单凭这一点，我并不认为她可以成为密友。为什么呢？因为凭我这些年的经验，美国女子无论如何，谈起话来都不能引起我的兴趣。她们谈起极端的艺术论以及激烈的人生问题，显得十分快活，而且思想健全，所知甚多；而我有时在一个新场合，即使被介绍给新结识的女人，除了出于练习外语和观察人情之目的以外，绝不指望会有纯粹愉快的交谈说笑。

所以，那天夜间，我对初次见面的罗莎莉也一如从前。作为义务，一个青年男子对一个青年女子，不管是可厌的汽车还是教堂的什么事，作为见面的话题，什么都可以随便聊聊，对付过去。没想到，她劈头就问我，大意是：

"你喜欢歌剧吗？"

紧接着就谈到普契尼的《蝴蝶夫人》，她说今年是第四或第五个年头了，美国乐坛再度为之掀起狂热的高潮。她还谈到梅尔巴[1]，以及今年初春在美国演奏的施特劳斯的《家庭交响曲》。这些都是远远出于我意料之外的话题。此时才感到自己愚钝，犹如遇到一位百年知己，激动得我热泪盈眶。

我坦白，其实我很喜欢西洋女子。我最喜欢的是，和西洋女子一起，在西洋的天空下，于西洋的河湖边，用英语或法语等西洋语言，谈论古希腊以来的西洋艺术。我之所以对美国女子抱有成见，大多是出于我预先的设想。

1　梅尔巴（1861—1931），澳大利亚女高音歌唱家，歌剧演员。

房东女主人平时说话也很高深，不过，或许出于美国女子之习惯，当年轻人聚在一起，谈兴正浓时，不论母亲还是教师，都尽量不去妨碍她们。所幸，听到了某种响声，她便离开座席到后院的鸡房去了。

话题不知不觉转移到日本女人的生活、流行、结婚等方面，于是我不假思索地问罗莎莉小姐：

"作为美国女人，你也是独身论者吗？"

她似乎对被列于"一般"这种平凡人的例子中，表现出极大的愤慨，戏剧性地挥动一下手，说道：

"我绝不是独身主义。不过我以为，非独身不可。因为这绝非消极的结果，所以我既不会成为绝望的悲惨而忧郁的法国寡妇那样的人，也不会成为美国那种偏狭而冷酷的老处女。我受过美国的教育，但五岁之前是在英国长大的，而父母生来就是纯粹的英国人。英国人一直笑着战斗到死。因而即便一生独身，到死之前，我也将一如既往做个无忧无虑的女子。"

这种果断的口气里，包含着英语特有的强烈的语调，同时，似乎还暗含着英国人不可动摇的决心。

但是，看着罗莎莉矮小而纤弱的身影，听着那激烈的语句，我感到莫名的悲哀。也有可能是因为这是个美丽而静谧的夏夜吧。

不一会儿，她反问我，这回该我阐述自己的主义了。然而，与其说什么主义、主张或意见，倒不如谈谈自己的梦想与呓语，我的胸中除了梦什么也没有。

我回答她说，我非常厌恶结婚，因为我对一切现实感到绝望。现实是我的大敌。我想恋爱，但与其说希望这种恋爱成功，不如说希望失败。恋爱一旦成功，我就会与之一同烟消云散。故而，我只想借助这难得的恋爱、易失的恋爱，使得我的一生光耀于真诚的爱的梦幻之中。这，就是我的希望。"罗莎莉小姐啊，你知道达·芬奇和贾孔多的故事吗？"[1] 我问她。

这时，女房东从后院的水井里打来一杯冷水，又回到原来的座位。我和罗莎莉不约而同地转移了话

---

[1]　据说达·芬奇的名作《蒙娜丽莎》，是以梦中情人、富商之妻丽莎·贾孔多为模特儿的。

题。不多久，瞅准机会，罗莎莉一边询问着时间，一边站起身来。早已过了十一点。

可是，房东主人去参加全村的扑克牌比赛了，还没有回来，家里的男性只有我一人，作为义务，我应该把她送回家里。我一手提着女房东为我点燃的小灯笼，一手轻轻挽着罗莎莉的手，走上那条通往海边的杂草丛中的小路……

啊，不曾登上舞台的现实生活，竟有如此美好的时刻！我来到美国之后，夜露花荫，与年轻女人相伴而行，已有好几次了。但只有今夜，不知为何，就像最初的体验一样，心中纷乱不堪。

这静谧的海岛的晚上，莫非夜越深，越安静？莫非像骤雨扑打树叶，飘摇不息；草叶沙沙，声音浩浩，时时可闻？虫声、蛙声，格外鲜明地回荡于繁星如雨的天空。天地之间，只有我和罗莎莉两人是完全清醒的。莫非这种意识强烈地打动了我的心扉？我不知道任何缘由。我心中焦急，唯恐我这纷乱的心态，被对方一眼看穿。不过，我手中提着的灯笼的火，只照亮脚下凹凸不平的小路，那灯光已经照不到自己的脸孔了吧？我只顾仰望着天空走路。

罗莎莉也沉默不语，快速地走着，依次登上坡道。越过高高繁茂的草丛，可以看到她住所的屋脊……不久到达小山顶端，突然两人的前方，天空无比开阔，黑沉沉的海面看不清楚，而海湾内远近几座灯塔，明灭闪烁。远方，大西洋的出口桑迪胡克港，探照灯终夜照耀着内海一带险要的航路。我身后以及眼前，绵亘着夏夜村庄黑黝黝的森林。

我不由停住脚步，她就像梦中之物。

"Beautiful night, isn't it? I love to watch the lights on the sea.[1] 她说道。

在我听来，她的话好比那节奏感很强的漂亮诗句。

我回答什么好呢？我只是点点头，垂首不语。这时，她慌忙拽住我的衣袖。原来是鸟在鸣叫。

"那是什么鸟？是知更鸟吧？"她问。

可不，声音清朗，优美如笛，时断时续。

这回，我毫不犹豫地对她说，罗密欧幽会的

1　英语：这不正是美丽的夜晚吗？我爱看海上的灯光。

夜晚听到的是夜莺。美国的夜晚，根本听不到所谓
Nightingale 或 Rossignole[1] 之类的小鸟鸣叫。她现在竟
然说听到了优美的鸟鸣，无论如何都可以断定，那一
定是诗歌里的鸟声。

实际上，生长在这个国家的罗莎莉，并不知道鸟
的名字。我们两人没什么异议，权且当作"罗密欧听
到的鸟鸣"。这时候，又一声鸟鸣，接着第二声鸟鸣，
我们还想再听下去，鸟儿却早已不知飞到哪里去了。

我一直送她到位于小山顶下一两步远、道路右侧
的家宅。在广阔的草地和花园包围的墙角下，握手道
别："Good night." 就这样，分别后当晚我就回去了。

第二天，一觉醒来，总也摆脱不开昨夜的梦境。
作为现实之事，过于诗性，过于美丽。我莫名其妙地
一阵惆怅，感到这一生再也不会有这样的奇遇了。

午饭时，没等我询问，女房东就给我一一谈起
罗莎莉的身世。她父亲是英国商人，带着全家来到美

1　分别为法语和英语"夜莺"之意。

国，将罗莎莉寄养在宗教学校的集体宿舍里，然后只身前往南非开普敦，在那里积蓄了一笔相当可观的财产，七八年前又回到这里，眼下在这一带，建造别墅隐居了下来。罗莎莉几乎是完全脱离双亲而长大成人的，或许因为这个缘故，她的性格极为急躁而孤僻。直到今天，她都没有交到一个知心的朋友，不管做什么事，都不与父母或其他人商量，始终我行我素，任意而为。而且，她从不会愁眉苦脸，露出悲戚的样子。

吃完饭，我照例前往樱花树荫下，打开两三天来正在阅读的马拉美的散文诗。读着读着，我兴趣大增，逐渐将昨夜的事，还有自己的事，尽皆忘掉。草地树影纵横，路面阳光炫目。啊，夏天实在是美不胜收。傍晚，散步时分，我去观望浮洲，心里想着必定要路过罗莎莉的家门口。

我抱着既想见她又不想见她的极其朦胧的心理，照旧走上草丛中的道路。尚未到达小山顶前，从暮色如烟的荒草里，听到罗莎莉云雀般的声音：

"Hallow! Here I am!"[1]

今晚，她（预先不曾对我说过）还要去看望我的女房东。

当夜，她们谈到很晚，像昨天一样，我一手提着灯笼，一边听着不知名的鸟叫，把送她到家门口。第二天上午，她去邮局的途中，我俩又在村里的主路上碰到了。于是，在她手中的阳伞下我俩齐步前行。

由于村子狭小，道路不多。散步的时间大致是一定的，其后我几乎每天都能在某个地方碰见她。结果有一次，下了两天雨，哪儿也不能去，因没有见到罗莎莉的影子，我心里备感寂寞。灯下，我静听着击打农家屋顶的哗哗雨声，实在忍耐不住了。或许在纽约的两年间，未曾听过如此静谧的雨音吧，所以每晚临睡前，我总是透过窗户仰望天空，心中暗暗念叨，明天务必给个好天吧，以便出外散步。

旱季的夏天，一如我愿，时常一天之中，骤雨过后，便是晴天。尤其是晚上，总是有月亮。今年夏

---

1 英语："哎，我在这儿呢。"

天，我每个晚上都注视着月牙儿一点点变圆。这是以前从来没有过的。

啊，眼下反倒恨起月亮来了。因为，即使有了月光，在夜鸟、虫鸣、草香，以及树叶的低语之中，不论夏季六月的夜如何美妙，我……罗莎莉……两人都不会轻易唇对唇亲吻！

或许在这个海岛上的绿叶将变未变黄之际，我就不得不离开美国了。这件事，以前我对罗莎莉提到过。有一次，我对她说，作为我四年来留美生活的纪念，希望能有一位经常通信的女友，信写得越长越好。……罗莎莉听了笑着说，那就用难读的罗斯福新式拼音来写信吧。看来，我们彼此都清楚双方地位悬殊，只需痛痛快快度过这个夏夜良宵就满足了。

啊，夏夜，对于只想游乐的年轻人来说，未免过于奢侈了。自从初月如线的这个时候起，宁静的光芒夜夜不漏地照耀着喁喁情话的两人的肩膀，自自然然，不知不觉间，将我们的魂魄诱入遥远的梦乡。

无论如何，我都不想说自己的意志软弱。我意识到，我不可能爱上罗莎莉，不管我心里怎么想，不到最后，我都不可向这位年轻姑娘表明我的心迹。

我们望着十五夜的满月一直到夜半。罗莎莉说，美国人认为月上有人脸；我回应说，在日本，人们认为那是站立的兔子。究竟谁说得对，没人说得清。第二天，我意外地收到故乡来信，不用等到秋天，两周以内我就得前往欧洲。面对这一事实，我毫不犹豫、极为冷淡地随口告诉了她，就像要到纽约市内玩一趟似的……

这时候的罗莎莉也一样，她不露声色地问我，这回是去法国还是意大利？何时出发？就像平日在客厅中同房东夫妇杂谈一样。

十时过后，我照常送她到外面，今宵是十六的晚上，月光胜过昨夜。虽说每天眺望，但依旧无比瑰丽，我俩不再言语，沿着草丛中的路径，走到山冈附近。此时，我倏忽感到一种莫名的悲凉浸满全身。当我重新调整心态的一刹那，罗莎莉似乎被道旁的石头绊了一脚，突然向我这里倒来……我吃了一惊，握住她的手。她把脸孔紧紧贴在我的胸口上。

半个小时后，直到夜露打湿了衣服，加重了分量。两人还是一言不发，相互抱持着，站立于月光之中。实际上，也没有什么可说的话语。我俩虽相亲相恋，但我是游子，她是有爹娘有家庭的少女，我们不可能永远陶醉于幸福的美梦中。这早已是不言自明的道理。不过，还有两件事应该说清楚。我是该脱离故国一切联络，永远留在这个国家，独力寻求生活之路呢，还是让罗莎莉离开父母之家，逃出美利坚的国土呢？只有这两条道路。然而，不管我如何不讲情义，还不至于走上这一步。我怎能让罗莎莉为迷恋一个男人而抛却浮世的一切羁绊呢？

啊，我俩是不是具有常识的人呢？美国这种周围的力量不知不觉掩盖了一切，还是我们的恋爱尚未达到那种水平呢？不！不是！我们的爱情，不亚于舍弃生命的罗密欧、保罗，朱丽叶、弗朗切斯卡，我对这一点确信无疑。如今，我们都知道，两人一旦分别不知何时才能再度相逢，但为了留住这瞬间的美梦、一生的眼泪，为了讴歌这一永恒的恋爱，从第二天起，每日下午，两人都在村头无人的森林啊，好可哀啊！轮船早已渡过大西洋，眼看就要抵达法国的勒阿弗尔港。今朝，人们都说看到了爱尔兰岛的山峦。

已经很长时间无暇执笔了。仅仅一周时间，我已经离开她很远很远了。

越是离得遥远，眼前越是清晰地浮现出她的面颜。她有一头略带黑色的金发。她把西洋人罕见的又长又密的金发随意扎成一束，不断用手掠一掠额前的刘海。那向上撩的样子，富有多么深沉的情味啊！她同我站在一起，刚好到我的下巴颏，在美国女子中算是身形较为矮小的。但是，她身材丰腴，平时又站得极为笔直，有时看起来非常高大。海潮般深蓝的眼眸，细白稍显清峻的容貌，热心的话语，总流露出过敏的神经质。当她沉着冷静的时候，又显示出无可形容的威严和刚勇的忧郁。就是说，她和那些具有明朗轮廓、绘画般妖艳的南欧美女完全相反，于偶露锋芒之处，有一种悲哀；而悲哀之中，又蕴含着女性特有

的优柔。她属于北方盎格鲁－撒克逊人种常见的那
种类型……

突然，上甲板传来喧闹的人语，据说看到了勒
阿弗尔海港的灯火。

"Nous voilà en France."

船舱外的回廊上，有人喊叫一声，跑了出去。

甲板上男女一同唱起《马赛曲》：

Allons enfants de la patrie

Le jour de gloire est arrivé

…

我终于来到了法兰西。

啊，如何才能抑制内心的伤痛？我不由想起缪塞
听到莫扎特音乐后写的一首诗：

Rappelle-toi, lorsque les destinées

M'auront de toi pour jamais séparé,

…

Songe à mon triste amour, songe à

L'adieu suprême!

…

Tant que mon cœur battra,

Toujours il te dira:

Rappelle-toi.

假若命运使我同你永久别离，

我的悲恋就会在回忆中泛起。

我回想着同你分别的时刻，

心中回荡着要对你说的话——"想你"。

口中继续念叨着。为了对初见的法国山峦表示
敬意，我一步一步朝甲板走去。

Rappelle-toi, quand sous la froide terre

Mon cœur brisé pour toujours dormira;

Rappelle-toi, quand la fleur solitaire

Sur mon tombeau doucement s'ouvrira.

Tu ne me verra plus; mais mon âme immortelle

Reviendra près de toi comme une sœur fidèle.

Ecoute dans la nuit,

Une voix qui gémit:

Rappelle-toi.

想你啊，

冰冷的地下，

永远沉眠着我破碎的心。

想你啊，

寂寞的花朵，

在我的墓上徐徐开放。

你将再度见到我。

然而，请于心灵澄静之夜，

侧耳倾听，

我的不死的灵魂，

如同你的胞妹，

还要返回你的身边。

低声道一句——"想你"。

啊，啊！

Rappelle-toi, Rappelle-toi.

船上，明治四十年（1907）七月

（陈德文译）

西雅图港的一夜

很想看看西雅图的日本人街。一个礼拜六的晚上，悄悄向那里走去。

说是悄悄也不是完全没有道理。登陆时，一个热情待我的航海船员严格提醒我，即便去西雅图，还是不要去日本人集中的商业区为好，那里不是稍微讲究点体面的人应该踏入的地方。但是，不知怎的，这一忠告反而强烈激起我的好奇之念，人不知鬼不觉地，我由第一条街走下通往第二条街的热闹坡道。

这里是西雅图最繁华的场所，虽然一概被称作新开发区，有高高的石造商店、连绵不断的华彩的霓虹灯广告牌，但远远比不上银座。尤其是礼拜六晚上，出外散步的人很多，无数男女在灿烂的灯火下笑语声喧，摩肩接踵而过。十字街头挤满乘客的电车，分不清是几节车厢，纵横交互驰驱，马车见缝插针地奔跑着，令人眼花缭乱。

我迎面不断碰撞着行人，渐渐下了坡道向左拐，来到圣杰克逊大街。此时，周围情景忽然为之一变。路面宽阔，商店也渐渐变少，铺设木板的路面处处都是高高的马粪堆。不知从何方飘来的浓浓的煤烟臭气，充斥各处，严重妨碍着人们的呼吸。那些惊叹于第一、第二街道繁华景象的人，或许会对这条迅即变化的晦暗的街道又增加一层惊奇吧。我随性所至，大约走过三四百米光景，道路旁边出现一座仿佛浅草立体画一般奇特的建筑，似城堡高耸于空中。刺鼻的恶臭不仅愈加强烈，而且四周漆黑一片，通过大街左侧的高架铁桥，遮蔽了天上灰色的光线。

这地方五分钟也待不下去。当我知道那是一座煤气库之后，便意识到马上就要进入日本人街道了。经常听人说，圣杰克逊大街的煤气库就在日本人街道附近。我一边用手帕遮住口鼻，一边屏住呼吸，迅速通过这令人不快的恶臭的煤气。这时，对面微微出现了黯淡的灯光。

附近两侧的建筑，远不同于夸示繁华的第一街道等地。作为郊区的常态，周围都是低矮的木质建筑。蓦然眺望二层楼的窗户，能看到标有日本汉字的电灯招牌，我跑到近旁一瞧，写着"御料理 日本亭"。虽然从前就听人说过，但当看到实际情况时，首先感觉到的是说不出的奇异之感，我只能意识茫然地仰望了一会儿招牌。不久，二楼的窗口里传来三味线的弦音。

门窗紧闭的西式楼房，自然听不真切低声的歌吟。但那确实是女声咏唱的一节歌谣。不过，不是昔日在东京所听闻的音调，更好似乡间旅行时，远远传来客栈喧嚣的狂曲。我凝神伫立倾听，突然被背后吵闹的人声惊醒，猛回头，听到一声吼叫：

"畜牲，今夜依旧闹嚷嚷的呀！"

"是春方小姐在弹琴吧？她可是美国人的宝贝呀。"

三个日本人不约而同地抬头遥望楼上，他们都戴着礼帽，穿着黑色西服。身长腿短，且弯作弓形，那姿态在白人眼里，显得多么滑稽可笑。他们用不知何处的方言叫道：

"我还没见过啊，如此漂亮的小美人！"

"她是什么时候来的？不就是最近吗？"两人接着问。

"她是乘坐以前的'信浓号'轮船进入美国的，听说是广岛人。"

我热心地听着他们之间的对话，其中一人满含疑惑，带着可怖的目光斜睨着我的脸。我怀疑他们是流落于日本人街上的流氓地痞之类，警惕心骤起，只能颇为遗憾地离开了那里。

但是，今天看到的招牌全都是用日文书写的。豆腐店、赤豆汤店、寿司店、荞麦面店，应有尽有，同所见过的日本街完全一样。这稍稍引起了我的好奇，不由东张西望起来。不知何时，路上的行人热闹起来，来往的都是腿脚短曲、上身很长的我的同胞。白人则大都是叼着大烟斗的出卖体力的工人。

我为了找人说说话，走进了附近挂着写有"鲜味荞麦面"灯笼招牌的小饭馆。论起这家店口，位于一座大房子的地下室，从路口阶梯，一直走到地面之下，进入煤烟云黑的敞开的门扉，面前是一间铺着地板的宽阔的屋子，里面用漆好的木板，隔成几个小单间，入口挂着古老的麻布门帘。

屋内，餐桌周围有四五把椅子，点着阴沉的煤气灯。我在椅子上坐了下来。

"欢迎。"一个将近四十岁的人出来大声地打着招呼。他是一位面孔黧黑、留着八字须的大高个男人。他脱掉上衣，西装裤的外面套了一件脏污的围裙。

"要点什么？"那男子问。他捻着八字须，天妇罗、什锦面和南蛮炸鸡等一一点完之后，又问：

"要酒吗？"

我点了其中一种，靠在椅子上抽了一支烟。不一会儿，听到一板之隔的邻室，踢踢踏踏进来大约四个人。八字须主人出迎，其中一人说：

"哈罗，晚上好。"

"照例是天妇罗面，再来一杯菊正宗[1]。"另一个人大声说。过一会儿，传来移动椅子的响声，地板的咚咚声，还有在鞋底划火柴的声音。

"喝上一杯，就去看吧。"

1　日本神户东滩区所产著名清酒。

"那地方算了吧。不要老是瞄准美国女郎。"有人提出反对意见。另一人问：

"你不喜欢，为什么？"

"不为什么，那里不像样子。一点意思都没有。完全是职业性的，金钱和人肉的交换，太露骨啦！"

我不由得笑起来。这时碰巧老板送面来，接着，又把面食和酒杯等送到隔壁去。他响亮地喊道：

"来啦，各人一杯酒。日本酒的味道是忘不掉的！"

"女人的味道如何？"

"一不小心就快忘记了。眼下，很需要温习一下呢。"

"哈哈哈。"大家一同高声笑起来。

"你家里怎么样？还是一样很忙吗？"

"简直不像话，整天被洋婆娘逼得围着锅台团团转，哪里像个校园学生啊？"

"咳，大家都一样，没办法。期待未来的成功吧。"

"那个实在也靠不住，你是不是都可以和美国人攀谈几句了？"

"不行，一点也不懂。堂堂男子汉，每天跟十岁或十一岁的孩子一块儿到小学上课，都快半年了，一点进步都没有。"

"我当初上了三个月的学，等能听懂些白人的谈话时，就以为全都明白了。其实预想和事实完全相反。"

"不过，咱们都不能气馁，一旦绝望，就会自暴自弃，一落千丈。应该引以为训。说实话，我家有一些钱，当初确实是来美国求学的，但后来堕落了，到了三四十岁，也还是一个在白人家打工的失败者。前车之鉴，应该记取。不要着急，着急反而招致失败，要慢慢地努力下去才是。"

"说得对，是这样。"

有人回答后，又忽然说："一旦落入大道理，就没意思了。今晚是礼拜六，不管怎样，我们都得愉快度过。"

"说得对说得对！养我浩然之气。"

谈话再次回到原来的主题。先前持反对意见的一个人，现在或许有些醉了，直到大家闹嚷嚷走出门外，他也没有表示什么异议。

　　我想，要是跟踪他们，或许还能听到一些意外的事情，于是匆匆付了十美分，算完账，急忙跟了出去。跟着他们走上笔直的大道，向右拐，道路越来越窄，但人行道逐渐热闹起来。道路一旁，有用臭烘烘的油烧烤猪牛肉的大排档。这类郊外街角和红灯区附近，有露天小摊子的地方不止能在东京浅草才见得到。

　　再说那三个人，眼看着从一家小香烟店（店主是日本人）的店门口快步登上通往内部的一条又黑又窄的楼梯。

　　　　明治三十七年（1904）五月一日《文艺俱乐部》

　　　　　　　　　　　　　　　　　　　（陈德文译）

夜雾

十月将近月末的一个夜晚，我乘坐由西雅图发的电气火车回到塔科马。街上的时钟已经敲过了十一点，下车时，太平洋大街上人影寥落。

抬头看天，一丝风都没有的天空封闭于每晚的黑暗之中，回头张望，朦胧的秋雾正笼罩着整个地面。其实，这种天气并不罕见。凉爽的秋天已经过去，太平洋沿岸地区是该进入连日阴雨、黯淡沉郁的冬季了。

附近的街道高耸着五层或六层的楼房屋顶，全都包裹于雾气之中，看不分明。每扇窗户里辉映着美丽的火影，远处广告牌上霓虹灯的光芒，虽然只隔着一条街，看起来犹如纸灯笼的光点。就连寻常夜晚市政厅塔顶上空五彩斑斓的霓虹灯，今宵也好像是衰微的幻灯画，看起来是那么黯淡模糊。从浓雾封锁的远方开来一两趟电车，明亮的车厢里似乎没有一个人。车轮暴风雨般的轰鸣，沿着空漠的山坡，消失于邻近街道的彼方。

我独自一人，顺着水泥铺设的人行道，通过前方一派昏暗的大街走回家去。一排排毗连的商店都已关门闭户，屋内的电灯光明如昼，照耀着玻璃窗内的各种商品，引得几个路人驻足观看。穷人家的妻女，在严寒中瑟缩着身子，走到宝石店前再也不肯离开；衣衫褴褛的男子也不穿外套，戴着一顶歪歪斜斜的帽子，眨巴着凹陷的眼睛，凝视着点心店里排列整齐的面包……他们的心思大都很容易被看透，他们也十分坦然地展示着自己的欲望。

走到大街上的一个角落，听到喧嚣的声响，紧接着是嘈杂的人语声。一家酒店，入口的玻璃门大敞着，门内立着一道屏障，完全遮挡住内部的情景。然而，被酒气和烟草气熏染的空气暖烘烘地流淌出来，在明亮的灯光照耀下，从隙缝里可以窥见高高墙壁上挂着好几种裸体画。口中衔着大烟斗、两手插着衣袋、彷徨于夜间大街上的劳工大众，他们聚集在店门口，出出进进，乱作一团。室内极为广阔，脚步声、挪动椅子的响声、杯盘声……室内的一切响动，尽皆反射到天花板，致使这单调的响声变成暴风入洞穴的那种轰鸣。

我稍稍感到好奇，驻足观看了一会儿，只见出入其间的俗众的打扮及面色，胸中涌起一阵恐怖感。他们全都带着一副怪异的眼神，俯视地面，时不时摇头晃脑，公牛般的躯体显得愈加沉重，趿拉着厚底的鞋子，走路时那副慵懒的背影，忽地似阴影朦胧，消弭于秋雾之中。那副样子，就像野兽受伤后一时失去奔跑的气力，不是吗？我经常阅读西洋作家描写的劳工们的恐怖生活……尤其是左拉笔下的《小酒店》。

过了一会儿，突然我面前站住一个男人，毫无疑问，他是从店内出来的。这位醉醺醺的劳工，仿佛想戏弄我一番，我吃惊地走开了。

那些日本人或中国人拿最低的工资，出卖一天的劳动，渐渐侵入他们的领地，取代他们的地位。日本人是他们最可恨的敌人之一。我知道这一带的人，对日本人不会有什么好感，所以战战兢兢只想快速离开。

"你！等等。"他从背后喊道。很是意外，这是一口干涩的日语。

我更加惊奇地转过头去。

"我说你啊，你不是我们的同胞吗？我一定要花点时间，好好拉住你的手。"

他继续说着，脚步有点踉跄，渐渐靠近我的身边。

"什么事？"我平静地开口了。

他没有回答，锐利地注视着我的面孔。他年龄三十多岁，个头儿不算低矮，但两腿有着日本人特有的弯曲，颧骨突起，面孔粗糙，呈黄褐色。在同一国人的眼里，绝对谈不上好看。戴着风吹雨淋、布满尘埃的旧礼帽，一身皱巴巴的千疮百孔的西服，里面没有穿白衬衫，只有一件脏污的法兰绒内衣，打着歪斜的领饰。凭想象，他只能是临时雇用的铁道劳工，再不然就是白人家庭厨房里打杂的，大概就是这类人。

"你有什么事情要问我吗？"

我重复一遍问题的时候，他愈加恶狠狠地瞪着我的脸，忽然启动厚嘴唇，说：

"非得有问题要问才能叫住你吗？你和我不都是同一国家来的人吗？不是同胞国民吗？用不着对自己国家的人说些冷酷无情的话语。停止吧，停止吧！"他继续吼叫着。

"都说些什么呀，你误解了我的意思。我问你有什么事，是你先激动起来的，不是吗？"

我依旧感到惊奇，但尽量保持说话时语气的沉着冷静。

"这是不言自明的事，我太激动了。我胸口简直要炸裂了。我只得和自己的身子赌气，连喝了几杯威士忌，力求忘掉难于消解的满心的愤懑。我有事，想抓住你这位同胞诉说明白啊。"

他一把抓住我的上衣袖子，弄得我十分狼狈。但已无路可逃，我无力地靠着商店的墙壁站住了。

"知道吗，我是一个没头脑的苦力，我不懂美国话，其实就连很多的日语字母都认不全。不过我很结实，有力气。凭借我的两只手，赚取了不少美元，我有了不少钱，但是啊但是……"

他睁着惊恐的眼睛，再次拉紧我的衣袖。

"怎么样？说话别这么大声。路上的人会觉得我们很奇怪。"

"他们要奇怪，那就让他们奇怪好了。就像我不懂他们的话，他们也不懂我的话，用得着担心吗？"

他狂吼起来。他身后忽然停住了两三个人，以那种不太礼貌的观看日本人的目光看着这里。我不知所措，困惑中感到面红耳赤，只好沉默不语。

"你担心吗？你害怕洋鬼子？你忘记了我们心中的大和魂吗？"

他露出黄黄的牙齿，阴鸷地笑着，回顾一下四周。突然，那双充血的眼睛敏锐地盯着什么。原来站在他身后的一伙人中，有位年轻的女子依偎在男人的怀里。她或许畏惧寒冷的夜气，用头巾裹着头，直到眼眉。微微泛黄的头发散乱地垂在淡红的面颊旁边。这个妖艳的女子，脑袋紧贴着男人的胸脯，似乎有些害怕地望着他的脸。她似乎说了句什么，那人禁不住愤怒地骂道：

"婊子！"

他大喝一声，对那里啐了一口唾沫。

唾沫沾在了女人的皮鞋上，女人大叫一声。那个同他在一起的男人，挥着拳头出来了。

我不知道这些深更半夜逛大街的女人到底属于哪个阶层。不过，从眼前这番情景看起来，为了尽力替那个女人雪耻，肯定要大闹一场的。人们言辞激烈，我也无路可逃，一时茫然不知所措。

忽然，四大金刚似的粗大胳膊，越过大家的头顶伸了过来，老鹰抓小鸡般一把揪住那个没有礼貌的日本劳工的肩膀。我大吃一惊，抬头见他身高八尺，原来是这个国家的警察。

他不说一句废话，只是如大象一般悠然地踱着步子，用力把那个身材矮小的日本劳工扼住，再轻而易举地将死命挣扎的日本劳工的双手反箍起来。那情景，比起街头滑稽剧更有趣。人们相互哄笑着，四散而去。

遮蔽街头的深夜浓雾越来越深，几乎伸手不见五指。众多的嘲笑者和作出牺牲的我的同胞，以及可怕的警察，影影绰绰，一律埋葬于模糊的雾气之中。过了一会儿，只剩我一个人，发现自己茫然地倚靠在店外冰冷的墙壁上，但我还没有从噩梦中摆脱出来。
真不知我是如何沿着黑夜中的道路走回家去的。

＊＊＊

几天之后，我从长期待在这里的日本人那里，
听到下面一段故事。

一个来美国打工的姓某某的铁道工人，干了近
十年，赚了五百美元，存进一伙日本人开的储蓄所。
后来储蓄所因故倒闭，随之十年血汗钱全部泡汤。他
绝望地不想活了。正在这个时候，想不到在清理倒闭
的储蓄所账目时，他存款的一半——二百五十美元，
忽然又回到他的手里。这突如其来的好消息使他喜出
望外，这位可怜而单纯的劳工内心狂乱起来，思前想
后，竟然踏上了赌场的楼梯。就在他拿到一半存款的
第二天，他输了个精光，变成了一个街头徘徊、身无
分文的乞丐。

如今，他已经被关进大街角落的疯人院，过着

铁窗生活。大概你还不知道吧？一旦进入这个国家的疯人院，一般来说十有八九都不可能活着出来。他只能面对冰冷的墙壁，终日不停挠胸顿足地喊叫，最后得不到有效治疗而死去。

你问那家医院在哪里？不远，坐电车很快就到了。要不星期天我陪你去看看。不光是他，有的日本劳工也因失望而发狂，有两三个人被抓了起来……

我只是沉默地点点头，感到心头沉重起来。

于北美的旅舍 明治三十六年（1903）十一月

（陈德文译）

无论多么伟大的事业和人才,

人生终将迎来毁灭的时刻。

而这青春的狂欢, 却是绝无仅有的。

——永井荷风

一頁 folio

始于一页，抵达世界

Humanities · History · Literature · Arts

出品人	范 新
监制策划	恰 恰
特约编辑	徐 露
版权总监	吴攀君
印制总监	刘玲玲
装帧设计	COMPUS · 汐和
书籍插画	鲁梦瑶
内文制作	常 亭

Folio (Beijing) Culture & Media Co., Ltd.
Bldg. 16-B, Jingyuan Art Center,
Chaoyang, Beijing, China 100124

一頁 folio
微信公众号

官方微博：@ 一頁 folio | 官方豆瓣：一頁 folio | 联系我们：rights@foliobook.com.cn

图书在版编目（CIP）数据

永井荷风异国放浪记 . 上 /（日）永井荷风著；陈
德文译 . -- 北京：北京联合出版公司，2020.7
　　ISBN 978-7-5596-3979-0

　　Ⅰ . ①永… Ⅱ . ①永… ②陈… Ⅲ . ①随笔—作品集
—日本—现代 Ⅳ . ① I313.65

　中国版本图书馆 CIP 数据核字 (2020) 第 028018 号

永井荷风异国放浪记（上）

作　　者：[日] 永井荷风

译　　者：陈德文

责任编辑：郑晓斌　徐　樟

特约编辑：徐　露

装帧设计：COMPUS · 汐和

书籍插画：鲁梦瑶

北京联合出版公司出版

（北京市西城区德外大街 83 号楼 9 层　100088）

北京华联印刷有限公司印刷　新华书店经销

字数 155 千字　889 毫米 ×1260 毫米　1/64　5.625 印张

2020 年 7 月第 1 版　2020 年 7 月第 1 次印刷

ISBN 978-7-5596-3979-0

定价：62.00 元（全二册）